Francesca Giannone, salentina, si è laureata in Scienze della Comunicazione e ha studiato al Centro Sperimentale di Cinematografia. A Bologna, ha curato la catalogazione dei trentamila volumi della Associazione Luigi Bernardi e ha frequentato il corso biennale di scrittura della Bottega di Narrazione « Finzioni ». Il suo romanzo d'esordio, *La portalettere*, ha avuto uno strepitoso successo: in corso di traduzione in 34 Paesi, è stato il romanzo italiano più venduto del 2023, ha vinto il Premio Bancarella e il Premio Amo Questo Libro. *Domani, domani* è il suo secondo romanzo.

Francesca Giannone

Domani, domani

Romanzo

SUPERPOCKET

IL LIBRAIO.IT
il sito di chi ama leggere

In copertina: elaborazione foto © Grace Robertson / Picture Post / Hulton Archive / Getty Images
Art director: Stefano Rossetti
Graphic designer: Eleonora Tallarico / PEPE nymi

Le vicende e i personaggi di questo romanzo sono frutto dell'immaginazione dell'autrice. Ogni riferimento a persone, cose e avvenimenti reali è da ritenersi puramente casuale.

Superpocket è un marchio di
TEA – Tascabili degli Editori Associati S.r.l., Milano
Gruppo editoriale Mauri Spagnol

Edizione su licenza della Casa Editrice Nord

Edizione speciale Superpocket giugno 2025

DOMANI, DOMANI

A Claudia, la mia mamma.
A Franco, il mio papà.

E al caro Giuseppe,
amico allegro. Manchi.

C'è gente che ama mille cose
e si perde per le strade del mondo.
Io che amo solo te,
io mi fermerò
e ti regalerò
quel che resta
della mia gioventù.

Sergio Endrigo, *Io che amo solo te* (1962)

PROLOGO

Cinque anni prima
Quel giorno che v'aspettava

22 settembre 1953

La prima volta, il telefono squillò a vuoto.

«Ma cosa gliel'ho comprato a fare, se non rispondono mai», borbottò Renato, riagganciando.

«Dai, c'è gente che aspetta», disse sua moglie Marianna, lanciando uno sguardo alla coda che si era formata nel retro del negozio di alimentari.

«E chi se ne importa. Tutti mo' devono telefonare?»

«Ma li vedremo più tardi... Che fretta c'è?»

Renato si accigliò, riprese la cornetta in mano e compose di nuovo il numero. «Continuo finché non alzano le chiappe e vengono a rispondere. È ora di pranzo, dove vuoi che siano, se non in casa?»

Attese sei squilli, poi finalmente sentì: «Pronto?»

«Si può sapere perché non rispondevate?»

«Papà, stavamo mangiando...» disse Giuseppe.

«In fabbrica tutto bene?»

«Siete via da soli quattro giorni, cosa può andar male?»

«Con te non si sa mai», ribatté Renato.

La moglie lo guardò di traverso e gli fece un gesto come a dire: *Su, lascialo stare.*

« Passami i miei nipoti, va' », continuò lui.

« Mo' te li chiamo », mormorò Giuseppe.

Renato ascoltò i passi del figlio che si allontanavano, poi un: « Ragazzi, il nonno al telefono », seguito da grida di gioia. Era sicuro che quella che sentiva correre fosse Agnese, e sorrise nell'immaginarla calpestare impaziente il pavimento coi suoi piedi paffuti.

« Nonno! » esclamò la ragazzina. « Quando tornate? »

« Oh, fai sentire anche me, metti la cornetta in mezzo », le stava dicendo il fratello, Lorenzo. « Ciao, nonno! Ci sono anch'io! Com'è andata la fiera? »

Renato ridacchiò e fece segno a Marianna di avvicinarsi al telefono. « Siamo in partenza », rispose poi. « Tra qualche ora siamo a casa. »

« Così tanto? » chiese Agnese.

« Bari è lontana, capra! » intervenne Lorenzo.

« Non chiamarmi capra! » protestò lei.

« Ehi, ehi, non litigate », disse Renato, divertito. « Ho chiamato per darvi una notizia bella, anzi bellissima: io e la nonna abbiamo venduto tutto! Stiamo per tornare a mani vuote. Avreste dovuto vedere... al terzo giorno avevamo già finito le scorte della *Marianne*! » E lanciò un bacio a Marianna, che gli sorrise. La saponetta che portava il nome della moglie, ma in francese perché si capisse che niente aveva da invidiare al famoso sapone di Marsiglia, era stata formulata da Renato apposta per lei, per l'unica donna che avesse mai amato: era piccola e quadrata, al dolcissimo profumo di talco, con un'elegante M incisa sopra. In poco tempo, era diventato il prodotto di punta di Casa Rizzo, il loro saponificio.

I nipoti strillarono, entusiasti, e Renato dovette staccare la cornetta dall'orecchio per non farsi rintronare.

«Allora dovremo produrne una valanga!» disse Lorenzo.

«Sì! Non vedo l'ora!» esclamò Agnese.

Renato sorrise. «Domani, domani», rispose.

«Be'? Qua stiamo invecchiando, a forza di aspettare», si lamentò, in un marcato accento barese, un uomo con cappello e gilet.

Renato agitò la mano e lo mandò a quel paese.

«Ragazzi, ora dobbiamo riattaccare. Ci vediamo dopo», s'intromise Marianna, rassicurando con un'occhiata affabile l'uomo col cappello.

Per arrivare all'auto, passarono davanti ai padiglioni che ospitavano i saponieri provenienti da tutta la regione; per un attimo, Renato rivolse lo sguardo all'imponente allestimento sormontato dalla scritta COLELLA: sembrava che la gente lo stesse prendendo d'assalto. *Diventeremo grandi pure noi*, pensò, con una fitta di invidia.

Raggiunsero la Fiat 1100 blu posteggiata nell'area riservata agli espositori e imboccarono la strada che li avrebbe riportati a casa, ad Araglie, nel profondo Sud della Puglia.

Renato abbassò il finestrino, e lasciò che il vento gli scompigliasse la capigliatura folta e grigia. Al suo fianco, Marianna si sciolse lo chignon, levando le forcine una alla volta.

«Perché devi essere sempre così duro, con Giuseppe? Prima, al telefono, hai esagerato...» mormorò lei, sfilandosi le strette décolleté di raso nero.

«Con lui tocca fare così, bisogna dargli addosso», ribatté Renato, severo. «Dovresti vederlo, in fabbrica: se ne sta lì, svogliato, come se la cosa non lo riguardasse. Se non ci fossi io, a tenere tutto sotto controllo...»

Con una smorfia, Marianna si massaggiò un piede. « Lo so, caro. Ma prova a dargli tempo. »

« Tempo... » ripeté Renato, ingrugnito. Scosse la testa, serrando il volante. « Nemmeno mi ha chiesto com'è andata la fiera. »

Lei si addossò allo schienale. « Agnese e Lorenzo però erano così contenti... » disse, voltandosi con un piccolo sorriso.

Il viso di Renato si rilassò. « Loro sono come me », commentò, secco.

Marianna annuì, poi si lasciò andare a uno sbadiglio.

« Sei stanca? »

« Un po'. »

« Chiudi gli occhi e riposati », le disse lui, facendole una carezza sul ginocchio. « Di tempo ce n'è, prima di arrivare. »

« Ne avrei bisogno, in effetti. Sicuro che non ti dispiace, se non ti faccio compagnia? »

Lui le prese una mano e con le labbra sfiorò la pelle vellutata e profumata di talco. « No che non mi dispiace, tranquilla. » E le sorrise.

Marianna si appisolò in fretta, con la testa riversa di lato. Renato guardava in avanti, guidando su una strada sgombra e senza curve.

D'un tratto, uno scoppio assordante.

« Cos'è stato? » urlò Marianna, svegliandosi di soprassalto.

Mentre lo diceva, l'automobile sbandò e uscì dalla carreggiata.

Sentirono lo schianto.

Poi, il nulla.

1

L'estate in cui tutto era ancora intero

agosto 1958

Come ogni santa volta, la Lambretta faceva le bizze. Nello spiazzo oltre il porticato della casa, Lorenzo continuava ad accanirsi come una furia sul pedale di accensione, ma invano.

« Mo' che prendo la patente, giuro che la butto in mare, 'sta carcassa », scattò, tirando un calcetto alla carrozzeria color sabbia. Sospirò, rimboccò le maniche della camicia bianca sulle braccia esili e, con entrambe le mani, si portò indietro i folti capelli neri che gli ricadevano di continuo sulla fronte.

Dalla finestra spalancata al primo piano, Domenico Modugno cantava a tutto volume *Nel blu, dipinto di blu,* volando felice al di sopra del sole...

« Agnese! » gridò Lorenzo, sollevando lo sguardo sulla finestra.

La sorella si affacciò, poggiando le mani sul davanzale. « Che c'è? »

« Non si accende più », rispose il ragazzo, con le mani sui fianchi e l'aria esausta.

« E vabbè, dai. Ci andiamo a piedi, che problema c'è? » disse allora lei.

« Ma che a piedi... » mormorò Lorenzo, con una smorfia. Si fece pensieroso e prese a mangiucchiarsi il labbro inferiore, quello più sottile. Poi si avvicinò di nuovo alla Lambretta e ricominciò a pigiare sul pedale.

« Ma la benzina c'è? » chiese Agnese.

« Ovvio che c'è », ribatté lui, con la voce strozzata dallo sforzo. « E dai, porca vacca! » sbottò.

All'ennesimo tentativo, il motore della Lambretta prese finalmente a rombare. Lorenzo si voltò raggiante verso la sorella. « Sei pronta? Scendi, su, prima che si spenga di nuovo! »

« Un attimo! » rispose lei, e scomparve al di là della finestra. Si sedette sul letto e infilò alla svelta il sandalo nel piede sinistro.

No! Mannaggia a me, pensò, bloccandosi di colpo. Levò il sandalo dal piede e fece quel che faceva sempre: indossò per prima la scarpa destra e poi quella sinistra.

Si sollevò dal letto; dal ripiano del comò di legno scuro e pesante recuperò la spazzola, poggiata su un voluminoso *Manuale di botanica* con le pagine ingiallite e la copertina rigida, e si avvicinò allo specchio ovale da terra: le bastò una rapida occhiata per capire che pettinarsi non sarebbe servito proprio a niente. L'umidità aveva arruffato ancora di più la folta cascata di molle che si ritrovava in capo; se solo avesse provato a passarci la spazzola, sarebbe rimasta incastrata in una rete di ricci. Così fece per lanciarla sul comò, ma la spazzola urtò lo spigolo del manuale e finì per terra. Tornò a guardarsi: si passò le dita sul viso e sentì la pelle secca sotto i polpastrelli. *Mmm... Ho preso troppo sole, in spiaggia*, pensò. Nessuno comunque lo aveva notato, ne era certa: la sua carnagione olivastra la faceva apparire perennemente abbronzata, pure in inverno. Persino le labbra erano scure, della stessa sfumatura di un petalo di rosa appassito, carnose e con l'arco di Cupido così accentuato che sembrava sempre sul punto di scoccare una freccia.

« Agnese, muoviti! » la chiamò Lorenzo, sovrastando la voce di Modugno, che continuava a perdersi nel blu dei suoi occhi blu.

« Arrivo, arrivo! » Spense la radiolina Phonetta sul comodino e si avviò per le scale, mettendo sempre avanti prima il piede destro. Infine uscì di casa, attraversò il porticato accelerando il passo e raggiunse il fratello, che la stava aspettando già in sella e con una sigaretta tra le dita. « Eccomi! » Si tirò su il lembo del vestitino che le arrivava a metà polpaccio e si sedette sul sedile di pelle dietro di lui, a cavalcioni.

« Sei comoda? »

« Sì, sì, vai. »

Lorenzo serrò la sigaretta tra le labbra e, impugnando il manubrio della Lambretta, ruotò all'indietro l'acceleratore e partì. Agnese si strinse al fratello e appoggiò il mento sull'incavo della sua spalla. Chiuse gli occhi e gli annusò il collo: profumava di talco, proprio come la sua pelle.

Fin da bambini, quell'aroma li aveva preceduti. Marchiati. « Si sente odore di talco: arrivano i fratelli Rizzo! » scherzavano i compagni di scuola. Anche adesso, che erano cresciuti, tutti e due continuavano a lavarsi solo e soltanto con la saponetta della loro infanzia, la *Marianne*.

Lorenzo varcò il cancello della villetta di famiglia e prese la strada a destra, costeggiando una fitta schiera di ulivi; dopo una trentina di metri, davanti al cartello ARAGLIE, diede gas e superò una Fiat 500 celeste, mentre la camicia gli si gonfiava sulle spalle come un palloncino. Agnese si osservò nello specchietto retrovisore e spalancò gli occhi: i suoi ricci arruffati, schizzati in alto dal vento, sembravano pari pari la chioma conica e compatta di un cipresso.

Proseguirono rasentando la campagna finché l'edificio della fabbrica non torreggiò al di sopra della distesa di alberi. L'insegna imponente si leggeva benissimo anche da lì, a qualche centinaio di metri di distanza: CASA RIZZO. FABBRICA DI SAPONI DAL 1920.

Lorenzo diede un'ultima, lunga boccata, e gettò la cicca per terra. Di fronte a loro, si ergeva l'arco a tutto sesto della porta d'ingresso all'abitato; il ragazzo, però, svoltò a sinistra e prese la via che conduceva al porto, quella che fiancheggiava le mura alte e massicce del castello angioino, con la sua forma quadrangolare e le sue torri imponenti, visibili da qualsiasi punto di Araglie.

« Come hai detto che si chiama il film che andiamo a vedere? » domandò Agnese.

« Non te l'ho detto », rispose lui con un piccolo sorriso, voltando appena la testa all'indietro. « Comunque *I soliti ignoti.* »

Superò il porto, in cui le navi mercantili e i numerosi pescherecci se ne stavano a riposo sull'acqua placida, e continuò verso il lungomare.

« E di cosa parla? » chiese lei.

« Non lo so. Tra poco lo scopriamo. Comunque è di Monicelli, eh! » specificò Lorenzo.

« Accipicchia », mormorò Agnese.

« Hai capito chi è, sì? »

« No », rispose lei. « Ehi, lì c'è posto », disse poi, indicando uno spazio tra una Fiat 600 bianca e il marciapiede.

« Capra! Avrai visto non so quanti film suoi », la rimproverò Lorenzo, ma in tono scherzoso.

« Tipo quali? » domandò Agnese, smontando dalla sella, mentre Lorenzo spegneva la Lambretta.

« Be', diversi con Totò: *Guardie e ladri, Totò e i re di Roma, Totò e le donne, Totò e Carolina...* » Lorenzo prese a contarli sulle dita di una mano.

« Ah, sì, sì », tagliò corto lei. « Totò non mi fa ridere, lo sai. »

« Non capisci proprio niente di cinema », disse Lorenzo, sorridendole coi suoi grandi occhi verdi. Poi le mise un braccio intorno alle spalle e insieme si incamminarono verso l'arena sul lungomare. Agnese finse di essersi offesa, e lui per tutta risposta si abbassò, visto che la superava di almeno venti centimetri, e le scoccò un bacio sonoro sulla guancia.

« Aspetta! » disse d'un tratto lei, fermandosi. « Non ho controllato come stanno i capelli. » Si portò le mani sulla testa e fece pressione per appiattire i ricci. « Sembro ancora un cipresso? » chiese al fratello, serissima.

« Un che? » scoppiò a ridere Lorenzo.

« Siete arrivati, finalmente », li interruppe una voce femminile.

Lorenzo si girò e, con un sorriso radioso, strinse a sé la ragazza che aveva parlato e la baciò a lungo sulle labbra. « Aspetti da tanto? » le chiese poi. « Scusa, ci ho messo un sacco a far partire la Lambretta. »

« Perdonato », disse lei, accarezzandogli con un dito la punta aguzza del naso. « Sai, pensavo che, come al solito, fosse colpa di quella ritardataria di tua sorella. » Poi lanciò ad Agnese un'occhiata che voleva dire: *Non te la sei mica presa, vero? Lo sai che scherzo!*

Agnese le rivolse uno sguardo accigliato, ma non replicò. Si poteva dire che Angela e Lorenzo facessero coppia fin da bambini e, quando erano insieme, sembravano un tutt'uno impenetrabile, sigillato col cemento. Lei aveva due anni più di Lorenzo ed era la sorella di Fernando, il suo amico più caro. Tutti dicevano che era la più bella della città, qualcuno la chiamava « Brigitte Bardot », e persino Agnese, cui Angela non era mai risultata simpatica, doveva riconoscere che la grazia di quella ragazza, con gli occhi nocciola dalle ciglia lunghe, il piccolo naso leggermente all'insù ricoperto di lentiggini e i capelli biondi, di velluto, aveva un non so che di magnetico. Lorenzo ne era innamorato perso: l'aveva sempre saputo che da grande avrebbe sposato la sua Angela. A dicembre avrebbe compiuto ventun anni e poi avrebbe chiesto in moglie la donna della sua vita, lo diceva in continuazione a tutti.

« E Fernando? Non è venuto con te? » chiese Lorenzo, guardandosi intorno.

« Sì, certo », rispose Angela. « È andato al bar a prendere da bere, stavo morendo di sete. Oh, eccolo che torna », aggiunse poi con un sorriso, indicando il fratello che si dirigeva verso di loro, con una bottiglia di gazzosa in mano. Mentre lo guardava, Agnese pensò che pareva smagrito, quasi invecchiato, rispetto all'ultima volta che lo aveva visto, in occasione delle festività natalizie.

« Ciao, *neh*! » lo accolse Lorenzo, gettandosi ad abbracciarlo. Era così che lo salutava per scherzo, da quando Fernando se n'era andato a Torino per lavorare alla Fiat.

L'amico ricambiò l'abbraccio. « Ma guarda, c'è anche la piccola Agnese », disse poi. « Vieni qui, fatti abbracciare pure tu. »

« Piccola... Ho soltanto tre anni meno di voi », protestò lei, mentre Fernando la stringeva con affetto.

« Lo so. Ma per me sarai sempre piccola », rispose lui.

«Allora?» disse Lorenzo, posando una mano sulla spalla dell'amico. «Che si dice a Torino?»

«Eh, Lore, che si dice... Non molto: costruisco automobili che non potrò mai permettermi», ribatté, con un sorrisetto amaro.

«Hai scelto tu di andartene», s'intromise subito Angela, strappandogli la bottiglia dalle mani. «Se continui a rimanere lì, vuol dire che tanto male non stai.» Bevve un sorso, mettendosi a fissare Fernando con uno sguardo tagliente; lui, come faceva spesso, ingoiò la risposta che avrebbe voluto darle: *Ma cosa ne vuoi sapere, di ciò che succede lassù?*

Nel frattempo, la gente stava occupando i posti di fronte allo schermo bianco; il film sarebbe cominciato entro pochi minuti.

«Andiamo!» esclamò Agnese e, senza aspettare gli altri, si diresse spedita verso l'arena. Poi si bloccò e si mise a contare, indicando ogni fila di sedie. «Lì», disse infine, puntando il dito sulla quarta fila, dove si intravedevano alcuni posti ancora vuoti.

«Ma è troppo vicino», si lamentò Angela. «Mi viene il mal di collo.»

«Anche lì c'è posto», disse Lorenzo, segnalando cinque file dietro.

Agnese ricominciò a contare, poi scosse la testa. «No, è una fila dispari, non va bene.» E si allontanò di qualche passo, scrutando altrove.

Angela sbuffò. «Ma perché fa tutte 'ste storie...»

Lorenzo alzò le spalle. «È dall'incidente dei nonni... Non lo so, sono i suoi rituali *magici.*» E piegò le labbra in un sorriso.

«Rituali magici», ripeté Angela, con una smorfia.

« Ma sì, piccoli gesti che la rassicurano. Come per scongiurare qualcosa di brutto. »

Angela sollevò un sopracciglio. « E ci crede pure, che funzionino? »

« Dai, che ti importa? » ribatté Lorenzo, cingendole la vita con entrambe le mani. « Non fa del male a nessuno, no? »

« Ecco, ho trovato », disse Agnese. « Fila dodici », precisò, rivolgendosi soltanto al fratello, l'unico che comprendeva come funzionasse la sua testa, che conosceva tutti gli schemi da lei seguiti per mettere in ordine le cose del mondo.

« E fila dodici sia », intervenne Fernando, con un sorriso.

In una manciata di minuti, il sole venne risucchiato dal mar Ionio e il paesaggio tutt'intorno si tinse di una tenue luce azzurrognola; i quattro ragazzi si affrettarono a raggiungere le sedie libere nella dodicesima fila, e si accomodarono nell'istante in cui partirono la musica e i titoli di testa del film, sull'inquadratura notturna di una strada di periferia.

Quando Agnese e Lorenzo rientrarono, poco prima della mezzanotte, la casa era al buio e nell'aria aleggiava un olezzo di frittata. Muovendosi piano, si diressero verso le scale, ma poi lei bisbigliò: « Io ho ancora fame ».

Il fratello ridacchiò. « Ma hai mangiato una pizza intera! » disse sottovoce.

Agnese fece spallucce. « E che ti devo dire? Non mi sono saziata. »

Così entrarono in cucina e accesero la luce; al centro del tavolo, c'era un piatto coperto con un tovagliolo bianco. Agnese lo sollevò, scoprendo una fetta di frittata.

«Facciamo a metà?»

Sedendosi, Lorenzo agitò una mano. «No, no, è tutta tua.»

Agnese prese posto accanto a lui e tagliò l'avanzo in due. Addentò la prima fetta.

A un lato del tavolo, se ne stava *La Settimana Enigmistica* del padre, con una penna a mo' di segnalibro e un alone rigonfio sulla copertina, come se ci fosse schizzata sopra dell'acqua. Lorenzo allungò una mano, avvicinò la rivista a sé e si mise a sfogliare le pagine. «Li finisce proprio tutti, 'sti cruciverba», mormorò, con una punta di fastidio. «Se dedicasse alla fabbrica almeno un decimo del tempo che passa su 'sta cosa...»

Agnese finì di mangiare la prima fetta e si avventò sulla seconda. «Aspetta, torna indietro», disse poi, con la bocca piena.

Il fratello obbedì e voltò alla pagina precedente; lei si sporse e socchiuse le palpebre. «Ecco, lì. Cosa c'è scritto?» domandò, indicando lo spazio bianco in basso, dove il padre, con la sua grafia inconfondibile, piccola e ordinata, pareva aver scritto qualcosa.

«'Non c'è alcuna felicità senza libertà, né libertà senza coraggio'», lesse Lorenzo, e girò pagina.

«Guarda, lì ne ha scritta un'altra», disse lei, puntando il dito. «'L'importante non è ciò che hanno fatto di noi, ma ciò che facciamo noi stessi di ciò che hanno fatto di noi'.» Fece una smorfia perplessa. «Che vuol dire?»

«E che ne so... saranno le soluzioni di qualche enigma...» sospirò Lorenzo. Poi vide che, sulla stessa pagina, in alto, c'era scritto *Francesco* seguito da un numero di telefono col prefisso 080. « Francesco? E chi è? » chiese lui.

« Boh », rispose Agnese. « Non conosciamo nessuno che si chiama Francesco, o sbaglio? »

« Non mi pare proprio. »

« Di dov'è questo prefisso? »

Lorenzo alzò le spalle. « Forse Bari, ma non ne sono sicuro », rispose, sbadigliando. Richiuse *La Settimana Enigmistica*. « Vabbè. Andiamo a dormire, sorellina? »

Agnese annuì. « Ora che sono sazia, sì. »

La sveglia sul comodino di Lorenzo trillò alle sette. Dalla finestra di fronte al letto, che lui aveva lasciato aperta tutta la notte, soffiava una piacevole brezza di tramontana che gli lambiva le gambe nude; dopo settimane ininterrotte di scirocco umido e afoso, finalmente il vento era cambiato.

Si levò dal letto e indossò i pantaloni e la camicia beige che aveva buttato sulla sedia la sera prima. Su un cavalletto in legno, accanto alla scrivania piena di libri e riviste d'arte, era posata una piccola tela che raffigurava un volto di donna somigliante ad Angela; Lorenzo si avvicinò e sfiorò la superficie col polpastrello: la prima passata di colore era ancora appiccicosa. Così sollevò il cavalletto e lo posizionò davanti alla finestra, perché il vento asciugasse il colore in fretta. Sulla parete di fronte, occupata per intero da locandine di vecchi film, da *Roma città aperta* a *Sciuscià*, da *Paisà* a *Ladri di biciclette* e *Riso amaro*, c'era un comò, identico a quello che stava in camera di Agnese; Lorenzo aprì il primo cassetto, prese un mazzo di chiavi e se lo ficcò in tasca. Uscì dalla stanza e percorse il corridoio a passi misurati e leggeri per non svegliare Agnese. La porta della camera della sorella, proprio accanto alla sua, era come sempre spalancata e lei stava dormendo nella stessa posizione di quando era bambina: supina, con le braccia sollevate sopra la testa e un'espressione corrucciata sul volto, come se qualcuno in sogno la stesse infastidendo. Poi scese al piano di sotto, in cucina, e ci trovò l'unica persona che poteva essere già in piedi a quell'ora: in sottana da notte, coi capelli gonfi e spettinati, sua madre Salvatora stava aspettando, davanti ai fornelli, che la caffettiera cominciasse a borbottare.

Lorenzo la salutò con un bacio sulla guancia.

«Siediti, ché tra poco è pronto il caffè», disse lei.

Il tavolo era già stato apparecchiato per quattro, con piattini e tazze e tazzine di porcellana bianca decorata di fiori rosa, e piccoli cucchiai in metallo argentato. Lorenzo si sedette e incrociò le braccia sul tavolo, di lato alla *Settimana Enigmistica*.

«I biscotti li vuoi?» chiese Salvatora. E, senza aspettare risposta, aprì l'anta della credenza in formica avana e ne tirò fuori una biscottiera in ceramica verde. Tolse il coperchio e la poggiò sul tavolo.

«Giusto due», disse Lorenzo, tuffandoci la mano.

Salvatora versò il caffè prima nella tazzina di Lorenzo, poi nella sua, e gli si sedette di fronte. «Come mai sei già sveglio? Potevi dormire un altro po'.»

«Vado al saponificio», rispose lui, addentando un biscotto al burro.

La madre prese un sorso, reggendo la tazzina con entrambe le mani. «Ma è domenica...»

«Devo finire un bozzetto», disse Lorenzo a bocca piena, mentre si puliva le mani dalle briciole. «L'hai visto l'ultimo, quello per il *Neve*? È piaciuto molto, alla fiera di luglio.» E bevve un poco di caffè.

«Ah, sì, come no. Sei stato bravo», rispose Salvatora, con un sorriso un po' forzato.

«Papà nemmeno l'ha guardato, mica mi ha detto qualcosa», borbottò Lorenzo, posando la tazzina sul piattino.

«Ma no», si affrettò a giustificarlo lei. «Lo sai com'è fatto. Tuo padre non è uno che fa cerimonie, ma apprezza.»

«Sì, vabbè...» rispose Lorenzo, con un gesto della mano. «Già è un miracolo se si accorge di quello che succede al saponificio.»

Salvatora si rabbuiò. «Lorenzo, non mi piace proprio quando parli così. Devi portare rispetto, a tuo padre. Tu, e pure quell'altra. State sempre a fare comunella contro di lui...»

Lorenzo emise un sospiro, e la guardò con una faccia che diceva: *Non c'è niente da fare, prendi sempre le sue parti, anche quando è indifendibile.* Si alzò, fece il giro del tavolo, posò le mani sulle spalle della madre e le stampò le labbra sulla fronte.

«Dai, vado», disse soltanto.

Parcheggiò la Lambretta nello spiazzo davanti al grande portone in legno della fabbrica, poi smontò ed estrasse il mazzo di chiavi dalla tasca. Girò nella serratura una lunga chiave in ottone ed entrò, richiudendosi il portone dietro. L'odore del saponificio lo avvolse subito come un manto: era un profumo unico e irripetibile, un misto di grassi vegetali, essenze floreali e fruttate, lanolina, resine, lisciva e solventi.

Avanzò sul pavimento in cemento verniciato, avvertendo l'eco di ogni passo: la fabbrica silenziosa, senza operai e coi macchinari spenti, lo fece di colpo sentire come l'ultimo uomo rimasto sulla Terra. Quelle mura in conci di pietra e quei soffitti alti per lui e Agnese avevano da sempre significato «casa»: ci avevano trascorso l'infanzia, giocando a rincorrersi tra le grosse caldaie a vapore e le vasche di raffreddamento, finché un pomeriggio – Lorenzo e Agnese frequentavano ancora la scuola elementare – nonno Renato non li aveva fatti andare nel suo ufficio e, col suo sorriso a mezza bocca, aveva detto: «Un giorno toccherà a voi prendere le redini della fabbrica. Non appena finirete la scuola dell'obbligo, vi voglio a lavorare al saponificio, dalla mattina alla sera. Nel frattempo, imparerete. Verrete qui tutti i pomeriggi, nessuno escluso, ci siamo intesi?» Poi aveva preso da parte Lorenzo e gli aveva bisbigliato: «Conto su di te, ometto. Spetta a te portare avanti il nome dei Rizzo, hai una grande responsabilità. Lo sai, vero?» Lorenzo aveva annuito e gli aveva promesso che mai, per nessuna ragione al mondo, l'avrebbe deluso. Con un filo di voce, aveva aggiunto: «Nonno, io però il diploma lo voglio prendere lo stesso. Come te! Vengo comunque in fabbrica, ogni pomeriggio. Te lo giuro!» Così, da quel giorno, Renato si era messo a insegnare ai nipoti tutto ciò che sapeva e, alla fine, di come si produceva il sapone, i due fratelli avevano imparato ogni segreto. Specialmente Agnese; il nonno lo diceva sempre che lei e soltanto lei aveva ereditato il suo stesso naso. E non si riferiva alla somiglianza, che pure era evidente – entrambi avevano il naso asimmetrico, con un profilo appena irregolare –, ma alla capacità fuori del comune della ragazza di conoscere a fondo le essenze e le loro proprietà, di intercettarle come un segugio. In quel momento, a Lorenzo sembrava quasi di vederli, Agnese e il nonno, che si divertivano un mondo ad aggiungere all'impasto del sapone coloranti, profumi e principi attivi.

Stava per entrare in ufficio quando sentì un rumore improvviso che veniva dal seminterrato. Così andò di sotto, dove c'erano le cisterne contenenti l'olio di sansa. Aveva poco più di quattro anni quando ci aveva messo piede per la prima volta, e lo ricordava molto bene: non appena lui e il padre erano entrati lì, Giuseppe aveva mollato di scatto la mano del figlio e si era messo a vomitare in un angolo, disgustato dall'odore acre che saturava la stanza. «Stai male, papà?» gli aveva chiesto il bambino, tutto preoccupato. «È la sansa», aveva risposto il padre, cercando di ricomporsi. «Non mi ci abituerò mai...» Eppure era stata proprio la sansa a fare la fortuna della sua famiglia: il nonno aveva intuito che si potevano riutilizzare gli scarti di lavorazione dell'olio di oliva - buccette, residui della polpa, frammenti di nocciolino - per ricavare un olio che non si poteva mangiare, ma era perfetto da usare come materia grassa nella produzione del sapone.

Ecco cos'era, pensò Lorenzo, non appena si accorse che la finestrella basculante si era richiusa. *Sarà stato il vento.* Così si arrampicò su una sedia e riaprì la finestra, perché la stanza rimanesse arieggiata, poi tornò al pianoterra. Aprì la porta dell'ufficio che un tempo era stato del nonno, e che ora veniva occupato dal padre - quando c'era -, e si sedette sulla poltrona in pelle, davanti alla scrivania. Sul muro di fronte faceva bella mostra di sé il diploma di laurea in Scienze Agrarie di Renato e, intorno, a occupare il resto della parete, erano appesi, incorniciati, tutti i riconoscimenti, le certificazioni e i premi che il saponificio Rizzo aveva conquistato negli anni. Da qualche tempo si erano aggiunti anche i manifesti e le locandine che Lorenzo si era messo a disegnare: l'ultima, quella per il sapone da bucato *Neve*, ritraeva una giovane donna, cui Lorenzo aveva dato il volto di Angela, che tirava fuori un lenzuolo da una tinozza piena di acqua e di bolle di sapone dalla forma di fiocchi di neve. La donna guardava con occhi meravigliati la biancheria linda e bianchissima. Accanto a lei, per terra e in primo piano, la confezione del sapone solido, con l'etichetta celeste e la scritta *Neve* in stampatello, anch'essa di un bel bianco candido.

Aprì la cartella in cui custodiva i bozzetti e tirò fuori il disegno che, quella mattina, si era deciso a ultimare. Ci stava lavorando da un pezzo: sarebbe servito per rilanciare sul mercato l'*Olive*, una saponetta nutriente per il viso all'olio di oliva. Le vendite non erano mai decollate, forse perché non a tutti piaceva il sentore di oliva, ma adesso Agnese aveva leggermente modificato la formula e addolcito la profumazione con un bouquet di iris e tuberosa.

Lorenzo sollevò il coperchio della scatola di matite colorate e riprese il disegno da dove lo aveva interrotto: nella parte alta della locandina, una donna era accovacciata accanto a un bambino e gli annusava la guancia a occhi chiusi, con un'espressione estasiata; tutt'intorno, la pelle rosea del piccolo sprigionava minuscoli petali. Più in basso, Lorenzo prese a fare lo schizzo della nuova confezione dell'*Olive*: un rettangolo con gli angoli verdi e all'interno un ovale viola chiaro con la scritta *Olive* in corsivo, di un viola più scuro. In fondo, scrisse a matita lo slogan pubblicitario: « Il nutrimento dell'olio di oliva, il profumo inebriante dell'iris e della tuberosa ».

Restò seduto a lavorare per un'ora buona, finché non sentì il cigolio del portone. Si alzò, strascicando la poltrona, e in quel momento Agnese spalancò la porta dell'ufficio: portava i ricci legati in una coda alta e un vestitino giallo, a maniche corte, che lasciava scoperti i polpacci robusti.

« Ah, sei tu », disse Lorenzo, rimettendosi a sedere. « Perché non sei rimasta a dormire? È domenica... »

« Per lo stesso motivo per cui non ci sei rimasto tu », rispose Agnese, fissandolo coi suoi occhi scuri, da gatta.

Lui sorrise. « Vuoi sbirciare, eh? » Girò il foglio e lo mostrò alla sorella.

Agnese lo prese tra le mani e lo esaminò a lungo. « Accipicchia! » esclamò. « Mi piace molto, sai? » Tornò a guardare il disegno, con una faccia soddisfatta. « Sì, sì, è proprio bello. Solo una cosa... E se invece scrivessimo: 'Il solito nutrimento dell'olio d'oliva al nuovo, inebriante profumo di iris e tuberosa'? Così si capisce che è un prodotto diverso. »

Lorenzo parve rifletterci su, poi rispose: « No, troppi concetti. Non mi convince ». E prese a mordicchiarsi il labbro inferiore. « Ecco! » disse poi. « 'Il nutrimento dell'olio di oliva, ora con un nuovo e inebriante profumo.' Cosa ne dici? »

« Sì! Perfetto! » si esaltò Agnese, battendo le mani.

« E sia », disse Lorenzo con un sorriso. Si piegò di nuovo sul foglio, e i capelli gli ricaddero morbidi sulla fronte. Cancellò con la gomma pane la seconda parte della frase e la riscrisse daccapo, come lui e la sorella avevano appena deciso.

Agnese si mise seduta sulla scrivania e, con la testa

piegata da un lato e le gambe ciondolanti, seguì con occhi attenti ogni tratto della mina sulla carta.

« Domani lo mandiamo in stampa », annunciò Lorenzo a disegno finito, posando la matita.

« Sì. Il tempo di farlo vedere a papà... » provò a obiettare lei.

Il fratello spinse indietro la poltrona, e si alzò. « Come se servisse a qualcosa... Gli darebbe un'occhiata distratta, come tutte le altre volte. Lascia stare. L'importante è che vada bene a te e a me. »

Agnese abbassò lo sguardo, imbronciando le labbra. « Come vuoi », mormorò. Poi tornò a guardare il fratello: « Senti, visto che siamo qui, controlliamo la taglierina? Ieri il pedale si è inceppato due volte ».

Lorenzo sollevò gli occhi sull'orologio da parete: segnava le dieci e un quarto. « Non c'è tempo. Alle undici ci vediamo in spiaggia con Angela e Fernando. Riparte oggi, te lo ricordi, sì? Io devo pure ripassare da casa a mettermi il costume. »

« Pure io », rispose Agnese. « Vabbè, vorrà dire che lo faremo più tardi. Di ritorno dalla spiaggia. »

La sabbia scottava da morire: non era stata una buona idea levarsi le scarpe, pensò Agnese, saltellando sulle punte dei piedi per raggiungere il bagnasciuga. Lei e Lorenzo, con un telo da mare ripiegato sul gomito, si fecero largo tra sedie pieghevoli, bambini urlanti che correvano spruzzando acqua, ragazzi che giocavano a pallavolo, file di asciugamani sui quali le donne prendevano il sole o leggevano *Gente* e *Marie Claire*. Dal chiosco di bibite, la radio suonava *Eri piccola così* di Fred Buscaglione.

Giunsero a pochi passi dalla riva. Angela se ne stava distesa a occhi chiusi, con un costume a due pezzi a righe bianche e rosse, che esaltava il suo fisico sinuoso e perfetto. O perlomeno così appariva ad Agnese, se lo paragonava col proprio: sua madre le aveva sempre ripetuto di non stare a preoccuparsi, che, non appena fosse diventata «signorina», il corpo le si sarebbe asciugato e modellato, allungato persino. E invece non era successo proprio un bel niente: Agnese era rimasta ferma al suo metro e cinquantacinque, la pancetta non se n'era più andata e il seno, appena accennato, continuava a sembrare quello di una bambina.

Lorenzo si inginocchiò e diede un bacio lieve sulle labbra di Angela; i capelli di lui le ricaddero sul viso, solleticandolo. La ragazza aprì gli occhi e si accese di gioia. Si tirò su, puntando i gomiti, e gli fece gli occhi dolci.

«Non è troppo striminzito questo costume?» disse lui, spostandole i capelli di lato.

«Non ti piace? Me l'ha regalato la vicina di casa, a lei va stretto.»

Lorenzo sistemò il suo telo accanto a quello di lei e si tolse calzoni e camicia. «Non ho detto che non mi piace. Sei bellissima. E infatti il problema è che ti stanno guardando tutti. Meglio se la prossima volta ti metti il tuo solito costume intero, eh?»

Angela non replicò.

«Accoccolati qui, dai», le disse poi lui, sdraiandosi. Angela si spostò dal suo asciugamano e si adagiò sul corpo di Lorenzo, posando la testa sul suo petto. Lui le baciò la fronte e poi prese ad accarezzarle i capelli.

Agnese dispiegò il suo telo, lottando col venticello che,

a ondate, continuava ad agitarne i lembi, e lo sistemò perpendicolare a quello che era stato lasciato vuoto da Fernando. Si sedette e, dando le spalle ai due ragazzi, si mise a fissare il mare.

«Non stai morendo di caldo, vestita?» le domandò Lorenzo.

«Non ancora», rispose Agnese, girandosi verso il fratello. Tirò giù l'abitino giallo, fino a coprire le caviglie, e tornò a guardare davanti a sé: scorse Fernando che stava nuotando verso la riva, fendendo il mare a grandi bracciate.

«Ciao, *neh*», lo salutò Lorenzo, non appena il ragazzo uscì dall'acqua e li raggiunse. Fernando sorrise e accennò il gesto dell'ombrello.

«Com'è l'acqua? Troppo fredda?» gli chiese Angela, con aria svogliata.

«Macché. È bellissima», rispose Fernando, tirandosi indietro i capelli bagnati che grondavano goccioline sulla sabbia.

Poi si sedette su un angolo del proprio asciugamano, e strizzò l'occhio ad Agnese. In quell'istante, Lorenzo e Angela li oltrepassarono e si diressero verso il mare, tenendosi per mano.

«E tu? Non lo fai il bagno?» chiese Fernando, guardandola con gli stessi occhi nocciola di Angela, anche se quelli di lui erano mille volte più dolci.

Agnese incrociò le mani. «Non ancora», rispose di nuovo. «A che ora hai il treno?»

«Dopo pranzo. Sarà un viaggio molto, molto lungo.»

«Cosa intendevi, quando hai detto che non potrai mai permetterti una Fiat e tua sorella ti ha fulminato con lo sguardo?»

Fernando fece una smorfia. «Lei pensa che io a Torino

faccia chissà quale vita... Invece non ha idea. Sai, certe volte mi chiedo se lavoro in una fabbrica o in una caserma... Facciamo turni massacranti e i salari rimangono sempre gli stessi. Loro, i padroni, si arricchiscono, e noi rimaniamo i soliti morti di fame. E se provi a ribellarti ti mandano a casa. Testa china e lavorare.»

«Ma, scusa, allora vattene e torna qui, no?»

Il ragazzo la fissò. «Per fare cosa? Dopo tutto il tempo che mi ci è voluto per imparare il mestiere?»

Agnese non seppe cosa rispondere. Rimasero zitti per qualche minuto, entrambi con gli occhi fissi su Lorenzo e Angela che, immersi nell'acqua fino alla vita, si erano avvinghiati in un bacio che pareva non finisse più.

«E tu?» domandò Fernando, rompendo il silenzio.

«Io, cosa?»

«Non ce l'hai un fidanzato?» precisò lui, sorridendo.

Agnese alzò le spalle. «Non mi serve.»

Fernando rise. «Cosa vuol dire che non ti serve?»

«Che non ho tempo: sto al saponificio tutto il giorno.»

«Cosa che non esclude l'amore.»

«Sarà. E comunque non mi piace nessuno.»

«Non ancora. Arriverà, il ragazzo che ti farà innamorare.»

«Tu sei innamorato?»

Fernando si tirò indietro sui gomiti. «Innamoratissimo», ammise. «E pure fidanzato. Con una ragazza di lì», spiegò, alzando un dito. «Ma non dirlo ad Angela... e nemmeno a tuo fratello, ché tanto glielo spifferrebbe un secondo dopo.»

«E perché no?»

«Lo sai com'è fatta mia sorella», si limitò a rispondere lui. Ed entrambi sapevano che non c'era bisogno di aggiungere altro.

Agnese si mise a tracciare con un dito un cerchio sulla sabbia umida, poi lo ripassò sul solco una seconda volta, perché uno non era un numero pari. « E com'è? Essere innamorati, voglio dire », gli chiese poi.

Fernando sorrise. « Ti interessa però, eh? »

« È solo curiosità », replicò Agnese. « Lorenzo non ha mai voluto spiegarmelo. 'Quando succederà, lo capirai e basta' », disse, imitando la voce suadente del fratello.

Fernando scoppiò a ridere, poi si girò sul fianco e appoggiò la testa sulla mano a pugno. « Allora provo a spiegartelo io. Diciamo che, quando sei con quella persona, ti senti più felice che con qualsiasi altra e in qualunque altro posto. »

Agnese diventò all'improvviso pensierosa. « No », disse poi, decisa. « Non esiste una persona che possa rendermi più felice di quando sto al saponificio. Impossibile. »

Come in risposta a quella solenne affermazione, lungo tutta la spiaggia risuonò la sirena che annunciava l'ingresso di una nave in porto.

2

« Io e te cosa siamo? »

ottobre 1958

L'aria frizzantina di inizio ottobre gli carezzò il viso: dal ponte di coperta, Giorgio incrociò sul corrimano le braccia sottili e ambrate e si mise a osservare la città che si allargava davanti ai suoi occhi via via che la nave si avvicinava al molo. Araglie gli si presentava come un borgo compatto di case e edifici bassi in carparo e tufo, con un castello maestoso, bagnato per una parte dal mare. Era la prima volta che faceva tappa in Puglia: non vedeva l'ora di mettere i piedi sulla terraferma, comprare finalmente le sue Camel, fare un pasto decente in un'osteria e magari una gran bella bevuta di vino. Non chiedeva altro, dopo settimane ininterrotte di navigazione: l'ultimo sbarco risaliva a più di venti giorni prima, quando la nave mercantile aveva lasciato l'India.

Su un peschereccio poco più in là, dei pescatori a petto nudo stavano sciogliendo i nodi di una grossa rete: quando gli uomini aprirono il sacco, scoprendo la ricca pesca di quella mattina, a Giorgio sembrò di fare un tuffo nell'odore famigliare del pesce fresco.

Mentre uno stormo di gabbiani garriva, danzando al di sopra delle vele, la nave prese a roteare per offrire il fianco alla banchina di ormeggio. Quando l'imbarcazione terminò la manovra e si posizionò di lato, il ragazzo sentì la voce possente e lievemente roca del nostromo che urlava: « Belesecche! » Il soprannome gli era stato affibbiato dai suoi amici quand'era bambino, tanto era secco, tutto pelle e ossa. Crescendo, si era leggermente irrobustito, ma non abbastanza per cancellare quel nomignolo; ci era talmente abituato che ormai, quando gli capitava di presentarsi a degli sconosciuti, diceva: « Piacere, Belesecche ». Giorgio sospettava che pochi dei suoi compagni fossero a conoscenza del suo vero cognome: Canepa.

« Gli altri sono già ai posti di manovra. Ti muovi, o preferisci *ca' t'o pporto 'o ccafè?* » lo sbeffeggiò il nostromo, con la sua marcata inflessione napoletana. Era incredibile come da un uomo così basso e mingherlino potesse venire fuori una voce simile, capace di far tremare le pareti di una caverna, pensò Giorgio. Quindi ridacchiò e spalancò le braccia, come a dire: *Sono nato pronto, non lo vedi?* Legò un sacchetto di sabbia all'estremità di una cima e la lanciò a uno degli ormeggiatori in attesa sulla banchina; quello la afferrò al primo colpo e la tirò a sé, trascinando la gomena di attracco sul molo, finché non la incappellò alla bitta di ormeggio.

« Belesecche, io mi cambio la maglietta e ci sono. » Gli si era avvicinato uno dei suoi compagni, un ragazzone con gambe e braccia muscolose, il volto sbarbato e il capo pelato. All'anagrafe era Emanuele Costa, ma Giorgio lo aveva subito ribattezzato « Baciccia », perché era così che dalle sue parti, a Savona, chiamavano quelli di Genova.

« Ti aspetto qui », rispose Giorgio. « Non appena hai fatto, scendiamo. »

« E tu non la cambi, la maglietta? » domandò Baciccia, aggrottando la fronte.

Giorgio alzò le braccia e si annusò prima un'ascella, poi l'altra, annuendo compiaciuto, intanto che l'amico lo fissava divertito.

«Mica puzzo come te», rispose. E gli strizzò l'occhio con un sorriso.

In quegli stessi istanti, dall'altra parte della città, Agnese avanzava a piedi nudi sull'erba. In mano teneva un quaderno con la copertina nera e i bordi rossi, gonfio come se fosse caduto in acqua e poi messo ad asciugare al sole, sul quale era agganciata una penna Bic. Nell'incavo del braccio reggeva una borsa di tela chiara. Si trovava nella campagna di fronte alla casa di Teresa, l'amica con cui aveva appuntamento per andare allo spaccio. Agnese era arrivata in anticipo di proposito, per fare un giro tra le scille d'autunno, i fiori che proprio lì crescevano rigogliosi. Raccolse la lunga gonna del vestito intorno alle gambe e si chinò su un cespuglio di fiorellini color lilla, dalle piccole corolle a stella: li annusò chiudendo gli occhi, poi si accovacciò, tirò fuori una paletta dalla borsa e si mise a scavare per estrarne un bel po' senza intaccare i bulbi. Una volta che ne ebbe una grossa manciata in mano, li contò: erano cinquantuno, quindi ne scartò uno, riconsegnandolo alla terra. Poi si mise a osservare con un sorriso quei bulbi stranissimi, che sembravano tante piccole pere. In uno dei manuali universitari del nonno, aveva letto che nel bulbo della scilla d'autunno si trovavano sostanze antinfiammatorie, e così aveva subito pensato a una saponetta nuova che, oltre a detergere, curasse la pelle proprio come un unguento. Al momento non era che una possibilità, un esperimento ancora tutto da verificare, motivo per cui ne aveva fatto parola soltanto con Lorenzo. Eppure doveva aspettarselo che suo fratello si sarebbe entusiasmato seduta stante e sarebbe partito in quarta, perché era così che reagiva ogni volta che Agnese gli esponeva un'idea che poteva concretizzarsi in un nuovo prodotto di Casa Rizzo.

Agnese infilò il mazzetto e la paletta nella sacca di tela. Poi aprì il quaderno a una pagina bianca e coi denti levò il tappo della Bic; stava per mettersi ad annotare le sensazioni olfattive quando Teresa, dalla strada, la chiamò a gran voce. Agnese si girò e la salutò agitando il braccio. Quindi richiuse il quaderno e si affrettò verso l'amica.

« Ma cosa ci fai con un tappo in bocca? » le domandò Teresa non appena se la ritrovò davanti.

Agnese sgranò gli occhi e prese il tappo. « L'avevo dimenticato », replicò, come se fosse la risposta più ovvia. Lo rimise sulla penna e infilò questa nella sacca, insieme al quaderno.

Teresa sospirò. Aveva la stessa età di Agnese e, come lei, era cresciuta giocando tra le mura di Casa Rizzo. Il padre di Teresa, Mario Greco, era infatti uno degli operai storici del saponificio. Era stato nonno Renato ad assumerlo, quando Mario era ancora un ragazzino, e adesso era il capo operaio, quello cui tutti facevano riferimento.

« Intendi venire scalza? » disse Teresa, fissandola coi suoi occhietti marroni sporgenti, che le davano l'aria di essere sempre sul chi va là.

Agnese abbassò lo sguardo sui piedi nudi. « Accipicchia! » esclamò. *Ma dove ho lasciato le scarpe?* pensò, guardandosi intorno.

Le due ragazze si misero a cercarle: le trovarono poco

lontano, sul ciglio della strada. Agnese le indossò, prima la destra e poi la sinistra, reggendosi con una mano alla spalla di Teresa.

Si incamminarono e, nel giro di pochi minuti, arrivarono in piazza del Municipio affollata di gente, tra chi se ne stava sulle panchine e chi ai tavolini esterni del Bar Italia, con le sue tende spioventi a righe bianche e blu e il manifesto Cinzano sulla porta a vetri. Svoltarono a destra e imboccarono la famosa « via degli artigiani », un autentico vanto della città, tanto da attirare compratori non solo dai paesi vicini, ma pure al di là del mare. Passarono davanti alla bottega di ceramiche e Agnese lanciò uno sguardo all'interno: adocchiò Angela, che lì lavorava da anni, alle prese con una cliente cui, col suo sorriso da incantatrice, stava mostrando dei piatti coloratissimi.

« Entriamo a salutarla », disse Teresa, indicando la bottega con un cenno del capo.

« No, non mi va », rispose Agnese.

« Due minuti, dai, cosa ti costa », insistette l'amica.

« Non mi va, ho detto. Tanto non le farebbe piacere », replicò Agnese.

« Esagerata... Sei la sorella del suo fidanzato, ovvio che le fa piacere. »

« Ti dico di no. Quella non mi sopporta. Certe volte sembra quasi gelosa, di me e Lorenzo... »

Imbronciò le labbra e tirò Teresa per il braccio, sveltendo il passo tra la mercanzia esposta lungo tutta la strada, dai tessuti di lino e cotone finemente ricamati ai vasi in terracotta e ai più disparati oggetti in ceramica, dai presepi e pupi in cartapesta alle gabbie e ai panieri in giunco. Raggiunsero così la piazza basolata dalla forma esagonale nel momento in cui le campane della chiesa barocca di San Francesco, posta al centro, cominciavano a battere le dodici. Agnese si tappò le orecchie con le mani e si diresse rapida verso lo spaccio, all'imbocco della stradina laterale alla chiesa, una sorta di scorciatoia che conduceva al porto e da cui si potevano scorgere gli alberi delle grandi navi a vela.

« Buongiorno, Concetta », dissero le due ragazze, all'unisono.

La donna era in piedi su una sedia, a cercare chissà cosa su una delle lunghe mensole che occupavano le pareti fino al soffitto e che straripavano di merci di ogni tipo, dalle scatole di pelati alle sigarette, dai detersivi agli attrezzi da cucito.

« Buongiorno, signorine », le accolse sorridente Concetta, voltandosi. Aveva circa quarant'anni, era alta e giunonica, con una criniera di capelli neri che teneva sciolti sulle spalle. Si portò giù dalla sedia e andò loro incontro, scansando la roba accatastata sul pavimento, in un ammasso disordinato.

Agnese notò all'istante la nuova locandina del sapone *Olive*, appesa sul muro con quattro strisce di nastro adesivo trasparente; sotto, c'era una pila delle nuove confezioni e, accanto, sempre per terra, altri prodotti di Casa Rizzo: la saponetta *Marianne*, il sapone da bucato *Neve*, quello da barba, il *Lisse*.

« Vittoria, guarda chi c'è », urlò Concetta, in direzione di una porticina in fondo.

Si sentì lo scarico del bagno e, un attimo dopo, dalla porta sbucò una bambina di otto anni: non appena vide Agnese, sorrise, e un rivolo di saliva le colò di lato. Si avvicinò con un'andatura sghemba, con le gambe che si scomponevano a ogni passo e, quando fu di fronte ad Agnese, si slanciò ad abbracciarla.

«Piano, ché la fai cadere», la ammonì la madre, con una smorfia di pena e tenerezza.

«Non c'è problema, Concetta», la rassicurò subito Agnese, accarezzando i capelli della bambina, tagliati a spazzola come quelli di un maschio.

«Senti!» disse poi Vittoria, porgendole le mani.

Agnese si abbassò e le annusò: profumavano di talco, come ogni volta. Vittoria aveva una sorta di fissazione per la saponetta *Marianne* e, dunque, per Agnese: era convinta che fosse stata lei a inventare quella profumazione meravigliosa, sebbene Agnese le avesse più volte spiegato che il merito era tutto di suo nonno.

«Cosa vi do?» chiese Concetta, mettendosi dietro il bancone.

Dall'incavo tra i grossi seni, Teresa tirò fuori un foglietto ripiegato e fece per aprire bocca, quando due ragazzi varcarono la porta.

«Buongiorno, signore!» disse uno dei due, con un accento che non era del posto.

Agnese si risollevò, lasciando andare le mani di Vittoria.

«Due pacchetti di Camel, per favore», continuò il ragazzo, avvicinandosi al bancone, mentre l'amico rimase ad aspettarlo appoggiato allo stipite della porta.

Agnese lo sbirciò da dietro. *È persino più alto di mio fratello,* pensò. Aveva un corpo asciutto e tonico, gambe lunghe e mani affusolate. Sull'avambraccio sinistro c'era una piccola voglia scura dai contorni indefiniti. Concetta, con le gote di colpo arrossate, gli porse i due pacchetti di sigarette; lui prese una moneta dalla tasca dei pantaloni e la posò sul bancone. Sotto l'altro braccio - Agnese se ne accorse soltanto in quell'istante - teneva una copia arrotolata dell'*Unità*. Prese gli spiccioli di resto e se li ficcò in tasca. Quando il ragazzo finalmente si girò, Agnese sentì il respiro mozzarsi in gola: non aveva mai visto un viso così bello in tutta la sua vita. Lo fissò, come imbambolata: gli occhi grandi e allungati, azzurri come il mare, il naso dritto, con la punta tonda, la bocca carnosa, con gli angoli all'ingiù. E poi i capelli castano chiaro, setosi solo a guardarli. *Da passarci dentro le dita,* pensò.

Sentendosi osservato, il giovane fissò Agnese di rimando, con un'espressione divertita e incuriosita al contempo. « Hai uno stelo tra i capelli », disse poi.

E, prima che Agnese potesse replicare, lui le si fece vicino e le tolse il filo d'erba che si era incastrato nei ricci.

« Mannaggia a me e a 'sti capelli pazzi! Ci si impiglia sempre di tutto », sbottò Agnese, toccandoseli.

Lui strabuzzò gli occhi e scoppiò a ridere, di gusto. Sul volto di Agnese comparve lentamente un sorriso: nessuna delle persone che conosceva rideva in quel modo; era una risata travolgente e irresistibile, spumosa come la cresta delle onde.

« Siete marinai, vero? » s'intromise Concetta, con una smorfia civettuola. La piccola Vittoria era adesso seduta sul bancone, e si contorceva le mani a testa bassa, mormorando parole incomprensibili.

Il ragazzo si voltò. « Sissignora! »

« Concetta. Mi chiamo Concetta », puntualizzò lei. « E da dove venite? »

« Io da Savona. Invece quel tizio lì... » continuò il ragazzo con un sorriso, indicando l'amico sulla porta, « ... da Genova. »

« Un nome non ce l'avete? » insistette Concetta.

« Io sono Belesecche, lui è Baciccia. »

La donna lo guardò con aria vagamente offesa, come se si sentisse presa in giro.

«Mi chiamo Giorgio, in verità», specificò poi lui.

«E io Emanuele», disse l'amico, alzando una mano e avanzando di un passo.

«Sei comunista?» domandò d'improvviso Teresa, indicando *l'Unità* con un cenno del mento.

«Sì, sono comunista», rispose Giorgio, facendosi serio.

«Anche mio padre lo è», disse Teresa.

«E tu?» le domandò Giorgio. «Tu lo sei?»

«Pure io.»

Agnese si stranì. Lo stava scoprendo in quel momento, che l'amica era comunista. *Da quando s'interessa di politica?*

«E sono con Che Guevara e le truppe ribelli», continuò Teresa, come per dimostrargli che non si era dichiarata comunista tanto per dire. «Vedrai che, entro la fine dell'anno, Batista cadrà», aggiunse, accarezzandosi una treccia.

Agnese la guardò, sempre più incredula. *È abituata a parlare di politica, a quanto pare. Solo che non lo fa con me,* si disse, con una fitta di delusione.

Giorgio si addossò al bancone, dando le spalle a Concetta, che parve risentirsi. «La penso come te», disse, rivolgendosi a Teresa. «Sono convinto anch'io che i rivoluzionari finiranno per vincere. Specialmente dopo l'offensiva di Batista in Sierra Maestra, ora sono più arrabbiati e motivati che mai.»

Agnese seguiva la conversazione a occhi bassi, come per nascondere la vergogna della propria ignoranza.

«E tu, capelli pazzi?» disse Giorgio con un largo sorriso, tornando a guardare Agnese. «Non hai detto nulla. A te non interessa la rivoluzione?»

«Ad Agnese interessano i saponi», sussurrò Vittoria, continuando a torcersi le mani.

«In che senso?» domandò Giorgio con un'espressione

vagamente sorpresa, puntando addosso ad Agnese i suoi occhioni azzurri.

Il cuore di lei, inchiodato da quello sguardo, prese ad agitarsi furiosamente. « Li formulo... È quello che so fare... » rispose, con un tremolio nella voce.

« La signorina Rizzo è la proprietaria della fabbrica di saponi », spiegò Concetta, che smaniava per attirare di nuovo l'attenzione di Giorgio. « Casa Rizzo, vedi? » continuò, indicando i prodotti accatastati sul pavimento.

Giorgio voltò la testa e diede un'occhiata veloce. Cogliendo quello sguardo distratto, Agnese ebbe la netta sensazione che a lui non importasse proprio nulla dei suoi saponi, e si sentì ferita più del dovuto.

« Va bene, signore », disse allora Giorgio, battendo sul palmo *l'Unità* arrotolata. « Grazie per la compagnia, ma noi ora si va! » Aprì uno dei pacchetti di Camel e sfilò una sigaretta.

« Vi rivediamo, da queste parti? » domandò Concetta.

Giorgio alzò le spalle e batté la sigaretta sul dorso della mano. « Può darsi. »

E poi, inaspettatamente, rivolse un ultimo, lungo sguardo ad Agnese: la stava biasimando perché non sapeva nulla di Che Guevara e della rivoluzione? O perché non si era dichiarata comunista pure lei? Di sicuro, pensò, era uno sguardo che non diceva niente di buono.

Quando i due ragazzi furono usciti, nello spaccio sembrò calare il sipario, come se su un palcoscenico, con l'attore protagonista ormai dietro le quinte, fossero rimaste soltanto comparse senza battute.

Toccò a Vittoria rompere il silenzio. « Cosa vuol dire 'comunista'? »

« Te lo spiego un'altra volta », rispose Concetta, sbrigativa, e la fece scendere dal bancone, sollevandola per le ascelle.

« Com'è che sai tutte queste cose, tu? » domandò Agnese all'amica.

« Al liceo il professore ci fa leggere il giornale ogni mattina », ribatté Teresa. E la guardò come a dire: *Ma che ne sai tu, che a scuola non ci sei più andata?*

Embè? pensò Agnese. *Tutto quello che mi interessava sapere non era scritto nei libri di scuola, ma nei manuali del nonno...* Lei non era come Lorenzo che, sebbene lavorasse già in fabbrica, aveva voluto prendere comunque il diploma al liceo classico.

« E perché non mi hai mai detto che sei comunista? »

L'altra le scoccò un'occhiata ironica. « C'è bisogno di dirlo? Figlia di operai sono. »

« Be', potevi parlarmene lo stesso, potevi... spiegarmi la politica. »

« Seee, figurati. Te ne sei sempre fregata. Non hai mai letto un quotidiano in vita tua. E poi stai dall'altra parte, non potresti capire. »

« Perché sei così dura? Sembra quasi che tu ce l'abbia con me... »

Teresa sospirò. « Ce l'ho con tutti i padroni, non con te in particolare. »

« Ma io non sono 'tutti i padroni'. Sono Agnese, ti ricordi? »

« Cosa c'entra? Non essere infantile, per favore », troncò Teresa, senza dissimulare il fastidio.

Agnese ammutolì, turbata da quella risposta brusca. E, mentre Teresa si avvicinava a Concetta e dispiegava finalmente il foglietto con la lista, si chiese, con gli occhi fissi sulla locandina disegnata dal fratello, se tutti gli altri operai di Casa Rizzo fossero comunisti, e se lo fossero anche tutti i loro figli...

« E a te invece cosa serve? » la distolse Concetta, dopo aver consegnato a Teresa un sacchetto di carta con dentro la spesa.

« Aspetta... Mia madre me l'aveva segnato da qualche parte », rispose Agnese, mettendosi a frugare nella borsa di tela. Trovò il bigliettino spiegazzato: *1 litro di latte e 3 panini*, aveva scritto Salvatora, con la sua grafia incerta.

Agnese rialzò lo sguardo su Concetta. « Due litri di latte e quattro panini, per favore. »

Il lunedì mattina, quando Lorenzo e Agnese, in sella alla Lambretta, arrivarono nello spiazzo antistante la fabbrica, due operai stavano caricando grossi cartoni imballati sul cassone di un camioncino Fiat 615 color petrolio. Erano da poco passate le otto e mezzo, e tutto il personale di Casa Rizzo era già in piena attività; tutto a eccezione di Giuseppe che, come al solito, non metteva piede in ufficio prima delle undici. Certe volte arrivava addirittura dopo mezzogiorno. Sebbene fosse « il padrone », era l'ultimo a presentarsi al lavoro e il primo ad andarsene. L'esatto contrario di nonno Renato, che arrivava in fabbrica prima di tutti gli altri e se ne andava soltanto quando Casa Rizzo si svuotava.

Agnese e Lorenzo erano stati forgiati secondo la disciplina del nonno e, come lui, non mollavano il posto di lavoro finché la giornata non era davvero finita. Era quello il motivo per cui i dipendenti, da qualche tempo, se avevano bisogno di qualcosa, si rivolgevano direttamente ai due fratelli. A cominciare da Mario, il capo operaio: quando c'era da decidere su produzione, spedizioni, assortimento o altro, preferiva discuterne con « i giovani Rizzo ». Tanto, da un bel po', Giuseppe non faceva che rispondere: « Sì, vedi tu, per me va bene », alzando le spalle spioventi.

« Ci sono anche le consegne dell'*Olive*? » domandò Lorenzo ai due uomini, scrutando la merce sul cassone.

« Sì, sono i quattro colli che abbiamo già caricato », rispose un operaio, un omone con le braccia nerborute e le sopracciglia cespugliose.

« Ci avete messo dentro anche le locandine, vero? » si assicurò Lorenzo.

« Sì, sì, come ci avete istruito ieri », rispose l'altro, un tipo basso e tarchiato, con la barba riccioluta e brizzolata.

« Benissimo. Grazie », replicò Lorenzo, un attimo prima di entrare in fabbrica.

Agnese passò accanto ai due uomini e tese le labbra in un piccolo sorriso, agitando la mano. A tracolla teneva la borsa di tela da cui uscivano le sommità fiorite delle scille d'autunno.

I due fratelli fecero un saluto generale, poi si chiusero in ufficio.

« Devo fare un sacco di prove », esordì Agnese, sedendosi in ginocchio sulla poltrona di pelle. « Intanto bisogna vedere come si comporta il principio attivo, a contatto con l'impasto caldo, se il potere detergente rimarrà inalterato, e poi come saranno l'aspetto, il colore, l'odore, se e quanto si possono aggiustare, nel caso... »

« Lo so, lo so », la interruppe Lorenzo, seduto sulla scrivania. « Incarichiamo subito Mario di predisporre tutto per l'estrazione. Prima cominciamo, prima possiamo fare tutte le prove che vuoi. »

Agnese annuì. « Vado a cercarlo », disse, scendendo dalla poltrona.

« Non appena arriva papà, ne parliamo anche con lui », annunciò Lorenzo, con piglio deciso, mentre Agnese aveva già una mano sulla maniglia.

Lei si voltò. « Di già? Aspetta, no? Che fretta c'è? Prima vediamo cosa ne viene fuori... »

« Non intendo aspettare. Voglio che sappia che almeno io e te, qui dentro, ci diamo da fare. »

« Ma lo sa già... Lo vede. *Ci* vede. »

« Ne sei proprio sicura? Se fosse per lui, 'sto posto », disse, roteando un dito, « potrebbe tranquillamente andare in malora. »

Agnese piegò le labbra, la mano ferma sulla maniglia. « Dai, non ti arrabbiare... »

Lorenzo sbuffò e incrociò le braccia. « Non mi arrabbio, va bene », rispose, cercando di ammorbidire la voce.

Agnese gli restituì un sorriso. « Ecco, così mi piaci. » E fece per aprire la porta.

« Aspetta, va', vengo pure io », disse Lorenzo.

Ma quando il fratello le fu vicino, un momento prima di uscire, Agnese lo guardò. « Tu lo sapevi che Mario è comunista? » gli chiese. « Me l'ha detto Teresa. Anche lei lo è. »

Lorenzo sgranò gli occhi, sorpreso, ma lei non avrebbe saputo dire se per la domanda o per la rivelazione. « No, non lo sapevo », mormorò infine. « Però immagino che qui dentro lo siano tutti. »

« Tu lo sei? » indagò Agnese.

Lorenzo fece spallucce. « La verità, sorellina? Non me ne importa un bel niente. Democristiani, comunisti, socialisti... Facciano quel che vogliono. Io penso a me e alle cose mie, del resto me ne frego. »

Agnese parve rifletterci su per qualche secondo, con lo sguardo basso. Poi tornò con gli occhi su Lorenzo. « Mi sa che me ne frego pure io », disse. « Però, scusa, se non siamo democristiani, e non siamo comunisti, e neppure socialisti, io e te cosa siamo? »

Il fratello le rivolse un grande sorriso. « Siamo Lorenzo e Agnese Rizzo. Nipoti di Renato Rizzo. Saponieri dal 1920. Questo siamo. »

Arrivati al piano di sopra, attraversarono il primo vano, dove il sapone fluido, dopo essere passato dalle caldaie di cottura ai miscelatori, si stava raffreddando in vasche rettangolari formate da tavole di legno incastrate, e proseguirono nella stanza adiacente, dove un uomo stava suddividendo grossi blocchi di sapone, già solidificati, pigiando su una taglierina a pedale. Poco distante, un giovane sui vent'anni premeva ritmicamente un altro pedale, azionando la pressa per la stampigliatura: introduceva nel macchinario, uno alla volta, i pezzi di sapone già tagliati e poi li toglieva rifiniti e con lo stampo bello e fatto. Se avesse continuato con quel ritmo, nel giro di un'ora avrebbe finito col pressare almeno novecento pezzi.

Trovarono Mario nella terza stanza del primo piano, quella che fungeva da magazzino: nella sua tuta da lavoro beige, stava facendo il punto sull'assortimento della merce, come dopo ogni spedizione. Era un uomo alto e irsuto, con le braccia tornite e le vene in rilievo, e dita e denti ingialliti per via delle trenta Nazionali senza filtro che fumava ogni giorno.

Con un quaderno a quadretti e una penna tra le mani, stava ispezionando ogni scaffale, annotando via via il numero delle scorte rimaste per ogni prodotto.

« Oggi andiamo col *Neve* », disse Mario, puntando dritto al sodo, non appena scorse i due fratelli. « Accendo solo una caldaia; per mo' basta una cotta di diecimila chili », continuò, senza staccare lo sguardo dallo scaffale.

« Facciamole partire tutte e due, le caldaie. Il *Neve* sta andando via in fretta », propose Lorenzo.

« Lo so, ma l'altra mi serve per l'*Olive* », obiettò Mario, annotando una cifra sul quaderno. « Sono arrivati nuovi ordini da tutta la provincia. Non te l'ha detto, tuo padre? » E si voltò finalmente verso Lorenzo, aggrottando la fronte e fissandolo coi suoi occhi vispi e sporgenti, tali e quali a quelli di Teresa.

« Gli sarà sfuggito, tra un cruciverba e l'altro », rispose lui, con sarcasmo.

Agnese sbirciò nel ripiano in cui c'era la linea di saponette *Marianne,* e le sembrò che ci fosse esattamente lo stesso numero di pezzi del giorno precedente, e di quello prima ancora.

« Non è partita la *Marianne,* stamattina? » chiese.

Mario sospirò. « La richiesta è molto calata, da qualche tempo. Tocca fermare la produzione; ci basta la scorta che abbiamo. »

« Ma come... » mormorò Agnese. « Come è possibile? »

« E che ti devo dire... Si vede che i gusti della gente stanno cambiando », commentò Mario.

« Potremmo rinnovare le confezioni; pensare a una nuova campagna pubblicitaria », disse subito Lorenzo.

« Magari compriamo un altro spazio sul giornale. Non ti preoccupare », concluse, accarezzando la guancia della sorella.

Agnese s'imbronciò: per lei, quella era la saponetta perfetta, la più profumata del mondo. Come poteva non piacere a tutti?

« Non appena hai finito, ti aspettiamo di sotto, dobbiamo parlarti di un progetto nuovo », disse Lorenzo.

Mario chiuse il quaderno e incastrò la penna dietro l'orecchio. « Allora scendo mo', con voi. Qua finisco dopo. »

Una volta che furono di nuovo in ufficio, i due fratelli raccontarono a Mario, per filo e per segno, ciò che avevano in mente.

« Va bene. Proviamo, certo », commentò l'uomo. « Da' a me », disse, indicando la borsa di tela col grosso mazzo di scille d'autunno. « Dico agli addetti all'estrazione di mettersi subito al lavoro. »

Agnese si strinse la borsa al petto. « Preferisco occuparmene personalmente », disse. « È un procedimento delicato, bisogna frantumare sottilmente il bulbo, perché in questo caso è meglio estrarre il principio attivo dalla polvere », spiegò. « E poi bisogna fare attenzione alla miscela dei solventi da utilizzare, e alla temperatura... Insomma, è complicato da spiegare. Grazie, Mario, ma ci penso io. »

L'uomo alzò le spalle. « Come preferisci... » mormorò.

Quando Agnese parlava in quel modo, sicura e competente, era sputata al nonno, pensò Lorenzo. D'altronde da Renato lei aveva ereditato non solo il naso, ma anche tutte le conoscenze tecniche che lui possedeva, dalla chimica alla botanica, dalla biologia alle coltivazioni erbacee: quante volte l'aveva vista china sui manuali universitari del nonno, a studiare e sottolineare fino a consumare le pagine, mentre lui faceva una versione di latino o di greco. Se all'esterno della fabbrica sua sorella appariva talvolta buffa e stralunata, lì dentro pareva trasformarsi. Come se il mondo, là fuori, non fosse il suo posto.

Quella sera, quando i due fratelli tornarono a casa, le risate complici dei genitori li raggiunsero non appena aprirono la porta. Si guardarono come a dire: *Ma che c'avranno da ridere?*

Salvatora era in piedi davanti al lungo tavolo in legno, con indosso un vestito a fiori e in mano il coltello con cui aveva appena affettato i pomodori sul tagliere; i capelli di un castano sbiadito erano raccolti nella solita crocchia. Stava ridendo in modo sguaiato. Quando rideva così, sua madre si guastava, pensò Agnese. Era come se i lineamenti le si alterassero: i solchi ai lati delle labbra turgide – lei le aveva ereditate pari pari, come i polpacci massicci – si trasformavano in crepe profonde, e il naso a patata si espandeva, sformando le narici. Agnese non lo aveva mai confessato a nessuno e si sentiva in colpa anche solo a pensarlo, ma dal profondo del cuore si augurava di non ritrovarsi mai a somigliarle, un giorno.

Giuseppe era seduto di fronte alla moglie, con l'inseparabile *Settimana Enigmistica* davanti, gli occhiali da vista sulla punta del naso aquilino, lì dove sporgeva un neo nerastro, e la penna nella mano sinistra. La camicia bianca, ripiegata sui gomiti, stringeva sulla pancia prominente.

«Ciao, giovanotti», li salutò Salvatora, con un guizzo allegro, non appena si accorse che i figli avevano fatto capolino in cucina. Giuseppe smise di ridacchiare e li salutò sollevando il mento.

« Perché ridevate? » domandò Agnese.

« Ma niente, una vignetta sulla *Settimana Enigmistica* », rispose la madre. « Anzi, Giuse', leggila pure a loro, va'. »

« Lascia stare la vignetta. Ti abbiamo aspettato in fabbrica per tutto il giorno », lo attaccò Lorenzo.

« Ho fatto tardi. Avevo un appuntamento di lavoro fuori città. »

« È che... volevamo parlarti di un'idea nuova », intervenne Agnese.

Giuseppe tuffò lo sguardo nella *Settimana Enigmistica*. « Ne discutiamo in un altro momento. Tra poco si cena. »

« E figurati, quando mai... » scattò Lorenzo.

La madre gli lanciò un'occhiata di rimprovero, come a dire di starsene buono. Oppure voleva far andare la cena di traverso a tutti quanti? « Agnese, apparecchia, su », ordinò poi alla figlia. « Prendi due piatti in più, ci sono pure la zia Luisa e lo zio Domenico », continuò, indicando la credenza.

« Te la accenniamo soltanto, papà. Poi domani ne parliamo meglio », disse Agnese.

« Cosa cambia tra stasera e domattina? Dai, aiuta la mamma a preparare la tavola », rispose Giuseppe.

« Il piatto mio non lo mettere », disse Lorenzo, con la faccia scura. « Vado da Angela. »

« Ma ci sono gli zii », protestò Salvatora. « Vengono apposta da Lecce. »

« E salutameli », ribatté lui.

« Guarda che lo zio ci rimane male, se non ti vede. »

Lorenzo alzò le spalle. « E chi se ne frega », disse, e uscì dalla stanza.

Coi piatti tra le mani e la faccia desolata, Agnese rimase immobile a guardarlo andare via.

Salvatora sospirò, poi mise i pomodori in un tegame.

« Papà, ma cosa ti costava starci a sentire? » mormorò Agnese.

Giuseppe sollevò gli occhi dal cruciverba e, senza fissare nessuno in particolare, chiese: « Il nome della Turner. Quattro lettere. Finisce con la 'a' ».

« Lana », mugugnò lei, senza guardarlo, mentre posava i piatti sul tavolo.

Giuseppe annuì e, tutto soddisfatto, si affrettò a scrivere la parola nelle piccole caselle quadrate.

Gli zii arrivarono giusto in tempo per guardare *Carosello*, prima di cena. Dopo uno scambio di baci, abbracci, pacche sulle spalle, di: « Ma quante cose hai cucinato? Non ti dovevi disturbare tanto », e: « Ci mancherebbe pure! Toglietevi il soprabito e mettetevi comodi », si spostarono tutti in salotto. Salvatora e sua cognata Luisa, una donna di poco più di trent'anni, col rossetto scuro, il viso incipriato e i capelli cotonati, si sedettero vicine sul divano ocra di velluto trapuntato; zio Domenico, pipa in bocca e barba lunga, si accomodò in una delle due poltrone verdi coi braccioli in legno. Nell'altra, ci si sprofondò Giuseppe.

« Ma Lorenzo quando arriva? » chiese Domenico. « Gli ho portato il catalogo di una mostra che ho visitato a Roma, la settimana scorsa. »

« È andato a cena da Angela. Non lo sapeva che c'eravate... non è neppure passato da casa, dopo il lavoro », mentì Salvatora, con un sorriso fasullo e le gote arrossate. « Ma grazie per il catalogo, che bel pensiero. Mo' vedi come sarà contento. »

« Che peccato. Avrei preferito che lo sfogliassimo insieme, per spiegargli delle cose... » mormorò lui, con una smorfia.

Lo zio Domenico non si sforzava neanche un po' di nascondere la sua predilezione per il nipote maschio, pensò Agnese. Forse perché con Lorenzo aveva in comune la passione per la pittura, e solo a lui Domenico aveva insegnato a usare tempere e pennelli e ad amare la storia dell'arte, quando Lorenzo era bambino, prima che lo zio si trasferisse a Lecce per aprire una galleria tutta sua.

« E tu, Agnese? Cosa ci racconti? L'hai trovato il fidanzato? » domandò zia Luisa, con una vocina stridula.

« Figurati se mi dà 'sta gioia », rispose Salvatora, con aria esasperata. « Io alla sua età ero già sposata e sistemata... lei invece pensa ai saponi... »

Agnese si accigliò. « Non mi serve un fidanzato, sto bene come sto. »

Salvatora scosse la testa e alzò gli occhi al cielo.

« Adesso dici così, ma poi vedrai... Non vorrai mica rimanere zitella? » disse Luisa, con un sorrisetto.

« Se continua così, è probabile », commentò Salvatora. « Giuse', accendi il televisore, per favore », disse poi, troncando la conversazione.

Giuseppe si sollevò dalla poltrona con un leggero affanno, spostò il tavolino ovale, su cui c'era una copia di *Famiglia Cristiana*, si trascinò vicino al piccolo televisore e girò la manopola sotto il marchio Geloso, finché lo studio del telegiornale non comparve sullo schermo bombato.

Agnese si mise seduta per terra, avvicinò le ginocchia al petto e ci posò sopra una guancia. Non riusciva a smettere di pensare al fratello, al modo in cui se n'era andato, così gonfio di rabbia. Si sentiva davvero dispiaciuta per lui; sapeva quanto ci fosse rimasto male. D'altronde, Lorenzo era fatto così: si faceva saltare i nervi ogni volta che non riusciva a reggere il peso della tristezza o della delusione. Agnese non avrebbe saputo dire quante volte lo aveva visto allontanarsi col cuore ferito...

Non appena l'orologio appeso alla parete segnò le nove meno dieci, i sipari di *Carosello* presero ad aprirsi l'uno dopo l'altro sullo schermo, in un susseguirsi di ballerine, giocolieri e musicanti.

Agnese inspirò a fondo e chiuse gli occhi.

3

Lo strappo

gennaio-febbraio 1959

Dopo quanto tempo una bugia diventa la verità? si chiese Giuseppe, mentre beveva il caffè al bancone del Bar Italia e i «Buongiorno, dottor Rizzo» si affastellavano. Tutti si ostinavano a chiamarlo «dottore», sebbene alla laurea non ci fosse mai arrivato: costretto dal padre, aveva frequentato due anni di Agraria, a Bari, ma senza sostenere un solo esame. «Torna a casa, va', ché non sei buono a studiare, ci hai fatto soltanto buttare soldi», gli aveva detto Renato. Tuttavia, quando Giuseppe era tornato ad Araglie, la gente aveva preso a chiamarlo «dottore» lo stesso, dal momento che Renato aveva lasciato intendere a tutti che, finalmente, c'era un altro laureato nella famiglia Rizzo.

Posò la tazzina sul piattino, inspirando il profumo dei pasticciotti appena sfornati, cui si sforzò di non cedere: durante l'ultima visita, il medico gli aveva ordinato di dimagrire di almeno venticinque chili, se non proprio trenta, se voleva tornare in salute. Così Giuseppe uscì dal bar e, col fiatone, se la fece a piedi fino a piazza San Francesco, asciugandosi di tanto in tanto la fronte imperlata di sudore col fazzoletto che teneva sempre nella tasca dei pantaloni.

Arrivò al chiosco dell'edicola e, come ogni sabato mattina, chiese *La Settimana Enigmistica* fresca di stampa; l'edicolante con la barba bianca e gli occhi grigi, col *Corriere della Sera* dispiegato su una pila di riviste, lo costrinse a scambiare qualche battuta sulle sorti del governo: i ministri Vigorelli e Togni avevano rassegnato le dimissioni - anche se Togni, a dire il vero, le aveva ritirate il giorno dopo - ed era convinto che fosse soltanto una questione di giorni perché alla fine si dimettesse pure Fanfani. « Neanche 'sto governo durerà », concluse l'uomo con un sospiro, mentre ripiegava per bene il *Corriere della Sera*.

Giuseppe si limitò ad annuire, perché sapeva quanto all'edicolante piacesse aver ragione o comunque farsela dare, che poi, a pensarci bene, era la stessa cosa. Prese il resto delle cento lire e lo salutò, facendo la mossa di sollevare il cappello.

Giunse al molo in una manciata di minuti e puntò al solito masso. Si sedette, incrociò le caviglie e posò *La Settimana Enigmistica* al suo fianco: in quel momento una piccola onda andò a infrangersi sulla pietra e una goccia d'acqua schizzò sulla copertina, inzuppando la « e » di *Enigmistica*. Giuseppe chiuse gli occhi e annusò il mare, trattenendo l'aria nei polmoni il più a lungo possibile, prima di riaprire gli occhi e lasciarla andare. Poco più in là, una barca da pesca stava facendo manovra; col vento di tramontana a favore, superò l'imbocco del porto e si diresse verso il mare aperto. Rimase a osservarla finché non divenne una miniatura lontana che racchiuse tra pollice e indice.

Da bambino, in compagnia del suo miglior amico, Luigi, se ne stava per ore sulla banchina a guardare le grandi navi che attraccavano al porto e non poteva fare a meno di invidiare i marinai che da quelle navi scendevano, abbronzati e sorridenti: cosa poteva esserci di più esaltante di una vita per mare, di approdi in terre straniere, di un senso di libertà così assoluto? Quando non era al porto, se ne stava nella bottega del papà di Luigi, Gino Mazzotta, il mastro d'ascia di Araglie, l'unico che in città costruiva barche da pesca a remi, e restava incantato a fissarlo mentre sagomava e adattava i ceppi di legno. Spesso e volentieri trascurava i compiti di matematica o di italiano e si metteva a studiare gli atlanti, a tracciare le rotte sul mappamondo, a imparare tutti i tipi di nodi marinari. Quanti pomeriggi avevano trascorso, lui e Luigi, a costruire accuratissimi modellini in legno di velieri e navi mercantili. Così, quando aveva all'incirca dieci anni, Giuseppe aveva annunciato ai genitori che lui, da grande, sarebbe diventato comandante di una nave, e che la sua vita l'avrebbe vissuta per mare. Questo sognava, per la propria felicità. Non aveva quasi fatto in tempo a finire la frase che lo schiaffo di Renato gli era piombato sulla guancia come una frustata. «Non lo dire neanche per scherzo! Chi è che ti mette in testa 'ste cose, eh? Il figlio del mastro d'ascia? La fabbrica cosa l'abbiamo costruita a fare, io e tua madre? Per dare un futuro a te, *scimunito*!» aveva urlato, agitandogli un dito davanti alla faccia.

La madre, Marianna, aveva subito posato una mano sul braccio del marito, come a dirgli: *Sta' buono. Ci penso io.* «Peppino, *quello* è il posto tuo», aveva mormorato. «Che vorresti fare? Buttare all'aria i sacrifici che abbiamo fatto fino a mo'? Vedere la fabbrica finire in mani forestiere? No, non lo farai. Lo so, che sei un bravo bambino, tu. E ce lo dimostrerai.»

Con gli occhi umidi e una mano sulla guancia arrossata e dolorante, Giuseppe non aveva avuto il coraggio di ribattere, per paura di beccarsi un altro schiaffo.

« Ah, e, da domani, tu nella bottega del Mazzotta non ci metti più piede! » erano state le ultime parole di Renato sull'argomento. Il bambino aveva annuito, mentre una lacrima era scesa giù, inasprendo il bruciore sulla guancia. La mattina dopo, quando era tornato da scuola, dalla sua cameretta erano spariti gli atlanti, il mappamondo e tutti i preziosi modellini cui aveva dedicato ore e ore...

Da quel giorno, Giuseppe aveva odiato il saponificio con tutto sé stesso. Semplicemente sentire l'odore della sansa gli procurava la nausea, e doveva correre a nascondersi per poter dare di stomaco lontano dallo sguardo vigile del padre. Renato aveva finito per inculcargli a forza tutto ciò che c'era da sapere su come si faceva il sapone e su come una fabbrica andava gestita. E Giuseppe aveva dovuto imparare di malavoglia, soffocando l'urlo gigantesco che si portava dentro il petto, un urlo che, se fosse venuto fuori, avrebbe sconquassato le fondamenta del saponificio, ridotto le vetrate in frantumi, divelto le porte, fatto esplodere le caldaie.

A forza di mandare giù rabbia e frustrazione, negli anni queste gli erano esplose nel corpo. Era arrivato a pesare centoventi chili. Eppure, proprio di quel sovrappeso di pura infelicità, Salvatora aveva finito per innamorarsi. Fin da subito, la moglie lo aveva amato con ostinazione e con pazienza, certe volte con un'abnegazione quasi cieca: Salvatora era l'unica che conosceva il cuore di Giuseppe, e il peso che su quel cuore gravava. Quante volte lo aveva spronato a vendere quella maledetta fabbrica, che era « il male in corpo », diceva. Tuttavia, per quanto lo desiderasse con ogni cellula, Giuseppe non aveva mai considerato davvero quella soluzione. Ci aveva provato sul serio, a non mandare a monte il lavoro dei suoi genitori: per cinque anni, dal giorno dell'incidente, si era addossato il carico del saponificio, essendone l'erede per legge e, sebbene fosse consapevole di aver fatto solo il minimo indispensabile, di aver tenuto la barca a galla piuttosto che farle prendere il largo, era rimasto lì, a dispetto della sofferenza che provava. Perché sì, sua madre aveva ragione: lui doveva essere un « bravo bambino ». Il semplice pensiero di vendere bastava a scatenargli ondate di sensi di colpa: no, non poteva abbandonare la fabbrica di famiglia, non poteva deludere Agnese e Lorenzo, che per il saponificio vivevano e consideravano il nonno una specie di eroe, un modello da seguire, cosa che Giuseppe, per i suoi figli, non era mai stato.

Doveva ringraziare Salvatora, la sua dolce e irremovibile insistenza, se alla fine, dopo tutti quegli anni, si era finalmente deciso. Col sostegno della moglie, aveva sotterrato il tormento in una buca profondissima e aveva accettato la proposta di acquisto di uno dei figli di Colella, i proprietari del saponificio più grande e importante della Puglia, nella zona del barese: la compravendita di Casa Rizzo si sarebbe conclusa di lì a qualche settimana, e Giuseppe non stava più nella pelle. A quarant'anni, coi soldi che avrebbe ricavato dalla vendita, si sarebbe riappropriato, almeno in parte, della vita che gli avevano strappato dalle mani, quella che avrebbe vissuto fin dal principio, se la fabbrica non fosse mai esistita. Sorrise al pensiero. Sentiva che stava per liberarsi del più pesante dei macigni, mentre un peschereccio gli passava davanti, tra il garrito dei gabbiani e lo sfavillio del sole sulla superficie dell'acqua.

Come e quando dare la notizia ai suoi figli... ci avrebbe pensato in un altro momento, uno che non fosse suo soltanto.

La cucina era piena di luce. Agnese si riparò gli occhi dal sole, si avvicinò alla finestra e accostò un poco le persiane. Sul tavolo era rimasta solamente la sua tazza, col solito corredo di piattino e cucchiaino, il che significava che era stata l'ultima a svegliarsi, e che gli altri avevano già fatto colazione ed erano usciti oppure erano impegnati altrove: sua madre era andata di certo in chiesa, e suo padre, visto che era giorno di festa, l'aveva accompagnata, anche se la maggior parte delle volte usciva prima della fine della messa e se ne andava ad aspettare la moglie seduto su una panchina; suo fratello, neanche a dirlo, era chissà dove con Angela, per una delle loro gitarelle domenicali in Lambretta.

Agnese si sedette e sollevò il tovagliolo di stoffa che copriva la crostata con la confettura di mele cotogne, la sua preferita. Con l'acquolina in bocca, tagliò una fetta abbondante e poi la divise in due. Addentò la prima metà, scatenando una pioggerellina di briciole sulla tovaglia. *Accipicchia, che buona,* pensò. Finì la prima fetta e passò alla seconda: masticando via via più lentamente, si mise a pensare che forse avrebbe dovuto tagliare subito due fette più piccole anziché dividerne una grande in due, come aveva fatto, e la cosa la inquietò; di fatto, non aveva ripetuto il gesto due volte, come avrebbe dovuto. *Ecco, ora succederà qualcosa di brutto.* Col cuore in gola, aprì la porta della cucina che dava sul retro e uscì in giardino. Andò a sedersi sotto l'albero di limoni e si addossò al tronco. Chiuse gli occhi e inspirò, contando mentalmente fino a dieci per cercare di calmarsi; prima di finire, però, le sue narici vennero invase dal profumo dei limoni che le pendevano sopra la testa. Sollevò lo sguardo sui frutti ancora acerbi e aggrottò la fronte, pensando all'esperimento con le scille d'autunno.

Si era rivelato un buco nell'acqua. Aveva fatto innumerevoli tentativi, eppure il prodotto finale, dopo ogni aggiustamento, non l'aveva convinta neanche un po': una volta per via della consistenza, un'altra per il colore, un'altra ancora per l'odore sgradevole. E, nonostante le insistenze di Lorenzo, che l'assillava coi suoi: «E dai, provaci ancora», «Sono sicuro che al prossimo tentativo il sapone verrà», «Che peccato, l'idea è buona», Agnese aveva deciso di mollare; era certa che ormai non ne avrebbe cavato nulla di buono, perciò aveva accantonato il progetto e non ci aveva pensato più. Fino a quell'istante: lì, rannicchiata sotto l'albero di limoni, si disse che, se voleva creare un sapone che fosse anche curativo per la pelle, perché allora non ricorrere alle scorze degli agrumi? Su uno dei manuali del nonno aveva letto che dalla buccia dei limoni e delle arance si potevano estrarre oli essenziali dalle proprietà antisettiche e purificanti, e che da quella dei mandarini si poteva invece ricavare un aroma dolcissimo, capace pure di distendere i nervi. Si accese di entusiasmo e, con un sorriso, si tirò in piedi e si fiondò in casa per prendere la Bic e il suo quaderno nero dai bordi rossi. Soltanto che, nel momento in cui tolse il tappo alla penna e si mise a scrivere, si accorse che la biro incideva sulla pagina parole trasparenti. Così si mise alla ricerca di una penna, perlustrando la casa: quella che usava suo padre, infilata sempre dentro *La Settimana*

Enigmistica, non c'era, ma d'altronde mancava anche la rivista. *Sta' a vedere che se l'è portata pure a messa...* pensò. Frugò in cucina, nel salotto, aprì tutti i cassetti finché non trovò una penna blu, tra le carte da gioco napoletane e un taccuino a quadretti su cui erano segnati i risultati di una partita a scopa: *Giuseppe 4 punti, Salvatora 12 punti.* Tolse il tappo alla biro e la provò subito sul suo quaderno, ma era senza inchiostro pure quella. *No, vabbè, non ci posso credere*, si disse. *Non c'è una penna che scriva, in tutta la casa.* Le toccava uscire a comprarne due, sebbene in quel momento non ne avesse affatto voglia.

All'interno dello spaccio, Giorgio si stava rimettendo i pantaloni, con la camicia aperta sul petto glabro. Concetta, coi capelli scompigliati e il viso rubizzo, si stava agganciando il reggiseno da dietro.

« E mo'? Quando ti fai rivedere? » gli domandò, voluttuosa, infilandosi la maglia.

Giorgio, a testa bassa, finì di abbottonarsi la camicia, poi prese una Camel dalla tasca e l'accese. « Chissà », rispose poi con un sorrisetto, esalando il fumo. « E se ci scopre tuo marito? Mi spezza le gambe? »

Concetta fece una piccola smorfia. « Io non ce l'ho un marito. »

« Ah... » si stupì Giorgio. « Ma tua figlia, allora... »

« Bravo, hai detto bene. *Mia* figlia. Solo mia », tagliò corto lei.

« Capisco... » mormorò lui. « Be', sarà meglio che vada. »

« Aspetta, va', che ti apro », disse Concetta, avanzando

verso la porta chiusa a chiave. Si affacciò con la testa e, una volta sicura che non passasse nessuno, spalancò la porta. « Vai, mo', ché tra dieci minuti la messa finisce ed escono tutti. »

Giorgio le stampò un bacio sul collo e, mentre se ne andava, sentì la voce acuta di Concetta che diceva: « Vittoria, mo' puoi uscire, 'a mamma ». Allora scosse la testa e s'avviò verso la piazza, dando una lunga boccata alla sigaretta.

In quel preciso istante la vide: la ragazza dai capelli pazzi, quella cui interessavano i saponi o qualcosa del genere, si stava affrettando verso il chiosco dell'edicola, con un'espressione concentratissima, quasi di disappunto. Sul volto di Giorgio comparve un sorriso; gettò la cicca per terra e accelerò il passo per raggiungerla.

« Ciao, capelli pazzi », la salutò, sbucandole alle spalle. E subito venne investito da un dolce profumo di talco. Agnese prese le due biro dalla mano dell'edicolante, poi si voltò di scatto e lo fissò come se non l'avesse mai visto prima. Impiegò qualche secondo per ricordare chi fosse. « Ah, ma tu sei quello della rivoluzione... » disse poi.

Giorgio rise. « Mi piace, 'quello della rivoluzione'. »

« E a me piace la tua risata. Mette allegria, ti fa venire voglia di ridere, anche senza motivo », disse Agnese.

La mia risata mette allegria? Non me l'aveva mai detto nessuno, prima... pensò lui, compiaciuto.

« L'hanno vinta alla fine, no? La rivoluzione, voglio dire », continuò Agnese.

« Vedo che ti sei informata », commentò lui, in tono allegro.

« In verità me l'ha detto Teresa, quella comunista come te », precisò lei. « Io non so bene cosa succede qui ad Araglie, figuriamoci a Cuba. »

Giorgio continuava a guardarla e a sorridere. Non era esattamente bella, pensò, tuttavia c'era qualcosa, nel viso insolito di quella ragazza, nel suo sguardo tenero e acceso, nel modo tutto suo di stare al mondo, che lo incuriosiva moltissimo. Poi notò una piccola cicatrice orizzontale sulla fronte di lei, a un centimetro dal sopracciglio sinistro. D'impulso, allungò la mano e gliela accarezzò lentamente con un dito.

Agnese fece un'espressione sorpresa, ma non si ritrasse.

«Ma pensa...» sussurrò Giorgio. «Sai che ne ho una uguale?» Si portò i capelli indietro e scoprì la fronte. «Vedi? Io però ce l'ho vicino all'attaccatura», disse, indicando la cicatrice.

Agnese strinse gli occhi e si avvicinò per guardare meglio. «Come te la sei fatta?» gli domandò.

«Facendo il *nescio*, come sempre.»

«Il *nescio*?»

«Ma sì. Stavo guidando una bicicletta senza freni. In discesa. E mi sono schiantato. Avrò avuto sette o otto anni... E la tua invece?»

D'istinto, Agnese si toccò la cicatrice. «Io sono inciampata e sono andata a sbattere contro il mescolatore, al saponificio. Ma non tanto tempo fa, eh. Boh, sarà stato l'anno scorso.»

Giorgio scoppiò di nuovo a ridere. «Che *belinona*.»

«Scusa?»

«Niente, niente», mormorò lui, ridacchiando. Poi si guardò intorno. «Senti, mi porti in un bel posto?» le chiese poi, di punto in bianco. «Non riparto prima di domattina, e finora non è che abbia visto granché, a parte il porto e questa piazza...» mentì.

«Un bel posto...» ripeté Agnese, assorta.

Lui incrociò le braccia, in attesa.

« Be', sì, un bel posto da farti vedere ce l'ho », disse infine lei.

Si avviò, e Giorgio dovette sveltire il passo per starle dietro. Dopo qualche istante, lei si voltò. « Non ti dico dove stiamo andando finché non ci arriviamo, d'accordo? »

Lui accennò un sorriso e alzò le braccia come a dire: *E chi ti chiede niente?*

Camminarono per un bel pezzo, passando per stradine interne, attraversando vicoli e salendo e scendendo gradini in pietra.

« Non ricordo come si chiama la città da cui vieni », disse Agnese.

Lui rispose che si chiamava Savona, ed era una città portuale, proprio come Araglie. « Però lì il mare è più bello », aggiunse con un sorriso.

« Che vuol dire? Il mare è sempre uguale », osservò Agnese.

« Eh, no! » ribatté lui. « Lasciatelo dire da un marinaio: quello ligure ha un colore speciale, diverso da tutti gli altri mari. »

« Lo dici soltanto perché è il *tuo* mare », rispose Agnese.

Giorgio fece una smorfia. « Be', sì, in effetti hai ragione », ammise.

Lei gli rimandò un risolino, poi disse: « Ti capisco. Tutto quello che è nostro ci piace di più ».

Poi gli chiese se avesse fratelli, e Giorgio rispose che ne aveva due, ma erano ancora dei ragazzini.

« E ci vai d'accordo? Io, mio fratello Lorenzo, lo adoro. Ha tre anni più di me. »

Giorgio sorrise. « I miei sono due pesti, come me alla loro età. Luca ed Enrico, così si chiamano. Hanno uno undici anni, l'altro tredici. Praticamente li ho tirati su io... »

Agnese gli scoccò uno sguardo interrogativo.

« Erano molto piccoli, quando papà è morto », le spiegò. « In verità ero piccolo anch'io, avevo dodici anni. »

« Oh... » mormorò lei. « Mi dispiace. »

Lui alzò le spalle, come a dire che era passato tanto tempo, ormai...

Uscirono dal centro abitato attraverso la porta ad arco e il paesaggio davanti a loro cambiò di colpo, rivelando una distesa di ulivi di cui non si scorgeva la fine.

« Ma dove ci troviamo, qui? » chiese lui, dando un'occhiata all'intorno.

« Ci siamo quasi », disse Agnese, pimpante, e imboccò una strada laterale sterrata. Dopo pochi passi, Giorgio alzò lo sguardo e, tra le chiome degli alberi, intravide la grande insegna: CASA RIZZO. FABBRICA DI SAPONI DAL 1920.

« Ecco il bel posto! » disse Agnese, allargando le braccia, quando finalmente raggiunsero lo spiazzo davanti all'ingresso del saponificio.

« Una fabbrica? » commentò Giorgio.

« Non una fabbrica. La *mia* fabbrica », rispose lei. Estrasse la chiave in ottone dalla borsetta e aprì il portone.

Poi, con un gesto inaspettato, gli afferrò una mano e lo trascinò dentro. Iniziò a parlare senza quasi prendere fiato, spiegandogli, con abbondanza di dettagli, cosa si faceva al pianterreno e cosa al piano di sopra, a cosa serviva questo o quel macchinario. Camminandole di fianco, Giorgio notò in lei un cambiamento sorprendente: gli occhi si erano di colpo illuminati, la voce si era colorata di una sfumatura vivace, persino il suo corpo aveva assunto un'altra postura, sicura e salda. L'ascoltava, rapito, lasciandosi contagiare da quell'euforia che pareva incontenibile.

« E questo è il magazzino », spiegò Agnese, quando arrivarono all'ultima stanza del primo piano.

Giorgio diede un'occhiata alle mensole traboccanti di scatole e scatoline, e d'un tratto colse di nuovo quel profumo... «Ma quello che sento cos'è? Talco?»

«Sì! È la saponetta *Marianne,* la mia preferita», esclamò Agnese. Ne afferrò una da un ripiano, la sfilò dalla piccola confezione quadrata e gliela mise sotto il naso. Giorgio si chinò e la annusò proprio nel punto in cui la M elegante era incisa sulla superficie rosa.

«È o non è il più delizioso dei profumi?» disse lei. E prese a raccontargli di come suo nonno avesse creato quella saponetta per amore della moglie. «Si chiamava Marianna. Mia nonna, voglio dire. Spargeva profumo di talco ovunque andasse.»

«La mia, invece, odorava di acqua di rose», mormorò Giorgio. «Sai, quella nella bottiglietta blu...»

Agnese annuì. «Ho capito qual è. La usa anche la mia mamma.» E gli sorrise.

Per qualche istante rimasero in silenzio, occhi negli occhi.

«Ti regalo un po' di prodotti, così li provi!» disse poi Agnese, e si mise a rovistare tra gli scaffali. «Il *Lisse* per la barba; il *Neve,* così ti lavi i vestiti per bene, lì sulla nave», continuò, togliendo dalle mensole due confezioni di ogni prodotto. «E poi l'*Olive*... e ovviamente la *Marianne*!»

«Così avrò il tuo stesso odore», disse lui, sorridendo.

Agnese tornò a guardarlo e gli restituì un sorriso imbarazzato. Poi prese a infilare tutti i prodotti in un sacchetto di carta con la scritta *Casa Rizzo* e l'immagine di una saponetta ricoperta di schiuma.

«Bello, il disegno», osservò Giorgio.

«Certo che è bello! L'ha fatto Lorenzo», rispose lei, con aria fiera. «Ecco a te! Poi mi fai sapere se ti piacciono», disse, allungandogli il sacchetto.

Giorgio lo prese. « Te lo farò sapere a marzo, quando tornerò », rispose, lanciandole un'occhiata che voleva dire: *E tu sarai sempre qui, vero?*

« Ci conto », rispose lei, stringendosi nelle spalle.

Una volta che furono di nuovo all'imbocco della strada sterrata, Agnese annunciò che avrebbe proseguito verso casa. « È l'ultima, laggiù in fondo, ma proprio in fondo, dopo il cartello », disse, puntando il dito. « Ti ricordi come tornare o te lo spiego? »

« Un marinaio sa sempre come tornare », rispose Giorgio, e le fece l'occhiolino.

« Allora, ciao », disse lei, andando verso destra.

« Ciao, capelli pazzi », rispose lui, e prese la strada a sinistra.

Ma, dopo una manciata di secondi, Agnese urlò: « Ehi, marinaio! »

Giorgio si girò.

« Ero sicura che oggi sarebbe successo qualcosa di brutto, per via della torta. E invece poi ti ho incontrato. » Gli lanciò un ultimo sorriso, prima di voltargli di nuovo le spalle e di mettersi a correre.

Lui rimase come stordito. Era la frase più strampalata che avesse mai ascoltato. *Ma cosa c'entra la torta?* si domandò, corrugando la fronte. E scoppiò a ridere.

Faceva piuttosto freddo, quell'ultimo venerdì di febbraio; non appena uscì dalla porta a vetri del Cinema-teatro Apollo, Angela si strinse nel cappotto, rabbrividendo. Lorenzo la raggiunse dopo un po', con una locandina arrotolata in una mano.

« Cosa hai preso, stavolta? » gli domandò lei.

« Il manifesto dei *Soliti ignoti.* Ti ricordi, il film che abbiamo visto l'estate scorsa? Per fortuna ce l'aveva ancora. » E subito pensò che l'avrebbe appeso proprio accanto a quello di *Guardie e ladri,* in camera sua, insieme a tutti gli altri manifesti che gli aveva dato Alfredo, il gestore del cinema, un romantico che non buttava via nessuna locandina, nemmeno quelle dei film che non gli erano piaciuti. Lorenzo sfilò una Gauloise dal pacchetto e l'accese. « Stai tremando e hai il naso tutto rosso », disse poi, attirando Angela tra le sue braccia.

Lei gli premette la testa sul petto. « Non so se è più per il freddo o per il film », rispose, con un altro brivido. E lanciò uno sguardo alla locandina del film che avevano appena visto, *La donna che visse due volte* di Alfred Hitchcock, soffermandosi sull'espressione terrorizzata di un uomo su uno sfondo color sangue.

« Perché, non ti è piaciuto? » le chiese Lorenzo.

Lei alzò lo sguardo, gli tolse la sigaretta dalle labbra e prese un tiro. « Be', no. È parecchio angosciante », replicò, soffiando via il fumo. « E poi la storia è così confusa... È come se mancassero dei pezzi... »

« Io l'ho trovato magnifico », la interruppe lui, riprendendosi la sigaretta.

« Talmente magnifico che in sala c'eravamo soltanto io, te e quei due », disse lei, indicando una coppia di anziani che si stava allontanando a passo lento, dandosi il braccio.

« Ma dai! » protestò Lorenzo. « Il tema del doppio, la paura e allo stesso tempo l'attrazione dell'abisso, l'assenza di consolazione... potremmo parlarne per giorni, di questo film », esclamò.

« Ah, no, grazie. Non ci tengo proprio », borbottò Angela, con un sorrisetto.

« Io invece mi sa proprio che vengo a vederlo una seconda volta », disse lui. E mise un braccio intorno alle spalle della ragazza.

« Come ti pare, anche se secondo me domani lo tolgono », replicò lei, e gli stampò un piccolo bacio sulla guancia.

Senza sciogliere l'abbraccio, percorsero la strada basolata in cui si trovava il cinema e sbucarono in piazza del Municipio, dove era parcheggiata la Lambretta. Le serrande del Bar Italia erano abbassate, e la luce dei lampioni illuminava una piazza silenziosa e vuota, a eccezione di un gatto dal pelo striato che sonnecchiava davanti al portone del palazzo municipale.

« Sediamoci lì », disse Lorenzo, tirandola per mano verso una delle panchine di legno.

« Ma fa freddo, voglio andare a casa... » si lamentò lei.

« Solo un momento. Ti devo dire una cosa. Vieni », disse lui, obbligandola a sedersi. Poi la attirò tra le sue braccia. « Ti scaldo io. »

Le prese la mano sinistra e accarezzò l'anulare, lì dove brillava un anello in oro giallo con un piccolo smeraldo incastonato.

Come si era ripromesso fin da bambino, non appena era diventato maggiorenne - aveva compiuto ventun anni il 3 dicembre dell'anno prima - Lorenzo aveva chiesto ad Angela di sposarlo, regalandole l'anello di fidanzamento che era appartenuto a Marianna. Era stata la nonna in persona a donarglielo. Per Angela, Marianna aveva sempre avuto un occhio di riguardo, forse perché, come lei, aveva perso il padre da piccola, e conosceva bene il senso di smarrimento che si provava, la percezione di ritrovarsi di colpo esposti e fragili, senza più qualcuno che vada in avanscoperta al posto tuo. « Questo, quando sarai grande, lo userai per chiedere la tua Angela in moglie », gli aveva detto, chiudendo la sua mano rugosa su quella di Lorenzo. Poi gli aveva strizzato l'occhio, lasciandogli intendere che doveva rimanere un segreto tra loro due soltanto. E così lui aveva custodito l'anello per anni, chiuso a chiave nel cassetto della scrivania in camera sua, dove nessuno avrebbe mai ficcato il naso. Dopo la morte dei nonni, aveva sentito sua madre brontolare di tanto in tanto: « Va' a capire dov'è finito, l'anello di Marianna. Ho controllato dappertutto, a casa sua, ma non c'è da nessuna parte. Mah ».

« Sai cosa ho pensato? » disse Lorenzo, e le posò le labbra sulla fronte in un bacio morbido. « Che, quando diventerai mia moglie, verrai a lavorare al saponificio con me. Potresti occuparti dell'amministrazione; sei precisa, tu, nel tenere i conti in ordine. »

Lei lo fissò, sorpresa. « Dici sul serio? Non ne avevi mai parlato, prima d'ora. »

« Certo che dico sul serio. Pensavi che ti avrei lasciata per sempre in quella bottega di ceramiche, a fare la schiava per quello lì? Senza contare che ha un debole per te, si vede lontano un miglio. »

Lei si raddrizzò, risentita. « Io non faccio la schiava », disse. « E Oronzo non ha nessun debole, è soltanto gentile. Non cominciare. »

« Ah, no? Bah, se lo dici tu. E comunque gli mandi avanti il negozio da sola e, dopo tutti questi anni, ti paga ancora due lire. Dai, Angela... » E scosse la testa.

« Non credere che lì dentro entrino chissà quanti soldi, eh. Oronzo mi paga quel che può. »

« Guarda che a quello i soldi non mancano », contestò

Lorenzo. «Oronzo ha i giri suoi, giù al porto. Lo sanno tutti.»

«Non so di cosa parli», ribatté lei. «Perché invece non torniamo al discorso di prima, che mi piace infinitamente di più?»

Il volto di Lorenzo si distese in un sorriso.

«Davvero mi vuoi lì con te, a Casa Rizzo?» chiese lei, addolcendo la voce.

«Io ti voglio con me sempre. E sai perché?»

Lei disse di no con la testa.

«'Da soli si può andare in giro. In due si va sempre da qualche parte.'»

Angela si corrucciò. «Ma non è...» mormorò, indicando nella direzione del cinema.

Lorenzo ridacchiò. «Sì, una battuta di Kim Novak», disse.

«Ma va', va', scemo», reagì lei, con un sorriso, e fece per spingerlo via. Ma Lorenzo la riacciuffò e la strinse di nuovo a sé.

«Dai, ti riporto a casa... continui a tremare», disse lui, strofinandole le mani sulle braccia.

Salirono sulla Lambretta, che come al solito partì dopo qualche tentativo e, con la locandina stretta tra le gambe, Lorenzo guidò fino al quartiere che si trovava ben oltre il porto, lì dove cominciavano i muri scrostati, il puzzo di urina e le file di mutande stese ad asciugare sui balconi. Si fermò davanti a una casa con una porta in legno sbiadito.

«A domani, amore mio», disse lui.

Angela smontò dalla sella e gli diede la buonanotte con un bacio lungo e soffice.

Lorenzo dischiuse lentamente la porta di casa e si stupì nel notare la luce che baluginava dalla cucina: non accadeva quasi mai, se non la notte di Natale e quella di Capodanno, che in casa qualcuno rimanesse sveglio sino alla fine del giorno.

Trovò il padre seduto al solito posto, con le mani intrecciate davanti a sé; la madre in piedi, addossata alla credenza a braccia incrociate e col volto tirato, e la sorella che piangeva con le braccia sul tavolo, strette intorno al capo.

« A te stavamo aspettando », lo accolse Salvatora, in tono stanco.

Agnese alzò la testa di colpo, guardò il fratello con gli occhi umidi e le guance rigate dalle lacrime, e si slanciò ad abbracciarlo.

« Ma cos'è successo? » chiese lui, allarmato. « Ehi, calma », disse poi, accarezzando la schiena della sorella, che continuava a sussultare. Tornò a guardare i genitori. « Insomma, mi volete dire cosa succede? Cosa le avete fatto? »

« Cosa *ci hanno* fatto », singhiozzò Agnese.

Giuseppe emise un sospiro e, torcendosi le mani, si decise finalmente a parlare. « Ho venduto la fabbrica », disse, senza riuscire a guardare il figlio negli occhi.

« No, non ho capito... » mormorò Lorenzo, con un'espressione smarrita.

« Ha venduto il saponificio. Cosa c'è da capire? » s'intromise Salvatora.

Il ragazzo guardò la madre, poi spostò gli occhi su Giuseppe. « Cosa hai fatto *tu*? »

« Stai calmo, ché mo' papà ti spiega », lo ammonì la madre.

Lorenzo si staccò da Agnese e si piantò di fronte al padre, stringendo lo schienale della sedia. « Calmo un cazzo », disse.

Giuseppe trasse un respiro. Si vedeva che faticava a trovare le parole giuste, ammesso che ce ne fossero. « Ci pensavo da tanto tempo... » attaccò a parlare. « Ma poi, ecco, non trovavo mai il coraggio... Io finora ho fatto il meglio che ho potuto, e nonostante... »

Lorenzo gli impedì di continuare. « Cosa? Cosa avresti fatto tu? Ma se hai passato più tempo a casa, su quei maledetti cruciverba, che in fabbrica. »

« Questo non è vero, non te lo permetto! » ribatté Giuseppe, alzandosi. « Mi sono dovuto occupare di tutto da solo, dopo l'incidente. Per anni. Da solo », ripeté, quasi senza fiato. « Tu non lo sai, cosa mi ha fatto passare tuo nonno... Con voi nipoti è stato diverso, ma con me... »

« Ma non farmi ridere... » lo fermò di nuovo Lorenzo. « Dai la colpa al nonno per non si sa cosa, quando dovresti soltanto ringraziarlo... La verità è che non te n'è mai fregato niente di quel posto, e si è vista la fine che gli hai fatto fare. »

« Ma cosa ne sai tu, eh? » scattò Salvatora. « Tuo padre ha fatto del suo meglio, io lo so! L'ho visto con gli occhi miei! E guai a chi dice il contrario! »

« Il suo meglio? E come no! Potevamo crescere ancora, diventare uno dei saponifici più importanti della Puglia, e invece siamo rimasti indietro. Io e Agnese ci stiamo provando, e siamo i soli a farlo: chi sta lì dentro dalla mattina alla sera, come faceva il nonno? Chi sta appresso alla produzione, ai fornitori, ai clienti? Chi si occupa delle formulazioni? Di chi è stata l'idea di rinnovare le confezioni? E delle locandine pubblicitarie? Eh? » li incalzò Lorenzo.

Giuseppe si rimise a sedere.

«Lasciala a noi, porca vacca! Che motivo c'è di venderla?»

«L'ho già venduta», mormorò Giuseppe. «I soldi mi servono per...»

«A chi? A chi hai venduto?» lo bloccò Lorenzo.

Il padre tamburellò le dita sul tavolo, poi indirizzò uno sguardo alla moglie.

«Diglielo», lo incoraggiò lei.

«A uno dei Colella», rispose allora Giuseppe, con un filo di voce.

«Papà, ma come Colella!» sbottò Agnese.

Lorenzo afferrò la sedia e la scaraventò per terra.

«Lorenzo!» gridò Salvatora.

«Sei un uomo senza palle, lo sei sempre stato», ringhiò allora lui, puntando il dito. «Il nonno non l'avrebbe mai permesso. Mai! Sei la vergogna di questa famiglia.»

Giuseppe, tramortito dalla furia di quelle accuse, strinse i pugni e cominciò a tremare. Salvatora si gettò ad abbracciarlo, urlando a Lorenzo che era un mostro di cattiveria. «Non sai niente di tuo padre! Vergognati tu, per le parole indegne che ti sono uscite dalla bocca!»

«Basta, per favore, basta!» strillò Agnese all'improvviso, tappandosi le orecchie e scappando in camera sua. Solamente in quel momento, le grida cessarono.

Lorenzo rimase a fissare suo padre, con uno sguardo carico d'odio.

Quelle quattro parole - *Ho venduto la fabbrica* - gli avevano strappato via il cuore.

4

« *Resto dove è casa mia* »

febbraio-marzo 1959

La mattina seguente, la cucina sembrava un deserto: la stanza era al buio, con le finestre chiuse, pregna di un odore stantio di carne bollita; la madre non aveva apparecchiato per la colazione, nessuno era ancora sceso, *La Settimana Enigmistica* non era al solito posto sul tavolo. Ovunque regnava un silenzio soffocante.

Agnese scostò una sedia e si sedette. Si prese la testa tra le mani e cominciò a ripercorrere ogni momento della notte precedente, le urla e le parole irripetibili che erano volate. Scosse il capo: anche solo ripensarci le procurava una stretta allo stomaco.

« Cosa fai al buio? » La voce del padre la fece sussultare. Giuseppe andò ad aprire le finestre, e una luce tenue rischiarò la cucina.

Agnese non rispose. Lui riempì due tazze di latte e le portò in tavola insieme alla biscottiera verde. Lei alzò lo sguardo sul padre per un momento, e le sembrò un'avvilita figura di cartone, con la bocca disegnata all'ingiù. Poi lentamente inzuppò un biscotto nel latte e, nell'istante in cui se lo portò alla bocca, scoppiò a piangere. La parte ammollata del biscotto si staccò e cadde nella tazza, schizzando latte sul legno del tavolo.

« Agnese... » mormorò Giuseppe.

Lei si asciugò le lacrime con entrambe le mani e tirò su col naso. « Perché l'hai fatto, papà? » chiese poi, con voce tremante. « Spiegamelo, ti prego. »

Il padre intrecciò le dita sul tavolo. Sospirò. « Hai ragione... Dovevo farlo tanto tempo fa. Spiegarvi. »

« Lorenzo, apri, per favore », disse Agnese, davanti alla porta chiusa a chiave.

Il fratello si era rintanato in camera la sera prima e non ne era ancora uscito.

Agnese sentì il rumore della chiave che girava nella serratura. Lorenzo dischiuse la porta e la fece entrare. La stanza puzzava di pittura e fumo; il posacenere sul comodino traboccava di filtri anneriti e i tubetti di tempere, alcuni senza tappo, erano sparsi un po' ovunque.

Lei si turò il naso e corse ad aprire la finestra. « Ma non senti che tanfo? » esclamò con una smorfia, agitando la mano davanti alle narici. Poi spostò lo sguardo sul cavalletto e si avvicinò al dipinto. « Ah, ma l'hai finito... è bellissimo », disse. « Anche questa ha la faccia di Angela », aggiunse, sforzandosi di sorridere.

Lorenzo rimase in silenzio. Si mise disteso sul letto, con le gambe incrociate e le mani dietro la testa, e fissò il soffitto, mordendosi il labbro.

Agnese sospirò, poi andò a sederglisi vicino, e infine si sdraiò accanto a lui.

« Io ancora non ci credo... ma è successo davvero? »

disse Lorenzo, con voce arrochita. « Non gliela perdonerò mai, Agnese, mai », continuò. « La nostra fabbrica... casa nostra... i nonni... come ha potuto? »

Ad Agnese scivolò una lacrima sulla guancia. Capiva perfettamente come il fratello si sentisse: anche a lei quello che era accaduto continuava a sembrare irreale, impossibile. Dall'oggi al domani, tutto il suo mondo le si era sgretolato davanti agli occhi, come un palazzo venuto giù di colpo dopo un'esplosione.

« Forse siamo ancora in tempo per farci ridare i soldi... » rimuginò lui. « Spieghiamo a Colella che è stato un enorme errore, che papà non era in sé, o qualcosa del genere... dobbiamo parlare con un avvocato... »

« No, Lorenzo. Non è così », sussurrò lei, scuotendo la testa a occhi chiusi.

« Perché, cosa sai? »

« Stamattina ho parlato a lungo con papà. L'ho obbligato a spiegarmi », rispose Agnese. « Posso raccontarti? »

Lorenzo prese un lungo respiro. « Sì », rispose infine.

Agnese si sollevò per poterlo guardare negli occhi. Gli disse che quella del padre, in verità, era stata una scelta ragionata e sofferta, che da anni lui desiderava vendere, ma non aveva mai trovato la forza di farlo, che lui quella fabbrica non la voleva e non l'aveva mai voluta.

« Ma noi sì, porca vacca! Io la voglio! » sbottò Lorenzo, tirandosi su di colpo.

« Aspetta, fammi finire... » riprese lei, asciugandosi un'altra lacrima col dorso della mano. « Ha detto che investirà i soldi in un cantiere navale... »

« Un cantiere navale? E da dove se n'è uscito? Quando mai glien'è fregato delle barche, a quello? »

« A quanto pare da sempre... solo che noi non lo sapevamo. La mamma sì... E pure i nonni lo sapevano, ma non l'hanno mai voluto ascoltare.»

Lorenzo la fissava, allibito. «Ma a me non frega niente di quello che vuole fare lui! E noi, Agnese? Noi che fine facciamo?»

«Mi ha detto che verserà una parte della somma sui nostri libretti postali. Perché 'è giusto così', ha aggiunto.»

«Ah, grazie tante!»

«E ha anche detto un'altra cosa... Che ha chiesto a Colella di tenerci lì, a lavorare per lui. Ci vuole incontrare domani.»

Lorenzo balzò fuori dal letto, sempre più agitato. «Agnese, ma scherziamo? Noi a fare i dipendenti di un altro, nella *nostra* fabbrica? Dobbiamo fare gli ospiti in casa nostra? Ma quello è completamente fuori di testa... Come gli è venuto in mente di umiliarci così? Come? Porca di quella vacca...»

«Aspetta... Ci ho pensato, e mi è venuta un'idea...»

«Ma quale idea, Agnese, quale idea...» mormorò lui, massaggiandosi le tempie.

«Se noi, ecco, se noi mettessimo da parte i soldi, quelli che ci darà papà più quelli che guadagneremo continuando a lavorare al saponificio, un giorno potremo aprire una piccola fabbrica tutta nostra. Io e te. Una nuova Casa Rizzo.»

Lorenzo fissò la sorella come se avesse appena parlato in una lingua a lui ignota. «Stai dando fuori di matto pure tu?»

«Pensaci, almeno. Non dire subito di no!»

Lui le si sedette accanto, sul letto, e le prese entrambe le mani tra le sue. Aveva lo sguardo infuocato, i capelli spettinati. «Guardami bene negli occhi e stammi a sentire», disse, scandendo le parole. «Noi non fonderemo una nuova fabbrica, perché noi, una fabbrica, ce l'abbiamo già. E ce la dobbiamo riprendere. Noi non faremo i dipendenti in casa nostra, noi non lavoreremo per Colella, è chiaro?» Agnese aprì la bocca per dire qualcosa, ma lui non la lasciò parlare. «Domani noi due andremo da quello lì, visto che ci vuole conoscere, e gli diremo che col cazzo che lavoreremo per lui.»

«E cosa vorresti fare?» chiese lei.

«Noi la fabbrica ce la riprendiamo. Insieme. Non ne fonderemo un'altra, Agnese, no, una cosa così non esiste.»

«E cosa ti fa pensare che quello ce la voglia rivendere?»

«Dovrà, Agnese. Dovrà e basta. Gli offriremo più soldi. Molti più soldi.»

«E dove li troviamo, i soldi, se non lavoriamo?» Lei lo stava fissando, sbigottita.

«Li troveremo. Non so ancora come, ma in qualche modo li troveremo. A qualunque costo, Agnese. A *qualunque* costo.»

La ragazza abbassò lo sguardo sulla trapunta e prese ad accarezzare uno dei rombi colorati che la componevano. Era stata la madre a realizzarla, quando erano bambini: ogni sera si metteva sulla poltrona in salotto, vicino al caminetto acceso, e cuciva, mentre Giuseppe le stava di fronte, sulla sua poltrona verde, e la guardava sereno, con la testa poggiata sulla mano e *La Settimana Enigmistica* aperta sulle ginocchia. Soltanto adesso si rendeva conto che quello di suo padre, persino in quei momenti, non era mai stato uno sguardo sereno, ma rassegnato. E lei non l'aveva mai capito.

«Allora?» disse Lorenzo. «Siamo d'accordo? Domani andiamo da quello lì e gli facciamo capire chi siamo.»

Lei alzò gli occhi sul fratello. « D'accordo », disse. E tornò a guardare la trapunta.

L'appuntamento con Colella era fissato al saponificio per le nove. Lorenzo e Agnese arrivarono a Casa Rizzo poco prima delle otto e mezzo; all'infuori di Mario, non c'era ancora nessuno. Era addossato al muro, in tuta da lavoro, e fumava una delle sue Nazionali. Non appena i due furono smontati dalla Lambretta, lui li fissò, serio, ed entrambi capirono che sapeva già tutto.

Si salutarono con un cenno del capo, senza sorrisi. Una volta entrati in fabbrica, Lorenzo gli domandò a bruciapelo: « Tu l'hai già conosciuto? »

Mario esitò. « Sì », ammise infine. Lo aveva incontrato la settimana addietro. « Il giorno in cui hanno firmato dal notaio. »

« Ah, il giorno in cui hai chiesto il permesso per malattia? » sibilò Lorenzo.

« Quel giorno, sì », rispose Mario, con una punta di imbarazzo.

Lorenzo annuì con l'aria offesa, ficcò le mani nelle tasche dei pantaloni e si diresse verso l'ufficio.

Agnese e Mario rimasero all'ingresso, in un silenzio impacciato. L'operaio con le sopracciglia cespugliose arrivò in quel momento.

« Buongiorno, Vito », lo accolse Mario.

« Buongiorno », borbottò quello, e li oltrepassò.

« Che tipo è, questo Colella? » chiese poi Agnese.

Mario alzò le spalle. « Che ti devo dire... Ha la spocchia

di uno pieno di soldi. Il saponificio Colella sarà almeno tre, se non quattro volte questo.»

«E a cosa gli serve il nostro, se ha già il suo?» domandò Agnese, corrucciandosi.

«Se ho capito bene, non va d'accordo coi due fratelli più grandi, così si è tirato fuori dall'azienda di famiglia e ha deciso di farne una tutta sua. Altro non so...» Scosse la testa. «Mi dispiace molto. Lo dico a te e soltanto a te: tuo padre ha fatto una grande, grandissima cazzata. Se penso a Renato, a quanto ci teneva che tu e Lorenzo...»

Con gli occhi umidi, Agnese gli posò una mano sul braccio. «Spero che non manderà via nessuno di voi...»

Lui tirò su col naso. «Così ha promesso, e Giuseppe me l'ha assicurato. Per il momento tanto ci basta. Anzi dice che vuole addirittura ingrandire... Ha comprato pure il terreno accanto, quello di don Pasquale, ché tanto lui non ci faceva più niente.»

Agnese prese un respiro profondo. «Ho capito. Grazie, Mario», disse, e fece per raggiungere il fratello in ufficio, ma poi ci ripensò e tornò indietro. «Credi che dovremmo accettare la sua proposta? Rimanere a lavorare per lui? Per Lorenzo è fuori discussione. Io non so più cosa pensare... È tutto così strano.»

Mario le posò una mano sulla spalla e gliela strinse con le dita ingiallite. «Sai cosa dico a Teresa, quando non sa cosa fare? Di ascoltare il cuore. Il tuo cosa ti dice, piccola Agnese?»

Lei lo guardò per un istante, poi abbassò gli occhi e non rispose.

Quando entrò in ufficio, Agnese trovò il fratello seduto alla scrivania; si dondolava lentamente, con lo sguardo assorto e una matita tra le labbra. Lei gli si sedette davanti, ma lui non la guardò nemmeno. Allora intrecciò le mani e girò lo sguardo all'intorno: con un groppo in gola fissò il diploma di laurea di nonno Renato, e poi gli attestati e i premi ricevuti per la saponetta *Marianne* alle varie esposizioni campionarie di Genova, Roma, Firenze; osservò le locandine che aveva disegnato il fratello, trovandole come sempre molto belle, poi si soffermò sull'immagine in bianco e nero dei nonni, incorniciata sul muro alle spalle di Lorenzo. Era stata scattata il giorno in cui avevano inaugurato il saponificio, nel marzo 1920: Renato e Marianna erano giovani, si tenevano per mano e sorridevano, felici. Sembravano percepirsi al sicuro, come se finalmente avessero trovato il loro posto nel mondo; ed era proprio così che lei si sentiva ogni volta che si trovava tra quelle mura, a casa sua... Dalla prima volta in cui il nonno le aveva permesso di avvicinarsi al mescolatore e le aveva concesso, con un sorriso, di aggiungere l'essenza di talco alla massa calda e liquida del sapone.

D'un tratto, oltre la porta chiusa, avvertirono la voce di Giuseppe.

Lorenzo lanciò un'occhiata all'orologio sulla parete: mancavano dieci minuti alle nove. «Pensa tu i miracoli...» ironizzò. «Non è mai arrivato così presto.»

Giuseppe aprì la porta dell'ufficio. «Ciao», li salutò, visibilmente a disagio. Lorenzo si voltò dall'altra parte; Agnese invece sollevò gli occhi per un momento: il padre si era messo in ghingheri, come nei giorni di festa; il completo scuro, una camicia bianca e la cravatta bordeaux in seta che gli strizzava il doppio mento. L'ultima volta che gliel'aveva vista addosso – se lo ricordava bene – era stata alla messa della notte di Natale. I capelli erano stati appiattiti all'indietro con la brillantina; immaginò sua madre che, premurosa come sempre, lo aiutava a fare il nodo alla cravatta e poi a lisciare i capelli col pettine a denti stretti...

L'uomo sospirò e poggiò sulla scrivania una cartella portadocumenti in pelle marrone. Restò in piedi e tamburellò le dita sulla cartella. « Possiamo parlare, prima di... » provò a dire.

« Io con te non parlo più di niente », scattò Lorenzo, alzandosi dalla poltrona.

Giuseppe guardò Agnese e con gli occhi la implorò di dargli una mano, di far ragionare il fratello, altrimenti quella mattina si sarebbe rivelata un altro strazio, l'ennesima scenata.

« Cosa dobbiamo sapere, prima di incontrarlo? » domandò allora Agnese, sforzandosi di mantenere la calma.

Lorenzo si diresse come una furia verso la porta, l'aprì con forza e, senza richiudersela dietro, uscì dalla stanza.

Padre e figlia si voltarono e rimasero a fissarlo mentre varcava il portone.

Poi Giuseppe si trascinò stancamente verso la sedia accanto ad Agnese e si sedette in punta, come se si sentisse già un ospite in casa d'altri. « Almeno tu, che sei più assennata di tuo fratello, stammi a sentire. »

La ragazza si girò verso il padre, ma non replicò.

« Ho fatto in modo di tutelarvi, lo sai. L'ho convinto a far restare tutti. Nessuno si ritroverà in mezzo a una strada. Non siate sciocchi, non rifiutate la sua proposta. Un lavoro vi serve: i soldi che vi darò non dureranno a lungo. Convinci tuo fratello ad ascoltarlo, quantomeno. E senza sfuriate, per favore. Ci è bastata quella dell'altra sera... »

Agnese fece spallucce. « Lo sai com'è. Posso farci poco,

io.» Tuttavia, vedendo la smorfia di delusione sul viso del padre, aggiunse: «Ma ci provo lo stesso, d'accordo?»

Il silenzio che seguì fu rotto dallo strombettio di un clacson.

«Ecco, è lui», annunciò Giuseppe, mettendosi in piedi con un piccolo sforzo.

«Ma perché suona, questo?» disse Agnese, alzandosi anche lei.

Uscirono sul piazzale. Lorenzo era proprio di fianco al portone, ritto come una guardia, con le gambe leggermente divaricate e le braccia incrociate.

Un'Alfa Romeo Giulietta di un bel rosso vivo si fermò, sollevando una nuvoletta di polvere. Agnese l'aveva vista soltanto nelle réclame delle riviste; ad Araglie nessuno possedeva un'automobile come quella, poteva scommetterci! Lei e Giuseppe si affiancarono a Lorenzo, e tutti e tre puntarono gli occhi sull'uomo alla guida, che scese dall'auto e avanzò verso di loro con un'andatura altera. Era piuttosto alto e corpulento, anche se il completo e il gilet gli calzavano a pennello. Portava i capelli brizzolati con una riga a lato, il naso era rotondo e butterato, aveva baffi bianchi e folti e, tra le labbra carnose, stringeva un sigaro. Agnese cercò di indovinarne l'età: di sicuro era più grande di suo padre, quindi doveva essere tra i quarantacinque e i cinquant'anni.

Giuseppe si staccò dai figli e gli andò incontro con un ampio sorriso, porgendogli la mano.

«Ci manca solo che gli stenda il tappeto rosso», mormorò Lorenzo. «Magari cosparso di petali di rose...»

L'uomo strinse la mano a Giuseppe, poi si tolse di bocca il sigaro e, con voce calda e tonante, disse: «Buongiorno, Giuseppe. Questi devono essere i tuoi ragazzi. Agnese e Lorenzo, vero?»

« Proprio loro », rispose Giuseppe, lanciando al figlio un'occhiata ansiosa.

L'uomo sorrise e porse la mano irsuta ad Agnese. « Buongiorno, sono Francesco Colella », disse, con un forte accento barese.

La ragazza gliela strinse mollemente, poi guardò il fratello.

Lorenzo allungò una mano e, mentre serrava quella di Colella, lo fissò dritto negli occhi e precisò: « Non siamo 'suoi', né tantomeno 'ragazzi' ».

Colella si stranì per un attimo, poi tornò a rivolgersi a Giuseppe. « Entriamo, direi, visto che ci siamo tutti. »

Si avviarono. Agnese rallentò il passo e afferrò il braccio del fratello. « Stai calmo, ti prego », bisbigliò. « Comportiamoci da persone educate e ascoltiamo cosa ha da dire. »

Lorenzo si fermò. « Tanto può dire quello che vuole, noi da qui ce ne andiamo. Lascia parlare me. » E riprese a camminare.

Agnese non lo seguì subito. Chiuse gli occhi per un istante e, all'improvviso, le parve di non essere più sicura di nulla. Aspettò ancora qualche secondo, poi si decise a entrare.

L'ufficio sembrava aver già assorbito la puzza del sigaro. Colella si era accomodato sulla poltrona dietro la scrivania, e Giuseppe era in piedi al suo fianco. *Neanche fosse il suo scudiero,* pensò subito Lorenzo. Nel vedere quello sconosciuto sulla poltrona del nonno, Agnese invece provò una fitta alla bocca dello stomaco ed ebbe un capogiro; quasi si accasciò su una delle sedie. Lorenzo si mise dietro di lei, con le braccia incrociate. Lei si voltò a guardarlo, disorientata. Era certa che vedere quell'uomo sulla poltrona dove fino al giorno prima sedevano a turno il padre, lei e il fratello fosse anche per Lorenzo come un chiodo piantato nella carne.

Colella appoggiò il sigaro sul bordo del posacenere, puntò i gomiti sulla scrivania e intrecciò le mani. Si schiarì la voce e attaccò a parlare, raccontando chi era e da dove veniva. Conosceva bene i prodotti di Casa Rizzo: pur essendo un piccolo saponificio a gestione famigliare, « aveva fatto parlare di sé », disse con piglio condiscendente. « Adesso però non si può più pensare in piccolo, se si vuole sopravvivere sul mercato. I prodotti americani invadono gli scaffali, lo vedete da voi, e bisogna tener loro testa. La prima cosa è senza dubbio la qualità », specificò, alzando le mani, « ma bisogna che sia combinata con la velocità e con la produzione massiccia. Qui dentro ci sono strumenti e macchinari che sembrano dell'anteguerra: per dire, fate ancora raffreddare il sapone nei telai di legno », sospirò, con un sorrisino, « quando ormai esistono degli essiccatoi che solidificano il sapone in venti minuti, anziché in due mesi; e poi tagliate ancora i blocchi con le presse a pedale, quando con la pressa automatica si possono produrre migliaia di pezzi in un'ora. »

Si interruppe per fare un lungo tiro dal sigaro e soffiò il fumo dal naso, cosa che ad Agnese procurò una vaga nausea. Si chiese quando quell'uomo fosse stato lì, quando avesse visitato la fabbrica, dato che sembrava conoscerla a menadito... Giuseppe ce lo aveva portato di domenica? O durante le festività natalizie? E quante volte era accaduto, senza che lei e Lorenzo lo sapessero?

Colella diede un colpo di tosse, poi continuò: « Dunque, come prima cosa, qui, farò sostituire i macchinari.

Continuerò a produrre, chiaramente col mio marchio, i prodotti di Casa Rizzo, perlomeno quelli che si vendono bene, ma allo stesso tempo voglio puntare sui detergenti a uso industriale, ché con quelli si fanno i soldi veri, e in ultimo bisognerà cominciare a usare materie prime che costano meno ma rendono uguale». Parlava senza la minima esitazione. «Ah, poi, c'è la questione della pubblicità...»

Lorenzo posò una mano sulla spalla di Agnese e la strinse.

«Ho dato uno sguardo alle tue locandine e al materiale pubblicitario», disse l'uomo, rivolgendosi al ragazzo. «Si vede che la stoffa ce l'hai. Però lascia che ti dica che la pubblicità non si fa coi bei disegni: quelli vanno bene per i musei. Bisogna essere graficamente più incisivi, puntare sugli slogan aggressivi. E a questo ci penserà Cosimo, il mio uomo di fiducia. Lavoro con lui da anni, sarà il nuovo responsabile del commerciale e tu, se vuoi, lo affiancherai. Mettendo la tua arte al servizio delle sue idee. E delle mie.»

In ogni piega del viso di Giuseppe si leggeva la paura che il figlio potesse esplodere da un momento all'altro. Invece, sorprendentemente, Lorenzo non si mosse: continuò ad ascoltare Colella con un'espressione dura, quasi impassibile, e con la mano serrata sulla spalla della sorella.

«Quanto a te, Agnese, tuo padre mi ha raccontato del tuo *naso*», riprese, con un sorriso. «E pure che hai una vera dedizione per questo posto, che lavori sodo e che ti sei sempre occupata delle formulazioni, insieme a tuo nonno. Se a te va bene, puoi continuare a stare nel reparto dei riempitivi, così puoi... divertirti con le essenze e i profumi.» Fece l'occhiolino alla ragazza con un'aria indulgente, come se avesse appena concesso a una bambina il permesso di giocare, e aspirò un'altra volta dal sigaro.

« Hai finito? » chiese Lorenzo.

Colella lo guardò. Il sorriso scomparve. « Mi dai del tu? Non mi ricordo di avertelo concesso. »

« Non ho bisogno del permesso, a casa mia », ribatté il ragazzo.

L'uomo si addossò alla poltrona. « Se vuoi parlare, parla adesso. »

« Mi dispiace... anzi no, in verità non mi dispiace per niente che mio padre ti abbia fatto perdere tempo », disse Lorenzo. « Vedi, io e mia sorella siamo fatti di un'altra pasta, rispetto a lui. » Appoggiò entrambe le mani sulle spalle di Agnese. « E a piegarci, sai, non siamo tanto abituati. Questa è la nostra fabbrica, il saponificio che mio nonno ha creato. Come puoi anche solo pensare che ci metteremo a fare gli schiavi per te? »

« Siamo ancora ai tempi della schiavitù? Non lo sapevo », lo interruppe l'uomo, con un sorrisetto sardonico, lanciando uno sguardo a Giuseppe.

« Sì, scherza, scherza... » sibilò Lorenzo. « Ora io e mia sorella usciamo da quella porta e ci vedrai rientrare soltanto da padroni, quando ci riprenderemo la nostra fabbrica e ti manderemo via a calci in culo. Tu, i tuoi macchinari moderni e i tuoi uomini di fiducia del cazzo. »

Giuseppe aprì la bocca, ma non riuscì a dire nulla.

Con aria divertita, Colella si sporse in avanti, incrociando le braccia sulla scrivania. « Se è così, quella è la porta. La strada la conoscete, no? »

« Andiamo, Agnese », disse Lorenzo, facendo un passo verso l'uscita.

Ma lei non si mosse.

« Agnese? Forza, alzati », insistette lui.

Nei pochi minuti in cui Lorenzo aveva parlato a quell'uomo, il cuore di Agnese si era messo a battere sempre più veloce; alla sola idea di andare via dal saponificio, di non doverci tornare l'indomani, di vivere di punto in bianco un'altra vita di cui niente conosceva, si era sentita perduta, e un senso di vuoto si era allargato dentro il petto. Si era immaginata i giorni a venire, e si era spaventata a morte perché ci aveva visto soltanto il buio, il nulla. Chi era lei, senza il saponificio? Non lo sapeva, non l'aveva mai saputo perché non c'era mai stato bisogno di chiederselo. Una morsa le attanagliò la gola e l'aria le mancò di colpo. « Io resto », riuscì infine a dire, con voce strozzata.

« Agnese, che dici? Alzati, andiamo », la incalzò Lorenzo.

Lei sollevò gli occhi sulla foto dei nonni, poi fissò il fratello con uno sguardo che era una richiesta di perdono e, insieme, di comprensione. Infine chinò la testa e, con la bocca asciutta, aggiunse sottovoce: « Resto dove è casa mia ».

E soltanto allora le sembrò di tornare a respirare.

Lorenzo non avrebbe mai pensato che, per andarsene, gli sarebbe bastata quella valigia in pelle marrone, con l'interno foderato in stoffa a quadretti, che era stato il regalo dei suoi genitori per i ventun anni, con l'augurio di usarla per il viaggio di nozze.

Eppure era proprio quella la valigia che adesso stava aperta sul suo letto e in cui era riuscito a far entrare sei camicie, un paio di gilet, i pantaloni beige e quelli scuri, il completo elegante, le scarpe stringate in pelle nera, due cinture e un po' di biancheria ficcata di lato. Però non bastava. Afferrò l'album da disegno, le matite colorate, la gomma pane e, infine, il dipinto che aveva ultimato. Posò tutto sopra i vestiti e, quel che non ci stava lì, lo infilò negli spazi vuoti. *Ecco, è fatta*, si disse.

Salvatora entrò in camera nell'istante in cui lui stava chiudendo la prima delle due serrature metalliche. Aveva visto che il figlio era rientrato di corsa, ma non aveva osato chiedere com'era andato l'incontro. Poi però l'aveva sentito trafficare in camera sua e la curiosità aveva avuto la meglio.

« Dove vai? » gli chiese, con aria confusa, asciugandosi le mani in uno strofinaccio che poi aveva infilato in una tasca del grembiule bianco. Emanava odore di stufato di patate.

« Via », rispose Lorenzo, richiudendo anche la seconda serratura.

« Via? Ma via dove? »

« Via da voi e da questa casa. »

La donna si sedette sul bordo del letto, e congiunse le mani in grembo. « Non è andato bene, l'incontro? Agnese sta ancora lì? »

Lorenzo fece un sorrisetto. « La signorina è ancora lì, sì, e ci rimarrà. Da oggi lavorerà per Colella, *lei*. Io no, non mi faccio di certo umiliare da quel pallone gonfiato. »

« Non mi dire che hai litigato pure con tua sorella... »

« Vuoi dire con la traditrice? Con quella che mi ha voltato le spalle? »

« Lorenzo! Non parlare così! »

Lui scosse la testa. « Lascia stare, mamma. »

« Ma dove te ne stai andando, posso almeno saperlo? »

« Da Angela, cioè dall'unica persona cui, a quanto pare, importa ancora di me », rispose lui senza guardarla. Prese sigarette e accendino dal comodino e se li mise in tasca.

La madre sospirò. « Ma cosa ti ho fatto, io? Perché sei arrabbiato pure con me? »

Il ragazzo rise amaramente. « Me lo chiedi pure! » Prese la valigia per il manico e la posò a terra. « Ci fosse stata una volta, mamma, una sola volta in cui tu abbia preso le nostre difese », esclamò. « Come hai potuto permettergli di vendere la fabbrica? Perché non l'hai fermato? Non ci hai pensato, ai tuoi figli? »

Salvatora si morse il labbro inferiore, proprio come faceva Lorenzo ogni volta che cercava una risposta. « Tu, voi... tante cose non le sapete. Non potete capire... »

« Ma cosa dobbiamo capire... » si stizzì lui. Prese il cappotto di panno e lo indossò.

« Se Angela è triste per qualche motivo, tu che fai? L'aiuti, no? Fai di tutto per vederla felice. È così o no? »

« Cosa c'entra... »

« C'entra perché è quello che io ho fatto con tuo padre, per tutta la vita », disse, e le si incrinò la voce. « Tu la tristezza sua non la conosci, e nemmeno ti interessa. Il patema che c'ha sempre avuto nel cuore solo io lo so. »

Lorenzo aggrottò la fronte, poi sollevò la valigia. « Senti, sai che c'è? Non me ne frega più niente di nessuno. » E uscì dalla stanza, mollando la madre lì da sola.

Lorenzo bussò due volte. Nel giro di pochi secondi, sentì dei passi strascicati che si avvicinavano.

La porta si aprì e la madre di Angela, Marilena, guardò dapprima la valigia ai piedi di Lorenzo, poi alzò gli occhi sul ragazzo.

« Buongiorno, signora Marilena, disturbo? So che Angela non tornerà prima di pranzo, ma volevo chiederle se posso entrare lo stesso. »

La donna lo fissò a lungo. Come faceva spesso, Lorenzo si chiese se era vero quello che si diceva e cioè che, in gioventù, quella donna dai lunghi capelli striati di grigio e dallo sguardo spento fosse ancora più bella della figlia.

« Sei in partenza? » gli chiese poi, stringendosi nello scialle. Sebbene il marito fosse morto da anni, portava ancora il nero del lutto.

« Sì... no... Adesso le spiego. »

E così, davanti a un caffè che sapeva di bruciato, Lorenzo le raccontò tutto.

Marilena ascoltò in silenzio, con la guancia addossata al palmo della mano.

Solamente quando Lorenzo ebbe finito di parlare, la donna mormorò: « *Li guai de la pignata, li sape sulu la cucchiara ca la gira.* I problemi della zuppa li conosce soltanto il mestolo che la rigira, diceva mia madre ». Poi si alzò. « La camera di Fernando è libera », disse soltanto.

Qualche ora più tardi, quando Angela rincasò per pranzare, trovò Lorenzo che dormiva nel letto di Fernando. Le tende alla finestra erano tirate, e la valigia se ne stava sul pavimento, in un angolo. Si sedette sul bordo del letto e gli osservò il viso, contratto in un'espressione esausta e triste allo stesso tempo. Con dolcezza, gli passò una mano tra i capelli disordinati.

Lorenzo bofonchiò, poi lentamente aprì gli occhi.

« Ti sei addormentato... di là è pronto in tavola », bisbigliò lei, con un piccolo sorriso.

« Prima abbracciami », mormorò lui.

Angela si chinò sul letto e lo strinse a sé.

« Più forte. »

E così, tra le braccia di Angela che lo cullavano, Lorenzo lasciò andare tutte le lacrime che fino ad allora aveva ingoiato.

5

Il maglione al profumo di Neve

marzo 1959

Camminando avanti e indietro nella cabina, Baciccia insisteva per andare a mangiare un boccone insieme; potevano provare l'Osteria da Pino, diceva. Era a due passi dal cinema, altri compagni c'erano stati e assicuravano che c'era da leccarsi i baffi, specialmente per la frittura di calamari e per gli spaghetti ai frutti di mare.

« Non posso », continuava a rispondere Giorgio con un mezzo sorriso, mentre si passava il rasoio sulle guance. Sul lavandino c'era il tubo del *Lisse*, il sapone da barba al profumo di eucalipto che Agnese gli aveva regalato.

« Devi tornare da quella dello spaccio? Be', ci possiamo andare quando hai fatto, no? Ti aspetto fuori. »

Giorgio rise e sciacquò il rasoio. « Non è da lei che devo andare. »

« E dove, allora? Ma cos'è tutto questo mistero? »

Giorgio si infilò il maglione sopra la camicia di flanella a quadri e, guardandosi nel piccolo specchio, si diede una sistemata veloce ai capelli. Poi batté due colpetti sulla guancia dell'amico. « Ci vediamo dopo », disse.

Attraversò il mercato del pesce e imboccò la viuzza laterale che conduceva in piazza San Francesco: da lì, dall'edicola in cui lui e Agnese si erano incontrati, sperava di ricordare la strada che avevano percorso fino alla fabbrica. Lanciò un'occhiata allo spaccio e gli parve di scorgere Concetta che stava accompagnando una cliente alla porta; di colpo accelerò, sperando che lei non lo vedesse. Poi si fermò all'edicola, ma dovette sgomitare per raggiungerla, dato che un gruppetto di uomini si era piazzato proprio lì davanti e stava discutendo animatamente di Aldo Moro che, da nuovo segretario della Democrazia Cristiana, si era ritrovato una bella gatta da pelare, con tutte quelle varie correnti del partito che doveva mettere d'accordo, a cominciare dai fanfaniani che volevano aprire a sinistra... Per un attimo, Giorgio ebbe la tentazione d'intervenire, ma poi scosse la testa. *Quanto si agitano... Figurati se i democristiani permetteranno una coalizione con la sinistra. Non accadrà mai,* pensò. Con un sorriso, allungò trenta lire all'edicolante e chiese *l'Unità*. Incamminandosi, diede una rapida occhiata alla prima pagina: c'era un articolo sui minatori che avevano occupato Ribolla, uno sugli scioperi nel grossetano e un altro sugli operai della Fiorentini che la polizia aveva cacciato dalla fabbrica dopo venticinque giorni di occupazione. *Invece di stare dietro alle beghe di partito, farebbero bene a risolvere i veri problemi del Paese,* rifletté, *ché il popolo, a furia di sentirsi ignorato, finirà per scoppiare.*

Ripercorse ogni strada e svincolo lungo cui Agnese lo aveva guidato; sebbene fossero trascorsi quasi due mesi, ricordava il tragitto alla perfezione. Arrivò alla porta ad arco e avanzò fino all'imbocco della strada sterrata che conduceva al saponificio; di lì a poco avrebbe scorto l'insegna al di sopra delle chiome degli ulivi. Ma, quando si fermò e alzò lo sguardo, vide un'enorme scritta: SAPONIFICIO F. COLELLA.

Possibile che ricordi male? si chiese, sorpreso. *Eppure ci avrei scommesso che l'insegna diceva proprio « Casa Rizzo »...* Fece spallucce e proseguì; l'unica persona che poteva chiarirgli la questione era Agnese e di una cosa era certo: lei gli aveva detto che era sempre lì, nel saponificio, quindi gliel'avrebbe chiesto non appena l'avesse trovata.

Passò accanto a un escavatore meccanico che faceva un baccano terribile e raggiunse il portone della fabbrica. Si affacciò e diede uno sguardo all'interno, sperando di intravedere Agnese.

« Desidera? » Gli si parò davanti un uomo basso e robusto, con una barba riccia solcata da fili bianchi fitti fitti, e con indosso una tuta da operaio.

« Sto cercando Agnese », rispose Giorgio.

« E chi la cerca? » chiese l'altro, incuriosito.

« Una sorpresa. »

« Vabbè, va', aspetta là fuori », disse l'uomo indicando lo spiazzo. « Mo' te la chiamo. »

Agnese, con indosso la tuta e la cuffia, stava in piedi davanti al mescolatore a versare i riempitivi nella massa calda del sapone. Era l'unica, lì dentro, che di ogni prodotto conosceva a memoria i dosaggi esatti di adiuvanti, colori, essenze e principi attivi. Quando Colella si era messo ad assegnare o ridistribuire i compiti al personale, nessuno degli operai si era voluto assumere la responsabilità del reparto dei riempitivi. « A quello ci ha sempre pensato Agnese », avevano risposto in tanti, con aria smarrita. « Lei sa come si fa. » Sebbene accigliato e di malavoglia, Colella era stato costretto a lasciare a lei la gestione del reparto. « Ma solo per il momento, finché non trovo un operaio specializzato », aveva precisato.

« Ehi, Agnese, c'è uno che ti cerca, lì fuori », le disse l'operaio, avvicinandosi.

«E chi è?» domandò lei, interrompendosi di colpo.

«E che ne so. Ha detto 'una sorpresa'.»

«Boh. Vabbè, grazie, Dario.» E si avviò all'uscita.

Sbucò nel piazzale, e indirizzò un sorriso a un paio di operai che stavano caricando degli scatoloni sul cassone del furgoncino. Non appena la vide, Giorgio sentì una strana stretta allo stomaco e le andò incontro.

«Ah, ma allora eri tu 'la sorpresa'...» disse Agnese, con un vago sorriso.

Giorgio notò subito che c'era qualcosa di diverso, in lei. Gli occhi, forse? «Sono tornato, sì. Ma tu hai gli occhi spenti. Sembri... triste», replicò.

La ragazza prese un respiro e distolse lo sguardo, puntandolo sulla benna dell'escavatore che stava sollevando un ammasso di terra. «Hai usato il *Lisse*», disse poi, tornando a guardarlo.

Giorgio le porse la guancia.

Agnese chiuse gli occhi e annusò. «Sì, è proprio lui.»

«Ho usato tutto quello che mi hai dato! Le saponette al talco però le ho finite... Ti toccherà regalarmene altre.» E sorrise. Poi, con un unico, improvviso movimento, le sfilò la cuffia: i ricci di Agnese esplosero in una massa fluente, incorniciandole il volto.

D'istinto, lei si portò le mani sulla testa. «Ma cosa...» provò a dire.

Giorgio non le diede il tempo di finire la frase. «Ecco, così ti riconosco. Agnese capelli pazzi», disse, con uno sguardo dolcissimo.

«Rizzo!»

I due si voltarono di scatto verso il portone. Un uomo col sigaro in bocca stava ritto all'ingresso, e fissava Agnese con un'aria di disappunto. «Questo non è il luogo per dare appuntamento ai fidanzati », tuonò. « Ti levo questi minuti dalla pausa pranzo. »

Uno degli operai intenti a caricare gli scatoloni, un uomo sulla cinquantina, coi capelli radi e il viso smagrito, si bloccò, con aria contrariata. « Signor Colella, Agnese è appena uscita, non è passato neanche un minuto », disse.

Colella lo incenerì con lo sguardo. « Quarta, ho chiesto il tuo parere, per caso? Torna a lavorare. E pure tu », aggiunse, puntando il dito su Agnese.

« Sì, arrivo », rispose lei, mentre Colella tornava dentro.

« Ma chi era quel *galuscio*? » sbottò Giorgio.

Lei lo guardò, confusa. « Quel... cosa? Non importa, io devo rientrare. »

« Agnese, io però non ci sto capendo più niente... Perché non c'è più l'insegna 'Casa Rizzo'? Perché quel tizio ti ha trattato come un'operaia qualsiasi? Non è la tua fabbrica, questa? »

« È tutto diverso, adesso », mormorò lei.

Lui la scrutò: gli occhi le si erano intristiti di nuovo.

« Vorrà dire che mi racconterai stasera », disse allora Giorgio.

« Come, stasera? »

« Sì! Stasera io e te usciamo. »

Finalmente lei sorrise.

« Alle sette alla rotonda del lungomare. »

Agnese annuì. « Alle sette », ripeté. E fece per rientrare.

« Capelli pazzi! » la richiamò lui.

Lei si girò. Sorrideva ancora.

« La cuffia », disse Giorgio, e gliela lanciò.

Il Cantiere Mazzotta si trovava all'interno del porto. Alla morte del padre, Luigi Mazzotta aveva preso le redini della bottega e l'aveva ingrandita, trasformandola in un cantiere navale vero e proprio: era stato il primo, ad Araglie, a munire le barche da pesca di motori fuoribordo, e a fabbricare pescherecci anche di dieci o dodici metri con motori entrobordo. Tutti i pescatori da lui compravano e da lui tornavano, quando c'era da fare qualche riparazione.

Negli anni, Giuseppe era passato a trovarlo di tanto in tanto, spesso al termine delle sue passeggiate del sabato mattina e, come faceva da bambino, si era seduto in un angolo e l'aveva guardato lavorare in silenzio. L'ultima volta, circa una settimana addietro, però, era cambiato tutto. Giuseppe si era presentato da Luigi con un sorriso raggiante e gli aveva fatto una proposta: lui si occupava unicamente di imbarcazioni per pescatori professionisti... ma perché non costruire anche barche da diporto?

«Seee, quello è un altro settore proprio», gli aveva risposto Luigi. «Io il mio conosco e so fare.»

Ma Giuseppe aveva insistito, facendogli balenare l'idea di un deciso ampliamento della clientela: sapeva quanta gente ormai voleva una barca tutta sua, soltanto per andarsene per mare? Quanti le acquistavano da un'altra parte, per poi tenerle ormeggiate lì? Tanto valeva che ad Araglie le comprassero pure, o no?

«A parte che, pur volendo ingegnarsi, i soldi per questo non li ho», aveva obiettato l'amico.

«E qui ti volevo: i soldi ce li metto io», aveva ribattuto Giuseppe. Gli aveva raccontato di aver venduto la fabbrica e di potersi finalmente dedicare alla sua vera passione. Aveva omesso il resto, e cioè che dalla vendita del saponificio si era aspettato di ricavare di più, molto di più, col desiderio di aprire un cantiere navale tutto suo. Ma così non era accaduto. Colella aveva messo le cose in chiaro: quel piccolo saponificio a gestione famigliare non valeva più di quanto gli aveva offerto, considerati il posizionamento sul mercato, circoscritto per lo più al territorio locale, e il fatto che la fabbrica doveva essere modernizzata da cima a fondo. Giuseppe, tuttavia, si era illuso che i soldi sarebbero bastati lo stesso, perlomeno per costruire il cantiere e avviare l'attività, e invece la realtà e i conti del commercialista lo avevano smentito all'indomani della compravendita.

Luigi aveva posato nel secchio di vernice il pennello con cui stava dando una mano di blu a una barca di appena cinque metri, e l'aveva fissato. « Buon per te, era ora », aveva commentato.

« Allora? Mi vuoi come socio? »

Luigi aveva storto il naso. « Io lavoro per fatti miei, lo sai. Ci sta già Michele a darmi una mano. »

« Prenditi tempo per pensarci », gli aveva detto allora Giuseppe. « La prossima volta che vengo qui, mi darai una risposta. »

L'amico aveva annuito. Tuttavia, quando Giuseppe stava per andarsene, gli aveva domandato: « I tuoi figli come l'hanno presa? »

Giuseppe aveva esitato. « Bene... » aveva poi mentito. « E poi, voglio dire, non li ho mica lasciati a mani vuote. Una parte dei soldi della vendita la do a loro, che ti credi? » E, prima che Luigi potesse fare altre domande, se n'era andato.

La settimana dopo, Giuseppe tornò. Al centro del cantiere, piantato su un supporto, c'era un gozzo a quattro remi, del tipo solitamente usato per la pesca con la lampara. Mentre lo osservava, Luigi uscì da una porta in fondo, asciugandosi le mani con uno strofinaccio logoro. Era sempre stato un tipo belloccio, con un mucchio di donne intorno a fargli gli occhi dolci. Eppure non si era mai sposato. Chissà come mai, pensava spesso Giuseppe.

« Hai visto lì, tutto quel marciume? » disse Luigi, indicando il gozzo con un cenno del capo.

Giuseppe si avvicinò all'imbarcazione e, a fatica, si abbassò sulle ginocchia per guardare meglio il fasciame della chiglia. « Eh, sì. L'hanno maltrattato un bel po' », rispose con un sorriso.

« Senti, ho pensato a quello che mi hai detto. » Luigi non era tipo da convenevoli o da chiacchiere inutili.

« E quindi? »

« E quindi ti dico che si può fare, ma a tre condizioni. La prima », disse, prendendo a contare sulle dita, « il cantiere continuerà a chiamarsi soltanto Mazzotta. La seconda: il socio di maggioranza rimango io. E infine la terza: se quest'idea delle barche da diporto non ingrana, la società si scioglie e amici come prima. Se a te va bene così, per me possiamo stringerci la mano già adesso. »

Giuseppe tentennò: non gli sembrava giusto che, nonostante ci mettesse i suoi soldi, il nome Rizzo non comparisse da nessuna parte. Ma fu una brevissima incertezza: quel posto, al momento, era l'unica alternativa possibile, per lui.

« Affare fatto », esclamò allora. No, non poteva rinunciare ancora alla sua nuova vita. Era poco, e deludente, quello che Luigi gli aveva prospettato, ma era pur sempre qualcosa da cui ricominciare. E così strinse la mano all'amico.

Agnese correva verso casa, trafelata: mancavano meno di tre quarti d'ora all'appuntamento con Giorgio, e Colella, con una scusa stupida, l'aveva trattenuta al saponificio più del previsto. Doveva immaginarlo, che gliel'avrebbe fatta pagare, e soltanto perché si era assentata pochi minuti per parlare con Giorgio! *Che essere odioso,* pensò. Da quando era arrivato lui, il clima in fabbrica era cambiato completamente. Trattava gli operai con arroganza, alzava la voce, non diceva mai: « Per favore », né tantomeno: « Grazie ». I dipendenti non lo sopportavano, e allo stesso tempo ne avevano un gran timore. Eppure, in quelle prime settimane, non c'era stato nessuno che avesse deciso di andarsene. *Eh, certo, ha aumentato la paga a tutti, per tenerseli stretti e farli stare zitti. Solo per questo, crede di poterli trattare come gli pare,* rimuginò Agnese.

Arrivò a casa tutta sudata. « Accipicchia, è tardissimo », mormorò, mentre inseriva la chiave nella toppa.

« Eccoti, finalmente. Ma dove sei stata fino a quest'ora? » le chiese la madre, dal salotto. Salvatora e Giuseppe se ne stavano seduti sul divano ocra, il braccio di lui intorno alle spalle di lei, a guardare un quiz a premi alla TV.

« E dove sono stata... al saponificio, no? » rispose lei. « Colella non mi lasciava più andare, oggi si è arrabbiato soltanto perché... »

« La so! Quattro luglio 1776! » esclamò Giuseppe, con gli occhi fissi sullo schermo.

« Bravo, Giuse'. Le conosci davvero tutte », disse Salvatora, dandogli un colpetto sulla gamba.

Ma possibile che non vogliano mai saperne niente? pensò Agnese, sbuffando. Ogni volta che provava a raccontare qualcosa della sua giornata in fabbrica, o se soltanto nominava Colella, i suoi genitori cambiavano discorso o facevano finta di nulla. *Si comportano in modo assurdo, come se Casa Rizzo non fosse mai esistita...*

« Vabbè, io salgo a cambiarmi. Devo uscire », disse allora.

Salvatora si voltò, improvvisamente interessata. « Ah, sì? E dove vai? Ti vedi con Teresa? »

« Con lei e... con alcuni amici », mentì Agnese.

La madre si illuminò in viso. « E tra questi amici ce n'è mica uno 'speciale'? Un pretendente? »

« Dai, mamma. Smettila », ribatté lei, e imboccò le scale.

« Fosse la volta buona... » mormorò Salvatora.

Agnese aprì subito il rubinetto della vasca, si tolse i vestiti, e si lavò alla svelta con la saponetta *Marianne*. Poi, mentre si asciugava, spalancò l'armadio. *Questa, almeno mi nasconde i polpacci,* si disse, tirando fuori una gonna svasata a pieghe lunga fino alle caviglie. Sopra, mise una camicetta bianca. Quindi infilò le scarpe, un paio di décolleté in vernice nera con un piccolo tacco: prima la destra e poi la sinistra.

Peccato non aver avuto il tempo di lavare anche i capelli, rifletté, sistemandosi la camicetta dentro la gonna, davanti allo specchio ovale. *Vabbè, tanto a lui i miei capelli piacciono così,* pensò, con un sorriso. Oddio, sperava almeno che non avessero un odoraccio, visto quanto aveva sudato. Allungò una ciocca e se la avvicinò al naso. « Mmm... » mormorò. *Be', no, non puzzano, meno male.* Guardò l'orologio: mancavano dieci minuti alle sette. « Accipicchia! » esclamò. Prese dal cassetto del comodino due confezioni di *Marianne* e le ficcò nella borsetta.

« Esco! » gridò, ripassando come un fulmine dal corridoio.

« Prendi il cappotto! Di sera fa ancora fresco », la ammonì Salvatora.

Ma Agnese aveva già varcato il cancello.

Quando arrivò alla rotonda, trovò Giorgio seduto sul muretto a fumare una sigaretta, sotto la luce gialla del lampione. Era vestito esattamente come qualche ora prima, quando era venuto a cercarla al saponificio: pantaloni scuri e un maglione beige che pareva morbidissimo; dallo scollo a V fuoriusciva il colletto di una camicia a quadri. *Mannaggia a lui, quanto è bello. Troppo bello, per me,* pensò Agnese, col batticuore.

« Eccoti », la salutò Giorgio, con un ampio sorriso. Buttò la cicca per terra e si portò giù con un balzo. « Vieni qui, accanto a me », disse. Cinse Agnese per la vita, la sollevò e la mise seduta sul parapetto, poi tornò a sedersi anche lui.

« Grazie », mormorò lei, e subito abbassò i lembi della gonna che, nel sedersi, si erano rialzati, scoprendole i polpacci.

« Mi piace quella camicetta », disse Giorgio. « Ti sta molto bene. »

Agnese sorrise. « Anche a me piace il tuo maglione. » E lo tastò sulla manica. Sì, era davvero soffice come immaginava.

« Ma non senti freddo, così? »

« Sì », rispose lei. « Ma fa lo stesso. »

Lui si sfilò il maglione. « Tieni, metti questo, così sei al caldo », le disse.

Agnese lo guardò, stupita. « Ma no. E tu, scusa? »

Lui le strizzò l'occhio. « Sono un marinaio, sopravviverò. »

Così Agnese prese il maglione e, continuando a fissare il ragazzo, se lo infilò. Il tessuto profumava di bucato. Agnese lo riconobbe all'istante: era stato lavato col *Neve. Ecco perché è così morbido,* pensò. E pazienza se era di almeno due taglie più grande, visto che le arrivava a metà coscia, e che le maniche penzolavano ben oltre i polsi.

« Meglio, vero? » chiese lui,

« Sì, in effetti », ammise Agnese. « Grazie. » E si tirò su le maniche, scoprendo le mani.

Giorgio prese un'altra sigaretta dal pacchetto di Camel e l'accese.

« Ah, ti ho portato una cosa », disse lei.

« Cosa? »

« Aspetta. » Sganciò la fibbia della borsetta di pelle nera e ne estrasse le saponette. « Ecco. Hai detto che le avevi finite... »

Lui sorrise. « Grazie. Ormai non ne posso più fare a meno », scherzò, e mise le saponette nella tasca dei pantaloni; fece un tiro dalla sigaretta. « Ti va di raccontare? » le chiese poi.

Agnese annuì timidamente.

« Non qui, però », continuò lui. Scese e le tese la mano. « Conosci l'Osteria da Pino? »

Agnese gliela strinse e con un piccolo salto mise i piedi per terra. « Sì, so qual è. »

« Bene, allora mi dirai tutto davanti a un bicchiere di vino. »

« Ma io non bevo! » esclamò lei. « Voglio dire, non ho mai bevuto », aggiunse, imbarazzata.

« Ma cosa devo sentire! » la prese in giro lui. « Vorrà dire che comincerai stasera. Con me. »

L'osteria si trovava in una traversa di piazza del Municipio, nella stessa via del Cinema-teatro Apollo. Giorgio aprì la porta e fece entrare Agnese per prima. L'interno era chiassoso e pieno di gente, e nell'aria c'era un forte odore di pesce fritto e aglio, però il posto sembrava allegro, accogliente, come se ci fosse una festa in corso. A un tavolo in fondo alla sala, Giorgio adocchiò Baciccia seduto insieme ad altri due compagni: a giudicare dal modo triviale in cui stavano ridendo, erano di sicuro già alticci. L'oste, un tipo magrolino dal volto rugoso e col grembiule bianco macchiato di olio, li accompagnò a un tavolo e i due presero posto sulle sedie di legno e paglia.

Quando l'oste portò il vino e un cesto di pane tagliato a fette, Giorgio sollevò la piccola caraffa e versò il vino ad Agnese, rovesciando qualche goccia sulla tovaglia di stoffa a quadretti bianchi e rossi.

« Cominciamo con mezzo bicchiere, se no va a finire che ti ubriachi », disse poi, sorridendo.

Giorgio riempì il suo fin quasi all'orlo e poi lo alzò. « Salute », disse, facendo tintinnare il bicchiere su quello di Agnese.

La ragazza diede un piccolo sorso. Poi schioccò la lingua. « Accipicchia, è buono! » disse, sgranando gli occhi. E subito ne prese un altro.

Giorgio scoppiò a ridere. « *Belin*, vacci piano! » E si tirò su le maniche della camicia, scoprendo la piccola voglia sull'avambraccio sinistro.

L'oste tornò e lasciò due fogli su cui erano scritti, a mano, i piatti del giorno.

« Allora », disse poi Giorgio. « Sei pronta? »

Agnese posò il bicchiere e fissò la tovaglia; si concesse qualche secondo, poi tornò a guardare il ragazzo. D'un fiato, gli spiegò tutto quello che era successo mentre lui era via.

Giorgio la lasciò parlare senza interromperla, tenendo gli occhi azzurri fissi in quelli di lei.

Quando Agnese tacque, lui le rivolse un sorriso incerto e disse: « Ordiniamo? »

« Tutto qui? Non hai niente da dire? » si stranì lei.

Lui tossicchiò. « Davvero vuoi sapere cosa penso? Potrebbe non piacerti... »

Agnese si risentì. « Adesso lo voglio sapere anche più di prima... »

Giorgio tamburellò le dita sul tavolo, poi tornò a guardarla dritto negli occhi. « Mi dispiace. Immagino sia stato molto doloroso, per te. Però te lo devo dire: penso che abbia ragione tuo fratello... Quel Colella ha chiaramente voluto umiliarvi, e credo che te ne saresti dovuta andare da lì insieme a lui, quando era il momento... »

« Ma Lorenzo non mi ha mai chiesto cosa volessi fare *io*. Aveva già deciso anche per me », protestò Agnese. « Io avrei voluto che rimanessimo entrambi, che continuassimo a lavorare fianco a fianco e a mettere i soldi da parte, per aprire un saponificio tutto nostro, una nuova Casa Rizzo... »

« E tu perché non gliel'hai detto prima, chiaro e tondo, che desideravi tutto questo? Oltre all'umiliazione di Colella, ha dovuto subire pure la tua... Hai provato a immaginare come si è sentito? Cosa prova adesso? Fossi in lui, mi sentirei molto solo. »

Agnese deglutì. « Gliel'ho detto eccome, ma non ha voluto ascoltarmi. Ha fatto di testa sua. Salvo poi dire a mia madre che sono una traditrice... » disse con voce tremante. « E comunque, se proprio lo vuoi sapere, pure io mi sento sola, da quando se n'è andato. Siamo sempre stati insieme, io e lui... »

Giorgio allungò le mani sul tavolo, strinse quelle di Agnese tra le sue e ne accarezzò il dorso col pollice: erano piccole, paffute e lisce come quelle di una bambina. Si accorse che le guance della ragazza si erano imporporate e aveva il sospetto che no, non fosse a causa del vino... « Va bene, magari è stato un po' troppo duro, è vero... » mormorò. « Però penso che dovevate restare uniti, tutto qui. Ci sto provando, ma non riesco proprio a capire perché tu sia rimasta... »

In un impeto di rabbia, Agnese sfilò via le mani. « Voglio tornare a casa », disse poi, sollevando lo sguardo. Aveva gli occhi lucidi; la piccola cicatrice non si vedeva più, inghiottita dalle pieghe della fronte corrugata.

« Scusami », disse Giorgio. « Te l'avevo detto, che non ti sarebbe piaciuto... »

Lei si alzò dal tavolo, e si diresse all'uscita.

« Aspetta », provò a fermarla lui. Si alzò alla svelta, prese una manciata di monete dal portafoglio e le posò sul bancone. « Per il vino », disse all'oste, e si avvicinò alla porta.

« Belesecche! »

Giorgio si voltò; dal tavolo in fondo, Baciccia gli stava facendo segno di unirsi a lui.

Non gli rispose neppure. Spalancò la porta, uscì e si guardò intorno: Agnese stava camminando spedita verso piazza del Municipio. La raggiunse di corsa e le afferrò il braccio. « Oh, fermati! »

Agnese si bloccò, però tenne lo sguardo basso.

« Senti, mi dispiace », continuò lui. « Non avrei dovuto dire tutte quelle cose. Non sono fatti miei. Non so nulla di come ti senti veramente. Scusami, davvero. »

Lei tornò a guardarlo, con un'espressione stanca.

Allora lui, con un dito, le tirò su il mento. « Ho sbagliato. Mi perdoni? »

Agnese annuì. « Però voglio andare a casa lo stesso », sussurrò.

« E ti porto a casa, certo », disse lui, provando a sorriderle.

« Mi porti? »

« Pensi che ti lascerei andare a casa da sola, a piedi e di sera? »

Così s'avviarono, in silenzio, accompagnati soltanto dal ticchettio delle scarpe di lei e dallo sciabordio del mare in lontananza.

« Mare mosso, domani », borbottò Giorgio.

« A che ora riparti? »

« Non appena sorge il sole. »

Arrivarono alla porta ad arco e si inoltrarono lungo la strada buia. Poi superarono l'imbocco della via sterrata che conduceva al saponificio, e proseguirono costeggiando gli ulivi.

« Non hai sbagliato », mormorò lei d'un tratto. « Ti ho chiesto io di dirmi quello che pensavi. »

Giorgio alzò le spalle. « Potevo comunque farmi i fatti miei. È che con te, non lo so... »

« Con me cosa? »

« È che mi sembra di conoscerti da molto tempo. È strano, lo so. »

Agnese si fermò. « No, non è strano », disse soltanto. E riprese a camminare. Dopo un breve silenzio, annunciò di punto in bianco: « Il mese prossimo sarà il mio compleanno ».

« Ah! E quando? »

« Il 24 aprile. Compio diciannove anni. » E accennò un sorriso.

Giorgio schioccò le labbra. « Uffa, non ci sarò. Non tornerò prima di maggio. »

« Tu quanti anni hai? Mica me l'hai mai detto. »

« Venti. Ventuno a novembre. »

« Hai un anno in meno di Lorenzo », commentò lei.

Si fermarono davanti all'ultima casa a sinistra, una villetta a due piani, coi portici e un grande cancello in ferro battuto, spalancato. « Io abito qui », disse Agnese.

« Arrivata sana e salva », replicò lui, con un sorriso.

In silenzio, Agnese prese un dito di Giorgio e lo strinse tra le sue dita; poi piano piano, tenendo lo sguardo basso, dondolò a destra e a sinistra le loro mani intrecciate. Lui piegò le labbra in un sorriso, si avvicinò e le posò la mano libera sulla guancia. Agnese alzò lo sguardo e avvampò tutta. Indietreggiò di un passo e gli lasciò la mano. « Grazie per avermi accompagnato », disse.

« Dovere », mormorò lui, un po' frastornato.

Agnese gli restituì un sorriso impacciato, e varcò il cancello.

Giorgio aspettò che lei entrasse in casa e richiudesse la porta. Il maglione, che lei forse aveva dimenticato di restituirgli e che lui, di proposito, non le aveva chiesto indietro, sarebbe stato il pretesto per rivederla, pensò, mentre si muoveva per tornare indietro.

Lorenzo se ne stava addossato al muro con le mani infilate nelle tasche del cappotto, aspettando che Angela finisse il turno nella bottega: da lì, quella sera, avrebbero proseguito per il cinema. Di tanto in tanto, sollevava il mento per rispondere al saluto di un conoscente che passava.

Non aveva più rivisto i suoi, e neppure Agnese. D'altronde, non è che loro avessero compiuto chissà quale sforzo per cercarlo, né per sapere se almeno stesse bene. Era come se, nel giro di poche settimane, si fossero abituati alla sua assenza. Magari ne erano stati persino sollevati, pensava Lorenzo, con una punta di risentimento. Da Marilena, e dalle chiacchiere che la gente faceva prima della messa, aveva saputo che suo padre si era messo in affari con Mazzotta, giù al cantiere, e che adesso, sulla fabbrica, troneggiava l'insegna SAPONIFICIO F. COLELLA. Si diceva che stessero costruendo un altro edificio, proprio accanto. *Quel pallone gonfiato e le sue manie di grandezza...* Di Agnese, invece, nessuna notizia: se l'era immaginata tante di quelle volte, in fabbrica, che prendeva ordini da Colella, o da Mario, o addirittura dall'ultimo degli operai e, pur provando una fitta di pena per lei, aveva pensato che ben le stava. Forse, a furia di umiliazioni, avrebbe capito l'enorme sbaglio che aveva commesso e se ne sarebbe pentita. Quanto alla madre, gli era capitato di incrociarla soltanto una volta, in piazza San Francesco, ma lui aveva subito cambiato strada e forse lei non l'aveva neppure visto.

Le giornate dopo la sua fuga gli sembravano una successione di sogni, con salti temporali e accelerazioni brusche, senza sapere bene dove si trovava, e quando, e perché. Se non ci fosse stata Angela, al suo fianco, che lo riportava ogni volta alla realtà, sarebbe uscito di testa. Di notte, quando era sicura che Marilena si fosse addormentata, lei lo raggiungeva in camera, e rimaneva a dormire con lui, stretta in un abbraccio che durava fino al mattino. Le ore più dure, quelle in cui lei era in bottega a lavorare, Lorenzo le passava dormendo, o rimuginando, con gli occhi fissi al soffitto macchiato di muffa. Certe volte si risvegliava di soprassalto e col cuore in gola; per qualche secondo che sembrava infinito, non ricordava più chi era, né dove era, come se una nube nera gli avesse invaso il cervello. Poi la nebbia di colpo si diradava; riprendendo via via un respiro regolare, gli tornava in mente che, sì, lui si chiamava Lorenzo Rizzo, e si trovava a casa di Angela, la donna che amava. « Lorenzo Rizzo... Lorenzo Rizzo... » ripeteva a bassa voce, per paura che gli sfuggisse di nuovo dalla mente.

Ciò che invece non dimenticava - anzi ormai era un pensiero fisso, un'ossessione - erano i soldi: doveva trovarne tanti, ma proprio tanti, per provare a riprendersi la fabbrica, sebbene non avesse ancora idea di dove cercare, o a chi chiederli...

« Eccomi, finito! » esclamò Angela, sbucando dalla bottega.

Lorenzo si stampò in faccia un sorriso, si scostò dal muro e la baciò. All'interno della bottega, Oronzo, il proprietario tracagnotto con la pelle olivastra e i capelli neri e riccioluti, stava maneggiando una grossa mazzetta di soldi, e lui pensò che erano troppi perché si trattasse dell'incasso di quel giorno: chissà da dove venivano, da quale dei suoi tanti traffici... L'uomo infilò il malloppo in una busta gialla e la nascose all'interno del taschino della giacca. Poi lanciò un'occhiata al di là della porta, e incrociò lo sguardo di Lorenzo.

« Allora, cosa andiamo a vedere? » chiese Angela, portandosi il braccio di Lorenzo sulle spalle. « Ricordami il titolo. »

Lui levò lo sguardo dall'uomo. « *Femmina* », rispose.

« Ah, sì, sì, è quello con Brigitte Bardot, giusto? »

« Mmm, mmm. »

« Quella che mi somiglia », disse allora lei, con una piccola smorfia.

Lorenzo mormorò un « Sì » distratto, perché in verità aveva la testa da un'altra parte. Non riusciva a togliersi dagli occhi l'immagine di tutti quei soldi tra le mani dell'uomo...

« Solo 'Sì'? » s'immusonì Angela. « Una volta avresti risposto: 'Sì, ma per me sei molto più bella tu'. » E, indispettita, si sfilò dall'abbraccio.

Il ragazzo sembrò tornare in sé soltanto in quel momento. Così, nel tentativo di rimediare, si avvicinò a lei e le avvolse le spalle con entrambe le braccia. « Ma certo, certo che per me sei più bella tu. »

6

Il compleanno senza candeline

24 aprile 1959

Il giorno in cui compì diciannove anni, Agnese si svegliò in un bagno di sudore. « Accipicchia, che caldo », borbottò, spostando le coperte di lato e tirandosi su a sedere. Si sfilò il maglione di lana di Giorgio, che ormai indossava tutte le notti a mo' di pigiama, e andò ad aprire la finestra, lasciando che la primavera invadesse la stanza col profumo degli alberi in fiore.

Mentre scendeva le scale a piedi nudi – posando sempre prima il destro, poi il sinistro – le arrivò l'odore della crostata di mele cotogne. « Ecco la festeggiata! » esclamò Salvatora, con un largo sorriso. Si pulì le mani nel grembiule e si slanciò ad abbracciare la figlia, che però rimase rigida sulla soglia della cucina, con le braccia lungo i fianchi. Giuseppe si alzò dal tavolo e, con una matita tra le mani, si avvicinò e le fece gli auguri con due goffi baci sulla guancia.

« Hai visto? Ti ho preparato la tua torta preferita... » disse Salvatora, mentre prendeva un coltello dal cassetto. « Due fette, come al solito? »

Agnese, ancora insonnolita, annuì e si sedette con le ginocchia strette al petto. « Grazie », bofonchiò, con la voce impastata. Poi si accorse che, per la prima volta da che aveva memoria, sul tavolo non c'era *La Settimana Enigmistica*, ma un foglio con un disegno a matita. « E quello cos'è? » chiese al padre.

Giuseppe si accese in volto e subito le porse il foglio. « È il progetto della nuova barca. Il *mio* progetto », sottolineò, tutto orgoglioso. E fece un sorriso alla moglie, che intanto aveva servito la torta. « Così poca? » le chiese lui, deluso.

« Lo sai cosa ha detto il dottore. Devi dimagrire », rispose lei.

Agnese osservò attentamente il disegno, l'insieme di linee e curve da cui si intuiva la sagoma di un'imbarcazione.

« Devo ancora finirlo, eh, mancano tutti i dettagli », precisò Giuseppe. « E, non appena sarà pronto, io e Luigi metteremo la barca in produzione », disse, entusiasta. Salvatora allungò una mano sul tavolo e strinse quella del marito, arricciando le labbra in un sorriso.

Da quando ha venduto il saponificio, papà sembra un'altra persona. Una persona felice, pensò Agnese, con una fitta di rabbia, ma anche con un vago sollievo. Vedere quella trasformazione nel padre la rassicurava, specialmente dopo che lui le aveva aperto il cuore e le aveva mostrato, senza difese, tutta l'insoddisfazione e l'amarezza che lo abitavano. D'altra parte, però, non poteva fare a meno di notare che Casa Rizzo, per Giuseppe, era come scomparsa. Non ne parlava mai, e Salvatora non faceva che assecondarlo, come se temesse che il solo nominarla potesse rimescolare in lui l'antica tristezza o, peggio, un improvviso rimorso. Per la stessa ragione, Agnese aveva via via smesso di provare a raccontare le sue giornate, come si sentiva, cosa faceva al saponificio, come Colella la trattava, dei macchinari nuovi che erano arrivati...

«Per cena ho invitato gli zii, così festeggiamo!» annunciò Salvatora. «Dillo anche a Teresa, se hai piacere. Più siamo, meglio è!»

Agnese sollevò le spalle. «Non lo so... Non la vedo da un bel po'. Ultimamente mi risponde sempre che non può uscire, che deve studiare per l'esame di maturità... Non credo verrà.» Fissò la sedia vuota accanto a lei, quella su cui Lorenzo sedeva sempre, e un magone le colpì lo stomaco.

«Figurati se non viene!» disse Salvatora. «Ma la torta non la mangi? Mi sono svegliata all'alba apposta, per preparartela», aggiunse poi, indicando le due fette sul piatto.

Ad Agnese era passata la fame; anzi ora l'idea di mangiare le dava la nausea. Eppure, per non dare un dispiacere alla madre, assaggiò una fetta. Non aveva neanche voglia di festeggiare, a dirla tutta. *Poteva almeno chiedere il mio parere, prima di invitare gli zii...* rimuginò.

«Voglio che ci sia anche Lorenzo, stasera», disse poi con voce ferma, raddrizzandosi. «Non festeggerò senza mio fratello.» Lorenzo non era mai mancato a nessuno dei suoi compleanni; era lui che ogni anno comprava le candeline e poi l'aiutava a spegnerle, come facevano da bambini. Non lo vedeva da due mesi, ormai: tutta quella faccenda, la distanza che si era creata tra loro, le sembrò una vera assurdità.

Salvatora e Giuseppe si lanciarono un'occhiata.

«Non so se è una buona idea...» mormorò lei.

«Non si è fatto più sentire né vedere...» disse il padre, a bassa voce.

Salvatora si alzò e mise le mani sui fianchi. «È andato via fregandosene di tutti noi. Io e tuo padre aspettiamo ancora le sue scuse, per tutte le cose brutte che ci ha vomitato addosso.»

Un po' sconcertata dal piglio della madre, Agnese avrebbe voluto replicare che era pur sempre loro figlio, che ne stavano parlando come se fosse un estraneo, ma Salvatora non le diede il tempo di aprire bocca. «Sicuro ti rovina la festa di compleanno con una delle sue sfuriate. E io non voglio fare brutta figura davanti agli zii», concluse, decisa.

«Tua madre ha ragione», s'intromise Giuseppe. «Cerchiamo di passare una bella serata, eh? Una serata *tranquilla.*»

Agnese puntò gli occhi sul padre, poi li spostò sulla sedia vuota. «Si sta facendo tardi, devo andare al lavoro», disse poi, tirandosi in piedi. Lasciò nel piatto le due fette di crostata, su ciascuna il segno di un morso soltanto.

«Rizzo, te la sei presa comoda, stamattina», la sgridò Colella. Alcuni degli operai si voltarono a guardarlo, chi con l'aria piccata, chi con una smorfia stupita. «Dieci minuti di ritardo», proseguì Colella, picchiettando sul quadrante del suo orologio. E prese un tiro dal sigaro.

«Sì, mi scusi», mormorò Agnese, e si diresse verso lo spogliatoio al piano di sopra.

Con l'arrivo dei nuovi macchinari, la fabbrica aveva radicalmente cambiato volto. Al primo piano, Colella aveva fatto abbattere i muri divisori per fare spazio alle macchine che aveva ordinato da un'azienda di Busto Arsizio; una settimana addietro, dopo che erano state consegnate, aveva poi dato istruzioni di adibire il piano di sopra a taglio, sagomatura e stampigliatura, e di spostare al pianoterra il reparto di raffreddamento, che ora avveniva in un enorme torchio contenente decine di telai refrigerati. La prima volta che Agnese aveva visto i macchinari era rimasta a bocca aperta, e ancora faceva fatica ad abituarsi: al posto della taglierina a pedale c'era adesso un'ingombrante tagliatrice a motore; la pressa manuale era stata sostituita da una automatica, che gestiva inoltro e scarico. In un'ora, era possibile sagomare e stampigliare migliaia di pezzi. Sulle prime, quei cambiamenti così drastici l'avevano irritata, ma poi si era detta che, se il nonno fosse stato ancora in vita, probabilmente avrebbe ammodernato la fabbrica nello stesso modo. Per certi versi, Colella e nonno Renato non erano poi così diversi; possedevano entrambi uno spirito battagliero, una feroce determinazione e la capacità di anticipare il futuro. Per altri, invece, erano senza dubbio agli opposti: suo nonno non si era mai comportato come un despota, anzi considerava gli operai come membri della famiglia, e mai una volta lo aveva sentito urlare contro di loro o trattarli senza riguardo. Tutti lo rispettavano perché credevano in lui; ne avevano stima, e mai paura.

«Buongiorno alla nostra diciannovenne!» la salutò Mario con un sorriso, mentre Agnese attraversava il magazzino per raggiungere lo spogliatoio.

«Te ne sei ricordato... grazie», rispose lei.

«E certo! Pensavi di no?» disse Mario, dandole un buffetto sulla guancia.

Agnese si strinse nelle spalle e solo in quel momento notò che varie mensole erano sgombre e che per terra c'erano degli scatoloni, alcuni chiusi col nastro adesivo, altri aperti e vuoti. Lanciò a Mario un'occhiata che stava a dire: *Ma cosa succede qui?*

« Portiamo tutto di là, nel magazzino nuovo », spiegò lui, riprendendo a tirare giù i prodotti dalle mensole.

Agnese annuì. Poi, prima di entrare nello spogliatoio, disse: « Ah, puoi dire a Teresa che stasera la mamma fa una cena per me? Ci saranno anche gli zii. Se viene, mi fa piacere ».

« Certo che viene, ci mancherebbe! » esclamò Mario, chiudendo uno scatolone.

Una volta indossate tuta e cuffia, Agnese tornò di sotto, passando davanti alle caldaie. Adesso ce n'erano ben sei e la più grande, con una capacità di sessantamila litri, non era ancora stata messa in funzione. Si avvicinò a uno dei mescolatori meccanici, pronta a versarci i riempitivi.

« Mo' scarichiamo », la avvisò Dario, e si assicurò che il tubo che avrebbe trasferito il sapone dalla caldaia al mescolatore fosse ben fissato.

« *Neve* pure oggi? » domandò Agnese.

L'uomo le restituì una smorfia che significava: *Ti aspettavi qualcosa di diverso?*

Agnese sospirò: da quando c'era Colella, il saponificio aveva continuato a produrre soltanto il *Lisse*, ma soprattutto il *Neve*, al quale si era affiancata, di recente, la versione in polvere per lavatrice. Un'idea di cui Colella si vantava di continuo: « I detergenti moderni, quelli vogliono le massaie! » diceva. Per l'occasione, aveva pure comprato uno spazio pubblicitario su *Epoca*: IL NUOVO SAPONIFICIO F. COLELLA STA AL PASSO COI TEMPI: I TUOI, diceva la réclame, sotto l'immagine di una lavatrice e della scatola di *Neve* in polvere col marchio F. COLELLA. Agnese si era chiesta più volte perché la produzione dell'*Olive* e della *Marianne* fosse ferma, ma non aveva mai osato indagare. Una volta, aveva sentito Colella dire a Mario: « Finiamo le scorte, poi si vedrà ». Ma cosa ci fosse dietro quella frase non riusciva proprio a immaginarlo. Eppure doveva esserci un motivo, probabilmente uscito dalle lunghe ore che Colella passava chiuso in ufficio col suo « uomo di fiducia » Cosimo, un tizio allampanato con le lentiggini e con una massa di ricci rossi. Cosimo era un altro mistero: arrivava e se ne andava sempre tenendo lo sguardo basso e senza salutare nessuno.

« Ci siamo », annunciò Dario. Agnese puntò gli occhi sulla massa calda del sapone che iniziava a uscire dal tubo. Poi fissò la vasca del miscelatore che si riempiva e d'improvviso, nella sua mente, prese vita un ricordo di molti anni prima: il nonno davanti al miscelatore e lei al suo fianco, nel punto esatto in cui si trovava in quel momento. D'un tratto, Renato le si era accovacciato accanto e, ridacchiando, le aveva bisbigliato all'orecchio: « Un giorno o l'altro, a mescolatore spento e quando nessuno ci vede, ci facciamo il bagno nel sapone caldo. Io e te. Ti immagini, come sarebbe? »

Agnese si ritrovò a sorridere, come le capitava tutte le volte che un ricordo del nonno faceva capolino. *Nonno, prima o poi il bagno nel sapone lo faccio davvero,* pensò.

Lorenzo sedeva su una panchina con l'album poggiato sulle ginocchia, tutto concentrato a disegnare. Fra il trambusto e gli schiamazzi del mercato del pesce, era stato colpito dagli occhi afflitti di un'anziana signora che se ne stava seduta in silenzio, accanto al marito, un uomo con la pancia molle come glassa che urlava di continuo: « Solo il meglio, signore, solo il meglio! »

Spostò di lato i capelli che gli ricadevano sugli occhi,

lanciò ancora un'occhiata alla donna e ne tracciò le palpebre cadenti con un tratto più scuro.

« Molto bello, però ci vuole un tocco di blu oltremare sul vestito di lei. »

Lorenzo si girò di scatto. Lo zio Domenico era in piedi alle sue spalle, con le mani intrecciate dietro la schiena.

« Zio... » mormorò, sorpreso.

« Sono passato in bottega da Angela, mi ha detto che ti avrei trovato qui », spiegò l'altro. Avvicinò la pipa alla bocca e aspirò. Poi passò una mano sulla lunga barba bianca, scostò la scatola di matite colorate e si accomodò sulla panchina.

Lorenzo richiuse l'album. « Cosa ci fai ad Araglie? »

« Siamo a cena da tua madre », rispose lo zio, e soffiò via il fumo.

« E la zia dov'è? »

Domenico fece roteare la pipa per aria e accennò un sorriso indulgente. « Per botteghe, a spendere i miei soldi, come al solito. »

« Immagino che la cena sia per Agnese... » disse Lorenzo. Distolse lo sguardo, strinse gli occhi e li fissò sul mare. Il compleanno della sorella era stato il primo pensiero che gli si era affacciato al risveglio, quella mattina. Subito aveva ripensato a un anno addietro, quando era entrato in camera di Agnese e l'aveva svegliata facendole il solletico e cantando: « *Tanti auguri a te, tanti auguri a te, tanti auguri alla mia capra, tanti auguri a te...* » Lei aveva riso così tanto che le erano venute le lacrime agli occhi.

« Non l'hai più vista? »

Lorenzo scosse la testa.

Lo zio tossicchiò e ripose la pipa nel taschino della giacca. « Ascolta, volevo parlarti... »

«Se hai intenzione di discutere di mia sorella o dei miei genitori, sprechi il fiato, te lo dico», lo interruppe Lorenzo, agitandosi sulla panchina. «Non voglio avere a che fare con nessuno di loro. Sto bene così.» Ma, mentre lo diceva, la voce gli si ruppe in gola.

«Tranquillo, loro non c'entrano. Sono qui per altro.»

Un po' stupito, Lorenzo aggrottò la fronte.

«Voglio farti una proposta. Sono arrivato prima apposta... Perché non vieni a lavorare con me, a Lecce? Ho bisogno di uno sguardo... *fresco* per la galleria, qualcuno che vada a caccia di giovani artisti talentuosi e sconosciuti. Ho pensato: chi meglio di mio nipote, col suo gusto raffinato? Hai sempre avuto occhio, fin da bambino, quando ti facevo studiare la storia dell'arte e mi tempestavi di domande, ti ricordi? Ovviamente puoi stare da noi, abbiamo più stanze di quelle che ci servono.»

«Lavorare con te...» ripeté Lorenzo, compiaciuto, ma anche un po' incredulo.

«Cosa ci rimani a fare, ad Araglie? Cos'hai che ti tiene legato qui, ormai?»

Lorenzo fece una smorfia. «Be', ci sarebbe Angela, sai com'è...» rispose. «Ci sposeremo, lo sai.»

«Ah, sì, vi sposerete...» disse Domenico, in tono ironico. «E dimmi: con quali soldi? Con le due lire che ti ha lasciato quel mollaccione di tuo padre e con cui ti stai campando? Io ti sto offrendo soldi veri, e un lavoro prestigioso. Ti aprirà porte che nemmeno pensavi esistessero.»

Lorenzo si morse il labbro inferiore.

«E poi vuoi mettere una città vera, in pieno fermento, gli incontri e le occasioni che offre?» continuò Domenico. «Che te ne fai di questo porto di mare, sempre uguale a sé stesso? Sei sprecato, qui. Lo sei sempre stato.»

«Soldi veri...» mormorò Lorenzo, come se fosse l'unica cosa che aveva sentito di tutto il discorso.

«Neanche immagini quanti», esclamò Domenico. «Vedessi le ville delle ricche famiglie leccesi, piene di quadri che hanno acquistato da me», precisò, battendosi il petto. «E sai perché? Perché si fidano del sottoscritto, del mio gusto per il bello. Lo stesso che hai tu, e che stavi buttando al vento con quella volgare robaccia che è la pubblicità.»

Lorenzo scattò in piedi, avanzò di qualche passo e tornò a guardare il mare. Andarsene da Araglie era un'eventualità che non aveva mai preso in considerazione. Lì c'era la *sua* fabbrica, l'eredità dei nonni, il luogo cui aveva dedicato ogni giorno della sua vita... e che ora portava l'insegna di quel pallone gonfiato. *Non lo accetterò mai,* pensò. *Ho giurato che mi riprenderò ciò che è mio, e così sarà. E se è vero che nella galleria dello zio girano così tanti soldi, e s'incontrano le persone giuste...*

«Allora? Che ne dici?» lo pressò Domenico.

Lorenzo si girò. «Devo parlarne con Angela, prima», rispose, con un mezzo sorriso. «Dammi qualche giorno, d'accordo?»

Agnese continuava a lanciare occhiate impazienti all'orologio: quell'ultima ora di lavoro non finiva più. Ci aveva riflettuto per tutto il giorno, e alla fine si era decisa: uscita dal saponificio, sarebbe andata dritta a cercare Lorenzo. Lo avrebbe invitato alla cena del suo compleanno, gli avrebbe chiesto di comprare le candeline e di spegnerle insieme. *E pazienza se mamma e papà non sono d'accordo: è la mia festa!* pensò. Si convinse, anzi, che sarebbe stata l'occasione giusta per pacificare gli animi di tutti. *Siamo una famiglia, e una famiglia mica si cancella così,* si disse, un attimo prima che il trillo della campanella segnasse la fine della giornata in fabbrica.

Raggiunse correndo la bottega di ceramiche, sperando di arrivare prima della chiusura.

« Agnese! » esclamò Angela, sbalordita, non appena la vide entrare. Posò per terra il vaso che stava pulendo e le andò incontro.

Agnese si mise una mano sul petto e cercò di riprendere fiato. Si sentiva il volto in fiamme e la gola secca, da quanto aveva corso.

« Vuoi un bicchiere d'acqua? Che hai? Che succede? » domandò Angela, sollevando un sopracciglio.

« Dov'è Lorenzo? » chiese Agnese, ancora ansimando.

« Come dov'è? Vive a casa mia, no? Ormai lo sapete tutti... »

« Sì... no... voglio dire: *adesso* dove posso trovarlo? Ho bisogno di parlargli. »

Angela spostò i lunghi capelli biondi di lato. « Oggi è giornata, a quanto pare », commentò, incrociando le braccia sul petto. « Qualche ora fa è venuto a cercarlo pure tuo zio. »

« Mi dici dove sta? » insistette Agnese.

« Devo finire di pulire questo », rispose l'altra, con uno dei suoi sguardi affilati. Poi le diede le spalle e riprese in mano il vaso.

« Ma perché fai così? Ho il diritto di sapere dov'è mio fratello, o no? »

« E te ne sei ricordata solo adesso, che è tuo fratello? » chiese Angela, tornando a fissarla.

Agnese si adombrò. « Ma che dici... non me ne sono dimenticata mai. »

« Ah, sì? E allora dimmi: dove sei stata in questi due mesi? Perché non l'hai cercato? »

« Era troppo arrabbiato », mormorò Agnese, incerta. « Ha esagerato; sono certa che lo sai anche tu. Ha offeso tutti... Speravo, ecco, che si calmasse e tornasse a cercarmi lui... »

« Tu non hai idea di cosa gli avete fatto passare. » Il tono di Angela, di colpo sferzante, bruciò come uno schiaffo. « Soprattutto tu », continuò, puntandole un dito contro. « Lo hai tradito, gli hai voltato le spalle. Sei stata una vigliacca. E per cosa? Cosa speravi di ottenere? Guardati: sei finita a fare l'operaia, a stare sotto padrone pure tu. »

Agnese sentì che gli occhi le si riempivano di lacrime. Erano gli stessi rimproveri che le aveva fatto Giorgio: era stata lei a sbagliare, aveva lasciato Lorenzo da solo, non gli era rimasta accanto... Il medesimo senso di colpa che aveva provato quella sera, all'osteria, e che poi si era tramutato in rabbia, le contorse lo stomaco. Fino a quel momento era stata convinta, assolutamente convinta, di essere nel giusto. Invece adesso si ritrovò a pensare: *Ma è possibile che abbiano ragione loro? Ho sbagliato io? È proprio così?*

« Fa' una cosa: tornatene a casa e lascialo in pace », disse Angela. « Ci ha impiegato settimane per riprendersi almeno un poco. E non ti permetterò di buttarlo di nuovo giù! »

« Ma io non voglio buttarlo giù... » sussurrò Agnese.

« Ecco, brava. Tanto non c'è niente che potresti dire o fare per cambiare la situazione. È troppo tardi. »

Agnese abbassò lo sguardo e, a passi lenti, si diresse alla porta. Con una mano già sulla maniglia, si voltò. «Puoi dirgli che mi manca, per favore? Solo questo.» Poi, senza aspettare risposta, uscì.

«Eccola, finalmente!» La voce squillante di Salvatora la raggiunse nel momento in cui Agnese si richiuse alle spalle la porta di casa. «Non arrivavi più, ma dove stavi?» le domandò, raggiungendola all'ingresso. «Gli zii sono qui da mo'», disse sottovoce, in tono di rimprovero. Le posò una mano sulla schiena e quasi la spinse fino al soggiorno.

Zia Luisa sedeva sulla poltrona verde: aveva l'aria annoiata e reggeva un bicchiere di vino rosso in una mano. Il padre e zio Domenico, invece, se ne stavano sul divano, con lo sguardo puntato sul televisore: un uomo con gli occhiali neri e spessi reggeva un libro a favore di spettatore e stava parlando con un tizio accigliato che probabilmente era l'autore del volume.

«Agnese! Tanti auguri!» esclamò zia Luisa, nel vederla. Si sollevò dalla poltrona, posò il bicchiere sul tavolino, proprio sopra la copia di *Famiglia Cristiana*, che si macchiò di un alone rossastro, e si gettò ad abbracciare Agnese, investendola col suo profumo. Era un misto di alcol e fiori appassiti, e Agnese non l'aveva mai potuto sopportare.

«Zia, ma ti sei fatta bionda...» disse poi, fissandola, allibita.

Luisa mise una mano sul fianco, in una posa da diva.

« Belli, vero? Come quelli di Marilyn Monroe. Ho pure disegnato un neo come il suo, qui, sopra la bocca », e glielo indicò.

« Identica, mia cara », commentò Domenico con un sorrisetto. Si alzò e diede due baci sulle guance di Agnese, pizzicandole la pelle con la barba.

« Vieni, apri il tuo regalo! » disse Luisa. Prese un pacchetto dal tavolino e lo consegnò alla nipote, con un sorriso eccitato.

Agnese si sedette sul divano, accanto al padre; tolse il nastro bianco arricciato e la carta argentata, rivelando una piccola confezione cilindrica smaltata d'oro, che conteneva un rossetto dello stesso colore di una fragola.

« Ti piace? » chiese Luisa. « C'è anche un'altra cosa. Tirala fuori, su. »

Agnese obbedì, aprendo una scatolina di metallo al cui interno c'erano un pennellino e una pasta densa e nera. Se la rigirò tra le mani. « Ma... che cos'è? » domandò, confusa.

« È un mascara, si usa sulle ciglia per renderle più scure e più folte », rispose la zia. « Visto che ti stai facendo donna, ho pensato che è ora che cominci a curarti un po'. »

« E hai pensato benissimo, che bel regalo », intervenne Salvatora. « Non è vero, Agnese cara? »

La ragazza non rispose. Continuava a fissare il rossetto e il mascara, pensando: *Ma io mo' che me ne faccio di questa roba?*

« Be'? Ti sei incantata? Ringrazia la zia », la incalzò Salvatora.

In quel momento, qualcuno bussò alla porta.

« Vado io », si offrì Giuseppe, tirandosi su dal divano un po' a fatica.

« Deve essere Teresa », commentò Salvatora.

« Bene, così finalmente mangiamo. Ho intravisto la tua impareggiabile lasagna, in forno », disse Domenico, indirizzando un sorriso alla sorella.

Pure Teresa aveva in mano un pacchetto. Abbracciò Agnese, schiacciandole addosso i suoi grossi seni, e le consegnò il regalo.

« Grazie », mormorò lei, con un piccolo sorriso. E tolse l'incarto. « '*Elsa Morante, L'isola di Arturo*' », lesse sulla copertina del libro.

« È un romanzo che ho amato tantissimo », spiegò Teresa.

« L'ho letto anch'io », disse Domenico, prendendo la pipa dalla tasca della giacca. « Veramente un'ottima scelta. »

« Sono sicura che ti piacerà », bisbigliò Teresa. Poi abbassò ancora di più la voce. « Racconta il passaggio dall'infanzia all'età adulta, con tutto il carico di disillusioni che comporta. » E le rivolse uno sguardo che sembrava dire: *È una storia che parla anche di te.*

« Forza, a tavola! » li richiamò Salvatora, battendo le mani.

Mentre tutti andavano a sedersi, Agnese restò sul divano a osservare i regali che aveva ricevuto. Pensò che nulla avevano a che fare con lei: l'idea di truccarsi non le era mai piaciuta e leggere romanzi la annoiava a morte. Le storie raccontate nei libri non erano il suo mondo, non lo erano mai state, e Teresa lo sapeva benissimo! Quando erano bambine, l'amica portava in fabbrica i suoi libri di favole e poi si metteva a leggerli ad alta voce, ma tutte le volte Agnese finiva per sbadigliare, scocciata. « Perché non facciamo qualcos'altro? Prendiamo gli scarti di sapone e giochiamo alle scienziate! » proponeva allora, costringendo Teresa a interrompere la lettura e richiudere il libro. Con un profondo senso di delusione, si rese conto che nessuno la conosceva davvero: non i genitori, né gli zii e neppure l'amica d'infanzia. L'unica persona da cui si sentiva *vista*, conosciuta per quella che era, e cioè suo fratello, non voleva avere più niente a che fare con lei.

Agnese si alzò dal divano e fece per raggiungere gli altri in sala da pranzo, quando Salvatora risbucò in salotto.

« Quasi dimenticavo! » esclamò. Aprì un cassetto e ne estrasse una scatola, chiusa con uno spago. « Tieni. L'ha consegnata il portalettere, stamattina. Non si capisce chi la manda. C'è scritto solo l'indirizzo e poi 'Da recapitare il 24 aprile'. »

« Per me? » chiese Agnese, prendendo il pacchetto.

« E per chi, se no? Il nome tuo c'è. Non è che te la manda un giovanotto, eh? » indagò Salvatora. E, ridacchiando, andò in cucina a tirare la teglia fuori dal forno, mentre gli invitati prendevano posto intorno al tavolo.

Agnese si allontanò di qualche passo. Aprì la scatola e avvertì subito un profumo delizioso, che non aveva mai sentito. C'era un bigliettino, scritto fitto fitto, ma con una grafia rotonda e lineare.

Buon compleanno, capelli pazzi!

Mi auguro che il portalettere abbia seguito le mie istruzioni e che il pacco ti sia arrivato non prima del 24 aprile. E neppure dopo!

Ora posa il bigliettino per un attimo, scava nella paglia e cerca il tuo regalo.

Con un grande sorriso, Agnese tolse tutta la paglia dalla scatola e, sul fondo, trovò una saponetta imballata. La scartò e la annusò a occhi chiusi, inebriandosi di quell'aroma così singolare. Poi riprese a leggere.

È un sapone alle essenze di patchouli e sandalo. L'ho comprato qui, in India. Non è speciale come la Marianne, *ma spero ti piaccia lo stesso.*
Arrivo presto.

GIORGIO

Agnese si strinse al petto biglietto e sapone. Giorgio non aveva dimenticato il suo compleanno. Ci aveva pensato mentre era lontano migliaia e migliaia di chilometri... e, sebbene la conoscesse da poco tempo, era stato l'unico a farle un regalo che parlava *di* lei. Alla semplice idea che tra una manciata di giorni lo avrebbe rivisto, si sentì invadere da un'ondata di pura felicità, quella che raggiunge la sommità nel *qui e ora* e poi, come la spuma, si dissolve. Poche altre volte l'aveva provata: una, la ricordava bene, risaliva alla prima volta in cui aveva formulato la ricetta di un sapone, mentre il nonno le stava vicino e la guidava passo dopo passo su dosaggi, percentuali e combinazioni di ingredienti.

« Chi te lo manda? » domandò Teresa, sbucandole alle spalle.

Agnese sobbalzò. « Giorgio », rispose.

« Giorgio? E chi è? »

« Il marinaio... » spiegò, un po' a disagio. « Ti ricordi, quel giorno allo spaccio? »

Teresa la fissò. « Ah! » esclamò. « Non sapevo foste rimasti in contatto. » E, con un'aria vagamente offesa, tornò a sedersi.

Per tutta la cena, Agnese non spiccicò parola: i suoi

pensieri oscillavano di continuo da Giorgio a Lorenzo e viceversa; in un'altalena di emozioni contrastanti, passava da una sensazione di pienezza, che le avvampava le gote, a un senso di vuoto che la attanagliava. Ogni tanto, coglieva qualche brandello di conversazione: Giuseppe raccontò agli zii del progetto cui stava lavorando; zio Domenico, che pareva annoiato da quei discorsi su barche e cantieri navali, volle invece sapere degli esami di Teresa e lei spiegò che, dopo la maturità, si sarebbe iscritta a Giurisprudenza e si sarebbe mantenuta agli studi lavorando, un annuncio che fece alzare un coro di: « Ma che brava! » « Complimenti! » Salvatora chiese a tutti se volevano una seconda porzione di lasagna, ma ignorò Agnese finché non arrivò il momento di portare in tavola la torta. « Viene dalla pasticceria Capone, eh! » annunciò.

« La migliore di Araglie », commentò zia Luisa.

Agnese osservò i riccioli di panna montata che coprivano interamente la torta. Al centro c'era scritto, con la glassa al cioccolato: *Buon compleanno*. Senza il suo nome.

« E le candeline? » domandò allora, alzando lo sguardo sulla madre.

Salvatora si portò una mano alla bocca. « Oddio, le candeline... » mormorò. « Me ne sono scordata. Scusa, è che le ha sempre comprate... »

« ... Lorenzo, sì », disse Agnese.

Ci fu un breve silenzio. Zio Domenico aspirò dalla pipa e tossicchiò.

« Chi vuole il liquore alle mandorle? » chiese poi Giuseppe, con un sorriso forzato. E tutti, sollevati, si voltarono a guardarlo.

« Ottima idea! Prendo i bicchierini », esclamò Salvatora, con le guance arrossate.

« Ti aiuto », si offrì Luisa, mettendosi in piedi.

« Io tiro fuori i piatti per la torta », disse Giuseppe.

« Le do una mano. » E si alzò anche Teresa.

Agnese spostò lo sguardo dall'uno all'altra, con un'espressione perplessa.

Allora, con un piccolo sbuffo, posò la guancia sul palmo della mano. Fissò la torta, poi con un dito raccolse un po' di panna montata e se la portò alla bocca. Per due volte.

7

Ma tu che vai, ma tu rimani

fine aprile-maggio 1959

Quando la prima luce del giorno penetrò dalla finestra, Lorenzo e Angela litigavano ancora. Avevano trascorso la nottata svegli, in camera di Fernando, a bisbigliare accuse e recriminazioni.

Lorenzo si sedette sul letto, la testa tra le mani e un piede che batteva sul pavimento. Angela, ritta davanti a lui, incrociò le braccia sul petto. « Ma poi cosa ne sai tu di come si lavora in una galleria d'arte? Non l'hai mai fatto! »

« Imparerò », ribatté lui, secco.

« No, ascolta: non ci vai e basta, fine del discorso », disse lei, per l'ennesima volta.

Lui alzò lo sguardo e la fissò, torvo. « Non prendo ordini da nessuno, dovresti saperlo. »

Allora Angela si inginocchiò e gli strinse le mani tra le sue. « Non è un ordine, è una supplica... Proprio non capisci? Non voglio restare qui, sola. Non siamo mai stati lontani. Mai! »

« E allora vieni con me! Te l'ho già detto », rispose Lorenzo, sfinito. « Ci stiamo girando intorno, non facciamo che ripetere le stesse cose da ore.» Con un sospiro, si distese sul letto.

«Bene», si risentì lei, rimettendosi in piedi. «E allora te lo ripeto ancora, visto che non l'hai capito: io *adesso* non me ne posso andare.»

«Sì, attenzione a non perdere le due lire che ti dà quello lì, non sia mai.»

«Con quelle 'due lire', come le chiami tu, io ci campo pure mia madre. O te lo sei scordato? Che fine fa, se mollo il lavoro e me ne vado? Quello che manda Fernando basta a malapena per la spesa.»

«Vorrà dire che troverai un lavoro migliore. È Lecce, porca vacca! Vuoi che non ci sia un'opportunità pure per te?»

«Senti, io non ho un gruzzolo da parte, come te. Non posso lasciare il lavoro così, su due piedi, senza avere già un'alternativa. Lo capisci? Eppure non è difficile.»

Lorenzo si tirò su con uno scatto, e si diresse alla porta.

«Scappi? Bravo, un modo maturo di discutere!»

Lui lasciò cadere le braccia lungo i fianchi. «Non scappo, Angela. Sono solo stanco di parlare, non ce la faccio più.»

«Stai pensando soltanto a te stesso, è questa la verità.»

Lorenzo si corrucciò. «Ma non capisci che lo faccio anche per noi? Anzi soprattutto per noi.» Le si avvicinò e le prese il viso tra le mani. «Ti devi fidare di me. Lasciami fare, e ti prometto che avremo la vita che volevamo. Ci sposeremo e verrai a lavorare con me al saponificio, come ci siamo detti.»

Le sollevò la mano, quella con l'anello al dito, e gliela baciò.

Angela distolse lo sguardo. Fece per aprire bocca, ma poi si trattenne.

« Cosa stavi per dire? » le chiese lui.

Lei trasse un respiro. « Sta diventando un'ossessione, quest'idea di riprenderti la fabbrica... E mi fa paura, perché non so dove ti porterà. Per ora, so soltanto che ti sta portando lontano da me. »

« Per un periodo, *solo* per un periodo », sottolineò Lorenzo.

La abbracciò, ma il corpo di Angela rimase duro e inamovibile come roccia.

« Non so più cosa pensare », mormorò lei, in tono stanco.

« Per favore, puoi fidarti di me? Almeno tu... »

Angela sospirò. « Devo prepararmi per andare al lavoro », rispose, sfilandosi dall'abbraccio.

Rimasto solo, Lorenzo sbuffò. Doveva uscire di lì; aveva bisogno di prendere aria. Aprì l'armadio; al solito, Marilena aveva ripiegato con cura le camicie lavate e stirate. *Ma perché non le appende, ché poi me le ritrovo tutte piene di pieghe?* pensò. Si accovacciò e si mise a cercare la camicia bianca, la sua preferita. *Sono sicuro che sia qui, ieri ho visto che la stirava. Eccola, infatti.* E la sfilò dal mucchio impilato. All'improvviso, venne investito da un profumo famigliare. *Ma cosa...* Annusò; sì, impossibile sbagliarsi, era il *Neve*. Come diavolo era venuto in mente, a Marilena, di comprare il *Neve*? Cosa teneva al posto del cervello? Eppure sapeva che andava a riempire le tasche di quel pallone gonfiato... S'infilò la camicia e, ancora in mutande, aprì la porta della stanza; passò davanti al bagno dove Angela si stava lavando e alla camera da letto in cui Marilena ancora dormiva, e si diresse sul balconcino affacciato sul vicolo, per sbirciare sotto il lavatoio, dove la donna riponeva i detersivi. *Infatti, eccolo qui.* La confezione del *Neve* era sempre la stessa, con lo sfondo celeste e il nome in bianco, ma in basso, al centro dell'incarto, adesso c'era scritto SAPONIFICIO F. COLELLA. Lorenzo accartocciò la confezione e la buttò in strada.

Finì di vestirsi in fretta e uscì di casa. Come le altre mattine, si portò dietro album e matite; stavolta, però, non era al mercato del pesce o al porto che voleva andare. Guidò fino all'altro capo della città, oltrepassò l'arco e rallentò solo all'imbocco della strada sterrata che conduceva al saponificio. Si fermò pochi metri dopo, quando scorse la scritta SAPONIFICIO F. COLELLA. Fino a quel momento aveva evitato in tutti i modi di andarla a vedere. Mentre la fissava, mordendosi il labbro, sentì un nodo farsi via via più stretto intorno alla gola. Buttò fuori l'aria, poi spense la Lambretta, raccolse album e matite e si sedette sul sellino. Diede un'occhiata all'intorno, ma era ancora presto e nessuno degli operai sarebbe arrivato prima di mezz'ora, nemmeno Mario. *C'è ancora tempo,* pensò. Così aprì l'album e, col battito accelerato e con tratti di matita secchi e rabbiosi, prese a disegnare la sommità della fabbrica con la nuova insegna.

Quando finì, fissò il disegno a lungo, poi staccò il foglio dall'album, lo piegò in quattro e lo infilò dentro il portafoglio, nella piccola tasca in cui c'era la carta d'identità. Quindi avviò la Lambretta.

Fu all'altezza dell'incrocio che sentì gridare: « Lorenzo! Lorenzo! »

Si voltò. Agnese stava correndo verso di lui, agitando un braccio. « Aspetta! » urlava. Lorenzo strinse l'acceleratore, ma poi qualcosa gli impedì di allontanarsi. Il nodo alla gola era diventato ancora più stretto, rafforzato da un moto di profonda tenerezza e da un istinto di protezione così radicato che gli era impossibile negarlo.

Agnese si fermò a un passo da lui, ansimando. Si guardarono per un po', in un silenzio carico di imbarazzo.

« Ciao », disse poi lei, abbozzando un sorriso.

« Ciao », rispose Lorenzo, spostando lo sguardo.

Agnese posò una mano sul fanalino della Lambretta. « Come stai? » gli chiese.

Lorenzo fece una smorfia. « Lascia stare. »

Lei abbassò lo sguardo per un momento, poi lo rialzò. « Sono venuta a cercarti, qualche giorno fa... »

Lorenzo si stranì. « Ma quando? »

« Il giorno del mio compleanno... Angela non te l'ha detto? »

Lui non rispose. *No, non mi ha detto proprio un bel niente,* pensò. Spense di nuovo la Lambretta, prese il pacchetto di Gauloises dalla tasca dei pantaloni e si accese una sigaretta. « Perché mi cercavi? » ribatté soltanto, agitando il fiammifero per spegnerlo.

« Mi mancavi. Mi mancavi tanto », rispose Agnese, con voce rotta.

Lui annuì lentamente e soffiò fuori il fumo. « Vado via », disse poi.

« Via? Via dove? »

« A Lecce. A lavorare con lo zio Domenico. »

« Ma... » Agnese esitò. « Quando l'hai deciso? E per quanto tempo? »

Lorenzo alzò le spalle. « Chi lo sa. »

Ci fu di nuovo silenzio. Sulla guancia di Agnese scivolò lenta una lacrima; poi, di slancio, gettò le braccia al collo del fratello e lo strinse forte.

Lorenzo sospirò, chiuse gli occhi e annusò la pelle di lei che profumava di talco... Fece per posarle un braccio sulla schiena, ma poi si bloccò. Le prese le mani e, delicatamente, la staccò da sé.

« Sono ancora tua sorella e lo sarò per sempre, anche se

ho fatto una scelta che non ti piace e che non capisci », disse Agnese, tra le lacrime.

Lorenzo piegò le labbra, poi si voltò verso la fabbrica che s'intravedeva tra le chiome degli alberi.

« Una scelta... » ripeté, in un sussurro, senza levare gli occhi dal saponificio. « Hai ragione: non l'ho capita e non la capirò mai. »

« Non vuoi neanche provare, a capire. Non vuoi capire me, non ti sei nemmeno sforzato di capire papà, il peso che portava... »

Lorenzo fece una risatina strozzata. « Sai cosa capisco? Che quell'insegna mi dà la nausea, che saperti lì, a lavorare per Colella, mi fa venire voglia di spaccare tutto. Che papà non riuscirò più a guardarlo negli occhi. Vedrai, quando mi riprenderò il saponificio, perché ci riuscirò, fosse l'ultima cosa che faccio... »

« Smettila, Lorenzo. Non sai di cosa parli! » sbottò lei. « Colella è potente, ha i soldi che noi non avremo mai. La fabbrica non è più come la conoscevi, ha cambiato tutto, l'ha trasformata... I macchinari che ha acquistato valgono non si sa quanto. Come pensi di riuscire a ricomprare tutto? È un'idea folle, un'illusione! »

Lui si morse le labbra.

Agnese sospirò. « Perché invece non pensi seriamente a quello che ho detto? Fondiamo un saponificio tutto nostro! Una nuova Casa Rizzo, più piccola, chi se ne importa? La faremo crescere insieme, io e te. *Questo* sì che è un sogno reale. Io, i soldi, li sto già mettendo da parte, se proprio lo vuoi sapere... »

« Che idiozia... » commentò Lorenzo, scuotendo la testa.

« Allora perché sei venuto qui, stamattina, se non hai cambiato idea? »

Lorenzo non rispose, e pigiò sul pedale finché la Lambretta non si mise in moto.

« Resta. Parliamo, per favore... »

Ma lui impugnò l'acceleratore e partì. Sfrecciando via, guardò nello specchietto retrovisore: Agnese era rimasta ferma sul ciglio della strada, e lo stava fissando. In quell'istante, Lorenzo sentì il nodo alla gola sciogliersi di colpo; una lacrima si affacciò all'occhio, ma subito venne portata via dal vento.

« Venite a vedere! » gridò Colella, e si incamminò verso lo spiazzo all'esterno. Gli operai alzarono lo sguardo e si lanciarono occhiate che stavano a dire: *Ma mo' che vuole? Cosa ci deve far vedere?*

Agnese si levò la cuffia e si accodò allo sciame di operai che si avviava all'uscita.

Con l'aria soddisfatta e il sigaro tra i denti, Colella si era fermato accanto al camioncino Fiat 615, parcheggiato poco distante dalla sua Giulietta rossa. Ne scesero due operai e si misero a scaricare i barili stipati nel cassone.

Agnese si avvicinò a Mario. « Ma cos'è? »

« Olio di cocco, Rizzo », rispose Colella al suo posto. « È arrivato stamattina dall'India! Scommetto che non l'hai mai visto in vita tua, eh? »

« Dall'India, ha detto? » mormorò Agnese, quasi tra sé.

Forse l'olio era arrivato con la nave su cui viaggiava Giorgio, si disse Agnese, e allora voleva dire che finalmente lui era tornato. Al solo pensiero, il cuore aumentò i battiti.

« Entriamo, vi mostro di cosa si tratta », disse Colella, e

andò appresso agli operai che stavano trascinando i pesanti barili dentro il saponificio.

« Prima ci fa uscire, poi ci fa rientrare... » brontolò Vito.

Ad Agnese venne da ridere.

« Sstt », li rimproverò Mario. « Ché quello sente ogni cosa. »

Mentre gli operai si disponevano a cerchio intorno al barile, Colella ordinò a un paio di uomini di aprirlo, prese un piccolo paiolo di metallo, ve lo immerse e poi lo tirò su, colmo di olio. Con cautela, lo mostrò all'intorno. « Adesso lo vedete liquido, perché ormai fa caldo », spiegò. « Ma, quando la temperatura va sotto i venti gradi, l'olio di cocco diventa solido, tipo burro. » Si avvicinò ad Agnese. « Hai visto, Rizzo? » le chiese, in tono quasi di sfida.

Lei accostò il naso al paiolo e annusò a lungo, poi vi immerse la mano. « Ha un aroma gradevole ma lieve », commentò. « Credo si possa abbinare bene con dei fiori bianchi, per dare più carattere al profumo. E poi... » proseguì, sfregando le dita unte e socchiudendo le palpebre, « sono sicura che, con questa consistenza vellutata, il sapone farà un sacco di schiuma... Sì, proprio una bella schiuma... Certo, bisognerebbe conoscerne le percentuali di acidi grassi a basso peso molecolare, ma così, di primo impatto, direi di usare solo il procedimento per impasto. Anche per via fredda. Anche se... no, meglio semicalda, così si possono aggiungere più riempitivi. »

Aveva parlato d'un fiato, ragionando ad alta voce, senza accorgersi che intorno a lei era calato il silenzio. D'un tratto notò che gli occhi di tutti le erano puntati addosso. Mario sorrideva, con l'aria di un padre orgoglioso.

Colella invece era serio, ma la fissava anche lui, con uno sguardo perplesso e incuriosito nello stesso tempo.

« Mi scusi », mormorò Agnese, impacciata, e fece un passo indietro.

Colella la guardò stringendo gli occhi, e prese un tiro dal sigaro. Poi, con fare brusco, ordinò a tutti di tornare al lavoro, ché non c'era altro da vedere.

Dopo nemmeno un'ora, mandò a chiamare Agnese: voleva vederla subito nel suo ufficio.

Ma cosa ho fatto? Perché mi ha convocata? pensò lei, un attimo prima di bussare. Non metteva piede nell'ufficio da quel giorno di fine febbraio, quando la sua vita e quella di Lorenzo avevano imboccato due strade opposte...

« Avanti! » urlò Colella.

Agnese inspirò a fondo, a occhi chiusi, e aprì la porta. La stanza, proprio come quel giorno, puzzava di sigaro.

« Vieni, Rizzo. Accomodati », disse Colella, indicando la sedia vuota.

Mentre si sedeva, Agnese non riusciva a staccare gli occhi dalla parete alle spalle della scrivania: la foto dei nonni non c'era più, sostituita da un'immagine di un Colella molto più giovane a braccetto con una donna elegante, vestita con tailleur, guanti e cappellino. *Sarà la moglie,* pensò. Poi diede un'occhiata tutt'in giro: erano spariti anche le locandine disegnate da Lorenzo, e pure i premi per la *Marianne,* e il diploma di laurea del nonno... « Ma dove sono tutte le... le *nostre* cose? » chiese allora.

« Non ho buttato niente delle cose *vostre,* sta' tranquilla », rispose Colella. « Stanno di là, nel magazzino, in uno scatolone. Prima o poi l'avrei dato a tuo padre, ma non si è più fatto vedere. » E alzò le spalle.

« Può darlo a me. Lo prendo io », disse subito Agnese.

Colella diede un colpetto al sigaro e la cenere cadde sul pavimento. « Come ti pare, per me fa lo stesso. Piuttosto... »

Si sporse in avanti. « Prima hai detto qualcosa, sull'olio di cocco e i fiori bianchi... »

Agnese gli lanciò un'occhiata smarrita e vagamente timorosa. *Ecco, dovevo immaginarlo. Gli ha dato fastidio che abbia detto la mia e che l'abbia fatto davanti a tutti...* « Sì », mormorò.

« Ecco, spiegamela meglio, va' », disse lui, lisciandosi i baffi canuti e leggermente ingialliti sulle punte.

Lei tentennò, poi raddrizzò la schiena. « Be', dato l'aroma gentile, quasi inodore, dell'olio di cocco, ho pensato che le essenze di certi fiori bianchi, come il gelsomino o i fiori di arancio, con le loro note persistenti, siano le più indicate. E inoltre sono estremamente versatili... »

Colella annuiva, sempre più interessato. « E senti un po'... Tu, per dire, come lo formuleresti, questo sapone? »

Agnese corrugò la fronte. « Io? » domandò, stupita.

« Tu, sì », ribatté Colella, e le allungò un foglio e una penna sulla scrivania.

Lei lo guardò, poi prese la penna, si chinò sul foglio e cominciò a scrivere. Stilò una lista di ingredienti e le relative percentuali: olio di cocco, carbonato potassico, carbonato sodico, idrato, cloruro, silicato, estratti di gelsomino e di fiori d'arancio...

« Ecco, io lo farei così, a occhio e croce », disse, consegnando la ricetta a Colella.

L'uomo lesse attentamente; poi fece un sorrisetto.

« Ora puoi andare », la liquidò allora, agitando la mano.

Qualche ora più tardi, Agnese percorse la strada di casa tenendo stretto tra le mani lo scatolone coi ricordi di

Casa Rizzo. *Accipicchia quanto pesa, con tutte 'ste cornici,* pensava a ogni passo, e intanto rimuginava sull'incontro con Colella, a quanto era stato... strano, sì: non trovava una parola più adatta per definirlo.

Era a pochi metri da casa – *Finalmente! Non mi sento più le braccia* – quando si bloccò: addossato al muro accanto al cancello c'era Giorgio, bello come il sole e... con un braccio ingessato!

Agnese accelerò il passo, facendo traballare il contenuto dello scatolone.

Giorgio si voltò, si scostò dal muro e le andò incontro con un grande sorriso. « Ciao, capelli pazzi... è... è bello rivederti. »

Agnese sorrise, contenta. « È bello anche per me », disse. E si fissarono, un po' intimiditi. « Ah, grazie per il regalo », continuò lei. « Mi è piaciuto tantissimo. L'ho usato proprio stamattina. Senti! » Così posò lo scatolone per terra, sollevò la manica scoprendo il braccio e lo avvicinò al naso di lui.

« Ti sta molto bene, addosso », commentò Giorgio, con la voce d'un tratto incrinata.

Agnese tirò giù la manica. « Ma cosa hai fatto al braccio? » gli chiese poi.

Lui guardò il gesso. « Oh, questo dici... Ma niente, me lo sono rotto apposta. » E le fece l'occhiolino.

« Non ho capito... » mormorò lei.

« Scherzo. In verità la colpa è di Baciccia. Stavamo scaricando un barile pesantissimo di olio di cocco, quando a lui è sfuggito di mano e mi è caduto addosso. Sul braccio, per l'esattezza. Al pronto soccorso mi hanno dato otto settimane di prognosi. Mi toccherà rimanere a terra per un po'... »

« Oh... » commentò lei. « Mi dispiace. Chissà che male... » E fece una smorfia.

« Non farmici pensare. *Belin*, un dolore... »

« E ora? Torni a casa per la convalescenza? I tuoi fratellini ne saranno felici. »

Allora lui le prese una mano, e Agnese subito si sentì arrossire. « No. Non torno a Savona. Ho deciso di restare qui finché non guarisco », disse lui.

Lei lo guardò intensamente, e tanta fu la gioia nel sentirglielo dire che gli si slanciò contro, ma finì con l'inciampare nello scatolone e perse l'equilibrio. In un lampo, Giorgio le afferrò il braccio con la mano sana, impedendole di cadere.

« Vedi? Non servono mica due braccia, a me », ridacchiò, sorridendole coi suoi grandi occhi blu.

Le risate venivano dal retrobottega: Giuseppe le sentì appena dischiuse il portone del cantiere. Era un ridere sussurrato e complice, di chi sta confabulando qualcosa.

« Luigi? » chiamò.

Nessuna risposta.

« Luigi? » ripeté Giuseppe, alzando la voce. « Sono io! Dove sei? »

« Arrivo! » Dopo qualche istante, Luigi uscì dalla porta in fondo: aveva i capelli disordinati, gli occhi acquosi e le labbra arrossate. La cerniera della tuta blu era aperta su una maglietta sbrindellata. Dalla stessa porta spuntò Michele, il garzone tuttofare; sorrideva, però con un'aria strana, sognante. Giuseppe non gli aveva mai chiesto quanti anni avesse, ma probabilmente era coetaneo di

Lorenzo, forse solo un po' più grande. Aveva lineamenti delicati, piccoli occhi marroni con le ciglia lunghe e un naso leggermente all'insù. Un viso da bambino sul corpo di un giovane uomo.

« Di cosa ridevate? » domandò Giuseppe, incuriosito, spostando gli occhi dall'uno all'altro.

I due si lanciarono un'occhiata, poi Luigi chiuse la cerniera e prese uno strofinaccio. « Ma niente, una barzelletta... » gli rispose, senza guardarlo. Quindi lanciò lo strofinaccio a Michele, che lo afferrò al volo. « Dai una pulita a quello, su », gli ordinò, indicando un gozzo unto di grasso su un fianco. « Tu, piuttosto, cos'hai lì? » chiese poi, indicando la cartellina di pelle che Giuseppe teneva tra le mani.

« È il progetto. L'ho terminato, finalmente. »

« Oh! Da' qua, fammi vedere! » commentò Luigi, sfilandogli la cartellina. Si sedette su uno sgabello, posò una mano sulla coscia e, reggendo il disegno con l'altra mano, lo esaminò attentamente.

« Allora? Cosa te ne pare? » domandò Giuseppe a un certo punto, impaziente.

Michele, tutto concentrato a sfregare il panno sul legno smaltato, sollevò lo sguardo per un attimo e scrutò l'espressione concentrata di Luigi.

Giuseppe allora si avvicinò. « Vedi? » spiegò all'amico, indicando un punto sul foglio. « A prua ci ho messo un pozzetto per l'ancora, a poppa c'è il serbatoio del carburante e sotto i sedili i gavoni per le esche e per l'attrezzatura da pesca. Qui », continuò, spostando il dito, « verranno i reggicanne. Sottocoperta ho pensato di ricavare delle cuccette. Volendo, c'è posto anche per una piccola cambusa. »

Luigi accennò un sorriso, poi sollevò gli occhi su Giuseppe. « È davvero una gran bella barca, amico mio. Bravo. » Si alzò. « Non mi ricordavo che disegnassi così bene, a scuola. »

A Giuseppe brillarono gli occhi. « Davvero ti piace? Sono proprio contento... Ci ho lavorato tanto... Secondo te quanto tempo ci vorrà per costruirla? »

Luigi gli restituì il foglio. « Non meno di un anno, credo. »

« Ce la potremmo fare per aprile? » disse poi.

« E perché proprio aprile? »

« Perché, ecco, ci sarà un Salone della Nautica, a Milano... Pensavo, sai, che potremmo presentarla lì... »

Luigi si mise a riflettere. « Senti, Miche' », disse poi. « Che dici? È una cosa fattibile? »

Senza smettere di strofinare, il ragazzo si strinse nelle spalle. « Poi ci do un'occhiata. Ma ci possiamo provare. Perché no? »

Luigi guardò Giuseppe. « Già, perché no? » ripeté con un sorriso.

La valigia di Lorenzo era posata a terra, nel bel mezzo di piazza San Francesco.

Mentre le campane della chiesa attaccavano a suonare il mezzogiorno, Lorenzo si guardava intorno, a braccia incrociate. *Dovrebbe arrivare a momenti,* pensò. E scrutò la gente che, come lui, aspettava la corriera: una famiglia con due bambini dai capelli ricci, un signore anziano col bastone, una donna in tailleur con gli occhiali e lo chignon.

« Angela, ma dove sei finita? » sussurrò, fissando l'incrocio da cui cominciava la via degli artigiani.

In quell'istante, la corriera arrivò strombazzando, si fermò in mezzo alla piazza e aprì le porte.

Lorenzo afferrò la valigia per il manico, ma non salì subito. Immobile, continuava a tenere gli occhi inchiodati sulla strada.

« A bordo! » gridò l'autista.

« Dai, Angela... Vieni a salutarmi. Non lasciarmi partire così... » disse Lorenzo tra sé.

L'autista suonò il clacson. « Ragazzo, sali o no? »

Lorenzo sospirò e, con l'aria ormai rassegnata, montò sulla corriera.

Sistemò la valigia, prese posto e premette la fronte contro il finestrino.

La corriera prese a muoversi, facendo inversione. E, un attimo prima che lasciasse la piazza, lui la vide: Angela era all'angolo della strada, quasi defilata, e stava guardando la corriera andare via.

Lorenzo scattò in piedi e abbassò il finestrino. « Angela! » urlò, sporgendosi fuori col busto e agitando il braccio. Ma non ci fu tempo. La corriera svoltò a sinistra e Angela sparì bruscamente dalla visuale.

Lorenzo sbuffò, e si rimise seduto. Al di là del finestrino, guardò scivolare via il porto in piena attività, coi pescatori che aprivano le reti, i marinai che scaricavano le merci dalle navi, gli imbonitori che strillavano al mercato. Non appena la corriera uscì dal centro abitato e imboccò la direzione per Lecce, la nostalgia lo braccò di già, inesorabile. Così sfilò il portafoglio dalla tasca, ne estrasse il foglio ripiegato, lo aprì e osservò a lungo il suo disegno della fabbrica con la scritta SAPONIFICIO F. COLELLA. In un lampo, sentì rimescolarsi tutta la rabbia che nutriva la sua determinazione. Perciò promise a sé stesso che avrebbe guardato il disegno tutte le volte che la malinconia avesse preso il sopravvento.

Appoggiò di nuovo la fronte sul finestrino e osservò le campagne di ulivi lungo la strada, mordendosi forte il labbro sino a farsi male.

8

Gran Luce

giugno 1959

Angela era in coda sul retro del Bar Italia, con un pugno di gettoni in una mano e un bigliettino nell'altra; la donna davanti a lei stava cianciando al telefono da un quarto d'ora, attorcigliandosi una ciocca di capelli su un dito. « Elena ha avuto un po' di febbre la settimana scorsa. No, no, niente tosse. Sì, mi sono arrivati, grazie. Ma tu quando vieni, invece? I bambini chiedono di te ogni giorno... Sì, ovvio che c'è la foto, ma ti sembra la stessa cosa? »

Angela sbuffò rumorosamente, ma la donna continuò a parlare, impassibile, per svariati minuti. Quando finalmente riagganciò, Angela non si trattenne: « Signora, telefono pubblico significa 'di tutti', lo sa? »

« Ma che vuole questa... » s'indispettì l'altra, guardandola di traverso.

« 'Questa' lo dici a tua sorella », replicò Angela. Sganciò la cornetta, inserì alcuni gettoni e, leggendo dal bigliettino che le aveva lasciato Lorenzo, compose il numero.

« Sai che c'è, 'Brigitte Bardot'? Fatti una camomilla, va' », sbottò allora la donna, voltandole le spalle.

« Idiota... » mormorò Angela. Uno, due, tre, quattro, cinque, sei squilli... *E rispondi, dai...*

« Pronto? »

« Luisa... Ciao, sono Angela. »

« Oh, Angela. Hai mancato Lorenzo per un pelo... è uscito un attimo fa, con Domenico. Dovevano incontrare non so chi... Ma ti ha aspettato fino all'ultimo, eh! Solo che non chiamavi più... »

Angela sospirò. « Sì, è che c'era una... Vabbè, lascia stare. » E introdusse un altro gettone.

« Richiama stasera, mia cara. Qui ceniamo alle otto. »

« Grazie, Luisa. Sì, certo, riproverò più tardi. » E riagganciò. Aprì la mano: erano rimasti due gettoni e ne aveva appena sprecati sette. *Più di duecento lire buttate al vento. E metà della mia pausa pranzo andata in fumo.*

Con aria seccata, Angela uscì dal bar, montò in sella alla Lambretta di Lorenzo e si diresse verso casa: di sicuro, la madre la stava aspettando, seduta a tavola a fissare le ciotole di pasta coperte dal piatto piano, per non farla freddare.

« Come sta Lorenzo? Cosa dice? » Non appena Angela mise piede in cucina, Marilena la investì di domande.

« Non dice niente. Non sono riuscita a parlarci », rispose lei, stringendo lo schienale della sedia. « Mamma, scusami, ma non ho fame... Ho bisogno di riposare un momento, prima di tornare al lavoro. Metti la pasta da parte, la mangio stasera, va bene? » aggiunse, forzando un sorriso.

Entrò in camera di Fernando, si lasciò cadere sul letto e si mise a fissare il piccolo dipinto che Lorenzo aveva lasciato lì, in bella mostra sul davanzale della finestra. « Ma perché disegni sempre me? Pure sulle locandine, ci sono soltanto io... » gli aveva chiesto lei una volta, divertita. « Perché non esiste una ragazza più bella di te. Tu, Angela Perrone, sei la mia musa », le aveva risposto lui, facendo scivolare i capelli di lei tra le dita.

Emise un sospiro stanco, e si rannicchiò di lato, senza staccare gli occhi dal dipinto: sì, era lei, ma coi capelli legati in un'acconciatura da gran signora, e indossava un paio di orecchini di perle che non aveva mai posseduto. Una versione di lei che non era mai esistita. Chiuse gli occhi e, come le capitava spesso, si figurò Lorenzo che viveva la sua vita, in una città molto più grande, dove ogni giorno poteva incontrare persone nuove, di cui lei non sapeva nulla. Com'erano le ragazze, a Lecce? Più o meno belle di lei? E come vestivano? Erano ricche? Disinibite? Si tirò su bruscamente e scosse la testa, per scacciare quelle immagini.

Se avesse potuto scegliere in libertà, sarebbe andata via con lui. Senza pensarci un secondo. E invece no, non aveva potuto, perché a lei non era concesso il lusso di pensare solo a sé stessa, si disse, con un impeto di risentimento. Non ne poteva più di portare sulle spalle il peso di una famiglia smembrata, di dover provvedere costantemente a sua madre, una donna fragile nell'animo e cagionevole di salute, incapace di stare in piedi da sola. Dopo che papà era morto, era toccato a lei e a suo fratello Fernando sorreggerla, malgrado fossero due ragazzini. Angela aveva dovuto abbandonare la scuola e mettersi a lavorare, per portare i soldi a casa; e l'adolescenza l'aveva trascorsa chiusa in bottega, mentre le altre ragazze imparavano cose nuove sui libri o se ne andavano sottobraccio per Araglie, spensierate.

Tutte le volte in cui si era fatta prendere dallo sconforto, quando i soldi bastavano a stento, se la casa si riempiva di muffa o se qualcosa si rompeva e bisognava tenerla così com'era, si consolava dicendosi che lei possedeva qualcosa che gli altri non avevano, un bene estremamente prezioso, una rarità, cui ciascuno ambiva e che in pochi avevano la fortuna di incontrare: un amore vero, lungo tutta la vita. *Fin da bambino, lui ha avuto solo me, e io solo lui,* pensò. *E se adesso si rendesse conto che il mondo non inizia e finisce con me? Se capisse che io non gli basto? E se si innamora di un'altra?* Col batticuore, prese a fissare l'anello e accarezzò il piccolo smeraldo incastonato. Ma nemmeno la promessa che quell'anello rappresentava riuscì a darle conforto.

« Dimmi un po': cosa te ne pare? » domandò zio Domenico, osservando a braccia incrociate l'ultimo dipinto arrivato in galleria.

Lorenzo si avvicinò per studiare il quadro appeso alla parete: vi era ritratta piazza Sant'Oronzo, in un pullulare di gente affaccendata. C'era chi mercanteggiava olio e vino, chi sostava davanti alla vetrina di pasticcini del Caffè Alvino, chi scendeva dall'automobile e chi attraversava il basolato in bicicletta... « Non male », commentò poi, poco convinto.

« Soltanto? » esclamò Domenico.

« È che mi sembra... stantio, ecco. »

« Stantio », ripeté lo zio, in tono misurato.

« Ma sì, zio, è un soggetto rappresentato mille volte. Sa di vecchio, di passato », spiegò Lorenzo. « Voglio dire: ti sei mai guardato intorno? Basta spostarsi di qualche centinaio di metri da piazza Sant'Oronzo per imbattersi in una città completamente diversa, in evoluzione: palazzi a sette piani, negozi all'ultima moda, cantieri, gru... »

Dal suo arrivo a Lecce, Lorenzo si era messo a esplorare le strade, le viuzze e i nuovi quartieri con crescente curiosità. Era rimasto affascinato dalla pietra color paglia degli edifici del centro storico, liscia e dalla grana fine, così diversa dal carparo di Araglie, che conferiva alle facciate delle case un aspetto grossolano e rustico; aveva passeggiato nei quartieri che stavano cambiando volto, con gli occhi che osservavano stupiti i nuovi palazzi, alti e stretti, e quelli in costruzione; era entrato nei negozi che vendevano profumi francesi e orologi svizzeri e aveva trascorso parecchie serate al Cinema-teatro Massimo, per poi fumare una Gauloise seduto al caffè adiacente, mentre guardava con un sorriso il viavai di ragazze e ragazzi in vena di far tardi. L'impatto con Lecce lo aveva fatto sentire come l'ultimo arrivato a una grande festa, chiassosa e piena di gente. *Qui troverò l'opportunità che cerco, lo so,* continuava a ripetersi, fiducioso. *Devo solo lavorare sodo e incontrare le persone giuste...*

Domenico lanciò al nipote un'occhiata soddisfatta, come se avesse appena passato un esame a pieni voti. «Hai ragione, non è un granché», disse. «D'altronde, caro nipote, sei qui per questo, no? Muoviti, vai a caccia di dipinti che raccontano dell'oggi, del mondo che sta cambiando», lo esortò, posandogli una mano sulla spalla. Poi tirò fuori dal taschino la pipa e l'accese. «Quanto a questo», disse, indicando il quadro con la pipa, «so io a chi rifilarlo.»

Lorenzo sorrise. «A Portaluri, scommetto. Porca vacca, se puzza di naftalina, quel tizio...»

L'altro ridacchiò. «Di naftalina e di soldi», replicò, strofinando tra loro pollice e indice. «Ora andiamo, però. Devo portarti in un posto.» E, senza aspettare risposta, uscì dalla galleria, sull'acciottolato che conduceva a Porta

Rudiae, poi chiuse a chiave le due ante a vetri, a destra delle quali c'era l'elegante scritta GALLERIA D'ARTE INGROSSO, incisa in rilievo su una targa di ottone dorato.

Domenico guidò in silenzio per tutto il tempo e fermò la Fiat 1200 Spider soltanto quando fu davanti a una concessionaria, sul viale che costeggiava la stazione. « Eccoci arrivati », annunciò, riponendo la pipa nel taschino.

« Vuoi cambiare la macchina? Ma se è nuova... » esclamò Lorenzo.

Lo zio sogghignò e lo invitò a scendere. « Senza fare troppe domande. »

Il concessionario, un giovane col completo gessato e mani eleganti dalle unghie curate, ricevette Domenico con un largo sorriso e una stretta di mano esageratamente calorosa. Fece loro strada nella sala accanto e con un « Signori... » spalancò le braccia davanti a una Fiat 1200 Gran Luce.

« È questa. Ti piace? » chiese zio Domenico.

Lorenzo prese a girarci intorno, ammirando ogni dettaglio: la carrozzeria a due colori, bianco e bordeaux, i sedili rivestiti in tessuto, i fregi cromati... *Questa sì che è un'automobile, porca vacca...* pensò. « Zio, che dire... è magnifica », commentò infine, alzando le spalle.

« Bene! » gongolò Domenico. « Mi fa piacere sentirtelo dire, perché in realtà l'ho già comprata. Ho pensato che, visto che ora fai un lavoro di prestigio, devi andare in giro con una macchina all'altezza. Perciò... auguri! È tua. »

Lorenzo restò di sasso. « Ma... ma come, mia? Sei impazzito? Quanto costerà? Un milione? »

« All'incirca », rispose Domenico, e indirizzò un sorriso al concessionario.

« No, non posso accettare, zio, è troppo... » mormorò

Lorenzo, anche se moriva dalla voglia di mettere in moto quella meraviglia e portarsela via.

« Goditela e basta », tagliò corto Domenico, consegnandogli la chiave. E, mentre Lorenzo, ancora incredulo, apriva la portiera, aggiunse: « Resta con me, ragazzo, e vedrai quante te ne potrai comprare, di automobili così ».

Lorenzo si sedette alla guida e accarezzò il volante con delicatezza. *Chissà che faccia farà Angela...* pensò, con un sorriso.

« Hai visto? È arrivato Pel di Carota », bisbigliò Dario all'orecchio di Agnese.

Lei si voltò, e scorse Cosimo che, a testa bassa come tutte le volte, stava entrando nell'ufficio di Colella con una cartellina sotto il braccio.

« Certo che è strano, quel tipo », intervenne un altro operaio, mentre metteva in funzione la caldaia. « Viene qui da mesi, e non ha mai spiccicato parola. »

« Si crede chissà chi, ecco perché fa comunella con Colella. *Paru cerca paru e paru trova* », commentò Dario.

« Magari sono tutti e due dell'altra sponda », ridacchiò l'altro.

Mario si avvicinò, con penna e taccuino tra le mani.

« Ehi, Marie', ma tu cosa sai di Pel di Carota? » gli domandò quello.

« Eh, infatti. Sei l'unico che ci parla », disse Dario.

Mario si strinse nelle spalle. « Non credere... Forse mi ha detto dieci parole in quattro mesi... »

« Ma se la intendono quei due, eh? »

« A noi ce lo puoi dire. »

Mario scosse la testa, ma con l'aria divertita. « Vi devo deludere, amici miei. Colella *s'ha spusatu.* »

La donna della foto... pensò Agnese.

« E tu ci credi? Chi l'ha vista mai la moglie, qui dentro... » commentò Dario.

« Non l'avete mai vista perché è morta, *scemuniti*! » ribatté Mario, ma in tono scanzonato.

« Ah... E te l'ha detto lui? »

« Se l'è lasciato scappare. »

« E di cosa è morta? E quando? » indagò Dario.

« E che ne so. Era giovane, però. Malattia, penso. »

« Brutta storia », commentò l'altro.

« Già. Ora tornate al lavoro, va'. Senti un po' », continuò Mario, rivolgendosi ad Agnese, « ho qui la ricetta di un sapone nuovo; me l'ha data Colella poco fa. Ha chiesto di fare una prova. » E le consegnò il taccuino.

Agnese lo prese e lesse la lista degli ingredienti: olio di cocco, carbonato potassico, carbonato sodico, idrato... *Ma è la mia ricetta!* pensò, un po' frastornata. « Mario... ma cosa ti ha detto esattamente? » chiese poi.

Lui la guardò perplesso. « In che senso? »

« Non so... da dove viene la ricetta, per esempio. »

« E da dove deve venire? L'ha formulata lui. »

« Ti ha detto proprio così? Che è sua? »

« E certo », rispose Mario, un po' stranito da quelle domande. « Mo' facciamo una piccola cotta. Poi Colella ti aspetta in ufficio, così riferisci », concluse.

Agnese sollevò lo sguardo dal taccuino. « Sì, d'accordo... » mormorò.

Sul finire della giornata, Agnese bussò alla porta di Colella. In mano aveva un campione della nuova saponetta.

« Allora, Rizzo », disse lui, scrollando la cenere dal sigaro. « Com'è? Fa' vedere. » Agnese gli porse la saponetta e rimase a fissare l'uomo che se la rigirava tra le mani, la tastava e poi se la portava al naso. « E questo colore? » domandò.

« Ho mischiato un pizzico di rodamina e di giallo chinolina, per ottenere un arancio molto tenue... »

Colella annuì. « E sulle proprietà, cosa mi dici? »

« È molto schiumogeno, come pensavo », spiegò lei. « La schiuma è soffice, e sulla pelle lascia un effetto setoso. Il profumo rimane abbastanza delicato, ma è persistente. Forse aumentando di poco la quantità di estratto di fiori d'arancio... »

Colella annusò ancora una volta. « No, è perfetta così », disse, appagato. E posò la saponetta sulla scrivania.

Incredibile, continua a far finta di niente, come se l'idea fosse stata sua... rimuginò Agnese. Poi si accorse della cartellina aperta sulla scrivania, la stessa che Pel di Carota teneva sottobraccio quella mattina: conteneva vari bozzetti di quella che doveva essere la confezione della nuova saponetta.

« Guardali pure », disse Colella, soffiando fuori il fumo. « Anzi dimmi: quale ti piace di più? »

Un po' titubante, Agnese prese i fogli e cominciò a esaminare i disegni. Erano tutti molto simili: una confezione declinata in numerose accoppiate di colori diversi. Al centro, all'interno di una fascia rettangolare, sempre la stessa scritta: *Inés*. « Questa, bianca e arancione », disse, convinta. « Rimanda ai fiori d'arancio... » E restituì il disegno a Colella.

Lui lo prese e sorrise a mezza bocca. « Sai cosa significa *Inés*? » chiese poi.

Lei scosse la testa. « No. Ma mi piace, suona bene. »

Colella strinse il sigaro tra i denti. «Già, hai ragione. Suona bene.» E ridacchiò sotto i baffi ingialliti.

Agnese uscì dal saponificio e, come ogni giorno, trovò Giorgio ad aspettarla nello spiazzo, con un fiore di campo nella mano sana; gliene portava uno diverso tutte le volte. Da quando si era stabilito ad Araglie, in una delle camere al primo piano che l'Osteria da Pino affittava ai forestieri, non solo andava a prendere Agnese alla fine della giornata di lavoro e percorreva con lei la strada verso casa, ma ogni mattina si faceva trovare fuori dal cancello della villetta e la accompagnava in fabbrica. Da settimane, non facevano che passeggiare e parlare, parlare e passeggiare. Il sabato sera invece uscivano, per andare al cinema o a mangiare un boccone, e ogni domenica mattina si davano appuntamento al porto e rimanevano seduti su un masso per ore intere a guardare il mare e le barche, mentre Giorgio le spiegava minuziosamente come erano fatte le navi e le insegnava tutti i nodi marinari che conosceva. Le aveva raccontato di ogni suo viaggio, delle spezie e dei profumi dell'India, della paella che aveva mangiato a Barcellona, di quanto fosse delizioso il marsala bevuto a Palermo... Una volta, durante una delle loro prime passeggiate, Agnese lo aveva interrotto, e gli aveva domandato: «Ma tu vuoi fare il marinaio per tutta la vita? Starai in viaggio per sempre?»

Giorgio le aveva sorriso, e le aveva risposto che no, non era quello che aveva in mente. Le confidò che il suo sogno, il motivo che lo aveva spinto a imbarcarsi quando era ancora uno sbarbatello, era un altro: si stava facendo le ossa sulle navi mercantili, stava prendendo contatti in giro per il mondo perché, un giorno, quando avrebbe raggiunto la somma necessaria, e poco mancava, avrebbe aperto una ditta di importazioni tutta sua, a Savona.

« E perché proprio a Savona? » aveva chiesto Agnese. « Perché non qui, per esempio... » aveva aggiunto, arrossendo.

« Per i miei fratellini », aveva replicato Giorgio, in tono improvvisamente molto serio. « Sai, non ne parlo volentieri... un po' perché fa male ripensare a quel periodo, un po' perché me ne vergogno, ma ti garantisco che non è stato facile, per noi. »

Lei aveva piegato le labbra, in una smorfia amareggiata.

« Quando papà... ecco, quando è morto », aveva continuato lui, un po' a fatica, « siamo rimasti a terra, senza una lira. Si era giocato tutto. Ci è toccato mangiare fagioli per mesi e mesi. Quando andava bene, mia madre racimolava qualche patata al mercato... »

Agnese si era fermata e gli aveva posato una mano sul braccio. « Non ne avevo idea... Mi dispiace tanto, davvero », aveva mormorato.

Giorgio aveva fatto spallucce. « Almeno adesso, grazie ai soldi che mando, riescono a mangiare un piatto di pasta ogni giorno. Ho promesso a me stesso che mai più dovranno patire la fame né preoccuparsi del futuro. Avremo un'attività tutta nostra, che nessuno potrà toglierci. Lo capisci, perché devo stare a Savona? »

Lei aveva annuito, ma non gli aveva chiesto altro.

« Ciao, capelli pazzi! » la salutò Giorgio con un piccolo bacio sulla guancia. E le porse una margherita.

Agnese sorrise, prese il fiore e lo annusò a occhi chiusi.

« Com'è andata oggi? » le domandò, mentre s'incamminavano.

« Non so... È stata una giornata insolita... »

Quando Giorgio la interrogò con lo sguardo, lei prese a raccontargli del nuovo sapone, e della ricetta rubata.

« Quel figlio di... » esclamò lui, ingoiando il resto della frase. « Devi dirlo a tutti, che quel sapone è roba tua, mica può passarla liscia... »

Agnese alzò le spalle. « E a cosa servirebbe? In fondo va bene così. Ho creato un sapone nuovo e ora andrà in produzione... mi basta questo, per essere contenta. »

Giorgio la scrutò. « Non ti credo. Non può lasciarti indifferente il fatto che metta il marchio Colella su un prodotto 'nato Rizzo'. »

Lei sospirò. « Anche se fosse, cosa posso fare? Se lo sbugiardo, mi manda via. E io non voglio. »

« Io... Vabbè, lascia stare. »

« Io cosa? » insistette lei. « Cosa stavi per dire? »

« È che... non so perché ti ostini a rimanere, visto il modo in cui Colella ti tratta. Perdonami, non dovrei dirlo, lo so, ma davvero non capisco. »

« Non lo capisce nessuno », mormorò Agnese. « È che... io proprio non ce la faccio ad andare via. Quella è la mia fabbrica. Lo so che non è vero, ma io sento che è ancora così. Un giorno le cose cambieranno, ne sono certa. Quando sarò pronta e avrò accumulato un po' di soldi, rifonderò Casa Rizzo. Comincerò con un piccolo laboratorio artigianale e poi... D'altronde anche mio nonno ha iniziato con poco... Farò tutto questo, ma non adesso. Per me non è ancora il momento. »

Giorgio annuì. « Scusa, hai ragione. È che con te proprio non riesco a farmi i fatti miei... »

Lei gli sorrise, con dolcezza. « Eccoci arrivati », disse poi, davanti al cancello di casa.

« Tanto ci vediamo stasera, no? » chiese lui.

« Solo se può venire anche Teresa con noi. Dopo secoli mi ha chiesto di uscire... Dice che ha bisogno di svagarsi. Sai, sta studiando... A luglio ha l'esame di maturità... »

« Certo, non è un problema! Vi porto a cena fuori. Tutte e due! » disse lui. « Allora a dopo, capelli pazzi. »

Giorgio si era già allontanato di qualche metro, quando Agnese si voltò e lo raggiunse. « Aspetta, ti devo chiedere una cosa. Tu che conosci il mondo... Sai cosa significa Inés? » gli domandò.

« Agnese... »

« Sì. Chiedevo: sai cosa significa Inés? »

Giorgio scoppiò a ridere, con quella risata travolgente che ad Agnese, ogni volta, spalancava il cuore. « Ti ho risposto 'Agnese' perché Inés è Agnese in spagnolo. »

« Il mio nome... » mormorò lei. *Colella ha dato il mio nome alla saponetta che ho inventato io,* pensò, colpita e confusa al contempo.

« Eh, sì, è il tuo nome », commentò Giorgio, sempre più divertito dal comportamento bizzarro di lei. « Ma perché me l'hai chiesto? »

« Poi te lo dico. Ora devo rientrare », rispose Agnese. E tornò verso casa.

Giorgio aspettava le due ragazze seduto su una panchina del lungomare, a godersi il tramonto che tingeva il cielo di arancio, rosa e violetto. Erano da poco passate le otto quando vide Agnese e Teresa che si avvicinavano, e si tirò in piedi.

« Ti ricordi di Teresa, vero? » gli domandò Agnese. « Vi siete visti quella volta, allo spaccio... »

« La giovane rivoluzionaria, certo che me la ricordo », rispose lui, e le porse la mano, sorridendo.

« Eri... decisamente meno biondo », disse Teresa.

Giorgio rise e si passò la mano tra i capelli. « Sì, d'estate si schiariscono un sacco », rispose.

« Allora, dove ci porti a mangiare? » chiese Agnese.

« C'è una locanda non lontano da qui », disse lui. « Fa la migliore frittura di mare che abbia mai mangiato. Ci sono stato a pranzo l'altro ieri. »

« Certo, la friggitoria di Pantaleo, la conoscono tutti », commentò Teresa.

« Io no », mormorò Agnese.

Giorgio le rivolse un sorriso tenero.

« Vabbè, ma tu non fai testo, vivi nel tuo mondo incantato fatto di sapone. Il resto non esiste », ribatté subito Teresa, ridacchiando, come se avesse fatto una battuta. Ma i due non sorrisero affatto.

Una volta seduti al tavolo della friggitoria, Teresa attaccò a parlare, guardando solo e soltanto Giorgio. Raccontò di quanto stesse studiando per l'esame di maturità, del fatto che temeva la prova di matematica, e che si era già informata per l'ammissione alla facoltà di Giurisprudenza a Bari. « Diventerò un avvocato, lotterò per le classi svantaggiate », annunciò.

Giorgio annuiva, fingendosi impressionato, ma intanto continuava a lanciare occhiate ad Agnese, che stava zitta, con lo sguardo basso, e disegnava cerchi sulla tovaglia.

Un cerchio, due cerchi, pausa. Un cerchio, due cerchi, pausa, notò Giorgio. « Colella ha messo in produzione un nuovo sapone inventato da Agnese », esclamò allora, cercando di arginare il torrente di parole di Teresa.

« Ah, ma dai. Brava », si limitò a commentare la ragazza. E bevve un sorso di vino.

Agnese sorrise a labbra strette. « Il sapone si chiama Inés, come me, ma in spagnolo », disse. E cercò lo sguardo di Giorgio.

Lui le rivolse un'occhiata interrogativa. *Ecco perché lo voleva sapere. Ma perché non me l'ha detto subito?* Si sentì stranamente inquieto, come se qualcosa o qualcuno lo stesse minacciando. Perché il fatto che Colella avesse dato il nome di Agnese a un sapone lo agitava così tanto? *D'altronde è stata lei a crearlo, e quello è un modo di omaggiarla*, si disse. *E allora perché mi sento così? Come se fossi stato derubato...*

Era talmente assorto che Teresa dovette toccargli il braccio per attirare la sua attenzione.

« Sì, che c'è? » esclamò Giorgio.

« Stavo dicendo delle proteste operaie delle scorse settimane », rispose Teresa. « Trovo vergognosa la propaganda dei padroni contro le agitazioni sindacali. Hanno detto, addirittura, che sono manovre dei comunisti per sabotare la ripresa economica. Assurdo! »

« Be', di cosa ti stupisci? » ribatté lui, con un'alzata di spalle. « Lo dicono per creare divisioni all'interno del movimento sindacale. Ma tanto non ci riusciranno: parliamo di milioni di lavoratori in lotta. »

Agnese aveva ripreso a tracciare cerchi e Giorgio le lanciava sguardi di sottecchi, cercando allo stesso tempo di seguire la tirata di Teresa, che aveva attaccato un monologo sulla « difesa costituzionale del diritto allo sciopero ».

Quando fu finalmente il momento di pagare, Giorgio tirò un sospiro di sollievo. *Che cena impegnativa...* pensò.

« Dove proseguiamo la serata? » domandò Teresa, tutta vispa, non appena uscirono dal locale.

« Da nessuna parte », rispose Agnese, col broncio. « Andiamo tutti a casa. Ciao. » E si avviò.

« Piacere di averti rivisto, e buona fortuna per gli esami », disse Giorgio in fretta, e raggiunse Agnese.

Teresa scrollò le spalle e si avviò nella direzione opposta.

Per buona parte del tragitto, camminarono in silenzio.

« D'accordo », sbottò Giorgio, dopo un po'. « Mi dici che cos'hai? Perché non hai detto niente per tutta la sera e non dici niente neanche adesso? »

Agnese gli puntò addosso i suoi occhi da gatta. « Per dire cosa? Nemmeno vi siete accorti che ero lì », rispose.

« Non è vero! Ho provato a coinvolgerti, parlando del sapone... »

« Ah, sì. Per due minuti nell'arco di due ore. Grazie, molto gentile », ribatté lei, e accelerò il passo.

« Ma si può sapere cosa ho fatto? Non capisco perché sei così arrabbiata... »

Agnese si fermò di colpo e mise le mani sui fianchi. « Ti piace Teresa? » gli domandò a bruciapelo.

Giorgio scoppiò a ridere di gusto.

« Non c'è niente da ridere. Hai parlato con lei e solo con lei, per tutta la sera. »

« Ma se non stava zitta un attimo! » esclamò lui. « Mi ha stordito, non ce la facevo più a starla a sentire... »

« Non è vero. Eri tutto preso dall'argomento. Con me, di politica, non parli mai. »

« Ma io credevo che non ti interessasse affatto, la politica. Se vuoi parlarne, ne parliamo! » Emise un sospiro e fissò Agnese, poi riprese a ridere.

« Ancora? Si può sapere perché ridi? » disse lei, ma con un vago sorriso.

Lui le si avvicinò. « Rido perché sei gelosa », disse.

« Non è vero », rispose lei.

« E invece sì. »

« No, ho detto. »

« E invece sì », ribatté di nuovo lui, con un sorrisino.

« Va bene, e allora sì! » scattò Agnese. E si mise a correre verso casa.

« A domattina, capelli pazzi! » le urlò dietro lui. Poi sorrise, scuotendo la testa.

Ma dov'è finito? Mo' comincia Lascia o raddoppia?... pensò Salvatora, lanciando un'occhiata all'orologio. I sipari di *Carosello* si sarebbero chiusi entro pochi minuti, e poi sarebbe cominciato il programma condotto da Mike Bongiorno, di cui lei e Giuseppe non perdevano mai una puntata: il momento che preferivano era quello della cabina, quando il concorrente di turno, con la cuffia sulle orecchie, aveva un minuto per rispondere alla domanda, mentre l'orologio scandiva il tempo. Giuseppe, in particolare, si divertiva un mondo ad anticipare le risposte, e di frequente le azzeccava. « Con tutti i cruciverba che ho fatto, ne so più io di loro... » diceva, compiaciuto. « Allora un giorno o l'altro ti iscrivo come concorrente », scherzava Salvatora.

Era il terzo giovedì di seguito che Giuseppe si perdeva l'inizio del programma, rifletté Salvatora. La settimana prima era tornato così tardi che aveva appena fatto in tempo a vedere la domanda finale, quella che valeva 128 gettoni d'oro.

Salvatora si sollevò dal divano e coprì con un piatto le uova al tegamino con spinaci sul tavolino di fronte al televisore. *Se sapevo che faceva tardi pure oggi, non cucinavo mica le uova, ché fintanto che arriva diventano una schifezza,* si disse, sbuffando.

Sprofondò di nuovo sul divano e si mise a sfogliare l'ultimo numero di *Famiglia Cristiana,* anche se lo aveva già letto da cima a fondo. Da quando Giuseppe si era buttato a capofitto nel progetto del cantiere, e soprattutto in quello della nuova barca, in casa con lei ci stava sempre meno. Sembravano così lontani i tempi in cui lui, seduto al tavolo di cucina, risolveva cruciverba e rebus della *Settimana Enigmistica*, mentre lei preparava il pranzo o la cena, in un silenzio tranquillo che però si riempiva spesso di una risata, di qualche chiacchiera... *L'ho aiutato io, a prendere 'sta strada,* rifletté, con una punta di rancore. *Se sapevo che andava a finire così, che se ne stava fuori casa tutto il tempo, non glielo facevo vendere, il saponificio...* Ma, subito dopo averlo pensato, Salvatora si sentì in colpa, e cercò immediatamente di aggiustare il tiro dei propri pensieri. Si disse che, da quando si era liberato della fabbrica, Giuseppe pareva un altro uomo. Mai, in tutti quegli anni, aveva visto il marito così felice e fiducioso... *Ecco, questa è la cosa importante,* si ripeté. *E io devo esserne contenta.* Eppure non riusciva a scacciare un senso di profonda insoddisfazione, quasi di delusione. Sempre più spesso le capitava di sentirsi inutile, soprattutto quando si rendeva conto che Giuseppe aveva meno bisogno di lei, del suo sostegno. Di certo sua madre le avrebbe detto che lei aveva semplicemente fatto il suo dovere di moglie, e tanto le doveva bastare. *Sì, proprio lei parla...* sbuffò, con un moto di stizza. Si era sempre riempita la bocca di sentenze su come doveva essere un buon matrimonio, però non era mai stata capace di prendersi cura del suo uomo... Quando il padre di Salvatora vomitava tutto l'alcol che aveva in corpo – un giorno sì e l'altro pure – c'era sempre lei, la figlia, a tenergli la fronte. E chi nascondeva le bottiglie di vino, per non fargliele trovare? Chi si occupava di lui quando a malapena riusciva ad alzarsi dal letto, la mattina dopo la sbronza? « Io, sempre io », mormorò Salvatora, scuotendo la testa. *La verità è che i maschi, senza una femmina vicino, non sono buoni a stare in piedi da soli...*

« Eccomi, sono a casa! »

La voce di Giuseppe cancellò ogni pensiero. Salvatora si tirò su dal divano e andò incontro al marito; con la solita premura, gli prese la cartellina portadocumenti e lo aiutò a togliersi la giacca.

Giuseppe le diede un bacio sulla guancia, poi chiese: « È già cominciato? »

« Proprio mo' », rispose lei, sentendo la voce della valletta che annunciava l'ingresso in studio di Mike Bongiorno. Con un sorriso che nascondeva tutti i suoi crucci, prese la mano del marito e lo condusse in soggiorno.

Era una domenica piena di sole. Lorenzo uscì dalla villetta degli zii di buon mattino, mise in moto la Gran Luce e partì, coi finestrini aperti e i capelli spettinati dalla brezza calda. Era la prima volta che tornava ad Araglie dal giorno in cui la corriera l'aveva portato via: la città da scoprire, la galleria col suo andirivieni di artisti e di clienti, la miriade di persone che lo zio Domenico gli aveva presentato, e di cui spesso faticava a ricordare i nomi, lo avevano tenuto molto impegnato, e il più delle volte si era sentito piacevolmente stordito, se non su di giri. Ciò nonostante, tutto il rumore e le novità non avevano impedito alla nostalgia di trovare, ogni giorno, uno spiraglio in cui insinuarsi; allora Lorenzo tirava fuori il disegno dal portafoglio e lo fissava a lungo. Gli capitava di notte, quando si ritrovava nel letto senza l'abbraccio di Angela; oppure mentre camminava per la città e coglieva l'assenza inesorabile del mare, o ancora dopo aver guardato un film da solo, al cinema, e pensava che avrebbe voluto Angela, lì accanto a sé. Una sera, era andato a vedere *Il posto delle fragole* di Ingmar Bergman e, una volta uscito dalla sala, non c'era stato nessuno cui rivelare quanto quel film lo avesse toccato nel profondo; come Isak, il protagonista, aveva riflettuto su quale fosse il *suo* posto delle fragole, quello dell'esistenza più felice, e aveva trovato la risposta in una sola immagine che gli era apparsa nitida davanti agli occhi: Casa Rizzo.

Arrivò ad Araglie in tarda mattinata. La vista del mare e il chiasso del porto lo fecero sentire subito a casa, strappandogli un sorriso; pensò che era difficile, per chi era cresciuto lontano dal mare, capire quanta malinconia poteva generare la sua mancanza: come l'amore, il mare cura, lenisce le ferite, ti fa sentire che appartieni a qualcosa.

Arrivò sotto casa di Angela e suonò il clacson a ripetizione; la gente prese ad affacciarsi dai balconi e dalle finestre, già spalancate per far uscire il caldo dalle case.

«Oh! E piantala!» urlò un uomo in canottiera, e addentò la pesca che teneva in mano.

«Ma che c'ha da suonare, questo?» si lamentò una donna che stava raccogliendo i panni asciutti.

« Papà! Guarda che macchina! » esclamò un bambino da una finestra.

Alla fine, dopo tutto quello strombazzare, dal balconcino su cui c'era il lavatoio si affacciò anche Angela, in camicia da notte e coi capelli arruffati. Lorenzo alzò lo sguardo verso di lei, con un sorriso.

Angela si portò le mani alla bocca, sbalordita, e gli fece segno di aspettare. Scese in una manciata di minuti e, mentre andava incontro a Lorenzo, raggiante, lui pensò che era ancora più bella di come la ricordava: non erano trascorse che poche settimane dall'ultima volta in cui si erano visti, eppure a lui, in quel preciso momento, d'improvviso parvero anni.

Si strinsero a lungo in un abbraccio che non lasciava passare l'aria, poi presero a guardarsi, a toccarsi e sorridersi come due fidanzatini dei primi tempi.

« Quanto, quanto mi sei mancata », disse Lorenzo, cullandola tra le sue braccia. Il corpo di lei, avvinghiato al suo, gli procurava lo stesso conforto di una casa accogliente, riscaldata dal fuoco di un camino, dove sarebbe stato capace di muoversi anche a occhi chiusi. D'altronde, come poteva essere altrimenti? pensò. Con lei era cresciuto, a lei aveva dato il primo bacio, con lei aveva scoperto cosa significava l'amore...

« Anche tu », rispose Angela, e posò la guancia sul petto di lui.

« Stai benissimo con la coda alta. All'ultima moda! » scherzò Lorenzo.

« A Lecce le ragazze portano i capelli così? » disse lei, fingendo di darsi un tono.

Lui addolcì lo sguardo. Sapeva perfettamente cosa quella domanda celava: *Hai conosciuto qualcuna più bella di me? O sono ancora l'unica, per te?* « Sì, qualcuna porta la coda», rispose allora lui. «Ma nessuna, nessuna potrà mai eguagliare la tua bellezza. Dovessi andare anche dall'altra parte del mondo...» E la baciò.

Poi aprì lo sportello del passeggero e invitò Angela a salire con una specie di inchino. Con aria divertita, lei montò a bordo.

«Dove vuole che la porti, signorina?» giocò lui, mettendosi alla guida.

«Al Bar Italia», rispose subito Angela. «Voglio che ci vedano tutti, con questa meraviglia. E che crepino di invidia.»

Lorenzo rise, e ingranò la prima.

«Andiamo in spiaggia e poi al cinema? Ti piace come programma?» le stava domandando Lorenzo, dopo aver addentato l'ultimo boccone del pasticciotto.

Angela annuì, masticando, e si strofinò le mani per liberarsi delle briciole.

«Vedo sul giornale cosa danno all'Apollo», disse lui. Prese *La Gazzetta del Mezzogiorno* e andò alle pagine degli spettacoli ma, mentre le sfogliava, si bloccò, davanti alla fotografia di una donna con un foulard in testa, circondata da slogan a caratteri cubitali: IL NUOVO SAPONE F. COLELLA TI FARÀ SENTIRE BELLA E IRRESISTIBILE! PROVA LA SETOSITÀ DELL'OLIO DI COCCO E IL DELIZIOSO PROFUMO DEI FIORI BIANCHI. In basso, c'era una confezione bianca e arancione su cui c'era scritto *Inés*. *Inés, Agnese in spagnolo...* rifletté Lorenzo.

«Che c'è?» gli chiese Angela, posandogli una mano sul braccio.

Questo sapone è un'idea di mia sorella, ci scommetto qualsiasi cosa, pensò lui.

« Ma, insomma, cosa... »

Lorenzo sollevò lo sguardo e le mostrò il giornale.

Angela guardò e arricciò le labbra.

« Non ci credo... » mormorò lui, con voce rotta. « Regala idee a quel pallone gonfiato... È come dare una coltellata al nonno, alla nonna, a me... »

Angela gli accarezzò una guancia. « Non ci pensare, non ne vale la pena. Ora pensiamo a noi due, d'accordo? » E gli scoccò un piccolo bacio.

Per il resto della giornata, nonostante la Gran Luce, il sorriso splendente di Angela e il lungo bagno nel mare cristallino, il viso di Lorenzo rimase spento.

9

Il tuo bacio è come un rock

`luglio 1959

Agnese si bloccò un attimo prima di mettere piede dentro lo spaccio: aveva intuito che stavano parlando di lei. Si nascose dietro il muretto accanto alla porta aperta e rimase in ascolto.

« Dicono che lui la va a prendere in fabbrica tutti i santi giorni, e la accompagna a casa », stava dicendo Concetta.

« Si vede che è innamorato, il ragazzo », replicò una voce di donna.

« Ma quale innamorato, ma non scherziamo », ribatté Concetta, stizzita. « L'hai visto lui? Viene sempre qui a comprare le sigarette. »

« Sì, ho capito chi è. Il forestiero che sta da Pino. Bel ragazzo. »

« Appunto. E l'hai vista lei, invece? Il giorno e la notte. Tanto è bello lui, quanto è brutta lei. »

« Ma no, Agnese mica è brutta... È particolare, diciamo... »

« In confronto a lui, è brutta. Io mi chiedo proprio cosa ci trova: è bassa, piatta, ha due polpacci che sembrano canotti, e 'sti capelli senza forma che crescono verso l'alto invece che verso il basso... sembra, boh, solo una mezza femmina.»

«E vabbè, magari ha un bel carattere, e lui s'è innamorato di quello...»

Per Agnese, ogni frase fu come uno schiaffo in pieno viso. E, quando Concetta disse, col tono di chi sa come vanno certe cose: «Senti a me: quello si sta passando il tempo, giusto perché si annoia, col braccio ingessato. Scommettiamo che, non appena risale sulla nave, quella là se l'è già bella che scordata? Li conosco *bene*, i marinai», non riuscì più a trattenere le lacrime.

«Ma... perché piangi?» La voce della piccola Vittoria la fece sobbalzare. La bambina stava sulla porta, tenendosi allo stipite con entrambe le mani, e guardava Agnese con una smorfia avvilita.

«Niente, niente», rispose lei, asciugandosi le lacrime col dorso della mano. Si sforzò di sorridere. «Ora devo andare», disse.

«Aspetta!» la fermò Vittoria. E uscì, arrancando sulle gambette gracili e storte.

«Dimmi», rispose Agnese, lanciando un'occhiata apprensiva alla porta dello spaccio. L'ultima cosa che voleva era che Concetta uscisse in quel momento e la vedesse con gli occhi gonfi.

Guardando nel vuoto, la bambina le porse le mani e prese a ridere, sporcandosi tutto il mento di saliva schiumosa.

Agnese piegò le labbra, prese le mani di Vittoria tra le sue e le annusò. «Profumo di talco... profumo di *Marianne*», sussurrò. «Sai, forse siamo le uniche due persone cui piace ancora...» aggiunse. E sentì risalire le lacrime.

« Vittoria! Quante volte te lo devo dire di non uscire da sola? » strillò Concetta, da dentro lo spaccio.

Agnese si rialzò all'istante. « Vai dalla mamma », le bisbigliò. E si allontanò in fretta.

Tornando verso casa senza tutte le cose che Salvatora aveva annotato nella sua lunga lista della spesa, Agnese ripensava alle parole di Concetta. Era davvero così che appariva al mondo? Una « mezza femmina »? Che colpa ne aveva lei se era nata bassa, coi capelli ricci e coi polpacci « come canotti »? *E poi... Davvero Giorgio, quando ripartirà, si scorderà di me? D'altronde non mi ha ancora baciato... Usciamo sempre insieme, ma questo cosa vuol dire? E chi lo sa se è innamorato? Mica me l'ha mai detto...* Si sentì, d'improvviso, delusa e scoraggiata verso tutti: nei confronti di Giorgio, di cui non capiva le intenzioni; di Lorenzo, che l'aveva esclusa dalla sua vita e viveva come se una sorella non l'avesse più; di Angela, che in tanti anni non aveva mai imparato a volerle bene; di Teresa, che da tempo si comportava in modo strano. *Come se non mi sopportasse più.* E poi c'erano i genitori, che non le chiedevano mai niente del suo lavoro... *Cosa c'è che non va, in me?* si disse, sbuffando.

D'un tratto, si accorse di aver camminato fino al porto, anziché verso casa. Così si sedette sul masso, quello su cui lei e Giorgio se ne stavano ogni domenica mattina e, con la guancia appoggiata sulle ginocchia, si mise a guardare le navi e le barche ormeggiate. Da lì, scorgeva il Cantiere Mazzotta, il luogo in cui suo padre ormai trascorreva tutto il tempo. Era talmente preso dalla nuova vita che non aveva più comprato la sua amata *Settimana Enigmistica*, rifletté. *Curioso, però...* si disse, cambiando posizione e posando sulle ginocchia l'altra guancia. *Mi piace un ragazzo che vive per mare, proprio come da sempre avrebbe voluto fare papà... Chissà com'era, lui, all'età di Giorgio. Adesso che ci penso, in casa non abbiamo foto di papà da giovane. Anzi non mi sembra di averne mai viste...*

Di colpo, Agnese provò verso suo padre un moto di profonda tenerezza e vicinanza, come se, per la prima volta, in una sorta di folgorazione, lo avesse visto per quello che era: non solo un padre, ma anche un uomo, un essere umano come tutti e... come lei. *Forse anche lui si è chiesto tante volte: «Ma cosa c'è che non va, in me?»*

«Qua, gira a destra», disse zio Domenico.

Lorenzo ruotò il volante della Gran Luce e imboccò la strada che correva parallela a quella per San Cataldo, la colonia marina che, d'estate, veniva invasa dai leccesi. A un certo punto, davanti a loro comparve una villa monumentale.

«Fiuuuu», esclamò Lorenzo. «Se la passano male, eh?» scherzò.

«E questa è solo una delle loro tante proprietà. I Guarini sono tra i più ricchi della regione», spiegò Domenico. «Sono dei duchi, e questa è stata la dimora di famiglia fin dal Settecento. Hanno case, terreni, collezioni private che valgono un patrimonio... Oh, parcheggia lì», disse poi, indicando il piazzale sotto le due imponenti scalinate in pietra che conducevano al portone d'ingresso.

Lorenzo scese dalla macchina e, stupito, si guardò intorno: la villa era circondata da un enorme giardino di agrumi, con file di colonne in pietra, la stessa che aveva ammirato nelle case del centro storico.

«Vieni, su», lo chiamò lo zio, imboccando le scale.

« Mi raccomando », lo ammonì poi, mentre bussava con l'anello del picchiotto. « Questi sono i clienti più importanti che abbiamo. Comportati bene, annuisci, ridi alle loro battute e, soprattutto, non ripulire mai il piatto. Siamo intesi? »

Ad aprire il portone fu una cameriera, bassa di statura, con una cuffietta in testa e strizzata nella divisa bianca e nera. Fece loro strada verso un grande salone. « I signori arrivano subito, aspettate pure qui », disse, con una voce nasale, e si allontanò. Lorenzo continuava a lanciare occhiate in giro, sbalordito: enormi quadri in massicce cornici d'oro, lampadari di cristallo, statue di bronzo, tavolini di marmo, tende di seta...

« Vieni a sederti », lo invitò Domenico, dando un colpetto sul divano di velluto rosso su cui si era già accomodato. « Hai perso la parola? » ridacchiò. « Lo capisco. Ma ti abituerai anche a tutto questo lusso, col tempo. »

« Guarda, non penso proprio... » rispose Lorenzo, sedendosi.

In quell'istante, i Guarini entrarono nel salone; lei, Giulia, era una donna minuta, portava i capelli grigi trattenuti da decine di forcine e indossava un tailleur rosa cipria con la gonna al ginocchio; lui, Eugenio, alto e con la pancia gonfia, era in un elegante abito scuro di sartoria ed emanava un forte profumo di acqua di colonia. Zio Domenico si alzò dal divano, baciò la mano di lei e strinse quella di lui. Lorenzo lo imitò all'istante.

Il signor Guarini si fece portare quello che chiamò « il Macallan del 1950 ». Solo quando la cameriera entrò, reggendo un vassoio con una bottiglia dall'etichetta bianca legata da un nastrino rosso, Lorenzo capì che si trattava di un whisky. Ne bevve un sorso, trattenendo a stento una smorfia, mentre Domenico si lanciava in un monologo sulle qualità del nipote, elogiandone le doti pittoriche, l'« eccellente gusto » in fatto di arte e il notevole « occhio critico ».

In quel momento, nel salone entrò una ragazza, minuta come la signora Giulia, che camminava reggendo la vaporosa gonna di un abito di chiffon a fiori rossi, grigi e neri.

« Buongiorno, signorina Doriana », la salutò Domenico, mettendosi di nuovo in piedi. « Le presento mio nipote, Lorenzo... » E gli lanciò uno sguardo torvo, come a dire: *Ma cosa fai ancora seduto? Alzati e saluta!*

Lorenzo fece il baciamano anche a lei o, meglio, baciò il guanto di pizzo che Doriana indossava.

« Rosa dice che è in tavola », annunciò la ragazza con una vocina sottile sottile.

Si spostarono in una sala da pranzo ampia al pari del salone e con un camino gigantesco. Doriana si sedette di fronte a Lorenzo e, sebbene Domenico facesse di tutto per tirare il nipote dentro la conversazione - che spaziava dai pittori « imprescindibili ma dimenticati » del passato alla « vitalissima » scena artistica leccese -, Lorenzo non proferiva parola e continuava a lanciare sguardi furtivi alla ragazza.

Doriana era senza dubbio graziosa: aveva un viso triangolare, con una fronte molto alta, vivaci occhi verdi e un piccolo neo sul mento. Sedeva composta, con la schiena dritta, sapeva sempre quale era la posata giusta e mangiava pianissimo, a bocconi minuscoli. Di tanto in tanto sollevava lo sguardo, sbatteva le ciglia e rivolgeva a Lorenzo un sorriso trattenuto ma gentile.

« Allora la prossima settimana le porto, anzi le portiamo », si corresse Domenico, posando una mano sulla spalla del nipote, « i due nuovi dipinti, così potrà visionarli in anteprima», disse al Guarini, mentre i padroni di casa accompagnavano gli ospiti alla porta, al termine di un pranzo che a Lorenzo era parso un banchetto di nozze.

«È stato un vero piacere conoscerla, signor Rizzo», disse Doriana, porgendo la mano a Lorenzo.

«Piacere mio, signorina Doriana», rispose lui, pensando, con un sottile disagio, che nessuna ragazza gli aveva mai dato del *lei*.

Giorgio arrivò in piazza nel momento in cui le campane della chiesa di San Francesco presero a suonare, annunciando la messa delle undici. Entrò nello spaccio e si mise in fila; era l'ultimo e, quando finalmente toccò a lui, non ci fu bisogno di parlare: Concetta prese due pacchetti di Camel e glieli porse. «Quando lo togli, 'sto gesso?» gli chiese.

«Sabato prossimo», rispose lui, contando le monete nel palmo della mano.

«E così tra una settimana te ne vai di nuovo... Peccato, mi ero abituata alla tua presenza, anche se ormai te ne stai sempre sulle tue...»

Giorgio alzò le spalle. «Prima o poi dovevo ripartire...»

«Agnese ne sarà dispiaciuta...» lo stuzzicò Concetta.

«Saremo in due, a esserlo», tagliò corto lui.

La donna gli lanciò uno sguardo intenso, poi fece lentamente il giro del bancone e si diresse all'uscita. Sbirciò fuori per assicurarsi che non ci fosse nessuno, chiuse la porta e infilò la chiave nella tasca della gonna.

«Vittoria, vai in bagno», ordinò alla bambina, che stava giocando con dei fili di cotone. « E non uscire finché non ti chiamo io. »

Con lo sguardo improvvisamente triste, la piccola strinse a sé i fili e si diresse verso il bagno sul retro del negozio.

« Ma cosa fai? » domandò Giorgio.

Concetta gli sorrise, maliziosa, e cominciò a sbottonarsi la camicetta di cotone sottile.

« No, ascolta: non si può fare », la bloccò Giorgio. « Fammi uscire, per favore. »

Ma la donna era ormai in reggiseno, e Giorgio fu costretto a distogliere lo sguardo. « Perché, altrimenti fai tardi all'appuntamento con quella lì? » sussurrò lei.

« Non chiamarla 'quella lì'... » mormorò lui, sempre senza guardarla.

Concetta appoggiò le mani sulla cintura dei pantaloni, ma Giorgio la fermò, afferrandole i polsi. « Ho detto che non si può fare. Rivestiti, su... » la pregò. Ma la voce era incerta.

« Dai che lo vuoi anche tu, consideralo un piccolo dono di addio », disse lei, cominciando a sfilargli la cintura.

Giorgio sospirò, eppure stavolta non provò a fermarla. Lasciò che Concetta gli sbottonasse i pantaloni e glieli tirasse giù. Poi, quando la donna si inginocchiò davanti a lui, chiuse gli occhi.

Agnese lo aspettava al porto, seduta sul loro solito masso. Giorgio si fermò un momento alle sue spalle e prese un respiro profondo; dal momento in cui era uscito dallo spaccio, il rimorso sembrava aver risucchiato tutta l'aria dai suoi polmoni. *Ma cosa ho fatto?* si disse, passandosi una mano sul viso. Era inquieto, ma si obbligò a comportarsi normalmente; raggiunse la ragazza e le si sedette accanto, mentre il profumo di talco gli riempiva le narici.

« Buongiorno, capelli pazzi », disse, forzando un sorriso allegro. Aprì uno dei pacchetti di Camel che aveva appena comprato, e si accese una sigaretta.

Agnese ricambiò il saluto arricciando le labbra in una smorfia buffa. Poi, a bruciapelo, gli domandò: « Ma, secondo te, io sono brutta? »

Spiazzato, Giorgio fece una risatina strozzata. « *Belin*, sei matta? No che non sei brutta. Come ti viene in mente? »

« Non lo so. Nessuno mi ha mai detto il contrario... »

« Be', allora te lo dico io. » Le prese una mano. « Non solo sei bella ma... sei unica. » Le tirò piano una ciocca di capelli, poi la lasciò andare e la ciocca si ritrasse come una molla. « Vedi? Succede solo a te », sorrise.

Ad Agnese scappò da ridere e si portò una mano alla bocca.

« Mi piace tutto di te. Anche le tue stranezze », continuò lui.

« Le mie stranezze? »

Giorgio si abbracciò le ginocchia. « Sì... quei gesti che ripeti... »

Agnese abbassò gli occhi, imbarazzata.

Lui le prese subito una mano. « Ehi, no. Non fare così. Ma ti vergogni? Non devi! Guarda che a me le tue stranezze fanno simpatia, eh! »

Lei rialzò lo sguardo. « Davvero? Giuro che non le faccio apposta. Voglio dire, è più forte di me. Come se dentro ci fosse una vocina che mi ripete: 'Se non lo fai, succederà qualcosa di tremendo'. »

« Mmm... Per esempio? »

« Per esempio che muore una persona cara, o che le capita qualcosa di molto brutto. Come ai nonni... »

Giorgio le accarezzò una guancia. « Se le cose devono succedere, succedono e basta. Nessuno di noi può prevederle né evitarle. Il punto è che non dipende da te, da quello che fai o che non fai, capito? »

Lei annuì, poco convinta.

Mentre la guardava, con tenerezza, Giorgio si rese conto che, più conosceva Agnese, più si addentrava nel suo cuore ingenuo, per certi versi infantile, e nella sua testa, che seguiva percorsi tutti suoi e che era piena di cose che solo lei conosceva, più lei, ai suoi occhi, diventava davvero la più bella di tutte.

I due quadri, imballati, erano sui sedili posteriori dell'automobile di Domenico.

Zio e nipote giunsero alla villa dei Guarini di buon mattino. Non appena scesero, Lorenzo sentì il suono di un pianoforte: sembrava uscire da una delle finestre spalancate al pianoterra.

La musica non cessò neppure quando i due vennero fatti accomodare nel salone, come la volta precedente, ed Eugenio Guarini, con un completo sempre molto elegante, ma di un colore più chiaro, li raggiunse dopo una manciata di minuti, saturando l'aria col profumo di acqua di colonia.

Domenico tolse l'imballo ai due dipinti e li sistemò per terra, spiegando che erano entrambi dello stesso pittore, un giovane emergente, ed erano stati esposti in una recente mostra sull'avanguardia pugliese. Il Guarini intrecciò le mani dietro la schiena, si avvicinò e prese a esaminare i quadri.

«Come può vedere...» disse Lorenzo.

Il suono del pianoforte si interruppe di colpo.

Un po' stranito da quell'improvviso silenzio, riprese a parlare: «È un artista che non lavora sul figurativo, ma sull'astratto. Per esempio, ha notato questo?» Indicò il dipinto a sinistra. «Si intitola *Lavoratori al cantiere,* ma non c'è traccia di figure umane. Tuttavia, nell'intreccio delle linee e delle curve e nelle macchie di colore sembra di scorgere lo stesso la massa umana al lavoro. La pennellata è veloce, per restituire l'idea di un certo dinamismo, e allo stesso tempo corposa, per dare rilievo alla superficie e far emergere i soggetti.»

Zio Domenico annuì, palesemente soddisfatto, e lanciò un'occhiata al nipote che significava: *Ben fatto!*

«Molto affascinante.» Doriana era affacciata alla porta del salone, in uno sgargiante vestito rosso stretto in vita da una cintura in tinta.

Lorenzo, preso alla sprovvista, ammutolì.

Doriana avanzò verso i tre uomini, si fermò di fronte al quadro e lo studiò con attenzione. «Cosa ne dici, papà? A me piace molto, e poi il signor Lorenzo è stato talmente... trascinante, nella sua esposizione», disse. Si voltò, facendo ondeggiare la coda di cavallo, e rivolse a Lorenzo un piccolo sorriso.

Il signor Guarini non rispose alla figlia, ma fece un cenno a Domenico e i due si allontanarono di qualche passo, mettendosi poi a parlare a bassa voce.

Lorenzo colse qualche parola e comprese che stavano discutendo del prezzo. Allora si avvicinò a Doriana. «Era lei che suonava il pianoforte? È molto brava», le bisbigliò.

Lei si strinse nelle spalle e arrossì. « Era Bach », rispose.

« Be', sì, era... *trascinante* », scherzò Lorenzo.

« La ringrazio », mormorò Doriana. Il sorriso stavolta era ampio, luminoso.

Fu allora che, per la prima volta, Lorenzo notò le due fossette sulle guance di lei.

Il sabato in cui a Giorgio levarono il gesso era il giorno prima che la nave tornasse in porto. Mentre aspettava Agnese sul lungomare, fumando una sigaretta dopo l'altra, gli venne il magone al pensiero che di lì a poche ore gli sarebbe toccato andare via: quei due mesi gli sembravano davvero volati.

Quando Agnese arrivò, puntuale come al solito, e gli si sedette vicino, Giorgio quasi non la riconobbe: i capelli ricci erano tirati in una coda alta, le ciglia sembravano più nere e lunghe e le labbra avevano il colore delle fragole. Stava per dirle che era davvero molto carina, con quel trucco leggero, quando Agnese cominciò a ridere, portandosi la mano alla bocca come faceva sempre.

« Cos'è? » domandò Giorgio, divertito dall'ilarità di lei.

Agnese indicò il braccio libero dal gesso. « Il tuo braccio è di due colori. È buffo. »

In effetti, lì dove aveva tenuto il gesso, dal gomito al polso, la pelle risultava bianchissima, in netto contrasto col resto del braccio abbronzato.

« Però almeno ti si vede di nuovo la voglia... » continuò lei, passando un dito sulla piccola macchia scura sull'avambraccio.

Lui osservò il dito di lei che percorreva per due volte, e

poi per altre due, i contorni della voglia, poi alzò lo sguardo e le sorrise con tenerezza. «Sai cosa facciamo stasera?» disse poi.

Lei scosse la testa.

«Ti porto a ballare!» E si alzò dalla panchina.

Lei sembrò irrigidirsi. «Ma io non so ballare...»

«Chi se ne importa! Te lo insegno io.»

«No, ma... davvero, non lo so fare...»

«Oh, poche storie!» disse lui. Afferrò la mano di Agnese e la sollevò di peso.

Agnese non ci era mai stata, in una balera. Ne aveva sentito parlare in fabbrica, dai giovani operai che ci andavano ogni sabato sera, e qualche volta pure di domenica pomeriggio. Le avevano raccontato che si trovava all'interno del Circolo Cooperativo, l'edificio grigio sul lungomare.

Tenendola per mano, Giorgio la trascinò dentro. Lei entrò, timorosa, e venne come travolta dalla musica ad altissimo volume e dalla folla di ragazzi che ballavano scatenati sulle note del *Saint Tropez twist*. Mentre avanzava nella sala, stringendo la mano di Giorgio, Agnese osservava rapita il movimento che tutti, ma proprio tutti, stavano facendo. Era un'oscillazione delle gambe, prima a destra e poi a sinistra, che faceva spostare il peso del corpo da un piede all'altro.

Giorgio ridacchiò. «Vieni, sediamoci un po', prima, e stiamo a guardare», le disse per rassicurarla, dirigendosi verso la fila di sedie addossate al muro.

« Ma che ballo è, questo? » domandò lei, alzando la voce per farsi sentire.

« Non lo conosci? Per davvero? È il twist! »

Agnese tornò a fissare i ballerini, allungando il collo per vedere se c'era qualche operaio della fabbrica. « Ma tu... lo hai già ballato? » domandò poi a Giorgio.

Lui allungò il braccio sullo schienale della sedia di lei. « Qualche volta, sì. Ci vuoi provare? »

Agnese intrecciò le mani e scosse rapida la testa. « Non ancora », ribatté.

Restarono seduti per un paio di canzoni, mentre Giorgio batteva il tempo col piede e ondeggiava il busto, dando di tanto in tanto una piccola gomitata ad Agnese, come a dirle: *Dai, su! Lo vedi che è divertente?*

Però, quando il complessino attaccò *Il tuo bacio è come un rock*, Giorgio si alzò di scatto, tirò Agnese per la mano e la portò in pista. « Questa non si può non ballare! » esclamò.

Sulle prime, Agnese rimase immobile a fissare Giorgio: anche lui, come tutti gli altri, faceva quel movimento oscillante con la massima disinvoltura. *Tutti tranne me*, pensava. Ma poi lui le cinse la vita e la costrinse a muoversi. Agnese sorrise e alla fine, contagiata dal buonumore di lui, si decise a provare. E così, mentre il cantante diceva che ogni bacio ne valeva tre, Agnese ballò dapprima imitando i passi di Giorgio, poi si fece trascinare dalla musica, si lasciò andare completamente, e cominciò ad agitarsi seguendo il ritmo che pareva a lei.

« E meno male che non avevi mai ballato! » le gridò Giorgio all'orecchio. « Guardati, sei bravissima! »

Lei rise di cuore, e nell'istante in cui arrivò il ritornello, in cui il bacio diventava un rock, Giorgio le sfilò l'elastico dai capelli, che si sciolsero in una cascata di ricci, le prese il viso tra le mani e, finalmente, la baciò.

Fu un bacio dolcissimo, che continuò anche quando la musica finì, sostituita da un vociare chiassoso, cadenzato da risate e da tintinnii di bicchieri.

Quando le labbra calde e morbide di Giorgio si staccarono dalle sue, e lui posò la fronte su quella di lei, Agnese ebbe un capogiro, come se fosse appena scesa da una giostra che girava vorticosamente.

« La mia capelli pazzi », sussurrò lui, con le labbra macchiate di rossetto.

Col cuore che pareva fuori controllo, Agnese guardò gli occhi blu del ragazzo cui aveva appena dato il suo primo bacio e pensò che aveva ragione Lorenzo, quando lei gli chiedeva di spiegargli l'amore e lui rispondeva: *Quando succederà, lo capirai e basta.*

Gli sorrise. « Con te mi sento più felice che con chiunque altro », mormorò.

« Ma come sarebbe che non vieni *neanche* questa domenica? » Angela era così furiosa che ebbe l'impulso di scaraventare la cornetta contro il muro.

Aveva urlato, e se ne rese conto quando nel bar calò il silenzio e lei si ritrovò addosso tutti gli occhi degli avventori; in imbarazzo, voltò loro le spalle e continuò a parlare, abbassando la voce. « Si può sapere perché? »

« C'è un ricevimento, ci devo andare... È importante per la galleria », rispose Lorenzo.

« E non può andarci tuo zio da solo? D'altronde si tratta della *sua* galleria, no? »

« Ho capito, ma ci lavoro anch'io... Non posso mancare proprio a questi eventi. »

Angela inserì un altro gettone. « E perché? Che 'eventi' sarebbero? » sibilò.

« Occasioni cui partecipano tutte le famiglie più ricche della città, dove incontri la gente che conta, quella che a me serve conoscere, lo sai... Questi hanno talmente tanti soldi che non sanno più come spenderli... »

Angela si zittì.

« Angela? Ci sei ancora? » domandò lui.

« Sono qui. »

Lorenzo sospirò. « Guarda che preferirei mille volte stare lì con te... »

« Bugiardo! »

« Ma cosa ti prende... Non mi credi? »

« No, non ti credo. »

Dall'altro capo del filo ci fu prima solo silenzio e poi una specie di respiro profondo.

« Sai cosa ti dico, Lorenzo Rizzo? » continuò allora Angela, inserendo un altro gettone. « Vai pure a passare con 'la gente che conta' l'unico giorno in cui noi possiamo vederci. Vai a sederti alla tavola dei ricconi, e ingozzati del loro cibo raffinato. Tanto io, che non ho una lira, non conto più niente, giusto? » Non attese risposta e riagganciò, con le dita che tremavano di rabbia. Tirò su col naso. No, non avrebbe pianto, si disse. E, mentre usciva dal bar con la faccia scura, promise a sé stessa che l'indomani, e il giorno dopo e il giorno dopo ancora, e per tutti i giorni necessari, non gli avrebbe più telefonato. Sarebbe rimasta in silenzio finché lui non fosse arrivato di corsa a supplicarla.

Dal ponte della nave, Giorgio sorprese la notte farsi giorno: non aveva chiuso occhio e, avvolto in una coperta pesante, era rimasto a guardare Araglie. Di lì a pochi minuti, la nave avrebbe lasciato il porto...

Sotto il cielo stellato e nell'assenza di rumore delle ore notturne, aveva ripensato con nostalgia alle ultime settimane trascorse lì ma, soprattutto, al momento in cui lui e Agnese si erano salutati, prima che lui risalisse a bordo. Al porto, sul molo, e precisamente sul masso che ormai era diventato il *loro* masso, Giorgio le aveva detto che non doveva aver timore di saperlo lontano, non solo perché lui sarebbe sempre tornato, ma soprattutto perché voleva stare con lei e soltanto con lei. Glielo aveva persino giurato sui suoi fratellini. Agnese aveva sorriso e, scrollando le spalle, gli aveva risposto: « E infatti io ti aspetto ». Poi aveva tirato fuori dalla borsetta due confezioni di *Marianne*. « Finché non torni », aveva aggiunto, e gliele aveva ficcate in tasca. Allora lui le aveva afferrato la mano e l'aveva portata dietro una roccia sulla spiaggia, al riparo da occhi indiscreti, e l'aveva baciata di nuovo. Stavolta, però, era stato un bacio carico di passione e di tutta la malinconia che, lo sapevano entrambi, li avrebbe attesi al varco non appena si fossero separati.

« Ai posti di manovra! » tuonò il nostromo, mentre gli altri marinai raggiungevano il ponte alla spicciolata. *Ci siamo...* Buttò fuori l'aria, si liberò della coperta e andò in posizione. Baciccia arrivò subito, strofinandosi gli occhi gonfi di sonno, e gli si mise accanto.

« Mollate gli ormeggi! » gridò il nostromo.

Giorgio si voltò verso l'amico. « Attento a non rompermi anche l'altro braccio, eh », scherzò.

« Ti piacerebbe... » rispose Baciccia, con la voce impastata, e gli strizzò l'occhio, come se avesse già capito tutto.

10

Nouvelle Marianne

agosto 1959

Nei primi giorni di agosto, la temperatura ad Araglie sfiorò i quaranta gradi. Con le caldaie in funzione e col vapore sprigionato dalla massa bollente del sapone, nella fabbrica si faticava persino a respirare.

Agnese sospirò e, con un braccio, si asciugò il sudore dalla fronte.

«Sei tutta rossa in faccia, bevi un poco d'acqua», le suggerì Vito.

Lei annuì con aria provata e, trascinandosi stancamente, andò a riempirsi un bicchiere. Mentre mandava giù l'acqua a grandi sorsate, osservò il nuovo mescolatore-agitatore che Colella aveva fatto installare. *A occhio e croce, è più grande degli altri due messi insieme,* valutò.

«Pronti, signori? Oggi accendiamo la Bestia», annunciò Mario. Chiamavano così l'enorme caldaia da sessantamila litri che, fino ad allora, non era mai stata azionata e che era in qualche modo responsabile dell'arrivo del gigantesco mescolatore.

«Ma che hai preso, stamattina, ché stai così di buonumore?» esclamò un operaio.

« Qualunque cosa sia, dammene un po' pure a me », continuò un altro.

In mezzo alle risate, Mario allargò le braccia. « L'ho finita, mi dispiace, se no la davo pure a voi », scherzò. « Ma no... è che sono felice per la mia bambina: all'esame di maturità ha preso il massimo dei voti. »

« E complimenti allora! »

« Siamo sicuri che è figlia tua? »

Risero di nuovo tutti e pure Mario ridacchiò.

Agnese gli si avvicinò. « Falle i complimenti anche da parte mia », disse soltanto.

Mario annuì, con un sorriso un po' imbarazzato; Agnese sospettò che ormai avesse capito che tra lei e Teresa le cose si erano guastate. Era lontano il tempo in cui giocavano insieme al saponificio, mentre gli adulti lavoravano. *A pensarci bene, cos'è che ci ha tenuto legate, negli anni? Il ricordo dell'infanzia, solo quello,* si disse, con una piccola fitta di dispiacere. Non avevano un solo interesse in comune, non parlavano di quello che stava loro a cuore, cioè i libri e la politica per Teresa, il mondo dei saponi per Agnese. Ma lei sapeva che c'era dell'altro, e Teresa gliel'aveva mostrato senza mezzi termini quel giorno allo spaccio, quando, con un risentimento che pareva covare da sempre, le aveva detto: « Ce l'ho con tutti i padroni ». *Mi vede ancora in quel modo, anche adesso che non sono padrona di niente...* rifletté Agnese.

Quando l'ilarità scemò, Mario spiegò che si apprestavano a fare una cotta per uno dei nuovi prodotti che Colella avrebbe lanciato sul mercato, uno cui teneva particolarmente: un detergente neutro per le industrie tessili.

Agnese ebbe un sussulto: ricordava bene quando, durante il loro primo incontro, Colella aveva detto di voler puntare sulla produzione di prodotti detergenti a uso industriale. Perché con quelli si facevano i « soldi veri », aveva aggiunto. *Ma, allora, non è che pensa di...* « Mario, vado un momento in magazzino », disse d'un tratto. E, senza aspettare risposta, si affrettò verso l'uscita.

Attraversò lo spiazzo ed entrò nell'edificio accanto. Percorse i corridoi del magazzino, tra le grosse scorte di *Neve* solido e in polvere, di *Lisse* e ora anche di *Inés*, e si diresse verso lo scaffale più piccolo, quello della *Marianne*; l'ultima volta che ci era stata, quando aveva preso di nascosto due confezioni da regalare a Giorgio e altre quattro per sé, aveva contato i pezzi rimasti: centoquattro.

Decise di contarli di nuovo, procedendo a due a due, come sempre. « Novantasei », mormorò alla fine, delusa. Quelle che mancavano erano finite di sicuro allo spaccio. E poteva scommettere che almeno la metà era stata usata dalla piccola Vittoria.

Rientrò nel saponificio e andò subito a bussare alla porta di Colella.

« Rizzo! » esclamò l'uomo. Scosse la cenere dal sigaro e con un gesto la invitò a sedere. « Vieni, vieni. »

Agnese si accomodò e si sfilò la cuffia. Tra il caldo e il tanfo di sigaro, le sembrò quasi di soffocare, ma poi si raddrizzò e chiese d'un fiato: « Perché non produciamo più la *Marianne*? In magazzino ci sono solo novantasei pezzi. Quando torneremo a rifornire? Ormai è passato tanto tempo, dall'ultima volta ».

Colella la squadrò in silenzio, col sigaro a mezz'aria.

Agnese pensò che probabilmente l'aveva indispettito, ma non le importava: desiderava soltanto avere una risposta. E non sarebbe uscita da quell'ufficio senza averla ottenuta.

«È molto semplice: non si vende, non c'è richiesta», spiegò Colella, con calma. «Se ti pare, puoi portartele a casa tutte quante. Nessuno la vuole più, quella saponetta che tanto ti piace. Poteva andare bene negli anni '40, ma mo'...» E fece una smorfia.

«Non è possibile», sbottò Agnese. «La gente ama la *Marianne*! Col nonno ne abbiamo prodotte e vendute così tante che nemmeno se lo immagina...»

Colella appoggiò il sigaro sul posacenere, intrecciò le mani e si sporse in avanti. «Punto primo: non sei più a Casa Rizzo», sibilò, senza curarsi di nascondere l'irritazione. «Punto secondo: non devo discutere con te della *mia* azienda e delle *mie* scelte...»

Agnese scattò in piedi. «Però quando si è trattato di formulare l'*Inés*, eccome se voleva discuterle con me, le *sue* scelte», gridò. Tremava visibilmente. Ed era stupita, incredula. Non avrebbe saputo dire dove aveva trovato il coraggio di parlare così. Non l'aveva mai fatto. Non era da lei essere tanto aggressiva...

Colella non replicò subito. Continuò a osservarla con un misto di preoccupazione e di disagio. Poi si addossò alla poltrona e, socchiudendo le palpebre, le puntò un dito contro. «Bada a come parli, ragazzina. Qui nessuno è indispensabile. Neanche tu. Perciò, se ci tieni a mantenere il posto, evita di fare piazzate del genere.»

«Non sono più una ragazzina», replicò Agnese, sostenendo il suo sguardo. E si diresse alla porta.

Giuseppe era pronto per uscire e stava prendendo la cartella portadocumenti dal mobiletto all'ingresso, quando

Salvatora scese le scale di corsa, tutta imbellettata e profumata, con la borsetta nera lucida e il tailleur vinaccia che indossava quando andava a votare. « Fermo lì. Vengo con te », disse.

« Come sei elegante... Hai da fare in città? »

Lei avanzò ticchettando sulle décolleté nere. « Ho da fare con mio marito. Andiamo, su », rispose.

« Andiamo dove? » chiese Giuseppe, confuso.

Salvatora gli rivolse uno sguardo che voleva dire: *Ancora lo devi capire?* « Al cantiere », precisò allora. « Non fai che raccontarmi della barca... È ora che la veda anche tua moglie, no? »

« Ma non c'è granché da vedere, ancora. Per il momento c'è solo lo scheletro. »

« Eh! E vediamo 'sto scheletro », replicò Salvatora con un sorriso tirato. Poi aprì la porta di casa e uscì.

Si avviarono verso il cantiere ma, dopo pochi passi, Giuseppe prese ad ansimare e a grondare sudore. Tirò fuori il fazzoletto dalla tasca dei pantaloni e si asciugò la nuca.

« Ma perché non abbiamo preso la macchina, mannaggia a te », disse Salvatora, togliendogli il fazzoletto dalle mani e prendendo a tamponargli il volto.

« Mi fa bene camminare, lo sai, l'ha detto il dottore », rispose lui, lasciandosi pulire come se fosse stato un bambino che si era sporcato la faccia di gelato.

« Eh, ho capito che ti fa bene, ma non con 'sto caldo però... » brontolò lei. « Vieni, mettiamoci un poco all'ombra », aggiunse, portandolo sotto un balcone. « Mo' ti riprendi con calma e, non appena ti senti meglio, continuiamo. Anzi mo' ti cerco dell'acqua, ché ne hai bisogno. » Bussò alla prima porta che si ritrovò davanti; si affacciò una vecchina curva, vestita di nero e col fazzoletto sul capo. Salvatora le chiese se per favore le poteva dare un bicchiere d'acqua per suo marito, che era affaticato dal caldo; la donna annuì, rientrò e tornò con un enorme bicchiere turchese, colmo di acqua.

Dopo qualche sorso, Giuseppe ringraziò e disse alla moglie che si sentiva decisamente meglio. « Dai, andiamo. »

« Sì, ma piano piano », lo ammonì Salvatora, reggendolo per un braccio.

Quando arrivarono al cantiere, trovarono il portone sbarrato.

« Strano », commentò Giuseppe. « A quest'ora Luigi è già al lavoro, di solito... »

« Prova a bussare, no? »

« Se sta affaccendato nel retrobottega, come credo, non sentirebbe. Vado a dare un'occhiata dietro, tu aspetta qui. »

Giuseppe raggiunse il retro del cantiere, dove c'era una porticina che veniva usata raramente. La aprì, facendola scricchiolare, ed entrò. Stava per chiamare Luigi quando alcuni rumori, simili a colpi, lo costrinsero a fermarsi sulla soglia. Tese l'orecchio. *No, non sono colpi,* si disse con un mezzo sorriso. Erano gemiti e mugolii, la melodia di due persone che stavano facendo l'amore. *E bravo Luigi! Chi lo immaginava che se le portava qui, le femmine,* pensò, divertito. *Meglio che me ne vada,* si disse. Ma poi la curiosità ebbe la meglio. Attento a non farsi sentire, proseguì di qualche passo, fino alla porta socchiusa del bagno. Quel che vide, però, lo fece trasalire: Luigi non era con una donna, bensì con Michele, il garzone. I due uomini erano nudi dalla vita in giù, coi pantaloni abbassati fino alle caviglie: Michele era piegato in avanti e Luigi in piedi dietro di lui che... Scosso da una specie di scarica elettrica che partiva dal ventre e arrivava al cervello, Giuseppe arretrò all'istante, raggiunse la porticina e se la richiuse alle spalle.

« Che c'hai? Pare che hai visto un fantasma », esclamò Salvatora non appena lui tornò.

Giuseppe la prese sottobraccio e s'incamminò, senza riuscire a spiccicare una parola.

« Allora? Ma che hai? » insistette la moglie.

« Niente. Non c'era nessuno. La porta era chiusa pure sul retro. Si vede che oggi Luigi ha deciso di fare vacanza », mormorò lui, tenendo lo sguardo basso. « Ci torniamo un'altra volta, te lo prometto. Ora andiamo a casa », dichiarò, cercando di nascondere il turbamento.

« Eh, no! » si impuntò Salvatora. « Mo' mi porti a fare colazione al bar, e pure un giro in piazza. Almeno sfoggio il vestito buono... »

Lorenzo approfittò della bella giornata di sole per fare una lunga camminata fino alla galleria. « Sicuro che non vuoi venire in macchina? » gli aveva domandato zio Domenico.

« Sicurissimo, zio. Ci vediamo lì », gli aveva risposto lui.

Attraversò il centro storico, sollevando lo sguardo sui balconcini di pietra decorata delle antiche dimore; procedeva così, con gli occhi all'insù, le mani in tasca e le maniche della camicia bianca rimboccate sui gomiti, quando per poco non finì addosso alla signora Guarini, a braccetto con la figlia Doriana.

« Porca vacca! » si lasciò scappare Lorenzo. Doriana

scoppiò a ridere, e subito sulle sue guance comparvero le fossette... «Chiedo scusa, ero talmente rapito dalla bellezza dei balconi di questa città...» mormorò lui.

Giulia alzò lo sguardo. «Oh, la capisco. Ed è ampiamente scusato: difficile resistere al richiamo del barocco», disse poi.

«Dove se ne va di bello?» gli chiese Doriana, con uno dei suoi sorrisi gentili, mentre continuava a tenersi stretta al braccio della madre.

Lorenzo rispose che stava per andare in galleria e che, con una giornata così piena di sole, sarebbe stato un peccato prendere l'automobile.

«Ah, a proposito», continuò la ragazza, «per Ferragosto abbiamo organizzato un pranzo nella nostra residenza al mare. Ci sarà un po' di gente... qualcuno l'ha già conosciuto al ricevimento dei de Giorgi. Ci farebbe piacere se si unisse a noi. Non è vero, *maman*?»

«Oh, ma certo che ci fa piacere», rispose subito la signora Guarini. «Spero sarà dei nostri. La aspettiamo con gioia.»

Lorenzo sorrise, lusingato dall'invito, e stava per rispondere che non sarebbe mancato per nulla al mondo, quando il pensiero improvviso di Angela lo gelò: aveva dovuto fare i salti mortali, per farsi perdonare di quella domenica in cui non era andato ad Araglie. Lei di colpo era sparita, e il telefono aveva smesso di squillare alla solita ora; così, al terzo giorno di silenzio, Lorenzo aveva chiesto allo zio il permesso di assentarsi per qualche ora: doveva assolutamente parlare con Angela, capire se le fosse successo qualcosa. «Si è solo offesa. Vedrai che sta benissimo... Non è che quella ragazza comincia a darti troppi grattacapi?» aveva commentato Domenico, con aria contrariata, un attimo prima che Lorenzo mettesse in moto la Gran Luce e partisse alla volta di Araglie. Quando era arrivato, aveva trovato Angela talmente arrabbiata che non gli aveva neppure aperto la porta. Ci erano volute due ore di suppliche, scuse e promesse, per calmarle i nervi.

Come faccio a dirle che mancherò proprio a Ferragosto? No, non esiste, stavolta non me la perdona, e poi ci sarà pure Fernando, non posso non salutarlo, pensò Lorenzo, mordendosi il labbro.

« A sabato, allora. Buona giornata, e non dimentichi il costume da bagno! » lo salutarono le due donne. Mentre si allontanavano nella direzione opposta, Lorenzo si girò a guardarle e, nello stesso istante, Doriana voltò il capo all'indietro. I due ragazzi si sorrisero da lontano, un po' impacciati.

E ora? Mannaggia a me, perché non ho detto di no? Desiderava moltissimo non mancare a quel pranzo, ma gli dispiaceva pure non andare ad Araglie; soprattutto, però, temeva la reazione di Angela: lei lo conosceva così bene da sapere perfettamente come e dove colpire, quando si metteva in testa di fargliela pagare per qualcosa. Che si chiudesse in un silenzio ostinato oppure gli negasse qualsiasi contatto col proprio corpo, quella ragazza riusciva comunque a farlo sentire come se gli mancasse la terra sotto i piedi...

D'un tratto, a pochi passi dalla galleria, Lorenzo pensò di aver trovato la soluzione. *Potrei andare dai Guarini sul presto, fare un bagno con loro, e filarmela prima di pranzo, così arriverei ad Araglie in tempo per raggiungere Angela e Fernando in spiaggia... Avremo tutto il resto della giornata per noi, e pure il giorno dopo, tanto è domenica.* Sì, avrebbe fatto così, si disse, sempre più convinto: gli sembrava il compromesso ideale per non scontentare nessuno, a cominciare da sé stesso. Cosa mai poteva andare storto?

La mattina di Ferragosto, Agnese si svegliò di cattivo umore. Allungò la mano sul comodino, accese la Phonetta e girò la manopola distrattamente, finché un motivetto allegro, che parlava del Sud America e di quello che si fa nelle notti a Rio, non la convinse a fermarsi. Ancora stesa sul letto e con le mani intrecciate sulla pancia, prese a muovere i piedi a ritmo, canticchiando sottovoce: « *Bongo cha cha cha...* » Tuttavia, quando il brano finì e attaccarono le note di *Piove* di Domenico Modugno, Agnese spense la Phonetta; le piaceva molto quella canzone, ma era troppo triste: parlava di ultimi baci, di un amore che finisce e su cui piove sopra, di qualcosa che c'era una volta e poi non c'era più. Non poté non pensare a Giorgio, a quanto le mancasse, al vuoto che sentiva da settimane... Si chiese se lui stesse mantenendo il giuramento, se pensava ancora che voleva stare soltanto con lei. Sospirò e si portò il lenzuolo fin sopra i capelli. *Manca ancora un sacco di tempo, prima di rivederlo,* pensò, sbuffando.

« Agnese! » urlò Salvatora, entrando come una scheggia nella stanza. Strappò via il lenzuolo e scrutò la figlia come se si stesse assicurando che fosse ancora viva.

« Mamma, ma che c'è? »

« Quante volte ti ho detto di tenere la testa fuori? È un attimo e soffochi nel sonno », ansimò la donna, sedendosi sul letto con una mano sul cuore. Poi respirò a fondo, come se si stesse riprendendo da chissà quale spavento. « Io e tuo padre tra poco andiamo in spiaggia, e passiamo la giornata lì. Vieni con noi?»

«No, non mi va...»

«E cosa vuoi fare? Startene a casa da sola tutto il giorno? È Ferragosto, figlia mia, svagati un poco.»

«Magari vi raggiungo in spiaggia, eh?»

Salvatora la fissò, con aria impensierita. «Perché non passi a prendere Teresa e venite insieme?»

Agnese si tirò a sedere. «Mamma, io Teresa non la vedo da settimane. Non siamo più amiche come prima. Anzi non so neanche più se siamo amiche...»

«Ma che fesserie!» ribatté Salvatora, mettendosi in piedi. «L'amicizia mica finisce così, scusa. Capita, ci si allontana, ma poi ci si ritrova...» Sollevò da terra il vestito di Agnese e lo posò sullo schienale della sedia.

«E tu come fai a saperlo? Non ne hai, di amiche...» mormorò Agnese.

La madre le lanciò un'occhiata offesa. «Stai mettendo la testa fuori dal sacco, eh, signorina? Ormai rispondi, dici la tua... Ma che ho fatto io di male, con 'sti figli...» brontolò, uscendo dalla camera da letto.

Agnese si rimise distesa e fece vagare lo sguardo nella stanza, soffermandosi poi sulla foto in bianco e nero dei nonni, quella che si era portata via dal saponificio e che da allora teneva sul comò. Sul muro aveva appeso il diploma di laurea di Renato e i manifesti pubblicitari disegnati da Lorenzo. *Sono così belli, mille volte più belli di quelli di Pel di Carota,* pensò. Infine spostò lo sguardo sui premi ricevuti dalla saponetta *Marianne,* che aveva messo sul muro di fronte, e si immalinconì di nuovo. Proprio non riusciva a farsene una ragione: per quale motivo aveva smesso di piacere alla gente così, dall'oggi al domani? Cosa c'era che non funzionava più, in quella saponetta? Per quanto si sforzasse, proprio non riusciva a trovare una risposta. Di una cosa era certa: la *Marianne* non poteva essere cancellata come se non fosse mai esistita, non l'avrebbe mai permesso. Per i nonni, per lei... e pure per suo fratello.

Una soluzione doveva pur esserci, ma quale?

Rimase a letto a spremersi le meningi per tutta la mattinata, pensando a come poteva convincere Colella a rimetterla in produzione. Poi, spinta dai morsi della fame, scese in cucina.

Sul tavolo trovò il suo posto apparecchiato per la colazione, insieme a due fette di pane e un vasetto di marmellata di limoni, quella fatta da Salvatora coi frutti del loro albero. Mentre spalmava la marmellata profumatissima, canticchiando di nuovo *Bongo cha cha cha*, ripensò all'idea del sapone agli agrumi, quella che purtroppo non aveva fatto in tempo a realizzare... *Che peccato*, si disse. *Sarebbe stata proprio una gran bella saponetta*. E fu in quel momento che ebbe un'intuizione. *Ma certo*, pensò, *ecco cosa posso fare per la* Marianne! *Posso riformularla!* Come il nonno aveva inventato la *Marianne* per amore, lei da quell'amore sarebbe partita e ci avrebbe aggiunto il proprio, quello che provava per il suo bel ragazzo dagli occhi blu.

Una nuova Marianne. *Una* Nouvelle Marianne. *Sì, si chiamerà così*, decise. Fece un grande sorriso e addentò la fetta di pane.

Lorenzo arrivò alla villa al mare dei Guarini ed ebbe la sensazione che non ci fosse nessuno. Non si sentivano rumori, eccetto il gorgoglio del mare, quel giorno un po' mosso. Bussò, ma nessuno venne ad aprire; così gironzolò per un po' intorno ai portici, poi tornò indietro, abbassò la maniglia della porta, e questa inaspettatamente si aprì.

« C'è qualcuno? » chiamò.

Apparve una domestica che reggeva un vassoio d'argento, colmo di tartine. « E lei chi è? »

« Mi chiamo Lorenzo Rizzo, sono ospite dei signori Guarini... »

« Li trova tutti in spiaggia », lo interruppe la donna.

« Va bene, grazie », mormorò lui. Fece per andarsene, poi si girò. « Scusi, ma quale spiaggia, precisamente? »

« La loro... Segua le scale in giardino », gli spiegò la donna, e si allontanò rapidamente, come se quel breve scambio le avesse fatto perdere del tempo preziosissimo.

Però! Una spiaggia privata! pensò Lorenzo, scorgendo la distesa di sabbia al termine della lunga scalinata. Adocchiò subito Doriana, sdraiata su un asciugamano, e le si avvicinò, non potendo fare a meno di notare il costume bianco a due pezzi che la ragazza indossava e che metteva in risalto il corpo piccolo ma ben fatto. Tossicchiò per avvisare della sua presenza, e Doriana sollevò la testa, rivolgendogli subito un grande sorriso, uno di quelli che facevano comparire le fossette.

« Lei è il primo! Non la aspettavamo così presto! » disse, mettendosi a sedere. « Mamma e papà sono in acqua, eccoli lì... » aggiunse, indicandoli.

Lorenzo si sedette sulla sabbia, accanto a lei. « Doriana, devo chiederle una cosa davvero molto importante », disse poi, in tono serissimo.

La ragazza lo fissò, come intimorita da quel tono.

« Possiamo darci del tu? Ti prego », concluse allora lui, sfoderando un sorriso.

Lei ridacchiò, poi rispose soltanto: «Sì. Possiamo».

Gli ospiti arrivarono a gruppi e, nel giro di un paio d'ore, erano così tanti che Lorenzo aveva perso il conto. C'era però Doriana che lo accompagnava dall'uno all'altro, facendo le presentazioni. «Lui è il signor Lorenzo Rizzo, della prestigiosa Galleria Ingrosso», diceva.

Di tanto in tanto, senza farsi sentire da Doriana, Lorenzo chiedeva a qualcuno che ora fosse; Angela e Fernando lo stavano aspettando ad Araglie, e lui aveva l'impressione di essersi trattenuto lì più a lungo del previsto. Quando un tizio gli rispose che mancava un quarto alle dodici, fu colto dall'ansia: aveva promesso ad Angela che sarebbe arrivato al massimo per mezzogiorno. *Devo andarmene subito*, pensò. Cercò Doriana, che si era allontanata per andare a prendere da bere e, quando finalmente la trovò, intenta a chiacchierare con due ragazze, la prese gentilmente da parte e le disse che gli dispiaceva molto, ma doveva proprio andare.

«Ma come?» esclamò lei, imbronciandosi. «Te ne vai di già? Resta almeno per il pranzo...»

«Mi piacerebbe tanto, ma non posso. Davvero.» Le sollevò una mano e la sfiorò con un bacio. «A presto... anzi ciao», si congedò, con un sorriso.

Come temeva, arrivò ad Araglie con più di un'ora di ritardo. *Angela sarà furiosa*, pensò, mentre parcheggiava la macchina sul lungomare e si affrettava a scendere in spiaggia.

Alla fine, in mezzo alla folla, intravide Angela e la raggiunse ma, quando si chinò per baciarla, lei si scostò, fissando dritto davanti a sé.

«C'era un traffico che neanche ti immagini, non è colpa mia», sospirò Lorenzo, sedendosi sull'asciugamano.

« Potevi prevederlo, e partire prima », ribatté Angela, senza guardarlo.

Lorenzo sbuffò, e si distese, con le mani intrecciate dietro la testa. « E pensare che ho corso come un matto per arrivare da te il prima possibile », mormorò. « Se avessi saputo che mi aspettava quest'accoglienza, avrei evitato di rischiare la vita, perlomeno. »

Angela si voltò. « Come hai fatto a correre come un matto, se c'era traffico? » chiese, sollevando un sopracciglio.

In quel momento arrivò Fernando. Era appena uscito dall'acqua, sorridente e con la faccia rilassata. Lorenzo si mise in piedi all'istante. « Ciao, *neh* », gli disse, abbracciandolo stretto.

Angela si alzò, raggiunse il bagnasciuga e si tuffò in mare.

« L'hai fatta arrabbiare, eh? » disse Fernando, in tono scherzoso. E si sedette.

« Ho fatto tardi, e ora vengo crocifisso », rispose Lorenzo, ironico. Prese posto accanto all'amico e accese una sigaretta.

« Come va a Lecce? Stai bene? »

Lorenzo soffiò fuori il fumo e si adagiò su un fianco. « Sì, diciamo che sto bene. Mi sto ambientando; non sono lì da tanto. Certo, se tua sorella mi rendesse le cose più facili... » Esitò. « Scusami, non dovrei parlarne con te, cancella quello che ho detto. »

Fernando gli mise una mano sulla spalla. « Lore, non ti scusare. So cosa hai passato, so tutto. E capisco perché sei andato via, capisco cosa stai cercando, al tuo posto forse avrei fatto la stessa cosa. Però... »

« Lo sapevo che c'era un 'però' », mormorò Lorenzo.

L'amico lo fissò negli occhi, poi strinse la presa sulla

spalla. «Sei mio amico e, se tu sei contento, lo sono pure io. Ma devo dirti quello che penso, come ho sempre fatto, altrimenti non saremmo amici da quasi vent'anni, no?»

Lorenzo annuì, spegnendo la sigaretta nella sabbia.

«Io lo so che hai sofferto, Lore», continuò Fernando, «e so che soffri ancora, per la tua fabbrica. Quando Angela me l'ha raccontato, non ci potevo credere. Casa Rizzo sei tu, anzi siete tu e Agnese... Lo siete sempre stati. E comprendo la tua rabbia, la voglia che hai di riprendertela, e so che farai carte false pur di riuscirci. Però, ecco, nel frattempo non lasciare per strada chi ti vuole davvero bene, a prescindere da ciò che possiedi o dal posto che occupi nel mondo. Parlo di Angela, di Agnese, dei tuoi genitori...»

Lorenzo ebbe uno scatto infastidito.

«Quello che voglio dirti è di non lasciarti trascinare sul fondo dalla rabbia, dall'orgoglio, dalla voglia di averla vinta, perché intanto rischi di perdere qualcosa di importante, di più importante di una fabbrica: le persone. E perdere quelle, amico mio, fa molto, molto più male. Cerca di capirlo prima che sia troppo tardi, va bene?»

Lorenzo prese un respiro e gli lanciò uno sguardo. Poi annuì lentamente, chiudendo gli occhi.

«Hai visto? C'è tuo figlio», disse Salvatora, con la voce che tremava. E indicò Lorenzo, che era a pochi metri da loro.

«Ma dove?» rispose Giuseppe, allungando il collo e scandagliando il mare di ombrelloni.

«Lì, a riva, accanto all'ombrellone bianco e blu. Sta

parlando con Fernando. Ci sta pure Angela», disse Salvatora, e si portò all'indietro i capelli bagnati.

«Ah, ora l'ho visto...»

La donna indurì lo sguardo. Vibrava di rabbia. «Ma guardalo, sta lì, spensierato, come se non c'avesse più una famiglia. Cosa l'ho cresciuto a fare, se questa è la ricompensa? Sparito. Puff. Meno male che c'è mio fratello, che mi dice cosa fa mio figlio. Se no mica ne sapevo più niente... E quell'altra, poi», disse, riferendosi ad Angela, «sparita pure lei. Dopo che per una vita si è seduta alla nostra tavola. Fosse venuta una volta, a trovarci, in tutti questi mesi. E pensare che c'ha pure l'anello di tua madre al dito... Roba da non credere...» E scosse la testa.

Giuseppe le posò una mano sulla schiena. «Non ci pensare, su. Per adesso le cose stanno così, e non ci possiamo fare niente. Prima o poi si renderà conto di quello che ha fatto, vedrai. E verrà a chiederci scusa.»

«Tzè, credici», sbottò lei. «Di noi se ne frega, ormai, questa è la verità.»

Giuseppe non replicò. Rimasero per qualche minuto in silenzio, poi lui disse: «Qui fa troppo caldo. Torniamo a casa? Magari ci facciamo una bella partita a carte. Tanto vinci tu, come sempre». E le sorrise.

Quando Salvatora e Giuseppe entrarono in cucina, coi capelli arruffati dal sale e coi piedi sporchi di sabbia, trovarono Agnese che dormiva seduta al tavolo, con la testa appoggiata sulle braccia incrociate; intorno a lei, c'erano i libri di chimica, di botanica e di coltivazione erbacea che erano appartenuti a Renato, il prezioso manuale delle essenze che lui stesso aveva meticolosamente compilato, e il quaderno della stessa Agnese, quello con la copertina nera e i bordi rossi, aperto su due pagine piene di formule, dosi e calcoli.

Salvatora e Giuseppe si guardarono. Poi lei si allontanò, mormorando che andava di sopra a riempire la vasca da bagno. Lui invece si trattenne in cucina ancora per qualche istante. Guardò la figlia addormentata, piegò le labbra in un piccolo sorriso e le accarezzò dolcemente la testa.

11

Ma ce n'è una che prende la luna

settembre 1959

Ecco, dovrebbe essere qui, si disse Lorenzo, e bussò alla porta. Venne ad aprire un ragazzo sui vent'anni, con indosso un grembiule bianco imbrattato di colore. Anche i capelli, biondi e lunghi fino alle spalle, erano macchiati di pittura, al pari della mano dalle unghie curate che tese a Lorenzo.

« Benvenuto! Sei puntuale, eh! » esclamò il ragazzo, con un sorriso che rivelava denti bianchissimi. « Vieni, entra. » E gli fece strada fino a una stanza dalle ampie vetrate, luminosa e rassettata, zeppa di tele bianche, dipinti, barattoli di pennelli e tubetti di tempere allineati per gradazione di colore. L'aria era impregnata di un forte odore di trementina e fumo di sigaretta.

« Accomodati », gli disse, indicando uno sgabello di legno.

Lorenzo si sedette. « E così questo è il tuo studio », mormorò, dando uno sguardo all'intorno. « Mi piace, è accogliente. È così... sfacciatamente ordinato. »

« Per forza », rispose l'altro, serissimo. « Io, nel disordine, non riesco nemmeno a pensare. »

« Be', ogni artista ha il proprio metodo », commentò Lorenzo, con un sorriso.

Il ragazzo si chiamava Nicola Santoro, e Lorenzo lo aveva conosciuto qualche giorno addietro, all'inaugurazione di una mostra collettiva; un'esposizione non particolarmente entusiasmante, a dire il vero, tranne che per un'opera, l'unica che avesse catturato la sua attenzione. Era una tela grinzata, piena di pieghe in rilievo che raffiguravano il corpo di una donna; nella didascalia che accompagnava il dipinto, c'era scritto: « Nicola Santoro, *Nudo materico*, Gesso, colla e caolino su tela di iuta, 1959 ». *Però! Mai vista una cosa del genere. Sembra quasi... una scultura*, aveva pensato Lorenzo. Si era messo a cercare l'autore per tutta la sala, finché il curatore della mostra, un uomo di mezz'età coi capelli impomatati, non gliel'aveva indicato: « È quel biondino che sta fumando sul balcone ». L'aveva raggiunto e si era presentato come: « Lorenzo Rizzo della Galleria Ingrosso ». E poi si era lanciato in una serie di complimenti entusiasti; gli aveva confessato di aver incontrato tanti giovani pittori, e visionato altrettante opere, ma ciascuna, in qualche modo, lo aveva deluso. Nessuna aveva davvero qualcosa di nuovo da dire. « Nessuna tranne la tua », aveva aggiunto, con un sorriso. Erano rimasti a chiacchierare e fumare per più di mezz'ora, finché Lorenzo non gli aveva chiesto di poter dare un'occhiata agli altri suoi dipinti, se ce n'erano.

« A cosa stai lavorando? » gli domandò Lorenzo, con un cenno alla grande tela poggiata sul cavalletto.

Nicola si torse le mani. « È un paesaggio astratto », spiegò. « Sono pezzi di stoffa intinti nel gesso. »

Lorenzo si tirò su e si avvicinò al dipinto. Lo osservò a lungo, sfiorando gli avvallamenti e le rientranze della stoffa modellata. *Pare che il soggetto esca dalla tela. Molto, molto interessante*, pensò.

« In questi hai utilizzato la stessa tecnica? » gli domandò poi, accovacciandosi davanti a un paio di quadri poggiati per terra che, con pennellate dal tratto continuo, ritraevano un volto maschile con una lunga cascata di capelli e due mani rugose che si sfioravano.

« Sì, la stessa. Quello è un autoritratto. Nell'altro, invece, ho dipinto le mani di mia nonna... » rispose il ragazzo.

Lorenzo si sollevò in piedi, e si accese una sigaretta.

« Pensavo... Come la vedresti una mostra personale alla Galleria Ingrosso? » disse poi, soffiando via il fumo e rimettendosi a sedere.

Nicola strabuzzò gli occhi. « Una mostra tutta mia? Sul serio? »

« Sul serio », rispose Lorenzo, con un sorriso. « Pensavo a una decina di quadri. Compresi questi che ho appena visto. Di quanto tempo hai bisogno per preparare gli altri? »

« Dieci quadri... » sussurrò Nicola assorto, passandosi una mano sul viso.

« Mi piacerebbe inaugurare prima di Natale. Il preavviso è poco, lo so. Ma dimmelo tu: pensi di farcela? »

Il ragazzo rialzò lo sguardo: aveva occhi a mandorla, del colore delle foglie in autunno. « Sì, sì, ce la faccio... Lavorerò giorno e notte », concluse, con uno slancio autentico.

Lorenzo uscì dallo studio di Nicola con l'aria soddisfatta. *La prima mostra organizzata completamente da me... Non vedo l'ora di dirlo allo zio. Già me la immagino, la sua faccia contenta,* pensò, incamminandosi sul viale oltre Porta San Biagio.

Passò davanti al Cinema-teatro Massimo e adocchiò la

locandina affissa all'esterno. *Ah, bene! C'è un film nuovo.* E si avvicinò per curiosare. «*'I 400 colpi.* Il film di François Truffaut che ha trionfato al festival di Cannes'», lesse. *Ah, sì,* si disse. *Tempo fa avevo visto una recensione... Ne parlavano molto bene.*

Stava per entrare a comprare il biglietto per il primo spettacolo del pomeriggio, ma poi si fermò. *Perché devo vedere l'ennesimo film da solo?* rifletté. *Stavolta potrei invitare qualcuno... Potrei invitare... ecco, Doriana, per esempio!* In un guizzo di entusiasmo, decise che le avrebbe telefonato subito. S'infilò nel primo bar che trovò lungo la strada, comprò due gettoni e si diresse sul retro, lì dove c'era il telefono.

«Casa Guarini», rispose la cameriera, con la sua inconfondibile voce nasale.

«Buongiorno, Rosa, sono Lorenzo Rizzo, della Galleria Ingrosso. Cercavo Doriana...»

Dall'altra parte ci fu un attimo di silenzio. «Vado a chiamarla», disse poi.

Quando sentì Doriana esclamare: «Lorenzo! Che piacere sentirti», fece cadere il secondo gettone.

«Ciao, Doriana. Senti, pensavo...» esordì lui. «Ti andrebbe di venire al cinema? Danno *I 400 colpi,* è di un regista francese...»

«François Truffaut, sì, lo so. Ha vinto il Prix de la mise en scène a Cannes», lo interruppe lei, rivelando un impeccabile accento francese.

Lorenzo sorrise, piacevolmente sorpreso: di solito era lui quello informato su film e registi, premi e festival. Era la prima volta che parlava con qualcuno che pareva saperne quanto lui. «Esatto», mormorò.

«Ci vengo volentieri, avevo già intenzione di vederlo», disse Doriana. «Io sono libera venerdì nel pomeriggio, ti andrebbe bene?»

«Venerdì. Sì, certo», esclamò Lorenzo.

«Benissimo, allora. A che ora vieni a prendermi?»

Lorenzo tentennò. *Credevo che ci saremmo visti direttamente al cinema. Messo così, ha tutta l'aria di un appuntamento galante,* rifletté, con un vago senso di disagio. «Mmm... alle cinque?»

Fece appena in tempo a dirlo, prima che cadesse la linea. Con un'alzata di spalle, Lorenzo riattaccò. Pensò che, in fin dei conti, non c'era bisogno di richiamarla.

Sebbene la porta dell'ufficio fosse chiusa, le grida di Colella riecheggiavano in tutta la fabbrica.

«Si è svegliato con la luna storta, stamattina», borbottò Vito, mentre caricava i blocchi di sapone refrigerati sul nastro che li trasportava al piano superiore.

«Eh, certo. Perché gli altri giorni ti pare dritta?» gli rispose Dario, maneggiando una delle caldaie.

Agnese tese l'orecchio. «Sembra che stia parlando al telefono... Ma non si capisce cosa dice.»

«Vito, va' a sentire, va'», gli ordinò Dario.

L'uomo lo guardò di traverso. «E perché proprio io? Vacci tu, no?»

«Ci vado io! Sono troppo curiosa», annunciò Agnese. Corse fino alla porta chiusa e origliò, poggiandoci contro un orecchio.

«Ma cosa ti pago a fare?» stava sbraitando Colella. «Dovevi tenermi informato su ogni singolo passo che facevano. Ti pare normale che 'sta cosa l'ho dovuta scoprire stamattina sul giornale? Non ci credo che non ne sapevi niente... Chi vuoi prendere in giro? Non me ne faccio un tubo delle tue scuse! Ti saluto. »

Sentì che Colella riagganciava rumorosamente, strascicava la poltrona all'indietro e avanzava a passi pesanti sul pavimento.

In un battibaleno, Agnese ritornò al proprio posto.

« Allora? » le domandò Dario.

« Sstt », rispose lei, ansimante, portandosi un dito alla bocca.

In quel momento, Colella spalancò la porta dell'ufficio e, con l'aria ingrugnita e il sigaro tra i denti, uscì dal saponificio. Mise in moto la Giulietta e schizzò via.

Agnese aspettò che l'automobile si immettesse sulla strada sterrata e, quando sentì il rombo del motore farsi lontano, si fiondò di nuovo nell'ufficio. *Voglio proprio sapere cosa ha visto sul giornale...*

« Agnese! Ma dove corri? » le gridò dietro Dario.

Entrò e si mise a rovistare sulla scrivania. Tra documenti e fogli vari, trovò *La Gazzetta del Mezzogiorno,* ripiegata su una pubblicità che occupava metà pagina: PER UNA RASATURA IMPECCABILE ED ECCEZIONALE. CON LA NUOVA SPUMA PER BARBA COLELLA, IN CONFEZIONE AEROSOL, RADERSI DIVENTERÀ UN PIACERE OGNI GIORNO! Sotto l'annuncio, c'era un uomo col rasoio in mano, con una metà del volto sbarbata e l'altra ricoperta di spuma.

Ecco cosa l'ha fatto arrabbiare, rimuginò Agnese. *I suoi fratelli hanno lanciato questa novità sul mercato, prima di lui, e non può sopportarlo.*

« E tu che ci fai qui? » La voce di Mario, appoggiato allo stipite con un'espressione stupita, la fece trasalire.

« Mario... mi hai fatto prendere un colpo », disse lei,

posando una mano sul cuore, in un gesto spiccicato a quello che faceva sua madre.

«Ancora qua stai? Non avevi chiesto mezza giornata di permesso? Era per oggi, no?»

«Sì, oggi. Ma perché, è già ora?»

Lui lanciò un'occhiata all'orologio da polso. «Eh, be', è quasi l'una.»

Agnese sgranò gli occhi. «Accipicchia, ma è tardissimo!» esclamò, e uscì di corsa dall'ufficio, passando davanti a Mario come un razzo.

Giunse al porto accaldata e col respiro affannato; si fermò sulla banchina, tra il vocio diffuso di commercianti, lavoratori del porto e pescatori indaffarati. La nave mercantile stava attraccando, su un mare increspato dal forte vento di scirocco. Agnese si riparò gli occhi dal sole e alzò lo sguardo: con un tuffo al cuore, avvistò Giorgio sul ponte, intento alle manovre di ormeggio. Accanto a lui, stava Baciccia.

Agnese agitò un braccio per aria, ma Giorgio neppure se ne accorse. Fu Baciccia a notarla: la fissò per un po', con uno sguardo incuriosito, poi diede un colpo di gomito a Giorgio e indicò in basso. *Ecco, finalmente mi ha visto!* pensò lei. Giorgio appoggiò le mani sulla ringhiera e si sporse in avanti, indirizzandole un grande sorriso. Lei gli sorrise di rimando e, quando alzò di nuovo il braccio per salutarlo, una raffica di vento le sollevò fino a metà coscia la lunga gonna a fiori bianchi e blu. «No, accipicchia!» esclamò. Per una manciata di secondi Agnese lottò contro il vento, ma, dato che non c'era verso di tenere ferma la gonna, le toccò accovacciarsi e aspettare che la folata passasse. *Che figuraccia, mannaggia a 'sta gonna*, pensò, rialzandosi. Sollevò gli occhi su Giorgio e lo sorprese a sganasciarsi dalle risate: da lassù, doveva essersi goduto tutta la scena. *La sua risata... Uno dei suoni più belli del mondo.* Non poteva sentirla da quella distanza, ma le bastò immaginarla, così cristallina e irresistibile, perché scoppiasse a ridere pure lei.

Di lì a poco, Giorgio sbarcò, raggiunse rapidamente Agnese e si slanciò ad abbracciarla.

« La mia capelli pazzi... *Belin*, quanto mi è mancato, il tuo odore », le sussurrò, tenendola stretta.

Poi si staccò e la guardò dritto negli occhi; con delicatezza le prese il viso tra le mani e le diede un bacio sulle labbra. Alcuni marinai, appena scesi a terra anche loro, presero a fare versi sguaiati. « E bravo Belesecche! *Er* Rodolfo Valentino *de noantri*! » scherzò uno di loro, in romanesco. Agnese avvampò, imbarazzata. « Ignorali, sono dei *nesci* », disse Giorgio, con una smorfia allegra.

Percorsero il lungomare tenendosi per mano, mentre la radio del chiosco di bibite trasmetteva a tutto volume: « *Tintarella di luna, tintarella color latte... tutta notte sopra il tetto... sopra il tetto come i gatti, e se c'è la luna piena, tu... diventi candida...* »

Agnese prese a canticchiare sottovoce: « *Tin tin tin, raggi di luna... tin tin tin, baciano te...* »

Giorgio si voltò, con un'espressione divertita.

« Mi piace, questa canzone », spiegò lei. « Mi mette allegria. »

Lui sorrise e le scoccò un bacio sulla guancia.

Andarono all'Osteria da Pino e, dopo aver ordinato un quartino di vino rosso, attaccarono a parlare senza sosta: lui le disse quanto era stato contento di rivedere i suoi fratelli, a Savona, e di come ormai crescessero a vista d'occhio. « Enrico tra poco diventa alto quanto me, da non credere. E Luca... è il più bravo della sua classe. Specialmente in matematica. Meglio così: vorrà dire che sarà lui a occuparsi dei conti della ditta! » concluse.

Agnese annuì, e appoggiò la guancia sul palmo della mano. Aveva i pomelli delle guance tutti rossi e lo fissava con occhi velati.

« *Belin,* ma sei già ubriaca? » le domandò.

Lei si raddrizzò. « Non lo so. Non credo. Mi sento solo un po'... come posso dire... leggera, ecco. » E gli rivolse un sorriso rilassato.

Giorgio rise. « Va bene, però niente più vino, per oggi. » E tirò a sé il bicchiere di lei. « Adesso tocca a te. Cosa mi sono perso, in queste settimane? »

Agnese intrecciò le braccia sul tavolo. « Be', una novità c'è, in effetti. Ho riformulato la *Marianne.* »

« Come 'riformulato'? Spiegami meglio », disse lui, e si protese in avanti.

Allora Agnese gli raccontò della discussione con Colella, della sua decisione assurda di cancellare la *Marianne,* di lei che non se ne capacitava e di quanto si fosse arrovellata per cercare una soluzione. « E così mi sono detta: posso riformularla e migliorarla! E Colella si convincerà a rimetterla in produzione. L'ho chiamata *Nouvelle Marianne.* E... l'ho creata pensando a te », aggiunse con un filo di voce, abbassando lo sguardo.

« A me? » si stupì Giorgio, vagamente lusingato. Allungò le mani sul tavolo e racchiuse quelle di Agnese tra le sue. « Ma davvero? Hai fatto un sapone per me? Come tuo nonno per la sua Marianna? » Sentì il cuore gonfiarsi di tenerezza.

Lei rialzò gli occhi e annuì, con un sorrisino. « La voglio fare blu. Come i tuoi occhi belli. Avrà una base talcata, come la *Marianne,* ma con l'aggiunta di un pizzico di vaniglia, un cuore al mirtillo e, in testa, quasi impercettibili, le note agrumate del limone e del mandarino. »

Giorgio la ascoltava ammirato, e allo stesso tempo con un impreciso senso di soggezione. *È incredibile. Ogni volta finisce per dire o fare qualcosa che mi lascia senza parole,* pensò.

« Ho comprato tutte le essenze e ci ho lavorato in casa per settimane. Ho fatto non so quante prove, volevo che il profumo fosse... unico! » continuò lei. « E, ora che ho messo a punto la ricetta, sono pronta per proporla a Colella. »

Lui corrugò la fronte.

« Perché fai quella faccia? » chiese lei.

« Sicura che sia una buona idea? Finirà per rubartela e prendersi il merito, come per l'*Inés*. Non è giusto. »

Lei fece spallucce. « Lo so... Ma che alternativa ho? »

« Be'... e se gli presentassi la saponetta già bella e finita? Senza rivelargli la ricetta. Quella la conoscerai soltanto tu. Così, un domani, porterai la formula con te, quando fonderai la *tua* Casa Rizzo. Ovunque sarà... » aggiunse poi, pronunciando le ultime due parole quasi tra sé, in un sussurro.

Agnese lo scrutò, pensierosa, come se stesse ponderando seriamente l'idea. « Sì, ma come faccio? » disse invece. « Non posso lavorarci mentre sono in fabbrica. Colella se ne accorgerebbe. No, è impossibile », concluse, scuotendo la testa.

Ci fu un breve silenzio.

« E se... » mormorò lui. Di colpo si illuminò in viso e ostentò un sorrisetto. « Hai ancora la chiave del saponificio? »

« Be', sì. Colella non ha mai cambiato il portone... Ma perché? »

« Lui sa che tu hai la chiave? »

« No... non l'ha mai saputo, se è per questo. Ha preso quella che era di papà. Credo proprio non sappia che io e Lorenzo ne abbiamo una copia a testa. »

« E... c'è mica un custode notturno? »

« Direi proprio di no », rispose lei. « Lo saprei, se ci fosse. Mario mi dice tutto. »

« E tu sai come far funzionare le macchine? »

« Certo che lo so... » Lo guardò con l'aria smarrita. Proprio non capiva cosa gli stesse passando per la testa.

« Allora ecco come faremo! » esclamò Giorgio, dando un colpetto sul tavolo che fece vacillare i bicchieri. « Ci andremo stanotte. Ti aiuterò io! Ci chiuderemo dentro la fabbrica e ne usciremo prima dell'alba. Ma non da soli: con la *Nouvelle Marianne*! »

Agnese lo guardò allibita. « Ma che dici? Non si può fare. »

« E perché no? »

« È troppo rischioso... E se ci scoprono? »

« Come potrebbero? Non ci scoprirà nessuno, fidati. »

« Ma poi cosa dico ai miei? Non ho mai passato la notte fuori di casa... »

« E mica glielo devi dire. Esci di nascosto quando sei sicura che si siano addormentati. Sapessi quante volte l'ho fatto, io », disse, con un cenno della mano.

« Mmm... Sì, però, se qualcosa va storto e ci scoprono... » insistette lei.

« Quanto ci tieni a questa saponetta? Da uno a dieci », tagliò corto lui.

« Undici... » ribatté lei.

Lui la fissò, col sorriso di chi non si aspettava una risposta diversa. E le fece l'occhiolino.

Il pomeriggio di venerdì, Lorenzo arrivò dai Guarini in anticipo. Parcheggiò al solito posto sul piazzale e, smontando dalla Gran Luce, notò due uomini alti e dalle braccia muscolose che stavano scaricando da un furgoncino un'ingombrante scatola di cartone rettangolare.

« Da questa parte, prego », disse loro la cameriera, ritta sul portone, mentre i due trascinavano il pacco per le scale.

« Buonasera, Rosa », la salutò Lorenzo, avvicinandosi. « Sono venuto a prendere Doriana. »

« Entri, entri. La signorina Doriana non è ancora pronta », rispose la donna, richiudendo la porta. « Può aspettare qui. » E, con aria affaccendata, tornò a occuparsi dei due uomini. « La cucina è di sotto. Le scale a sinistra, seguitemi. »

Lorenzo attese nel vasto ingresso per qualche minuto, dondolandosi avanti e indietro sui talloni. *Chissà cosa c'era, in quel pacco*, pensò. *Sarà uno di quei nuovi elettrodomestici...* Si disse che tanto valeva dare una sbirciatina, piuttosto che starsene lì a far nulla. Scese due rampe di scale, si fermò sulla soglia della cucina e spiò da dietro lo stipite: i due uomini avevano levato l'involucro di cartone e adesso stavano posizionando un frigorifero in un angolo vuoto, sotto lo sguardo meravigliato della cameriera. Era la prima volta che Lorenzo ne vedeva uno da vicino: era bianco, bombato, con gli angoli arrotondati. *Ma sì! È quello della pubblicità « Bravo... bravissimo! Freddo... freddissimo! »*

E gli venne da ridere. *Che slogan imbarazzante... quasi come quelli che usa quel pallone gonfiato di Colella,* pensò, con una smorfia di sufficienza.

Ritornò di sopra nell'istante in cui Doriana stava scendendo dalla grande scalinata, tenendosi al corrimano smaltato in oro. Indossava un abito giallo a giromanica, con un'ampia gonna al ginocchio e un nastro nero che le strizzava la vita sottile. Lo scollo morbido lasciava scoperta la pelle candida del décolleté. Osservandola mentre gli andava incontro con un sorriso disinvolto e le labbra dipinte di rosso, Lorenzo non poté fare a meno di pensare che non era mai stata così carina.

Raggiunsero l'automobile e, mentre lui apriva la portiera dalla parte del conducente, Doriana si bloccò dall'altro lato, con le mani intrecciate, e lo fissò con l'aria di chi stava aspettando qualcosa.

Lorenzo la interrogò con lo sguardo, e lei, con un cenno divertito, indicò la portiera.

«Oh, porca vacca», sibilò lui. Fece il giro e subito le aprì lo sportello. «Scusami», mormorò poi, con un sorrisino imbarazzato.

«Galleria o platea? La galleria costa 180 lire, la platea 130», disse con voce monocorde l'uomo alla biglietteria del cinema, un tizio con le guance scavate e l'espressione annoiata.

«Galleria, ovviamente», rispose Doriana, e posò una mano sul braccio di Lorenzo.

Lui le restituì un sorriso a labbra strette e pagò per entrambi.

In una sala piena per metà, Lorenzo guardò il film senza dire una parola per tutto il tempo. Di tanto in tanto, Doriana si voltava verso di lui e ne osservava l'espressione concentratissima, come rapita. Una volta finito il film, Lorenzo continuò a rimanere in silenzio e, nel tragitto dalla sala all'uscita, avanzò a testa bassa, con le mani nelle tasche dei pantaloni.

« Hai perso la parola? » scherzò lei, quando sbucarono nello spiazzo davanti al cinema.

Lui rialzò la testa. « Scusami, sto ancora pensando al film », rispose, trasognato. E si accese una Gauloise.

« E...? »

« Ed è un capolavoro, un'epifania... »

Lei gli rivolse un sorriso con le fossette. « Cosa ti è piaciuto di più? »

Lorenzo soffiò fuori il fumo. « Ho amato, ma amato letteralmente, l'assenza di sentimentalismo e di retorica, sebbene racconti una storia drammatica, feroce », spiegò. « Sembra quasi un documentario... Seguiamo le giornate di questo bambino, lo vediamo alle prese con una scuola che non lo capisce, con genitori che non sanno dargli affetto, con una società che reprime e basta... »

« Già. È un film che sa porsi le stesse domande che un tredicenne si farebbe tutti i giorni. »

« Proprio così! » esclamò lui.

« Mi ha colpito la scena con la psicologa », disse Doriana, avviandosi verso l'automobile. « Hai notato che non c'è controcampo? Come se il regista avesse voluto sottolineare la condizione di solitudine di Antoine, il suo essere incompreso... »

Lorenzo non riuscì a ribattere, affascinato dall'acume di quell'osservazione. *Non mi è mai capitato di poter parlare di cinema in questo modo, con nessuno,* pensò. Angela non era mai stata una spettatrice attenta o appassionata, e ogni volta toccava a lui chiarirle il significato profondo del film, farle notare questo o quel dettaglio che a lei puntualmente era sfuggito.

« E poi il finale, con la fuga dalla realtà che si interrompe in riva al mare... » stava dicendo Doriana.

« Sì. E l'inquadratura stretta sul suo sguardo pieno d'angoscia », proseguì lui. « Struggente. »

Continuarono a parlarne anche durante il tragitto verso casa. Concordarono sul fatto che, per alcuni aspetti, il film somigliava a certe pellicole neorealiste, e per altri tuttavia se ne discostava. Pur partendo da quel modo di fare cinema, notò Doriana, il film di Truffaut ne aveva inaugurato un altro, con caratteristiche completamente nuove.

« Eccoci arrivati », disse Lorenzo, spegnendo la Gran Luce. Si girò verso Doriana e le rivolse un piccolo sorriso.

Lei ricambiò e si strinse nelle spalle.

« Non ti muovere, vengo ad aprirti », disse lui.

L'aiutò a scendere, offrendole la mano, e la accompagnò fino al portone.

« Grazie per avermi invitato », disse lei, prendendo la chiave dalla borsetta. « Spero che lo farai ancora. » E lo guardò intensamente, coi suoi vispi occhi verdi.

« Contaci. È un piacere guardare i film con te », rispose lui. « Allora a presto, Doriana », la salutò.

Lei continuava a fissarlo, con la chiave stretta nella mano, come se non riuscisse a decidersi se aprire il portone o no.

« Vado... » mormorò Lorenzo.

Con un'aria vagamente delusa, Doriana annuì ed entrò in casa.

Non appena risalì in macchina, Lorenzo si addossò allo schienale e fece un gran respiro; si sentiva d'un tratto strano, inquieto, come se fosse appena scampato a un pericolo. Si passò una mano tra i capelli scarmigliati, si cacciò una sigaretta tra le labbra e partì.

Al buio, Agnese non riusciva a centrare la serratura.

«Accipicchia, non vedo niente...»

«Aspetta, ti faccio luce», bisbigliò Giorgio, puntando la torcia. L'aveva presa in prestito, se così si poteva dire. Agnese era stata categorica: accendere le luci della fabbrica era fuori discussione, sarebbe stato troppo rischioso. Toccava pensare a un'alternativa. Lui ci aveva riflettuto per qualche istante. «Trovato!» aveva esclamato poi. Così era risalito sulla nave e si era messo a frugare nella cabina, finché non aveva trovato la torcia di Baciccia nell'armadietto. *La rimetterò a posto domattina, non se ne accorgerà nemmeno.*

Agnese spalancò il portone lentamente, badando a non farlo cigolare, sebbene intorno regnasse un silenzio più cupo della notte, e non si udisse anima viva nei paraggi.

Rischiarando con la torcia, avanzarono nella fabbrica disabitata e muta. Agnese aveva il batticuore: per tutto il giorno non era riuscita a scrollarsi di dosso la paura di essere scoperta. *Se succedesse...* aveva rimuginato, in preda all'angoscia. *Colella prima mi sbatterebbe fuori, e poi mi porterebbe dritta alla polizia.* «Chi vuoi che ci sia, in piena campagna, a notte fonda? Sta' tranquilla, andrà tutto bene», le aveva ripetuto Giorgio non si sa quante volte.

Probabilmente aveva ragione lui, si era detta infine, e lei si stava dando pena per nulla.

Salì di sopra e si chiuse nello spogliatoio per infilarsi tuta e cuffia.

« La devo mettere anch'io? Sarei carino, non credi? » scherzò Giorgio, mentre la aspettava a braccia incrociate, al di là della porta chiusa.

Lei riaprì. « Magari giusto la cuffia », disse, serissima. « Se dovessero caderti dei capelli nell'impasto, dovremmo rifare tutto daccapo. »

Lui si portò subito le mani sulla testa. « Oh, ma mica perdo i capelli io! » si accigliò. « Sono ancora giovane! »

Ad Agnese scappò da ridere, e si coprì la bocca con una mano.

Tornarono al pianoterra, lei con la divisa completa e lui soltanto con la cuffia.

« Mi sento un po' un *nescio*, con quest'affare in testa », mormorò Giorgio.

Lei si voltò a guardarlo e gli rimandò un risolino. « Allora », disse poi, assumendo d'improvviso un tono professionale. « Come prima cosa, prepariamo l'impasto del sapone. Bisogna azionare quella caldaia a destra, la più piccola. »

« Ci penso io. Sono il mago delle caldaie », ribatté Giorgio. « Quando sulla nave ce n'è una che dà problemi, ci mandano sempre me, a dare un'occhiata. »

A caldaia partita, Agnese si issò sulla scaletta per raggiungerne l'imbocco, quando Giorgio le puntò la torcia in faccia e quasi la accecò. « Ferma lì! » le ordinò, con un vocione. « O la borsa o la vita. »

Agnese si immobilizzò sulla scaletta e scoppiò a ridere. « Adesso sì che sembri un *nescio*! »

« Ma se non sai neanche cosa vuol dire », ridacchiò lui.

« E invece sì! Non vuol dire 'scemo'? »

« Brava! Stai imparando il ligure, finalmente. Mi rendi orgoglioso. »

Agnese arricciò le labbra e si portò in cima alla scaletta. Versò nella caldaia l'olio di oliva e gli altri grassi vegetali e, una volta che furono giunti a fusione, ci unì, un po' per volta, la soda caustica.

« Ecco, ora lasciamo un po' a riposo la caldaia, poi continuiamo », disse, scendendo dalla scaletta che Giorgio teneva ferma alla base. Piolo dopo piolo, Agnese si sentì invadere da una calma insolita, come se la paura fosse svanita di colpo, allo stesso modo in cui il vapore esalato dalla caldaia si stava dissolvendo contro il soffitto del saponificio.

« C'è il tempo per un bacio, anzi due », disse lui. La attirò a sé e le levò la cuffia.

Agnese sorrise, chiuse gli occhi e si lasciò baciare. « La prossima volta, mi porti di nuovo a ballare? » disse poi, accoccolandosi tra le sue braccia.

Giorgio le posò il mento sulla testa. « Non c'è bisogno di aspettare la prossima volta... possiamo ballare anche adesso. Qui. »

Agnese sollevò lo sguardo. « Qui? Senza musica? »

« Alla musica ci penso io! Quale canzone vuoi? »

Lei sorrise. « *Tintarella di luna* », rispose, senza esitazione.

Allora lui poggiò la torcia per terra, col cono di luce rivolto verso l'alto e, stringendosi ad Agnese, prese a intonare sottovoce, muovendosi piano a destra e a sinistra: « *Abbronzate, tutte chiazze, pellirosse un po' paonazze, son le ragazze che prendono il sol...* »

« Sei stonatissimo! » disse lei.

In risposta, Giorgio prese a cantare a squarciagola: « *Ma ce n'è una, che prende la luuna* ».

« Sstt », gli intimò lei, ma con aria divertita.

Lui la fece volteggiare e, quando si ritrovarono di fronte, iniziarono a ballare al ritmo del twist, mentre Giorgio continuava a cantare senza azzeccare una nota.

D'un tratto, si fermarono ed esplosero in una risata, gettandosi l'uno tra le braccia dell'altra.

« Basta, basta, rimettiamoci al lavoro », disse lei, ridacchiando, e si infilò di nuovo la cuffia.

Era da poco trascorsa la mezzanotte quando Giorgio, seguendo scrupolosamente le indicazioni di Agnese per assicurare il tubo alla caldaia, travasò la massa calda del sapone nel mescolatore.

Poi si portò giù, le andò vicino e le sfiorò la schiena, mentre lei, concentrata e con piglio sicuro, vuotava via via i riempitivi nel sapone, e intanto gli spiegava a cosa serviva questo o quell'altro. « Il silicato è un plastificante colloidale », diceva. « La colofonia invece è un residuo della trementina... »

Lui annuiva, anche se in verità non ci stava capendo un bel niente.

Dopo aver versato le essenze profumate, Agnese gli allungò una boccetta blu. « Il colorante mettilo tu », disse. « Questo è l'azzurro ciano, la tonalità più simile ai tuoi occhi », aggiunse, con un sorrisino.

« Io? Ma sei sicura? E se poi sbaglio? »

« Non sbaglierai, ti guiderò io », lo rassicurò lei. Si rese conto, con un moto di stupore ma anche di dolcezza, di aver pronunciato le stesse, precise parole che il nonno aveva rivolto a lei tanti anni addietro, dopo che lui le aveva chiesto, per la prima volta: « Agnese, ce la vuoi versare tu, l'essenza di talco? »

Giorgio si chinò e stillò il colorante a piccole dosi e, in

poco tempo, il sapone si tinse completamente di blu. « Bello! » esclamò.

« Visto? Come una magia », disse lei, posandogli una mano sulla spalla. « Sai, una volta il nonno mi disse che un giorno ci saremmo fatti il bagno nel sapone caldo. Io e lui... »

Giorgio si voltò e la guardò come a dire: *E facciamolo! Ora!*

Agnese rise. « No, non ti fare venire idee strane... » Poi lanciò uno sguardo all'orologio: con una stretta al cuore, si rese conto che mancavano quattro ore all'alba, quando la nave sarebbe salpata e lui se ne sarebbe andato. Di nuovo.

In poco tempo, trasferirono la massa fluida e bollente nell'essiccatoio.

« Li vedi quei telai sui carrelli che girano? » disse Agnese, indicandoli. « Solidificano il sapone a una temperatura condizionata. Tra venti minuti il nostro blocco sarà pronto. Dobbiamo soltanto aspettare. »

« E dopo? Cosa si fa? » domandò lui.

« Andiamo di sopra a tagliare e sagomare. Non ci vorrà molto: il blocco è piccolo. E poi... direi che abbiamo finito! Non c'è stato il tempo per preparare lo stampo con la scritta, ma non importa. »

Alle 4.30 del mattino, i primi campioni della *Nouvelle Marianne*, blu e dalla forma ovale, uscirono dallo scarico della pressa automatica.

Col cuore in subbuglio, Agnese si chinò, prese una saponetta tra le mani e la fissò con occhi liquidi, quasi increduli. La avvicinò al naso: era profumatissima... Si sentiva, preponderante, il talco, ma allo stesso tempo si percepivano le note di vaniglia e mirtillo e, molto delicate, quelle del limone e del mandarino. *Sì, è proprio come la vo-*

levo, pensò, soddisfatta. Si chiese se il nonno, quando aveva creato la *Marianne,* avesse sperimentato la stessa gioia che stava provando lei in quel momento. Immaginò proprio di sì. Di una cosa era assolutamente certa: come lei, anche il nonno aveva avuto accanto, per tutto il tempo, la persona che amava.

« Ce l'hai fatta, capelli pazzi... » sussurrò Giorgio, abbracciandola da dietro. « Sono fiero di te. » E posò il mento nell'incavo della spalla di lei.

« Ce l'*abbiamo* fatta », lo corresse Agnese. Portò indietro la mano e gli scombinò i capelli con la punta delle dita.

12

L'ultima fermata

ottobre 1959

Agnese si svegliò di soprassalto per via delle voci concitate che provenivano dal piano di sotto. Assonnata e coi capelli arruffati, si tirò su a sedere. «Che baccano che fanno», bofonchiò, stropicciandosi gli occhi, e lanciò uno sguardo alla sveglia: non erano nemmeno le sette. «Uffa, potevo dormire un'altra mezz'ora», brontolò. Si rimise distesa e si rimboccò la coperta fin sopra la testa, ma non ci fu verso di riaddormentarsi. Tanto valeva alzarsi, e andare a vedere cosa accipicchia stava succedendo.

Ma dove sono finite le pantofole? Si accovacciò e sbirciò sotto il letto. *Eccole lì.* E allungò un braccio per prenderle, scostando la scatola di cartone in cui c'erano i campioni della *Nouvelle Marianne.*

Infilò la pantofola destra, poi quella sinistra, e scese in cucina.

«Si può sapere cosa ti prende? Non hai mai fatto i capricci, tu», stava dicendo Giuseppe, in pigiama e con una tazzina in mano.

«Mi prende che sono stanca!» sbottò Salvatora. Era

davanti al lavello, in sottana, a strofinare le stoviglie con una spugna piena di schiuma.

« Perché litigate? » domandò Agnese, e si sedette.

Giuseppe sospirò. « Tua madre vuole una lavatrice. » E prese un sorso di caffè.

« E tuo padre non me la vuole comprare », ribatté lei. Ripose un piattino nello scolapiatti e si asciugò le mani con uno strofinaccio.

« Non è vero che non voglio. Ti ho detto che non appena sarà possibile... »

« E quando? Quando sarà possibile? » lo interruppe Salvatora, mettendosi le mani sui fianchi. « Prima, almeno, non c'erano di questi problemi. Il televisore me l'hai comprato subito, o no? »

Giuseppe intrecciò le mani sul tavolo. « Sapevamo che avremmo dovuto stringere i denti per un po'. Ho fatto un investimento... Aspetta che la barca sia pronta, e poi vedrai quante ne venderemo. Altro che lavatrice! Ti compro pure il frigorifero! »

« La barca di qua, la barca di là. Non esiste nient'altro, ormai. »

Agnese seguiva la discussione, spostando gli occhi dall'uno all'altra.

« Ma tu non mangi, stamattina? » le domandò la madre, in tono brusco. E, senza aspettare risposta, riempì di latte la tazza della figlia e le mise vicino la biscottiera.

Agnese sollevò il coperchio e tirò fuori sei biscotti, contandone due per volta. « Scusate... » disse poi. « Ma quanto costa la lavatrice? »

Salvatora si addossò alla credenza e incrociò le braccia sul petto. « Quella che ha preso la zia Luisa costa 139.000 lire. E io uguale la voglio », rispose, distogliendo lo sguardo.

« Su, cara... » tentò di rabbonirla lui. « Hai sempre lavato i vestiti a mano. Puoi continuare per un altro po'... »

« Eh, certo! » esclamò Salvatora, piccata. « Chi se ne frega se poi ho la schiena a pezzi, la sciatica che mi fa male e le mani tutte rovinate... » La voce le si ruppe in gola e gli occhi le si fecero lucidi.

Povera mamma, pensò Agnese, imbronciando le labbra. *139.000 lire... Sono quasi quattro mesi del mio salario. Certo che sono davvero tanti soldi! Però mi dispiace troppo vedere la mamma così... Dunque, quanto ho adesso sul libretto postale?* Fece un rapido calcolo mentale, sommando il denaro che le aveva dato il padre dopo la vendita del saponificio con quello che ci aveva versato lei ogni mese, da quando lavorava per Colella.

« Mamma, te la compro io, la lavatrice », annunciò allora. E addentò un biscotto.

Giuseppe e Salvatora si voltarono a guardarla.

« Ma no, stai tranquilla, 'a mamma », disse lei, addolcendo la voce. « Non ci devi pensare tu, è compito di tuo padre. »

« Dico sul serio, mamma. Qualche soldo da parte ce l'ho... Sto risparmiando, sapete... »

« Dai, vai a prepararti, se no fai tardi al lavoro », la fermò Giuseppe.

Agnese annuì con un sospiro, si alzò e uscì dalla cucina.

Mentre saliva le scale, sentì Salvatora che mormorava: « È proprio una cara ragazza, mica come quell'altro... »

Nonostante il clima mite dei primi giorni di ottobre, Giuseppe arrivò al cantiere madido di sudore. Prima di entrare, trasse un profondo respiro e si asciugò la nuca col fazzoletto. Sebbene facesse lunghe passeggiate e seguisse la dieta alla lettera, negli ultimi mesi aveva perso tre chili appena. « Male, dottor Rizzo. Molto male », aveva commentato il medico, durante la visita di controllo. « Lei porta ancora un peso di cui non riesce a liberarsi. Scopra qual è, e perderà i suoi chili », aveva concluso, con l'aria di uno che la sapeva lunga.

« Eccoti! » disse Luigi. « Vieni a darmi il cambio, va', ché devo aiutare Michele con quello. » E indicò un peschereccio su cui il ragazzo stava posizionando dei listelli in legno.

Giuseppe si levò la giacca, lanciando un'occhiata furtiva ai due uomini. Da quando li aveva scoperti, nel bagno sul retro, si sentiva a disagio ogni volta che Michele lo fissava un po' più a lungo, se Luigi gli posava una mano sulla spalla o se li sentiva ridere e parlottare, intimi. Probabilmente Luigi lo aveva notato, perché un giorno gli aveva chiesto: « Giuse', ma tutto bene? Pari strano, da qualche tempo. Come impensierito ». Lui aveva farfugliato che era preoccupato per la barca, in verità; temeva che non si facesse in tempo a finirla per il Salone di aprile, gli sembrava che il lavoro procedesse a rilento... « Sta' tranquillo. Se ti ho detto che ce la facciamo, ce la facciamo », l'aveva rassicurato l'amico, stringendogli il braccio. A quel tocco, Giuseppe aveva sussultato.

Si sedette sullo sgabello e con la carta vetrata prese a levigare il legno della barca in costruzione, nel punto in cui Luigi si era interrotto.

« Tocca scegliere il colore della vernice. E pure il nome. Ci hai poi pensato? » domandò Luigi, mentre assicurava un listello con alcuni chiodi.

« Al nome ancora no », rispose Giuseppe, girandosi. « Quanto ai colori... mi piacerebbe che la barca fosse nera e bordeaux. »

Luigi si bloccò. « Nera e bordeaux... » ripeté.

« Be', di sicuro è... elegante », commentò Michele.

Giuseppe fece un sorriso forzato, poi voltò le spalle ai due e riprese a scartavetrare in silenzio, per il resto della mattinata.

Mentre tornava a casa per pranzo, col braccio indolenzito per via di tutto quello strofinio, all'improvviso si sentì piombare addosso una debolezza abissale, come se fosse sul punto di svenire. Arrancando, si addossò a un muro e si accasciò. Il paesaggio all'intorno divenne via via sfocato; dimenticò di colpo dove si trovava e dove stava andando.

Gli si accostò un giovane alla guida di una Fiat 500 celeste. « Dottor Rizzo, si sente male? » domandò. Tirò il freno a mano, smontò dall'automobile e corse a sorreggerlo.

« Chi sei? » biascicò Giuseppe, con un'espressione vacua.

Il giovane lo fissò, aggrottando la fronte. « Come chi sono? Antonio, il figlio della Maria. Abitiamo nella stessa via, non se lo ricorda? Lì. » E indicò una villetta col cancello verde.

A Giuseppe ci volle qualche istante per mettere a fuoco, e ricordare. « Antonio... sì », mormorò infine. Provò a rimettersi in piedi, ma le gambe cedettero.

« Non si sforzi », lo ammonì l'altro, e spostò il braccio di Giuseppe sulla sua spalla. « Ecco, venga, si appoggi a me. La accompagno a casa. È lì che stava andando, vero? »

Giuseppe lo guardò e, per una frazione di secondo, gli

sembrò di vedere il viso di Lorenzo. « Sì, a casa. Stavo andando a casa. »

Agnese aveva scalpitato per tutta la mattina, pensando alle due saponette che se ne stavano dentro la sua borsetta, nello spogliatoio. Era arrivata al saponificio decisa a mostrare a Colella la *Nouvelle Marianne,* ma lui si era subito rintanato in ufficio con Pel di Carota e, prima di chiudere la porta a chiave, aveva dato ordine di non essere disturbato. Erano insieme da ore, ormai. Chissà cosa avevano di così importante da dirsi...

All'ora di pranzo, pochi minuti prima che cominciasse la pausa, la porta finalmente si aprì e ne venne fuori Pel di Carota, con un grosso faldone sotto il braccio; come sempre, l'uomo se ne andò senza guardare in faccia nessuno. *Adesso!* si disse Agnese. Si precipitò nello spogliatoio e tornò giù con le saponette tra le mani, avvolte in una carta da pacchi marrone.

La porta dell'ufficio era aperta, ma lei bussò lo stesso.

Colella alzò la testa dalle carte su cui era chino e la guardò seccato. « Sì, Rizzo, che c'è? »

Agnese entrò e si richiuse la porta alle spalle. Posò il pacchetto sulla scrivania e rimase in piedi, con le mani intrecciate.

« E questo cos'è? » chiese lui. Sbuffando, si sporse in avanti e srotolò la carta. « Saponette blu? »

Lei annuì. « Ho riformulato la *Marianne*. E... questo è il risultato. »

Colella la guardò con un'espressione indecifrabile:

Agnese non avrebbe saputo dire se stesse per sbraitarle contro o per scoppiare a riderle in faccia.

« Lo ha detto lei che la *Marianne* non si vende più », continuò. « Questa è una versione nuova, più moderna. Infatti l'ho chiamata *Nouvelle Marianne*. Senta il profumo: ha lo stesso cuore talcato ma... »

« No, scusa », la fermò lui, alzando una mano. « Fammi capire: mentre io ti pago per lavorare per me, tu hai usato la mia fabbrica, i miei macchinari, per i tuoi esperimenti? »

Il cuore di Agnese accelerò i battiti. « Non l'ho fatta qui! » esclamò. « Ci ho lavorato a casa, ho improvvisato un piccolo laboratorio, con quello che avevo », mentì.

Colella si mise in piedi e premette i pugni sulla scrivania. « Ascolta, Rizzo », attaccò, con un sospiro stanco. « Sono stufo di sentir parlare ancora di quella saponetta. Davvero stufo. Faresti bene a metterti l'animo in pace e... »

« Non posso! » scattò Agnese. « La guardi, almeno. La provi. La annusi! »

Colella tornò a sedersi, prese una pausa e accese un sigaro. « Hai visto cosa produciamo, qui? » le domandò, soffiando via il fumo. Il tono adesso era calmo, ma severo. « Ti sarai accorta che le saponette da toeletta non sono esattamente la priorità di questa fabbrica. »

« E l'*Inés*, allora? Ne facciamo tantissime », ribatté lei.

« Appunto. C'è già quella, come saponetta da donna, e si vende bene. Ora, per favore, va'. E portatele via », le intimò, con un cenno sbrigativo.

Agnese fece un respiro profondo, e abbassò lo sguardo. Non si aspettava quel rifiuto secco; si era persuasa che, non appena Colella avesse visto la saponetta blu, e lei gliene avesse elogiato le qualità, lui si sarebbe convinto.

Che illusa, pensò, con una fitta di delusione. *E adesso come faccio a fargli cambiare idea? Cos'altro posso dirgli?* E poi, d'un tratto, si chiese: *Cosa direbbe Giorgio, al mio posto?*

Allora, colta da un'intuizione, sorrise. Raccolse le due *Nouvelle Marianne* e le strinse al petto. Poi fissò Colella dritto negli occhi. « Come preferisce », disse. « Vorrà dire che la proporrò ai suoi fratelli. Loro lo capiranno subito, che questa è una saponetta speciale. Ne sono certa. » *Accipicchia, l'ho detto davvero?* pensò, sorpresa e vagamente divertita.

Colella rialzò lentamente lo sguardo e le puntò gli occhi addosso. La scrutò a lungo. Come se non l'avesse mai vista prima.

« Quanti gettoni servono per un'interurbana? » domandò Agnese, col respiro corto. Aveva corso a rotta di collo per arrivare fino a lì.

« Almeno sei, per prendere la linea », rispose l'uomo dietro il bancone del Bar Italia, un anziano coi baffi bianchi che puzzava di vino rancido. « Se poi vuoi pure parlare, allora ce ne vogliono sette », continuò quello, ridacchiando.

Sette no. Sette è un numero dispari, pensò subito lei. « Me ne dia otto, per favore. »

Si avvicinò al telefono, si sedette sullo sgabello e compose il numero.

« Pronto? » squittì zia Luisa.

« Ciao, zia. Sono Agnese. »

« Cara! Ma che coincidenza! Vi avrei telefonato io, dopo cena. Volevo dire a tua madre che... »

« No, zia », la fermò. « Non sto chiamando da casa. Sono al bar. Cercavo Lorenzo. »

« Oh... » mormorò Luisa, stupita. « Non so se è tornato. Stavo facendo il bagno... Vado a vedere in camera sua, eh? Attendi un attimo, cara. »

Camera sua. Nel sentirlo dire, Agnese provò un impeto di gelosia: la camera di suo fratello era una soltanto, e si trovava proprio accanto a quella dove lei dormiva. A casa loro, e da nessun'altra parte.

« Sì... » disse Lorenzo.

Il cuore le balzò in gola. Non sentiva la voce calda di suo fratello da così tanto tempo... « Lorenzo, sono io. »

Dall'altra parte ci fu silenzio.

« Oggi è successa una cosa », continuò lei, infilando un altro gettone. Senza riprendere fiato, gli raccontò tutto, per filo e per segno, della *Nouvelle Marianne,* della nottata in fabbrica, di come era riuscita a tenere testa a Colella, portandolo a dire di sì. « Capisci? Lui stava per cancellare la *Marianne*. La *nostra Marianne.* E io gliel'ho impedito! L'ho salvata! »

Ancora silenzio.

« Lorenzo, ci sei? Hai sentito cosa ho detto? Non sei contento? »

« Ho sentito », rispose lui, brusco. « Cosa ti aspetti, un applauso? »

Agnese si zittì. Tutta l'euforia che l'aveva sorretta fino a quel momento si dissolse in un lampo.

« Dovrei essere contento di cosa, esattamente? Del fatto che hai creato un prodotto per Colella? Per la seconda volta? »

*Per la seconda volta? Come... come fa a sapere dell'*Inés*?*

« Credi davvero di aver 'salvato' la *Marianne*? Ti rendi conto delle assurdità che dici? L'hai regalata a quel pallone gonfiato, e ora lui ci metterà il suo marchio. Ecco cosa hai fatto! »

« Non è così! La formula, la combinazione delle essenze, la conosco solo io. Lui non la saprà mai, te lo assicuro », ribatté lei, con la voce che tremava. « La porterò via con me, quando ci sarà una nuova Casa Rizzo, e allora io e te magari potremo... »

« Basta, Agnese! » gridò Lorenzo.

Lei sentì le lacrime affiorare agli occhi.

« Non voglio più starti a sentire! Non devi chiamarmi più, hai capito? »

E buttò giù.

Agnese rimase lì, con la cornetta muta contro l'orecchio; chiuse gli occhi e poggiò la fronte sul metallo freddo del telefono. Quanto, quanto avrebbe avuto bisogno di ascoltare la risata del suo Giorgio, in quel momento...

Nello stesso istante, Lorenzo fissava il telefono chiuso, col volto contratto e gli occhi umidi.

Si fiondò in camera e sbatté la porta. Sprofondò sul letto e si mise sdraiato a gambe incrociate e con un braccio dietro la testa. *Ha rovinato tutto, tutto!* pensò, mentre si asciugava le lacrime col palmo della mano. Se solo sua sorella gli avesse dato retta, se quel giorno si fosse alzata da quella sedia... Insieme, si sarebbero ripresi la fabbrica, perché loro due, *insieme,* erano sempre stati più forti di tutto. Avrebbero potuto esserlo ancora, se Agnese si fosse fidata di lui, se non lo avesse lasciato da solo a lottare, e a crederci...

Prese il disegno dal portafoglio; mentre lo guardava, gli sembrò di risentire le parole del nonno: *Conto su di te, ometto. Spetta a te portare avanti il nome dei Rizzo, hai una grande responsabilità. Lo sai, vero?* No, si disse, ingoiando una lacrima, non poteva aspettare ancora e stare a guardare, mentre Colella, come una bestia insaziabile, continuava a fagocitare tutto, comprese le idee di sua sorella. *Quello che guadagno non basta, non basterà nemmeno fra qualche anno,* rifletté. *Devo inventarmi qualcosa. Devo trovare quei maledetti soldi.* Poteva chiederli in prestito, rifletté. *Sì, ma a chi?* Lo zio Domenico non glieli avrebbe mai dati, non per quello che lui voleva farci. E comunque non era così ricco. Doveva escogitare un altro modo...

Si lasciò risucchiare dal vortice di quei pensieri convulsi finché un'idea, lentamente, non cominciò a prendere forma; assunse dapprima le sembianze di un corpo, poi di un nome.

« Doriana... » mormorò, con un filo di voce.

CHIUSO PER LUTTO. Angela lo scrisse su un pezzo di carta e attaccò il foglietto sulla porta della bottega di ceramiche. La madre del proprietario era morta nella notte: aveva novantasei anni e se n'era andata nel sonno.

Così Oronzo aveva deciso di chiudere per qualche giorno, e Angela quasi non ci poteva credere: finalmente avrebbe avuto un po' di tempo tutto per sé. Serrò la porta a chiave e, con un grande senso di liberazione, salì sulla Lambretta e si allontanò. Doveva darsi una mossa, di tempo ce n'era poco; la corriera per Lecce sarebbe partita a mezzogiorno, e lei doveva ancora ripassare da casa e infilare in borsa un paio di vestiti di ricambio. *Chissà Lorenzo, quando mi vedrà! Proprio non se lo aspetta,* pensò con un sorrisetto, mentre tirava fuori gli abiti dall'armadio. *Questo no, ci manca un bottone; quest'altro nemmeno, la manica è tutta sbiadita; questo ormai mi va largo...* Passò in rassegna i pochi vestiti che possedeva, e le toccò scegliere gli unici due che avevano un aspetto ancora decente, sebbene non fossero i suoi preferiti.

Raggiunse piazza San Francesco quando la corriera aveva già richiuso le porte e stava per ripartire. Accelerò il passo e bussò al vetro dell'autista. « Apra, per favore! »

L'uomo si voltò, con aria infastidita; ma poi, dopo averla guardata in faccia, le sorrise bonario. E le fece cenno di salire a bordo.

« Grazie! È stato davvero gentile », disse lei, montando su.

« Si figuri. Per una bella ragazza questo e altro... » rispose quello, squadrandola da capo a piedi.

Angela non gli rispose. Avanzò verso il fondo e si sedette in uno dei tanti posti liberi. Era la prima volta che andava da sola da qualche parte e la cosa, stranamente, non la preoccupava neanche un po'. Anzi si sentiva talmente eccitata... Di lì a poco avrebbe riabbracciato Lorenzo, e avrebbe visto com'era una città vera, lei che in ventiquattro anni non si era mai mossa da Araglie...

Dopo due ore di viaggio, però, cominciò a sbuffare. *Non arriviamo più...* pensava. La corriera aveva fatto tappa in un mucchio di paesi, e ormai i sedili erano quasi tutti occupati. *Speriamo che questa sia l'ultima fermata,* si disse, quando l'autista deviò per Lizzanello e parcheggiò al centro di una piazza. Angela sospirò, appoggiò una guancia sul palmo della mano e fissò fuori dal finestrino: guardò distrattamente la facciata del castello, il bar deserto, il sagrato della chiesa, una palma che pareva toccare il cielo, quando scorse una donna che usciva dall'ufficio postale. Indossava una divisa con pantaloni, giacca e berretto. A tracolla, portava una bolgetta di pelle marrone. *Una portalettere femmina?* si stupì. Non ne aveva mai vista una, prima di allora. Probabilmente la donna si sentì osservata, perché, sollevando un sopracciglio, prese a guardarsi intorno, finché non indugiò con lo sguardo sulla corriera e si accorse di Angela. Sostarono occhi negli occhi per qualche secondo, poi la donna le mandò un saluto, sollevando di poco il berretto, con un sorriso. Angela sussultò, sorrise timidamente e bisbigliò: «Ciao», agitando piano le dita. Quando la corriera si rimise in moto, la portalettere montò in sella a un motorino bianco e se ne andò.

L'arrivo a Lecce, in una strada fiancheggiata da una schiera di palazzi alti e grigi, fu accompagnato dal rombo delle innumerevoli automobili, dal chiasso dei clacson, dal vocio della gente, dalla musica che proveniva dai bar... Angela scese dalla corriera con un sorriso luminosissimo, elettrizzata da tutta quella vita che scorreva a una velocità nuova, ben diversa da quella cui era abituata. Si strinse nel soprabito color cammello e si avventurò nella città, lanciando sguardi curiosi all'intorno. *Ecco la pietra giallina di cui mi parlava Lorenzo*, pensò, ammirando i prospetti delle case del centro storico. Camminava senza sapere dove stesse andando, ma non le importava. Sapeva che la galleria si trovava a pochi passi da Porta Rudiae, e si disse che in qualche modo l'avrebbe trovata: adesso desiderava solamente posare lo sguardo su ogni cosa, non lasciarsi sfuggire i dettagli. Lorenzo glielo ripeteva di continuo, che erano i dettagli a dare senso al tutto. Valeva per i dipinti e per i film, per le persone e per l'amore.

Si accomodò al tavolino di un bar in piazza Sant'Oronzo e ordinò una gazzosa, rivolgendo un sorriso al cameriere. Ad Araglie si era sempre vergognata di sedere da sola al bar, perché se no la gente chissà cosa avrebbe pensato, e invece lì, dove nessuno sapeva chi era, si sentiva diversa, leggera, capace di fare cose che non avrebbe immaginato, prima.

Dopo aver chiesto indicazioni a un negoziante che vendeva biciclette, raggiunse la galleria e si fermò a osservarne l'ingresso elegante, e la targa in ottone che brillava alla luce del sole. Sfoderò un sorriso ed entrò.

« Lorenzo? » chiamò, avanzando a passi cauti in una grande sala ordinata e tirata a lucido, con le pareti bianche coperte di quadri dalle cornici intarsiate.

Dalla sala attigua, sbucò zio Domenico. Restò impalato a fissarla.

E che è? Pare che abbia visto un fantasma, pensò lei.

« Angela... » mormorò lui, e le andò incontro. Le strinse la mano in modo formale e le domandò, in un tono che suonò vagamente irritato, cosa ci facesse lì.

« Volevo fare una sorpresa a Lorenzo », spiegò lei. « Dov'è? »

« Sta arrivando, credo », rispose, e ridacchiò nervosamente. « Siamo usciti da casa insieme, dopo pranzo, ma lui come al solito ha preferito venire a piedi. Gli piace camminare, è fatto così », concluse facendo spallucce.

È fatto così? A Lorenzo piace camminare? Ma quando mai...

« Aspetta pure lì », continuò lui, indicando un divanetto di velluto rosso al centro della stanza. « Scusa, ma io stavo lavorando, e... »

« Non c'è problema », disse subito Angela, stampandosi in faccia un altro sorriso.

Rimasta sola, si sedette sul divano. *Che accoglienza...* pensò, con una smorfia piccata.

Quando Lorenzo arrivò in galleria e la vide seduta di spalle nel mezzo della sala, che faceva vagare lo sguardo con aria annoiata, quasi gli venne un colpo e si bloccò sulla porta.

È Angela? O una che le somiglia? Era talmente insolito vederla lì, in un contesto che non le apparteneva, che mise persino in dubbio che fosse lei. Le si avvicinò, piano.

« Angela? »

Lei si voltò, raggiante. E gli buttò le braccia al collo. « Finalmente! Ma dov'eri? »

Lorenzo la guardò, stranito, con un mezzo sorriso. « Ma cosa... Quando sei arrivata? E come? »

« Con la corriera... Con cosa se no? » E gli scoccò un bacio sulla bocca.

« Da sola? »

« Eh! Da sola! »

Lui continuava a sorriderle, ma con un'espressione confusa.

« Ma non sei contento di vedermi? Sembri strano... »

Lorenzo esitò. « Sì... Sì, certo. È che mi hai colto di sorpresa. »

« Se aspetto che vieni a trovarmi tu... » borbottò lei, con una vocina.

Preceduto dall'olezzo di tabacco bruciato, zio Domenico rientrò nella sala. « Che sorpresa, vero? » disse, con una punta di sarcasmo che non sfuggì ai due giovani. Aspirò dalla pipa. « Stasera siamo invitati dai Guarini, te lo ricordi? » fece poi, rivolgendosi a Lorenzo.

« Sì, lo so », replicò lui.

« Chi sono i Guarini? » domandò Angela.

Lorenzo si morse il labbro, e lanciò uno sguardo allo zio.

« Clienti importanti », rispose zio Domenico. « I *più* importanti. »

« Be', allora mi ci vorrà un vestito adatto... » disse lei.

« No. Tanto io e te non ci andiamo », scattò Lorenzo.

Lo zio aggrottò la fronte, un po' sorpreso da quella reazione, ma non commentò.

« E perché no? A me non dispiacerebbe... » replicò lei.

Lorenzo la attirò a sé, e le accarezzò i capelli. « Ti scocceresti da morire, fidati. Sono serate noiosissime. Sai cosa faremo, invece? Ti porto a cena in un bel posto romantico. Io e te, da soli. »

« Mmm. Quando è così... » mormorò Angela, e gli sfiorò la punta del naso, facendo un sorrisino.

Prima, però, c'era una cosa che doveva fare, le disse Lorenzo. Ovviamente lei poteva accompagnarlo, se ne aveva voglia. Doveva fare un salto da un giovane pittore, uno bravo, bravo davvero, tanto che gli aveva proposto una personale nella galleria dello zio. « Voglio solo vedere come procede il lavoro, se ha bisogno di qualcosa... Sarà una cosa veloce, e poi avremo tutta la giornata per noi », le promise, baciandola sulla fronte.

Sporco di gesso e colore, Nicola li accolse con la faccia allucinata di chi è in piena vena creativa. Angela sorrise. *Sembra simpatico,* pensò.

Mentre li conduceva nello studio, il ragazzo attaccò subito a parlare della mostra, delle tante idee che gli erano venute per i quadri e di cui non vedeva l'ora di discutere con Lorenzo. Aggiunse, con una certa apprensione, di essere convinto che era assolutamente necessario trovare un filo conduttore che legasse i dipinti tra loro, ma non sapeva decidersi: la tecnica? Un tema? Qualcos'altro? Lorenzo cosa ne pensava? I due presero a discuterne, fumando una sigaretta dopo l'altra, mentre Angela, seduta su uno sgabello, si guardava all'intorno e, quasi senza rendersene conto, si era messa a oscillare da una parte e dall'altra, col sole che giocava coi suoi capelli. Nicola continuava a parlare animatamente con Lorenzo, ma a un certo punto cominciò a indirizzarle occhiate tanto furtive quanto intense. Infine la fissò con ostinazione e le domandò a bruciapelo: «Sei una modella?»

Angela sorrise, stupita. «No, no, non sono una modella. Ma... grazie, lo prendo come un complimento.»

«Lo era, infatti», rispose Nicola.

Angela conosceva bene il significato dell'espressione storta che era subito apparsa sul volto di Lorenzo: gelosia.

Nicola le si fece vicino e le sollevò il mento con un dito. «Hai un viso molto particolare», disse, soppesandolo. «È allo stesso tempo etereo e malizioso, luminoso e imperscrutabile e...»

«E ora noi dobbiamo andare», lo interruppe Lorenzo, battendo le mani.

«Però... aspetta», mormorò l'altro, portandosi un dito alla bocca, con l'aria di chi aveva avuto un'intuizione. «E se fosse proprio lei il tema che cerchiamo?» disse, indicando Angela. «Pensaci: la compresenza degli opposti. La stessa immagine che rimanda a due interpretazioni contrarie... Se posasse per me, io potrei...»

«Angela non fa la modella, te l'ha detto», ribatté Lorenzo, con un sorrisino nervoso. Afferrò la mano di Angela e la costrinse ad alzarsi. «Il tema è interessante. Lavoraci. Ma con qualcun'altra», disse, puntando gli occhi su Nicola. E trascinò Angela alla porta.

Percorsero il vicolo in silenzio, ma, quando sbucarono sulla strada principale, Lorenzo non si trattenne più:

« Posare per lui... Ma cosa si è messo in testa? Che diventi la sua musa? L'avrei preso a pugni! »

Angela ridacchiò. « Dai, non ha detto nulla di male. Anzi dovresti sentirti lusingato. »

Lorenzo si fermò. « Magari sei *tu*, quella che si è sentita lusingata... »

Lei si strinse nelle spalle. « Be', sì. Mi ha fatto piacere, che c'è di sbagliato? »

« C'è che non dovrebbero farti piacere i complimenti degli altri uomini. Dovrebbero bastarti i miei. »

« Mmm, diciamo che non me ne hai fatti molti, ultimamente. »

« Ma che stai dicendo? Te li faccio sempre. »

« Una volta... »

Lorenzo sbuffò e riprese a camminare, ma a passo svelto.

« Oh, ma che c'è? » disse lei, cercando di stargli dietro.

Lui si fermò di nuovo. « C'è che stai rigirando la frittata. Invece di parlare delle tue colpe, accusi me di non si capisce cosa. »

« Colpe? E che colpe avrei, io? Non ho fatto niente. »

« Ne sei proprio sicura? Perché Nicola si è sentito in diritto di dire certe cose? Davanti a me, poi! Te lo dico io: gli avrai fatto gli occhi dolci, l'avrai provocato... »

« Ma che ne sa lui, di noi? E comunque non è vero! » protestò lei.

« E invece sì! Lo fai da sempre: seduci, ammicchi, con 'sta fissa di essere la più bella del reame. Sai che c'è? Tu e la tua insicurezza mi avete davvero stufato. »

« Io non sono così! Il problema è tuo... Sei tu, quello insicuro. »

« Insicuro io? » Lorenzo esplose in una risata amara. « Ma stai zitta, va'. »

« Lo vedi? Vedi come mi tratti, ormai? Non sembri più il mio Lorenzo. Ti si è indurito il cuore, hai la testa da un'altra parte. E tutto per colpa di quella fabbrica... »

« Cosa c'entra la fabbrica? » sbottò Lorenzo.

« C'entra, c'entra con tutto. Guarda cosa sei diventato: un uomo consumato dalla rabbia, dalla voglia di vendetta. Sei così pieno di veleno che non sai più come amarmi. » Si interruppe, fece un sospiro. « Perché non lasci stare? Ti prego. Fallo per te, per noi. Casa Rizzo non c'è più. Fattene una ragione. Costruiamo un altro futuro, insieme. Qui a Lecce, se lo preferisci. Per favore, pensaci, prima che sia troppo tardi. Hai fatto una promessa. »

« Di quale promessa parli? »

Angela sollevò la mano e gli mostrò l'anello al dito. « Di questa. »

Lorenzo distolse lo sguardo.

« Pensi davvero tutto quello che hai detto di me? » le domandò.

Lei prese un respiro. « Sì. »

Lui annuì, con una smorfia sfidante. « Allora mi sa che è meglio se te ne ritorni ad Araglie. Hai fatto male a venire. »

Lei lo trafisse con lo sguardo. « Tutto qui? Non hai altro da dire? »

« Non c'è più niente da dire », mormorò Lorenzo.

« Dimmelo guardandomi negli occhi. Vuoi che me ne vada? Sei proprio sicuro? »

Lui la fissò. « Sicurissimo », rispose.

Senza replicare, Angela lo piantò lì e si allontanò nella direzione opposta, calpestando furiosa l'acciottolato. Raggiunse la biglietteria delle corriere in piazza Sant'Oronzo e si mise in fila, a braccia incrociate. Ma via via che la gente defluiva, e lei si faceva sempre più vicina alla cassa, un pensiero cominciò a materializzarsi nella sua mente, finché non divenne nitido, lampante.

Si sfilò alla svelta dalla coda, lasciando il posto a un tizio allampanato e dallo sguardo assente, e si mise a correre.

Per fortuna, ricordava perfettamente come arrivarci.

Quando fu davanti alla porta, bussò, trafelata.

Nicola aprì, ma non ebbe neppure il tempo di fiatare.

« D'accordo », disse subito Angela. « Poserò per te. »

Per qualche istante, lui la guardò, spiazzato. Poi, lentamente, gli sfuggì un sorriso.

Lorenzo si infilò un paio di Oxford in pelle nera e indossò la giacca del completo gessato.

Gli zii lo stavano aspettando di là, in salotto, già in ghingheri per la cena dei Guarini.

Aprì l'anta dell'armadio, quella con lo specchio all'interno. Si diede un'occhiata sommaria, si sistemò il nodo alla cravatta e rialzò lo sguardo: il riflesso dei propri occhi, e ciò che ci vide dentro, lo inchiodò.

Richiuse l'anta con un colpo secco.

13

Il prezzo da pagare

novembre 1959

« Aspetta! » esclamò Doriana, fermandosi davanti alla vetrina di una profumeria.

Stringendosi nel cappottino verde di cachemire, posò le mani guantate sul vetro e con occhi luccicanti ammirò le eleganti boccette dei profumi, le saponette confezionate in carta decorata, gli accessori da toeletta di ogni tipo.

« Vuoi entrare? » le chiese Lorenzo, con un sorrisino.

« Solo un attimo », rispose lei, e sgusciò dentro il negozio. Lorenzo la seguì, sbirciando l'orologio al polso: sì, pensò, c'era ancora tempo.

Il film che andavano a vedere, *La grande guerra*, sarebbe cominciato entro mezz'ora, ma lui aveva già comprato i biglietti: si era assicurato due posti in galleria ché, tanto ormai lo sapeva, Doriana in platea non ci voleva stare.

La ragazza volle annusare una quantità esagerata di profumi, specialmente francesi, e ne provò almeno quattro diversi, spruzzandoseli su ogni centimetro di pelle visibile. Lorenzo si sentì pungere la gola e tossì; l'aria, pregna di quel miscuglio di fragranze alcoliche, era diventata irrespirabile; così, strofinandosi gli occhi, disse a Doriana che usciva un momento a riprendere fiato.

Appoggiò la schiena al muro e, sebbene continuasse a tossicchiare, si accese lo stesso una Gauloise. Soffiando via il fumo da un lato della bocca, gli venne in mente quell'unica volta in cui aveva regalato un profumo ad Angela, per un compleanno di alcuni anni prima. Anche quello era francese, e gli era costato una bella sommetta; Lorenzo se lo ricordava molto bene, perché aveva dovuto rompere il suo salvadanaio da ragazzino, per comprarglielo. Tuttavia, non appena aveva scartato il Miss Dior rivelando il raffinato flacone ad anfora, Angela aveva fatto una faccia delusa. Nemmeno l'aveva odorato. « È che proprio non mi piacciono, i profumi », gli aveva spiegato. « Voglio portare addosso soltanto l'odore della mia pelle. » In effetti, pensò Lorenzo, prendendo un altro tiro, la pelle di Angela, al naturale, aveva sempre avuto un profumo dolcissimo.

Non l'aveva più vista né sentita. Immaginò che fosse furibonda... L'aveva mandata via, dopo un litigio pretestuoso, che entrambi avevano esasperato. Conosceva Angela fin troppo bene, e sapeva che non sarebbe stata lei a cercarlo: se la rivoleva, doveva essere lui a correrle dietro, a supplicare perdono e a fabbricare promesse. Doveva attenersi al copione collaudato di sempre. Stavolta, però, percepiva di non averne né la forza, né tantomeno la voglia. Si sentiva svuotato e incompreso, ferito dalle accuse di lei, oppresso dalle sue pretese.

Dopo la lite, lui si era chiuso in un silenzio che aveva segnato la distanza tra loro e reso la frattura visibile. Non avrebbe mai creduto che sarebbe successo. Mai. Eppure, per la prima volta, sentiva il bisogno di uno spazio tutto per sé, in cui Angela non ci fosse e in cui lei non potesse interferire; un terreno vergine dove potesse seminare il *suo* domani. Senza dover dare conto a nessuno.

Aspirò un'ultima volta, gettò il mozzicone per terra e rientrò.

« Non so proprio decidermi », stava dicendo Doriana, alla donna imbellettata dietro il bancone. Si voltò verso Lorenzo. « A te quale piace di più? Questo? » gli domandò, porgendogli un polso. « O questo? » E gli tese l'altro.

Lorenzo alzò le spalle. « Non lo so, ti stanno bene entrambi. »

Doriana tornò a guardare la donna. « Li prendo tutti e due, allora », esclamò.

L'altra annuì. « Metto sul conto di suo padre? »

« Sì, grazie », rispose Doriana.

Lorenzo le posò una mano sulla schiena.

« Se me lo consente... » continuò la donna, mentre apriva un sacchetto con le mani rugose e ingioiellate, « le vorrei consigliare anche una saponetta nuova. È veramente deliziosa, mi creda. Me l'hanno consegnata la settimana scorsa, ma tra le mie clienti sta già andando a ruba. »

« Con piacere », disse Doriana.

L'altra si allontanò, aprì una vetrinetta e tornò con una scatolina blu, che poggiò sul bancone di cristallo.

Quando lesse *Nouvelle Marianne,* a Lorenzo si gelò il sangue. Era scritto in rosa, in corsivo. In basso, al centro, c'era il logo F. COLELLA.

« Gliela faccio sentire », continuò la donna, rivolgendosi a Doriana. « Ha un profumo divino. »

Come ipnotizzato, Lorenzo fissò le mani lente della donna che aprivano la scatoletta e toglievano l'involucro.

« Ecco », disse poi lei, allungando a Doriana una saponetta blu con una M incisa sopra.

La ragazza la annusò. « Ha ragione: è proprio deliziosa! » esclamò, estasiata. « Lorenzo, senti anche tu! » E gli mise la saponetta sotto il naso.

Il profumo di talco gli investì le narici. Era la *Marianne*, sì, la loro *Marianne*, ma allo stesso tempo era anche qualcos'altro. Qualcosa di indefinibile che lo colpì nel profondo, e quasi lo commosse. Cos'era? Nostalgia? Rimpianto? Amore? Rimorso? Non avrebbe saputo dirlo.

Di qualsiasi cosa si trattasse, Lorenzo scosse la testa e la scacciò via. Ancora una volta, lasciò che l'emozione che sopra le altre lo sosteneva, e cioè la rabbia cieca per quello che gli era stato strappato, si impadronisse del suo cuore e incenerisse il resto. Puntò gli occhi su Doriana, e la fissò meditabondo, mentre lei prendeva il sacchetto con dentro i profumi costosi e la *Nouvelle Marianne* e ringraziava la commessa con uno dei suoi sorrisi gentili.

In quel preciso istante, davanti al bancone di quella profumeria lussuosa, Lorenzo indurì lo sguardo. Decise che, se il modo per avere i soldi era prendersi Doriana, allora se la sarebbe presa. E se c'era un prezzo da pagare, per questo, lo avrebbe pagato.

A qualunque costo, aveva detto.

Con gli occhi che brillavano di gioia, Agnese guardò gli scatoloni colmi di *Nouvelle Marianne* che, per la seconda volta nel corso della giornata, lasciavano le mura della fabbrica e venivano caricati sul furgoncino; per un momento, le sembrò di essere tornata ai tempi del nonno, quando la *Marianne* era la saponetta più amata e Casa Rizzo ne vendeva ogni settimana una quantità enorme.

Non appena era stata lanciata sul mercato, la *Nouvelle*

Marianne aveva riscosso un successo immediato, da non credere. TUTTI VOGLIONO LA SAPONETTA BLU, diceva lo slogan che Pel di Carota aveva ideato, e che era apparso sui giornali e sulle riviste. Nei negozi, le saponette si erano esaurite in pochi giorni e, quindi, erano subito arrivati altri ordini. Dapprima da tutta la provincia ma poi, in breve tempo, da ogni angolo della Puglia e persino da qualche città fuori regione.

Agnese lo sapeva, lo aveva sentito nel profondo, fin da subito, che quella non era una saponetta come le altre, che speciale lo era per davvero. E persino quel testone di Colella aveva finito per capirlo.

Sebbene lo avesse messo alle strette, con un ricatto bello e buono, lui aveva reagito in un modo del tutto inatteso: quel giorno non le aveva urlato contro, non l'aveva cacciata via, non si era mostrato risentito per quello che, a conti fatti, era stato un affronto. Anzi. Le era parso addirittura piacevolmente impressionato dalla faccia tosta di lei; Agnese lo aveva intuito dal sorrisetto gongolante che le aveva rivolto, e dalle parole che aveva pronunciato subito dopo, addossandosi alla poltrona: « Visto, Rizzo? In fondo non sei così diversa da me, anche se ti piace pensarlo ». Per quanto avesse ritenuto quella considerazione ingiusta e falsa, quasi offensiva, lei non aveva replicato.

Quando Colella aveva subodorato il giro di affari che la *Nouvelle Marianne* stava mettendo in moto, ci si era fiondato come uno squalo. *Non conosce che un linguaggio, quello dei soldi*, aveva pensato Agnese. Ormai si comportava come se fosse stato lui a commissionare quella saponetta, e voleva far capire a tutti che, sebbene fosse stata Agnese a formularla, il merito di produrla si doveva al suo fiuto, che come sempre non aveva sbagliato.

Soltanto Mario sapeva che Agnese era l'unica a conoscere la formulazione esatta, e che la condizione da lei posta a Colella era stata una, ma non negoziabile: la proporzione delle essenze profumate doveva rimanere un segreto per tutti, in fabbrica. Anche per lui.

Alla pausa, Agnese si levò la cuffia e si diresse all'uscita, quando d'un tratto sobbalzò: Colella era sbucato dall'ufficio e le stava sbarrando la strada.

« Facciamo due passi, Rizzo », le disse, e prese un tiro dal sigaro.

Un po' sconcertata, Agnese mormorò un « Va bene » e lo seguì fuori.

Oltrepassarono un gruppetto di operai, tra chi addentava un panino imbottito e chi fumava una sigaretta, e imboccarono la strada sterrata.

Camminarono in silenzio per qualche istante, mentre Agnese procedeva standogli accanto, ma un passo indietro. *Cosa vuole? Perché non parla?* pensava lei.

D'un tratto, lui si fermò e si schiarì la gola. « Vado dritto al punto, Rizzo. Ho deciso di creare un reparto che si occuperà unicamente di ideare nuovi prodotti. Un laboratorio, diciamo. Con un occhio qui e uno a quello che fa la concorrenza », ridacchiò. « Insomma, ho pensato di cambiarti mansione e di affidarti il reparto. Ti affiancherò un paio di persone. Hanno l'esperienza che serve, dato che hanno lavorato per i miei fratelli fino a ieri. »

« Un nuovo reparto... E dovrei gestirlo io? » domandò lei, un po' frastornata.

« Con la mia supervisione, s'intende », specificò Colella.

« Ma... vuol dire che non lavorerò più coi riempitivi? »

Colella la scrutò, sollevando un sopracciglio. « Rizzo, hai capito cosa ti ho detto? Avrai un ruolo importante, pagato meglio, e mi vieni a parlare di riempitivi? Il compito che svolgi adesso verrà assegnato a un'altra persona.

Anche lui lavorava coi miei fratelli. Si chiama Gaetano e lo conoscerai presto. »

Mi ha sostituita senza neppure dirmelo, pensò, irritata. « Però la *Nouvelle Marianne...* » mormorò.

« Sì, di quella, e solo di quella, continuerai a occuparti tu », tagliò corto lui, con un sospiro spazientito. « Conosco il *patto...* se così lo vogliamo chiamare. Ma ti avviso: è un'eccezione, e vale solo per la *Nouvelle Marianne.* Tutti gli altri prodotti che formulerai saranno di proprietà del marchio F. COLELLA. » E la guardò, con l'aria di chi aveva appena messo a segno il punto della vittoria; quegli occhi, famelici e tronfi, le stavano dicendo chiaro e tondo che sì, lui poteva anche aver perso una battaglia, ma sarebbe stata l'unica. Da quel momento in poi, qualsiasi cosa Agnese avesse creato sarebbe appartenuta a lui e solo a lui.

Lei prese un respiro, e spostò lo sguardo sulla distesa di ulivi. Ripensò alle parole di Lorenzo, che l'aveva accusata di ideare i prodotti per poi regalarli a Colella, e per questo le aveva sbattuto il telefono in faccia. *Potrei rifiutare e andarmene,* rifletté. *Sì, ma poi? Cosa succederebbe? Porterei la formula con me e la* Marianne *verrebbe cancellata un'altra volta. E, con lei, i nonni.* No, non poteva permetterlo, si disse. Non dopo tutto quello che aveva fatto per salvarla. Finché non avesse avuto i mezzi per fondare la sua Casa Rizzo, le sarebbe toccato restare. Alle condizioni di Colella.

Era una domenica mattina soleggiata. La finestra in camera di Agnese era spalancata, e lei se ne stava in pigiama a dare una spazzata per terra, passando la scopa per due volte su ogni mattonella. D'un tratto, sentì partire una musica ad alto volume.

«Agnese!» gridò Salvatora, dal piano di sotto. «Abbassa subito! Tuo padre ha mal di testa!»

«Mamma, ma non sono io!» esclamò lei. «Viene da fuori!»

Con la scopa in una mano, si sporse dalla finestra. Poco oltre il portico, posato per terra, c'era un giradischi portatile, con sopra un disco che girava. *Ma cosa...* pensò, stranita, quando la voce del cantante prese a intonare: «*La tua mano, la tua mano... te l'ho chiesta per provare... Me l'hai data, mi hai sorriso, ti ho potuta ritrovar... I tuoi occhi senza fine son gli stessi che mi han dato... la maniera di sognare, di guardare nel passato... Voglio avere qualche cosa da potere ricordare... Voglio uscire e non vederti ma sentirti nel mio cuore...*»

A quel punto, Giorgio spuntò da sotto il portico, e alzò lo sguardo su di lei.

Agnese si portò entrambe le mani alla bocca, facendo cadere la scopa per terra.

Lui le fece l'occhiolino e cantò l'ultima strofa, muovendo soltanto le labbra. «*La tua mano, la tua mano... Tu mi hai dato la tua mano... La tua mano, la tua mano... tu mi hai dato la tua mano.*»

Lei scoppiò a ridere.

«Piaciuta?» domandò Giorgio, con un sorriso.

«Moltissimo! Ma chi è? Non lo conosco.»

«Non lo conoscevo nemmeno io. Si chiama Gino Paoli. Ho trovato il disco a Genova. L'ho ascoltato e mi ha fatto pensare a te.»

«Agnese!» Salvatora, ancora in sottana, si era precipitata in camera della figlia. Aveva le guance paonazze e un sorriso radioso.

Lei si voltò. « Mamma? »

« Mi sono goduta tutta la scena da giù », disse, emozionata.

Agnese si lasciò andare a un sorriso.

La madre batté le mani e alzò gli occhi al cielo. « Non solo romantico... pure bello! » commentò e, con una postura trionfante, lasciò la stanza.

Agnese si vestì alla svelta e raggiunse Giorgio. « Ma non avevi scritto che arrivavi martedì? » esclamò, abbracciandolo.

« Bugia. Volevo farti una sorpresa », rispose lui. « Ti devo dire una cosa. »

Agnese lo interrogò con lo sguardo. « Bella o brutta? »

Giorgio fece un sorrisino. « Te la dirò quando saremo sul nostro masso. » Fece per baciarla, ma lei si ritrasse. « No, no, non qui. C'è la mia mamma che spia da dietro le tende della finestra, la vedo! » Giorgio si mise a ridere, e lei lo tirò per un braccio.

Attraversarono la città, tra il brulichio domenicale di piazza del Municipio e il profumo di paste fresche del Bar Italia, l'andirivieni sulla via degli artigiani e la gente che affollava piazza San Francesco, chi a discutere di politica davanti all'edicola, chi sul sagrato in attesa della messa.

« Fermiamoci un attimo, devo comprare *l'Unità* », disse Giorgio. E, facendosi largo tra un piccolo gruppo di uomini vestiti a festa, raggiunse l'edicola.

« Che mi significa la polizia femminile? » stava dicendo uno.

« Vedi tu se mo' ci devono difendere le femmine, a noi! » ridacchiò un altro.

« Dici così perché non conosci mia moglie », intervenne il terzo. E giù risate.

Giorgio pagò il giornale e si allontanò stringendo di nuovo la mano di Agnese, ma vennero interrotti dall'arrivo della piccola Vittoria, che sembrava sbucata dal nulla. La bambina corse verso Agnese con un tale slancio che per poco non la fece cadere.

« Piano! Piano! » esclamò lei, ridendo.

Vittoria puntò lo sguardo su Giorgio e gli lanciò un'occhiataccia.

Agnese si accovacciò. « Perché lo guardi male? Tranquilla, è buono, è mio amico », le disse, con un sorriso.

Con aria poco convinta, la piccola distolse lo sguardo da Giorgio e fissò Agnese. « Senti! » disse poi, mostrandole i palmi.

Come sempre, Agnese le annusò le mani. Il profumo, però, stavolta era diverso. « Hai usato la *Nouvelle Marianne...* » disse.

La bambina annuì.

« E dimmi: ti piace quanto la saponetta di prima? »

« Di più! » esclamò Vittoria, allargando le braccia. « Hai fatto il sapone più profumato del mondo. »

Agnese sollevò gli occhi su Giorgio per un istante. Si sorrisero.

« E chi te lo dice che l'ho fatto io? » scherzò lei, tornando a guardare la bambina.

« Nessuno. L'ho capito da sola... » rispose lei, torcendosi le mani.

In quel momento, si sentì urlare: « Vittoria! Torna subito qui! »

Agnese si tirò in piedi. Concetta se ne stava sulla porta dello spaccio, e fissava nella loro direzione con aria inviperita.

« Dai, andiamo », disse Giorgio, tradendo una certa impazienza.

«Sì...» mormorò Agnese, vagamente confusa. Accarezzò i capelli ispidi della bambina e le disse: «Vai, su, se no la mamma si arrabbia».

Non appena s'infilarono nel vicolo che conduceva al porto, Agnese notò la Lambretta parcheggiata e riconobbe la targa: era quella di Lorenzo. Allora rallentò e si guardò intorno; sapeva che lui l'aveva lasciata ad Angela, e infatti era lei che stava cercando con lo sguardo, quando vide un ragazzo mettere in moto la Lambretta e montarci su. Un tipo che Agnese non aveva mai visto prima. *Ma che strano.*

«A cosa pensi?» le domandò Giorgio.

Lei si riscosse. «No, è che... quella è la Lambretta di mio fratello», spiegò, indicandola. «Cioè, adesso la usa Angela, la sua fidanzata, però... Boh. Ci è appena salito quel ragazzo... Non capisco.»

«Sarà un amico di Angela, e lei gliel'avrà prestata», rispose lui.

«Mmm.» Quando mai Angela aveva avuto un amico maschio? pensò Agnese. Lorenzo non gliel'aveva mai permesso... Si strinse nelle spalle, e continuò a camminare.

Quando arrivarono al loro masso, due gabbiani che erano acquattati lì sopra spiccarono il volo. Come se già sapessero di dover lasciare loro il posto.

Lui si sedette e Agnese si accoccolò tra le sue gambe, poi la circondò con entrambe le braccia e posò il mento sull'incavo del collo di lei. Rimasero a guardare il mare, cullati dal suono della leggera risacca delle onde.

«A maggio smetterò di navigare», annunciò Giorgio.

«Oh... E... tornerai a Savona?» gli domandò lei, con un nodo in gola.

Giorgio annuì. « Ho trovato un locale in affitto, giù al porto. Costa il giusto, ed è grande quanto serve. Ho già dato la caparra. »

Agnese abbassò lo sguardo. « Questo vuole dire che non tornerai più qui? »

« Già », rispose lui. E la baciò sulla guancia. « Perciò voglio chiederti di venire su con me. »

Lei si girò a guardarlo, incredula. Lui le sorrise, poi tirò un riccio e lo lasciò andare. « La mia capelli pazzi... »

« Non so se ho capito bene... Vuoi che venga con te a Savona? Ma per quanto tempo? »

« Ah, boh », rispose lui. « Io pensavo per sempre, se sei d'accordo. »

Sul viso di Agnese si fece lentamente strada un sorriso. « Ma allora la canzone... *la tua mano, la tua mano...* »

Giorgio si slanciò ad abbracciarla e, con un sospiro, la strinse forte forte. Poi si distese sul masso e attirò Agnese su di sé.

La fissò dritto negli occhi, con uno sguardo dolcissimo. « Non hai ancora risposto, però. »

Agnese si sentiva stordita, contenta, ma nel contempo in preda a un vago timore, e a un senso di colpa che non sapeva spiegare. « È che... Come faccio ad andarmene da qui? Non posso lasciare il saponificio. »

Giorgio cambiò espressione di colpo. E si tirò su a sedere. « Cosa vuol dire che non puoi lasciare il saponificio? »

« Voglio dire non subito, almeno », s'affrettò ad aggiungere lei, toccandogli il braccio, nel punto in cui c'era la piccola voglia. Provò a spiegargli il motivo: la promozione, i soldi in più che avrebbe guadagnato e che avrebbero accorciato la strada per il suo sogno, la *Nouvelle Marianne* che poteva sopravvivere soltanto se lei restava...

Lui ascoltò in silenzio. Distolse lo sguardo e, socchiudendo le palpebre, lo lasciò scorrere sul mare. Agnese lo osservò: la delusione gli si leggeva in ogni piega del viso. Non aggiunse nulla, mortificata, e levò la mano dal braccio di lui. Ma che stava facendo? si disse. Il ragazzo di cui era innamorata le aveva appena chiesto di andare via con lui. E lei? Doveva pure stare a pensarci? Perché non gli aveva risposto « Sì » subito? *E se cambia idea e poi non torna più?* rimuginò. Se soltanto ci pensava, le si mozzava il respiro.

Giorgio tornò a guardarla, coi suoi occhioni blu. « Facciamo così », disse, rompendo il silenzio. « Tu pensaci. Pensa bene a cosa è più importante per te: se io o la fabbrica. Quando lo capirai, mi darai una risposta. » E le strizzò l'occhio, con un sorriso triste.

Agnese imbronciò le labbra. *Per me siete importanti tutti e due,* avrebbe voluto rispondergli. Ma decise di tenere quel pensiero per sé.

Nell'atelier, Angela si stava svestendo dietro un séparé, mentre Nicola, tutto concentrato, preparava i colori sulla tavolozza.

Dopo che si era presentata alla sua porta, Angela era tornata ad Araglie per qualche giorno. « Il tempo di mettere le cose a posto », aveva detto. Innanzitutto aveva venduto la Lambretta a un meccanico che faceva anche da rivenditore di auto e motorini usati; sapeva perfettamente che, non appena Lorenzo lo avesse saputo, sarebbe andato su tutte le furie. Ma francamente non le importava: era troppo arrabbiata con lui, troppo ferita per lasciar spazio agli scrupoli. *Ben gli sta. Al diavolo lui e la sua Lambretta,* aveva pensato quando il meccanico, con le mani sporche di grasso, le aveva consegnato una busta coi soldi. Non era la cifra che Angela aveva sperato di ricavare: bisognava considerare l'usura, aveva chiarito l'uomo, la batteria che causava il problema all'accensione e il fatto che quel modello era fuori produzione dal 1955. Con un sospiro, Angela aveva dovuto abbozzare. Tuttavia, rimaneva comunque una bella somma, quella che lei guadagnava in tre mesi di lavoro. E sarebbe stata sufficiente, almeno per i primi tempi.

Poi, era andata dritta alla bottega di ceramiche e si era licenziata, indifferente alla valanga di ingiurie che Oronzo le aveva riversato addosso: l'aveva accusata di essere un'egoista, visto che lo stava mollando in tronco, senza il minimo preavviso. Come avrebbe fatto, dall'oggi al domani, a trovare una sostituta, una con la sua esperienza? « Dopo tutto quello che ho fatto per te », aveva mormorato, in tono offeso. « Ti ho preso a lavorare che eri una ragazzina, non sapevi fare niente, avevi solo il tuo bel faccino. Eppure io ti ho dato lo stesso un'opportunità. »

Angela aveva tratto un bel respiro e l'aveva fissato con uno dei suoi sguardi sferzanti. Poi, mentre lui continuava a borbottare, lei gli aveva voltato le spalle ed era uscita dalla bottega per sempre.

Per ultimo, aveva allestito un castello di bugie da rifilare alla madre, per non farla impensierire. Lorenzo era riuscito a trovarle un lavoro a Lecce - aveva detto - quindi finalmente poteva raggiungerlo. Avrebbe cominciato l'indomani, pertanto le toccava partire subito.

« Questi, Oronzo me li doveva da un pezzo, per degli

straordinari », le aveva mentito ancora, consegnandole la busta del meccanico. Di quei soldi, aveva trattenuto per sé solo una parte. « Ti basteranno per un po'. Presto, te ne manderò altri. »

Disorientata, Marilena aveva preso la busta e, quando Angela era andata in camera sua per fare la valigia, l'aveva seguita e si era fermata sulla soglia. « Ma guadagnerai di più, con questo nuovo lavoro? Avete intenzione di rimanere a vivere a Lecce? Ad Araglie non ci tornerete più? Mi stai lasciando da sola? »

Angela aveva sbuffato e, con un gesto brusco, aveva chiuso la valigia.

« Sei pronta? » la chiamò Nicola.

Angela si avvolse in un lenzuolo e uscì dal séparé. Nicola era in piedi, di fronte al cavalletto, col grembiule e i capelli biondi legati in una piccola coda bassa. « Come ieri, sdraiata supina, con la testa rivolta verso di me », le disse.

Angela obbedì, si mise distesa e levò il lenzuolo. La sessione sarebbe durata ore, già lo sapeva.

Da quando aveva cominciato a posare per lui, aveva lavorato ininterrottamente. Tutti i giorni. I quadri dovevano essere consegnati alla galleria entro la metà di dicembre, e Nicola dipingeva come un forsennato; capitava che, mentre aspettava che la prima passata di colore di un dipinto asciugasse, lui ne cominciasse un altro. La sua creatività era sempre vivacissima, accesa da un talento fuori dal comune, che però si scontrava con le sue origini alto-borghesi. Quindi era un vulcano, ma insicuro delle proprie potenzialità, geniale e nel contempo timoroso dei giudizi altrui. Angela pensava che fosse il ragazzo più gentile che avesse mai conosciuto: quando lei gli aveva spiegato la situazione, confessandogli anche il litigio con Lorenzo, lui si era offerto di ospitarla e le aveva riservato una stanzetta dello studio, arredata con una brandina e una piccola cucina; la sera, quando finivano, si fermava a cenare con lei, per non lasciarla da sola; fin da subito l'aveva trattata e pagata come una professionista, una modella vera, e mai una volta l'aveva sfiorata o aveva posato uno sguardo malizioso sul suo corpo. L'atteggiamento di lui l'aveva fatta sentire al sicuro, protetta, ragion per cui, quando si era dovuta spogliare per la prima volta davanti a un uomo che non era Lorenzo, si era sentita incredibilmente a proprio agio.

In quelle settimane di lavoro frenetico, non aveva avuto molto tempo di gironzolare in città, esplorarne le strade, conoscere persone nuove... A dirla tutta, ogni volta che usciva temeva di imbattersi in Lorenzo, così, per non correre il rischio, si teneva alla larga dal centro e dalla zona in cui si trovava la galleria. Lorenzo non doveva sapere che lei era lì... non subito, almeno. Una mattina, per un pelo non l'aveva vista: lei e Nicola erano al lavoro, quando d'un tratto avevano sentito bussare alla porta; Nicola era andato ad aprire, e non appena Angela lo aveva sentito esclamare: «Ciao, Lorenzo!» era corsa a nascondersi in bagno. Nicola, tuttavia, non l'aveva fatto entrare, con la scusa che era nel pieno del processo creativo e dunque non poteva proprio interrompersi. «Non starmi col fiato sul collo. Li vedrai quando saranno finiti», aveva poi aggiunto, con gentilezza. Da quel giorno, Lorenzo non aveva più fatto visite improvvise.

Angela aveva un piano ben preciso: voleva che lui lo scoprisse soltanto all'inaugurazione della mostra, quando l'avrebbe vista arrivare splendente al fianco di Nicola, presentata a tutti come la sua musa, circondata da gloria e ammirazione. Era la lezione che si meritava, pensò. Voleva fargli capire, una volta per tutte, cosa stava perdendo per correre dietro a un desiderio impossibile... E forse, soltanto allora, Lorenzo avrebbe ricominciato a guardarla con gli occhi di una volta. A ricordare com'erano, loro due insieme.

14

Cronaca di un amore

dicembre 1959

Dopo aver aiutato Giuseppe a indossare il cappotto, Salvatora accompagnò il marito alla porta, tempestandolo di raccomandazioni: « Prendi la macchina. Non fare sforzi. Non ti affaticare. E, se ti senti stanco, torna subito a casa! » Da quando Giuseppe si era sentito male, Salvatora era diventata ancora più apprensiva. Il medico aveva liquidato l'episodio come « un calo di pressione dovuto alla stanchezza », e tuttavia aveva ammonito Giuseppe a non strapazzarsi troppo; il cuore rischiava di indebolirsi ulteriormente, nel suo stato di salute compromesso dall'obesità. « Non si preoccupi, dottore. Mo' lo metto in riga io! » aveva subito ribattuto Salvatora, battendosi una mano sul petto. Perciò aveva costretto il marito al riposo assoluto e, se Giuseppe provava anche solo a dire: « Ma sai che oggi mi sento meglio? Quasi quasi faccio un salto al cantiere », lei lo fermava seduta stante. « Non se ne parla proprio, non vai da nessuna parte, non vedi che sei ancora debole? » Giuseppe era rimasto chiuso in casa per una manciata di giorni, poi non aveva più resistito: doveva tornare dalla sua barca, diceva.

Era a pochi passi dal cantiere, quando sentì una melodia che proveniva dall'interno dell'edificio.

Entrò. Luigi era accovacciato accanto a un gozzo, con uno strofinaccio sulla spalla; per terra, c'era una radiolina che trasmetteva una canzone malinconica in cui un uomo prometteva di amare ancora più di prima, per la vita intera.

« E questa? » domandò Giuseppe, indicando la radiolina.

Luigi alzò le spalle. « L'ho portata da casa. Fa compagnia », rispose, senza voltarsi.

Giuseppe annuì, poi si sfilò il cappotto, lo portò nello sgabuzzino e, quando tornò nella stanza, gli chiese: « Michele non c'è? Non viene, oggi? »

Luigi strinse gli occhi sul gozzo. « No. Né oggi, e nemmeno domani e dopodomani. »

« Oh... Si è ammalato? » chiese Giuseppe.

« Ma che ammalato... Se n'è andato. »

Giuseppe si stranì. « Non capisco. Così? Di punto in bianco? »

L'altro si mise in piedi. « Un cugino gli ha trovato lavoro alla Magneti Marelli, a Milano. È partito ieri sera, in fretta e furia », disse, a testa china. « Come un ladro », aggiunse, in un sussurro. E alzò lo sguardo. Solo allora Giuseppe notò che l'amico aveva gli occhi gonfi e arrossati: aveva pianto, non c'era dubbio. Allora si avvicinò e, mentre ripartiva il ritornello, gli posò una mano sulla spalla e lo guardò intensamente, con affetto. « Mi dispiace », commentò.

Luigi sgranò gli occhi, ma solo per un istante. Tirò su col naso e prese ad annuire lentamente, con l'espressione di chi aveva capito che Giuseppe, chissà come e da quanto tempo, sapeva di quell'amore scandaloso e taciuto. Sollevò una mano e la chiuse su quella dell'amico.

Non appena la canzone finì, Luigi si allontanò e spense la radiolina. «Hai deciso 'sto nome?» gli chiese poi.

Giuseppe fece un mezzo sorriso. Senza rispondere, prese un pennello e il barattolo di vernice bianca, accostò una sedia alla barca e si sedette. Luigi lo raggiunse e, lanciandogli un'occhiata interrogativa, si mise le mani sui fianchi. Allora Giuseppe intinse il pennello nella vernice e cominciò a disegnare le lettere sulla fiancata nera e bordeaux, finché non scrisse la parola per intero: FENICE.

«Fenice? E che vuol dire?» domandò Luigi.

L'altro ridacchiò. «È un uccello mitologico che brucia nel fuoco e poi rinasce dalle proprie ceneri», spiegò. «Sai, è quello che la barca e tutto questo», continuò, con la voce incrinata e un cenno al cantiere, «significano per me: una rinascita.»

Luigi accennò un sorriso, poi gli diede una piccola pacca sulla nuca rigonfia di pieghe. «Fenice! E bravo l'amico mio!»

Due giorni prima della mostra, un furgoncino noleggiato da zio Domenico andò a ritirare i quadri dall'atelier di Nicola e, in tarda mattinata, li consegnò alla Galleria Ingrosso. Lorenzo, che fremeva dalla curiosità, si mise subito a spacchettarli, levando da ciascuno il doppio strato di carta marrone: oltre ai quattro dipinti che già conosceva – il nudo materico, il paesaggio astratto, l'autoritratto di Nicola e quello che raffigurava le mani di sua nonna – scoprì i sei quadri nuovi che, fino ad allora, non aveva ancora visto. In un bigliettino, Nicola aveva scritto che facevano parte di una serie che aveva deciso di intitolare *Lei*. Lorenzo li sistemò per terra, l'uno accanto all'altro, secondo l'ordine numerato riportato sull'incarto e... ne rimase immediatamente folgorato. Le opere, realizzate con una tecnica mista di sabbia, gesso e stoffa, ritraevano, in pose diverse, il corpo e il volto di una donna dai lunghi capelli d'oro, l'unico colore che spiccava sulla tela. Come le altre volte, Lorenzo pensò che quei dipinti erano tanto straordinari quanto indefinibili, collocati com'erano a metà tra la pittura e la scultura. Si inginocchiò e prese a esaminarli con attenzione: la figura femminile, quella «Lei» senza nome, era ritratta con estrema delicatezza e pudore; i lineamenti del volto e le curve del corpo erano restituiti unicamente dai rilievi della materia, che Nicola aveva modellato con sensualità e maestria.

«Allora? Qual è l'*insindacabile* giudizio?»

Lorenzo si voltò. Nicola era affacciato sulla porta della galleria e si torceva le mani, timoroso.

«Meravigliosi!» esclamò Lorenzo, rimettendosi in piedi. Gli andò incontro e gli strinse un braccio. «Complimenti, davvero. Non vedo l'ora che sia dopodomani, per farli vedere a tutti.»

Nicola sorrise, finalmente rilassato. Quindi i due attaccarono a discutere dell'allestimento e delle luci, nonché dell'ordine di esposizione. Nicola si oppose all'uso di qualsiasi cornice. «Anche le tele devono essere nude, come i soggetti ritratti», spiegò. E a Lorenzo parve subito una bellissima idea.

Dopo che Nicola ebbe scritto su un foglio la didascalia di ogni dipinto, Lorenzo lo prese, lo ripiegò e lo ficcò nella tasca della giacca. «Ora scusami, ma corro in tipografia», disse. «Così siamo sicuri che per domani le etichette saranno pronte.»

Mentre uscivano dalla galleria e Lorenzo chiudeva a chiave la porta a vetri, si girò un momento verso Nicola e gli domandò, con un sorriso allusivo: «Chi è questa 'Lei' misteriosa? Ci sarà, al vernissage?»

Nicola esitò. «Sì», mormorò poi, distogliendo lo sguardo.

La sera dell'inaugurazione, pioveva a dirotto. Con un sospiro, Lorenzo sprofondò sul divano rosso, al centro della sala allestita.

«Che hai?» gli chiese zio Domenico, sgraffignando un'oliva dal buffet all'ingresso.

«Eh, che ho... Proprio oggi doveva mettersi a piovere, porca vacca? Non verrà nessuno», rispose lui, in preda allo sconforto.

Lo zio ridacchiò. «Rilassati. Ci saranno tutti, vedrai.» E sputò il nocciolo nel palmo della mano. «Ascolta, mi assento per dieci minuti. Vado a prendere la zia, in macchina.»

Lorenzo annuì stancamente. Gli inviti, destinati alle famiglie più influenti della città, che di fatto coincidevano coi clienti della galleria, erano stati spediti per posta, tranne quello per i Guarini, che Lorenzo aveva voluto recapitare di persona. Quella mostra doveva essere la sua consacrazione, l'occasione per dimostrare a tutti, specialmente ai genitori di Doriana, che lui, Lorenzo Rizzo, era degno della loro unica figlia, e meritava di entrare a pieno titolo nella cerchia ristretta della « Lecce bene ». Ragion per cui aveva dedicato al discorso inaugurale ore e ore, accartocciando pagine, cancellando e riscrivendo frasi; quando era arrivato a una versione che lo aveva soddisfatto, si era messo a provare il discorso davanti allo specchio, cercando l'intonazione più giusta e le pause più efficaci.

Maledetta pioggia, doveva essere una serata perfetta, e invece... pensò, rovesciando la testa all'indietro e allungando le braccia sullo schienale del divano, quando Doriana varcò la porta, sorridente. Lorenzo si alzò di scatto.

« Scusami, sono in anticipo », disse lei, richiudendo l'ombrello fradicio. « Ma sai... ho pensato che magari avevi bisogno di sostegno, in una serata così importante... »

« Hai fatto benissimo! » esclamò subito lui, e l'aiutò a togliersi il cappotto di cachemire, questa volta di un bel blu acceso. « Stai d'incanto, vestita così », commentò poi.

Lei ringraziò, stringendosi nelle spalle. « È un tailleur di Chanel », rispose, lisciando la gonna bianca in tweed, cui era abbinata una giacca coi bottoncini e le tasche dai bordi neri. Lorenzo portò il cappotto nel ripostiglio, dove era stato predisposto il guardaroba e, quando tornò, versò un dito di spumante in due calici stretti e ne porse uno a Doriana. Lei lo sollevò di poco, con un sorrisino, e bevve un sorso.

« Sono felice che tu sia qui », disse lui, guardandola dritto negli occhi. « Mi fai sentire... tranquillo. »

Lei fece una piccola smorfia. « Davvero? »

« Davvero », ripeté Lorenzo. E le sfiorò una mano.

Nel giro di mezz'ora, gli invitati arrivarono a frotte. Aveva avuto ragione lo zio Domenico, pensò Lorenzo, lanciando un'occhiata alla folla che ammirava i quadri, agli zii che se la ridevano coi coniugi Guarini, e al cameriere che offriva loro un vassoio di tartine. Non mancava proprio nessuno, a eccezione dell'artista, che si stava facendo attendere più del dovuto. Lorenzo sbirciò l'orologio. *Ma che fine ha fatto? Doveva essere qui già da un pezzo,* rimuginò, mordendosi il labbro.

« C'è qualcosa che non va? » gli chiese Doriana.

« Eh? No, no », farfugliò Lorenzo. « Perché? »

« Le labbra », rispose lei, toccandosele con un dito. « L'ho notato, sai? Te le mordi sempre, quando sei pensieroso... »

Lui non fece in tempo a replicare perché, d'un tratto, nella sala si levò un applauso. Lorenzo si girò in direzione della porta: allungando il collo oltre la marea di teste, intravide Nicola che aveva appena fatto il suo ingresso. Con un sorriso, si mosse per andargli incontro ma, quando fu a pochi passi da lui, si impietrì, e in un lampo il sorriso gli scomparve dal volto: stretta al braccio di Nicola, c'era Angela. In un abito di seta verde che le fasciava il corpo alla perfezione, e coi capelli acconciati in onde morbide, era bellissima ed elegante come Lorenzo non l'aveva mai vista; all'anulare sinistro, riluceva l'anello della nonna Marianna. Zio Domenico si avvicinò al nipote. « Ma che storia è questa? Tu lo sapevi? » bisbigliò, con un'espressione contrariata. Lorenzo scosse la testa; non riusciva neppure a parlare, da quanto si sentiva sconvolto. Lo zio gli diede un colpetto sulla schiena. « Animo, su! » gli intimò, sempre a bassa voce. « È la tua serata, non lasciartela rovinare. » L'altro deglutì a vuoto, prese un respiro e raggiunse Nicola e Angela, ma le parole gli morirono in gola e si limitò a fissare la ragazza, che lo guardò di rimando, con un lampo negli occhi. Doriana si unì ai tre in quell'istante e, con un sorriso, posò una mano sul braccio di Lorenzo. Angela sussultò.

«Ecco l'artista. Lieta di conoscerla, Doriana Guarini», disse la ragazza, tendendo la mano a Nicola. Poi guardò Angela e rivolse uno sguardo interrogativo al suo accompagnatore.

«Sì, scusi, le presento Angela Perrone», mormorò allora Nicola. «È lei che mi ha ispirato, per questi quadri.» E guardò Lorenzo che, ammutolito, continuava a fissare Angela con uno sguardo duro e sgomento insieme.

«Siamo pronti per iniziare», s'intromise zio Domenico, cercando di evitare le occhiate di Angela.

Lorenzo annuì e si avviò. Doriana gli andò dietro. «Tutto bene?» gli chiese. «Hai cambiato umore all'improvviso...»

Lui si sforzò di sorriderle, ma non le rispose. Mentre avanzava verso il centro della sala e il brusio della gente si affievoliva, Lorenzo desiderò soltanto di scomparire, di scappare via da lì. Come aveva potuto, Angela, fargli un tiro del genere, in una serata per lui così importante? pensò. Quanto era stata brava a nascondersi, in tutto quel tempo, mentre lui la credeva ad Araglie... Gli aveva mentito, si era presa gioco di lui, coinvolgendo pure Nicola, senza alcun riguardo... Perché? Perché l'aveva fatto? Nel frattempo, col cuore sempre più in tumulto, era arrivato nel bel mezzo della stanza. Tutti lo fissavano, in attesa che cominciasse a parlare. Lui fece vagare lo sguardo all'intorno; il discorso su cui aveva tanto lavorato non c'era più, come se gli fosse stato cancellato dalla mente. Come iniziava? Non riusciva proprio a ricordarlo. La sala venne percorsa da un mormorio, e la gente prese a scambiarsi occhiate perplesse e confuse. Lorenzo indugiò sul volto di Doriana, che lo stava fissando con una faccia sinceramente preoccupata, poi incrociò lo sguardo incerto di Eugenio Guarini, in piedi accanto alla figlia. Allora, di colpo, si riscosse. Trasse un profondo respiro e finalmente cominciò a parlare, con la voce che incespicava. Con un immane sforzo, riuscì a concludere il discorso. Quindi si fece da parte per lasciare il posto a Nicola, che venne accolto da applausi scroscianti.

Lorenzo si allontanò e andò dritto al buffet, nella sala attigua; chiese al cameriere un bicchiere di spumante e se lo scolò d'un fiato. Quasi non ascoltò Nicola che, dopo aver raccontato l'origine delle serie *Lei* e aver ringraziato la sua musa, si stava godendo un secondo applauso, ancora più entusiasta. A quello seguì un basso brusio, segno evidente che le persone avevano ripreso ad andare in giro per la galleria, commentando i quadri. Allora Lorenzo rientrò nella sala, vide Angela che stava mangiando una tartina e le si avvicinò, sibilandole all'orecchio: « Vieni con me ». Non si rese conto che Doriana lo stava osservando e lo aveva visto dirigersi alla svelta verso il ripostiglio, tirando Angela per un polso.

Lorenzo richiuse la porta e, con occhi infuocati, spinse la ragazza contro il muro. « Cosa pensavi di fare? Volevi farmela pagare? Mettermi in difficoltà? Be', brava, ci sei riuscita! Sei un'egoista. Egoista, e pure bugiarda! »

Lei gli lanciò uno sguardo sprezzante, e fece un passo in avanti. « Poverino... E ora cosa dirà, la 'gente che conta'? Cosa penserà Doriana, con quel suo bel faccino? » disse, imitandone la voce sottile. « Che scema. Avrei dovuto capirlo subito. Di' la verità. È per quella ragazzina tutta *gne gne* se tra noi sta finendo? »

Lui la guardò con occhi febbrili. Poi le si slanciò addosso e la baciò con foga. Quando le sollevò la gonna, Angela lo abbracciò stretto.

La mattina della vigilia di Natale, la coda per entrare allo spaccio arrivava fino in piazza.

«Mamma mia, ma quanta gente c'è?» sbuffò Agnese.

«Non lo sai che è sempre così, nei giorni di festa?» ribatté Salvatora. Prese la figlia sottobraccio e si misero in fila. *Per una volta che potevo dormire fino a tardi,* pensò Agnese. E invece la madre l'aveva trascinata con sé a fare la spesa perché, aveva detto, c'erano troppe cose da comprare, e da sola non ce l'avrebbe mica fatta, a portare le buste. Come tutti gli anni, aveva invitato gli zii a cena e, come ogni Natale, si era fatta prendere dall'ansia per via del menu. Qualche giorno prima, Agnese l'aveva sentita discutere al telefono con zia Luisa riguardo alle portate, un'altra cosa che facevano sempre. Poteva scommettere che la zia aveva suggerito di preparare solo un antipasto e un secondo, perché, se facevano pure la pasta, andava a finire che non si riusciva a mangiare tutto; al che, Salvatora aveva subito ribattuto che una cena della vigilia senza almeno tre portate, primo piatto compreso, non si poteva proprio concepire. Inzuppando un biscotto nel latte, Agnese aveva sorriso della prevedibilità di quella conversazione... ma poi la madre aveva mormorato: «Luisa cara, diresti a Lorenzo che può venire anche lui? Ne abbiamo parlato, con Giuseppe. La porta di casa è aperta, se vuole... D'altronde è Natale, no?»

Agnese si era alzata di scatto, si era avvicinata alla madre e le aveva indirizzato uno sguardo pieno di stupore e di gratitudine. Poi Salvatora aveva riagganciato e si era tirata su dalla sedia.

« Viene anche Lorenzo? Sul serio? » l'aveva incalzata la figlia.

« Mo' vediamo. La zia dice che lui ha già un altro invito. Ma che ci prova lo stesso, a convincerlo. Che ti devo dire... noi il primo passo l'abbiamo fatto », aveva replicato Salvatora, con un sospiro.

« Speriamo, mamma... Sarebbe il regalo di Natale più bello », aveva commentato Agnese, in un guizzo di gioia. Quello stesso giorno, era corsa a prendere un dono per il fratello, nel caso fosse venuto; era andata dritta al Cinema-teatro Apollo e aveva chiesto ad Alfredo di poter dare un'occhiata alle vecchie locandine. Lui l'aveva accompagnata di sopra, nella sala proiezione, e le aveva indicato un baule. « Cerca pure con calma », le aveva detto. Rovistando, Agnese aveva scovato il manifesto di un film che a Lorenzo piaceva molto, e che i due avevano visto insieme, tanti anni addietro: era *Cronaca di un amore* di Michelangelo Antonioni. Agnese non ricordava la trama nei dettagli, ma le sembrava che raccontasse di un uomo e di una donna che si amavano con passione folle, ma l'uno era povero e l'altra ricca, sposata a un facoltoso uomo d'affari...

« Guarda, c'è la Marilena! » esclamò Salvatora, agitando una mano per richiamare l'attenzione della donna.

Agnese si girò. Vestita di nero come sempre, la mamma di Angela arrancava verso di loro, reggendo una sacca di tela colma di verdure.

« Come stai? È da un po' che non ti vedo, in chiesa », la salutò Salvatora.

Marilena rispose che ultimamente usciva poco, che camminare le dava un forte dolore all'anca, e quindi il più delle volte preferiva starsene tranquilla in casa. Poi spostò lo sguardo su Agnese. « Che brava, che accompagni la mamma a fare la spesa... » commentò, con un velo di tristezza sugli occhi.

Un po' a disagio, Agnese si limitò a sorriderle.

« Angela, con me, non viene mai da nessuna parte », continuò la donna. « Da quando se n'è andata, poi, la vedo così poco... Viene a trovarmi due volte al mese, se va bene... Sto sempre sola... Meno male che, almeno stasera, sia lei sia Fernando verranno a cena. Lui sta portando pure la fidanzata, stavolta. Sono in viaggio, in questo momento. »

« Angela se n'è andata? E dove? » chiese Salvatora, sorpresa.

Marilena spiegò che la figlia, ormai, viveva a Lecce; si era trasferita per stare vicino a Lorenzo, anzi era stato proprio lui a trovarle un impiego, in città; anche se, aggiunse, non aveva ben capito di cosa si trattasse.

Agnese si impensierì. *Se Angela non vive più ad Araglie, allora che accipicchia ci faceva quel tizio sulla Lambretta di Lorenzo?* Era da escludere che lei gliel'avesse prestata, come sosteneva Giorgio. *No, c'è qualcosa che non mi torna...*

Con un sospiro, Salvatora bofonchiò che i giovani moderni le sembravano tutti così irrequieti... Non erano mai contenti, cambiavano città e lavoro, andavano a vivere lontano dai genitori e tardavano a mettere su famiglia, concluse lanciando ad Agnese un'occhiata di biasimo. Marilena annuiva ripetutamente, con aria sconsolata. Soffocando uno sbadiglio, Agnese lasciò scorrere lo sguardo sulla piazza e, d'un tratto, vide Teresa. Era seduta su una panchina, assorta nella lettura di un libro. Da quando se n'era andata a Bari, per frequentare l'università, Agnese non l'aveva più sentita: mai una telefonata, né una lettera o due righe su una cartolina. Non che quel silenzio l'avesse sorpresa; però, se proprio doveva essere sincera, un po' le era dispiaciuto. Dopo qualche secondo di titubanza, disse: « Mamma, io vado a salutare Teresa... È lì », spiegò, indicandola. Continuando a parlare con Marilena, Salvatora le rivolse un cenno spiccio, come se stesse accordando un permesso che nessuno, in realtà, le aveva chiesto.

Così Agnese si allontanò dalle due donne e si diresse verso la panchina; quando arrivò davanti a Teresa, proiettando la sua ombra sulle pagine del libro, disse semplicemente: « Ciao ».

L'amica sollevò lo sguardo e richiuse il libro, stringendolo a sé. In copertina, su quello che pareva un muro, c'era scritto, a grandi lettere nere, *Una vita violenta* e, in rosso, *Pasolini*. « Ciao », rispose.

Ad Agnese sembrò che il muro della copertina fosse molto simile a quello che separava loro due.

Con un sorriso a labbra strette, Teresa diede due colpetti sulla panchina, invitandola ad accomodarsi accanto a sé.

« Sei tornata per Natale? Quanto ti fermi? » le domandò Agnese, mettendosi a sedere.

L'altra spiegò che sarebbe rimasta solo fino a Santo Stefano; doveva studiare, e preferiva di gran lunga farlo nella sua piccola stanza, a Bari, perché lì ad Araglie era impossibile trovare il tempo, con la madre che le chiedeva di continuo di aiutarla nelle faccende di casa o di sbrigare qualche commissione. « Se fossi un maschio, non se lo sognerebbe neppure di chiedermelo e mi lascerebbe studiare in santa pace, altroché», concluse, con una smorfia di irritazione.

Agnese non commentò. Non ci aveva mai fatto caso, ma in quel momento pensò che, in effetti, pure sua madre aveva sempre ordinato a lei, e mai una volta a Lorenzo, di apparecchiare, di ritirare i panni asciutti o di dare una spazzata per terra... «Ti sta piacendo, l'università?» le chiese poi, intrecciando le mani.

Gli occhi di Teresa si accesero. «Tantissimo. È tutto così stimolante... I professori, i colleghi, l'atmosfera che si respira... Certo, è dura se, come me, devi pure lavorare per pagartela; ma ce la farò. A costo di studiare di notte, ti assicuro che prenderò la laurea con 110 e lode!»

Agnese annuì. «Ne sono sicura», disse con un sorriso.

Il viso dell'altra si addolcì. «Ho saputo, sai, della *Nouvelle Marianne*. Mio padre me l'ha detto. Non so come tu abbia fatto a piegare quel tizio... com'è che si chiama? Ah, sì, Colella. A ogni modo mi hai stupito. Positivamente, intendo. Hai avuto il fegato di metterti contro il padrone, e per giunta hai anche ottenuto una promozione. Così si fa!»

Lei si schermì: era la prima volta che Teresa si mostrava fiera di lei, di qualcosa che aveva fatto... In uno slancio, le prese una mano. «Ho bisogno di parlarne con qualcuno, se no scoppio», disse.

Teresa corrugò la fronte, ma rimase in silenzio. Allora, con la stessa veemenza di un fiume in piena, Agnese le raccontò tutto: di Giorgio, del sentimento che era sbocciato tra loro, della nottata in fabbrica, che definì la più bella della sua vita, della proposta che lui le aveva fatto, del tormento che lei provava all'idea di dover compiere una scelta. «Io voglio stare con lui! Lo so, lo sento qui», disse, toccandosi il petto. «Ma voglio anche restare al saponificio, voglio continuare a fare il mio lavoro. E poi, se me ne vado e porto la formula con me, la *Marianne* non esisterà più.» Prese un respiro. «Il mese prossimo lui tornerà, e si aspetta una risposta. Cosa devo fare?» le domandò, con occhi supplicanti.

Teresa scosse piano la testa e racchiuse la mano dell'amica tra le sue. «Perché, Agnese? Perché dobbiamo essere sempre noi donne a scegliere? A rinunciare a una parte di noi? Agli uomini non viene chiesto mai. Ti sembra giusto?»

Agnese non seppe cosa rispondere. Non aveva mai pensato alla faccenda in questi termini. *Ecco, ora mi sento ancora più confusa di prima,* pensò.

Qualche ora più tardi, mentre aiutava Salvatora a mettere in tavola il servizio buono, quello che veniva tirato fuori dalla credenza soltanto nelle grandi occasioni, Agnese ripensava alle parole dell'amica. Di sottecchi, rivolse un'occhiata alla madre, che indossava il grembiule da cucina e gli orecchini d'oro dei giorni di festa. *Anche la mamma ha dovuto rinunciare a una parte di sé? È davvero così per tutte le donne, come dice Teresa?* si domandò.

Mettendosi le mani sui fianchi, Salvatora esaminò la tavola imbandita, coi piatti di porcellana decorati, i calici di cristallo, le posate d'argento sui tovaglioli ricamati. «Perfetta!» disse. «Giuse', vieni a vedere che bellezza!» gridò in direzione del salotto, dove il marito stava guardando la TV. Agnese le sorrise, poi guardò il posto di

Lorenzo, apparecchiato di nuovo dopo tanto tempo, e le si strinse il cuore: sperava con tutta sé stessa che lui venisse, che accettasse il gesto di pace dei genitori... Andò in soggiorno e sistemò la locandina avvolta in una carta rossa e infiocchettata sotto l'albero di Natale, poi si piazzò davanti alla finestra e scostò la tenda. Dopo una manciata di minuti, intravide i fari dell'automobile dello zio. «Sono arrivati! » esclamò. Con lo stomaco in subbuglio, si fiondò alla porta e l'aprì, seguita da Salvatora e Giuseppe. Quando i fari si spensero, facendo ripiombare lo spiazzo nella penombra, le portiere della macchina si aprirono e ne scesero solo zio Domenico e zia Luisa.

Non è venuto, pensò, incupendosi. I genitori, alle sue spalle, non dissero niente.

Gli zii entrarono tutti sorridenti, reggendo tra le braccia un mucchio di pacchi e pacchetti. Non appena tutti si sedettero intorno al tavolo, Salvatora, in silenzio, levò piatti, posate e bicchieri dal posto di Lorenzo; Agnese si voltò e, con un sospiro di sconforto, guardò la sedia del fratello. Di tanto in tanto, durante la cena o mentre serviva le portate, la madre lanciava occhiate avvilite al posto vuoto; la conversazione languiva, le facce erano scure, le battute degli zii non venivano accolte neanche da un sorriso. Quella sedia libera, quel primo Natale senza Lorenzo, aveva rovinato la serata, e si era fatta macigno sul cuore di ciascuno di loro.

« Era già stato invitato dai Guarini », disse a un certo punto lo zio, rispondendo alla domanda che nessuno aveva avuto il coraggio di fare. « Aveva accettato ben prima che arrivasse il vostro invito. »

« Non se l'è sentita di tirarsi indietro all'ultimo », intervenne zia Luisa. « Doriana ci sarebbe rimasta male... »

«Doriana? E chi è?» chiese Salvatora, con la guancia addossata al palmo della mano.

Gli zii si scambiarono un'occhiata. «La ragazza che frequenta...» mormorò Luisa.

Tutti si voltarono a guardarla.

«Frequenta in che senso?» domandò di nuovo Salvatora, raddrizzandosi.

«Nel senso che si piacciono, che escono insieme...» spiegò zio Domenico, lisciandosi la lunga barba. «Doriana è figlia di un duca, sapete. Una ragazza di ottima famiglia, la migliore che Lorenzo potesse desiderare. Dovreste vederli, insieme. Fanno proprio una bella coppia.»

Agnese era frastornata. Riuscì solo a dire: «Ma... e Angela?»

«È quello che vorrei sapere pure io», s'intromise Salvatora. «Sua madre ci ha detto che mo' sta a Lecce, che ha trovato un lavoro grazie a Lorenzo... La Marilena l'abbiamo incontrata giusto stamattina! Non è vero, Agnese?»

La ragazza annuì.

«Quanta fantasia...» commentò lo zio, ridacchiando. Prese la pipa dal taschino della giacca e l'accese. Luisa si strinse nelle spalle e fece una faccia strana, come a dire che non sapeva proprio di cosa la cognata stesse parlando.

Salvatora allora sospirò rumorosamente e Giuseppe, con una smorfia dispiaciuta, le prese una mano.

«Ci spostiamo in salotto, per i dolci?» propose allora zia Luisa.

«Ma sì», disse subito zio Domenico, alzandosi dalla sedia. «Hai ancora quel liquore alle mandorle buonissimo?» chiese poi alla sorella.

Mentre la mamma e la zia portavano vassoi e bicchierini e i due uomini si accomodavano sul divano, Agnese rimase seduta in cucina, a fissare con sgomento la sedia vuota. *Non ci sto capendo niente! Lorenzo, ma cosa sta succedendo? Che stai combinando?* pensò.

In quello stesso istante, Lorenzo stava sorseggiando un whisky dal bicchiere che Eugenio Guarini gli aveva offerto poco prima, davanti al fuoco scoppiettante del maestoso camino del salone. Nella sala gremita di persone in abiti da sera e di camerieri che giravano coi vassoi colmi di flûte di champagne, Doriana intratteneva gli ospiti con la sonata per pianoforte numero 11 di Mozart. Quando finì di suonare e in sala partì un applauso, la ragazza si mise in piedi e, con grazia, accennò un inchino.

«Bravissima!» esclamò Lorenzo, avvicinandosi.

«Grazie», disse lei, con un sorriso.

«Esco a fumare una sigaretta. Mi accompagni?»

Doriana annuì, e lo seguì nel vasto giardino di agrumi, rischiarato dalla luce delle candele sistemate per terra, lungo il viottolo.

Lui si appoggiò al parapetto in pietra della scalinata e sfilò una Gauloise dal pacchetto.

«Che bella serata», sospirò lei, sollevando lo sguardo al cielo stellato. Poi si mise di fianco a Lorenzo e incrociò le braccia. «Posso farti una domanda?»

Lorenzo soffiò via il fumo. «Tutte quelle che vuoi.»

«Perché non sei andato dalla tua famiglia, stasera? Non mi parli mai, di loro...»

Lui gettò la sigaretta per terra e la schiacciò con la punta della scarpa. «Non c'è molto da dire», replicò.

« Non è possibile, su... »

Lorenzo le diede le spalle, posò entrambe le mani sul parapetto e puntò gli occhi sull'agrumeto. Trasse un respiro. « Cosa vuoi che ti dica? Vuoi che ti racconti come mio padre mi ha rovinato la vita? Oppure del dolore che mi ha procurato mia sorella, quando mi ha voltato le spalle? »

Doriana si ritrasse. « No, se ti fa venire lo sguardo triste che hai adesso... »

« E allora non chiedermi più di parlartene », disse lui, girandosi. « Voglio lasciare il passato alle spalle e pensare soltanto al futuro. »

« Mmm... » fece lei, arricciando le labbra. « Proprio *tutto* il passato? »

« Cosa vuoi dire? »

« Quella modella... Angela, giusto? Vi ho visti, alla mostra... Posso chiederti cosa c'è tra voi? »

Lui la guardò, spiazzato.

« Stai tranquillo, non se n'è accorto nessun altro », precisò lei, come se gli avesse letto nel pensiero.

« Non c'è niente », s'affrettò a rispondere Lorenzo. « Credimi. Niente di importante... »

« Mmm... non sembrava affatto una cosa da niente... »

Lorenzo distolse lo sguardo e tentennò, prima di rispondere: « È stato il mio primo amore, una storia durata a lungo... Ma ormai è finita. Appartiene al passato ».

Doriana spostò gli occhi sull'agrumeto. « Sicuro di non sentirti più impegnato, con quella ragazza? Non so, le avrai pur fatto delle promesse... »

« No. Non c'è nessun impegno, non esiste nessuna promessa », ribatté lui, deciso. « Ho fatto un errore stupido, la sera della mostra, e me ne sono reso conto subito... »

«Eppure sembravi piuttosto sconvolto, quando sei uscito dal ripostiglio... La faccia di lei non l'ho vista. È uscita dopo di te, giusto?» E tornò a guardarlo.

Lui sentì la terra tremare sotto i piedi. Di scatto, le prese una mano. «Non provo più niente per Angela, non è lei la donna che voglio al mio fianco. È un'altra, quella cui penso da tempo...» mentì.

«Un'altra donna... E chi sarebbe?» chiese lei.

«Non l'hai ancora capito?»

Doriana scosse la testa, ma con un vago sorriso.

Lorenzo le sorrise di rimando. «E invece sì. Lo sai. Sai benissimo che sei tu, quella donna...»

Lei lo fissò. «Ne sei proprio certo, Lorenzo?»

Allora lui allungò una mano e le accarezzò una guancia; poi le si fece più vicino, le prese il volto tra le mani e, con dolcezza, la baciò sulle labbra. In quel momento, un ricordo lo attraversò: in un lampo, si rivide avvinghiato ad Angela, nel ripostiglio della galleria, risentì le unghie di lei conficcate nella carne, i suoi gemiti soffocati, i baci senza respiro...

In un impeto, strinse Doriana tra le sue braccia. «Sposami...» sussurrò.

La ragazza lo scrutò per qualche secondo, con aria incredula. Poi, con occhi commossi, annuì, facendo uno dei suoi sorrisi con le fossette.

15

Al mondo la sua pelle

gennaio-febbraio 1960

Nel nuovo laboratorio, chiusa a chiave nella sua stanza, Agnese stava preparando il bouquet di essenze della *Nouvelle Marianne,* secondo i dosaggi che soltanto lei conosceva. Al di là della porta a vetro smerigliato, nell'altro vano del laboratorio, i due uomini che Colella aveva da poco assunto, Matteo e Roberto, erano chini su un tavolo a osservare attentamente la reazione chimica all'interno di un'ampolla; erano entrambi riservati e taciturni, e si somigliavano persino nell'aspetto: due spilungoni dalle spalle strette e dalle braccia lunghe, sulla trentina; Matteo però era pelato e con gli occhiali, mentre Roberto aveva una folta chioma impomatata e una tortuosa mappa di nei sul viso. Fin dalla prima volta in cui ci aveva parlato, Agnese aveva capito subito che si trattava di due operai esperti; si vedeva che avevano lavorato a lungo in una grande fabbrica, e più di una volta si era chiesta come accipicchia avesse fatto Colella a convincerli a trasferirsi lì. Quanti soldi aveva loro offerto? Quali promesse? Ma soprattutto: come avevano preso la notizia che a capo del reparto ci sarebbe stata una donna, e per giunta così giovane? Lavoravano insieme da meno di due settimane, perciò non poteva affermarlo con sicurezza, ma ad Agnese pareva che i due fossero piuttosto sereni, al riguardo. Di sicuro non era dello stesso avviso Gaetano, il tizio che l'aveva sostituita ai riempitivi; era un gran chiacchierone, scurrile, con una risata sguaiata e meschina che ad Agnese dava sui nervi. Una volta - gliel'aveva raccontato Mario - si era messo a fare battute su di lei, sul fatto che fosse l'unica femmina della fabbrica e, neanche tanto velatamente, aveva insinuato che doveva per forza intendersela con qualcuno, lì dentro, magari con Colella in persona, altrimenti perché cavolo era stata assunta? Per poco, Vito non gli aveva spaccato il naso con un pugno e Dario gli aveva puntato il dito contro, minacciando di prenderlo a calci nel sedere, se solo avesse parlato ancora di Agnese in quel modo. Per fortuna, era intervenuto Mario a calmare gli animi ed evitare una rissa. Chissà se lui l'aveva raccontato anche a Teresa, si domandò. E chissà come avrebbe reagito, l'amica, a certe allusioni: di sicuro sarebbe andata dritta da Gaetano a cantargliene quattro. Effettivamente era quello che avrebbe dovuto fare, si disse. Ma lei non era Teresa; lei quel sangue freddo non ce l'aveva.

Agnese si alzò dalla sedia e uscì dalla stanza, spingendo un carrello a due piani pieno di grosse boccette di vetro scuro. Avvicinandosi a Gaetano, si rese conto che l'uomo stava spettegolando su Colella, tenendo banco con un piccolo gruppo di operai, tra cui c'era anche Mario. Sembravano tutti rilassati, dato che Colella, quel giorno, non era in ufficio.

« Francesco è il più furbo dei tre », stava dicendo Gaetano, probabilmente riferendosi agli altri fratelli Colella. « E pure il più infame », ridacchiò. « Al più grande gli ha fregato la promessa sposa, quando era già tutto sistemato per la cerimonia. »

« Hai capito... » commentò un giovane operaio.

« Certo che ci vuole coraggio, eh, a rubare la moglie al fratello », intervenne un altro.

Agnese fermò il carrello. « Ecco, sono pronte », disse, rivolgendosi a Gaetano.

Senza nemmeno guardarla, Gaetano le chiese se aveva fatto bene i conti: bastavano per la cotta? Era sicura?

Lei non gli rispose neppure; gli voltò le spalle e si allontanò.

Mario inarcò un sopracciglio, poi si staccò dal gruppo e le andò dietro. « Ehi, piccola Agnese », disse, quando le fu accanto.

« Ehi, Mario », mormorò lei.

« Be', che succede? Tieni una faccia, da qualche tempo... »

« Che faccia? »

« Che ne so... Triste. »

Agnese fece un respiro. « No, non è così. Cioè sì, mi sento anche un po' triste, ma non è quello. Ho molti pensieri, tutto qui. »

L'uomo piegò le labbra. « Mannaggia... Me ne vuoi parlare? »

« No, non ancora », rispose lei. Si sollevò sulle punte dei piedi e gli stampò un piccolo bacio sulla guancia sottile e grinzosa, che odorava di fumo di sigaretta. « Grazie, però », aggiunse.

Tornò in laboratorio, ma non fece in tempo a varcare la porta che Matteo le andò incontro. « Avevi ragione! Il principio attivo ha retto benissimo! » E le consegnò un foglio coi risultati dell'esperimento.

Agnese sorrise. « Meno male. Non ne ero sicura, ma ci speravo. »

Si rimise seduta alla sua postazione e aprì il quaderno

dai bordi rossi. L'ultima idea cui stava lavorando era uno shampoo, ma non uno qualsiasi: voleva che fosse formulato appositamente per le chiome come la sua, ricce e indomabili. Uno shampoo per *capelli pazzi*! Ricordava che, da bambina, una volta alla settimana, Salvatora le spalmava sui capelli un impacco di olio di oliva e lo lasciava in posa per tutta la notte. Al mattino, dopo il risciacquo, i capelli erano soffici e districati, ma l'effetto non durava che un pugno di ore: in poco tempo, tornavano arruffati e crespi come sempre. Ripensandoci, si era detta che, forse, poteva ricreare quel potere disciplinante con un prodotto da utilizzare ogni giorno. Uno shampoo, appunto. Guardando il foglio che Matteo le aveva consegnato, prese ad annotare i valori sul quaderno, ma d'un tratto le venne in mente che, di lì a qualche giorno, Giorgio sarebbe tornato. Lasciò cadere la penna e fissò la parete verde acqua del laboratorio; se da una parte sentiva il cuore in tumulto al pensiero di rivedere i suoi occhi blu, di stringerlo, di baciarlo, dall'altra si sentiva inquieta. Si mosse sulla sedia, come per scuotere via quella sensazione di essere messa alle strette. Doveva dargli una risposta. *Sì, ma quale?* si chiese per l'ennesima volta. Voleva sposarlo e andare via con lui, e nel contempo voleva rimanere lì, al saponificio; desiderava entrambe le cose con la stessa intensità. *Non se ne esce, è un vicolo cieco,* pensò, scoraggiata. Con uno sbuffo, incrociò le braccia sul tavolo e ci posò sopra la testa.

Nel salone dei Guarini, zio Domenico alzò il calice. « A Doriana e Lorenzo! » esclamò.

« A Doriana e Lorenzo! » ripeterono gli altri, in coro.

I due ragazzi, in piedi, si abbracciarono.

Poi Doriana si avvicinò al padre, lo cinse con entrambe le braccia e lui le diede un bacio sulla tempia. « Sei felice, bambina mia? » le domandò.

« Come non lo sono mai stata », rispose lei.

Lorenzo sorrise a quelle parole, poi si sedette sul divano di velluto, poco distante dalla sua futura suocera, che stava sorseggiando lo champagne a piccoli sorsi. All'indomani della vigilia di Natale, gli era toccato fare la proposta di matrimonio con tutti i crismi che il rango di Doriana richiedeva; era stata lei a istruirlo sul da farsi, sul completo da indossare per presentarsi a Eugenio e persino sulle parole precise da pronunciare per chiedergli la mano della sua unica figlia. Lorenzo aveva pensato che tutto quel teatrino fosse oltremodo pomposo e datato, quasi ridicolo, ma lo aveva tenuto per sé.

Il colloquio tra i due uomini si era svolto rigorosamente in privato, al di là della porta chiusa dell'ufficio del Guarini; lui, come Lorenzo sospettava e come Doriana, d'altronde, gli aveva prospettato, lo aveva messo sotto torchio con una sfilza di domande: « Saprai prenderti cura di lei? Sei pronto a metterla al di sopra di tutto, anche di te stesso? Lo sai, vero, che non dovrai mai e poi mai darle un motivo per piangere? Altrimenti te la vedrai con me ».

Lorenzo aveva risposto « Sì, signore » a tutto ma, quando Eugenio gli aveva chiesto cosa intendesse fare dopo, se voleva continuare a dedicarsi alla Galleria Ingrosso, o se magari preferiva fondarne una tutta sua, ancora più prestigiosa, Lorenzo si era morso il labbro e aveva risposto: « Potrei, certo. Ma io dico sempre che nella vita non bisogna accontentarsi. L'arte rende fino a un certo punto, soprattutto in una città come Lecce, che non è esattamente una metropoli del Nord... » Aveva ripreso fiato. « È un periodo di grandi trasformazioni; il presente, ma ancora di più il futuro, è nella produzione industriale. » Aveva fatto un'altra pausa. « C'è, per esempio, la fabbrica di saponi che apparteneva a mio nonno... Potrei rilevarla, e trasformarla in un'industria moderna, competitiva a livello nazionale », aveva aggiunto, col batticuore.

« Mmm... Però è un peccato. Coi tuoi studi classici... » aveva commentato Eugenio.

Lorenzo aveva aperto bocca per replicare, quando il Guarini aveva continuato: « Ma in fondo ti capisco. Il mondo sta cambiando, ahimè. E tu, che sei giovane, vuoi stare al passo coi tempi. Giustamente. Quelli come me rappresentano il passato, ormai... Non serviamo più ».

« Non dica così... Di persone acculturate e intelligenti come lei ci sarà sempre bisogno. In ogni tipo di mondo... »

Eugenio l'aveva osservato per qualche attimo, stringendo gli occhi, poi si era lasciato andare a un sorriso. « E sia. Vorrà dire che avrò un genero industriale. » Quando poi si era alzato dalla poltrona e gli aveva stretto la mano, Lorenzo aveva sospirato, con sollievo.

« Lorenzo, tu che ne pensi? » lo distolse Doriana.

Lorenzo fece un'espressione smarrita. « A proposito di cosa? Scusate, ero sovrappensiero... »

Lei gli sorrise con tenerezza. « *Maman* proponeva maggio, per le nozze. Io dico che è l'ideale. Già immagino il ricevimento in giardino, con gli archi pieni di rose... » mormorò, con aria sognante.

« Maggio, sì. Va bene... » rispose Lorenzo.

« Primavera: la stagione migliore per sposarsi », intervenne zio Domenico.

Giulia Guarini annuì soddisfatta, e prese a discutere con la figlia di vestiti, gioielli e bouquet. « Si avvicini pure, Luisa », disse poi. « Così dà anche la sua opinione.

Sono cose da donne, queste.» La zia andò immediatamente a sedersi accanto alla signora Guarini, ben contenta di essere stata coinvolta.

Mentre le tre donne parlottavano fitto fitto, e lo zio ed Eugenio Guarini discorrevano di vini, nello specifico della differenza tra quelli piemontesi e quelli toscani, Lorenzo si estraniò da entrambe le conversazioni; scrutando a turno le loro facce, vide che erano tutti su di giri. Doriana soprattutto: le brillavano gli occhi e sorrideva di continuo, come se non avesse desiderato altro che quel matrimonio, fin dal loro primo incontro. La guardò, inclinando leggermente la testa: era così carina, gentile, a modo, ma anche decisa e sicura di sé... Sarebbe stata una moglie perfetta, ne era certo. Non si sarebbero mai ritrovati a corto di argomenti, dato che condividevano la passione per l'arte e per il cinema. Insieme, potevano vivere una vita piacevole, agiata, senza scosse... *Basterà, perché me ne innamori?* pensò. Sperava sinceramente di sì, che se ne innamorasse davvero. Si sarebbe impegnato ogni giorno per fare in modo che accadesse. Avrebbe dimenticato anche Angela, col tempo, spegnendo la passione cieca che da sempre li aveva tenuti insieme...

Cosa conta di più, per essere felici con una persona? si chiese. *Avere passioni in comune o l'essere appassionati l'uno dell'altra?* Sospirò. In quel momento, non sapeva proprio cosa rispondersi.

«Siamo quasi arrivati», disse Nicola.

Camminando al suo fianco, Angela gli sorrise.

Dalla sera della mostra, lei aveva cominciato a frequentare l'ambiente artistico leccese, dato che Nicola la trascinava con sé ovunque andasse; aveva trascorso numerose serate in compagnia di pittori e scultori, fotografi e scrittori, bevendo vino e chiacchierando fino all'alba. Il più delle volte, Angela se ne stava zitta e, giocando con una ciocca di capelli, ascoltava quella gente che citava opere, film e persone famose che lei non aveva mai sentito nominare; se però si parlava di un film che lei aveva visto con Lorenzo, allora interveniva, anche se timidamente, ripetendo per filo e per segno le parole che lui aveva detto a lei, quando si incaponiva a spiegarle le intenzioni del regista o la obbligava a notare certi dettagli. Per Angela, quella era una vita completamente nuova, sorprendente: quanto tempo aveva perso a sgobbare nella bottega di ceramiche, quante opportunità non aveva colto, quanti incontri le erano sfuggiti... Posare come modella le aveva fatto guadagnare un bel gruzzolo, e senza faticare più di tanto. Se solo Lorenzo non fosse stato così geloso, forse avrebbe cominciato a fare quel lavoro molto, ma molto prima. Nicola, al riguardo, aveva tutta un'altra indole: la incoraggiava, la spronava, la portava nel mondo, anziché tenerla al riparo.

In più, era gentile e generoso, un vero amico, il primo che avesse mai avuto. Aveva continuato a ospitarla nello studio anche dopo il vernissage e si era quasi offeso quando lei aveva detto che intendeva cercare una stanza in affitto. L'unica cosa un po' sgradevole erano le insinuazioni sul loro rapporto. Una volta, un amico di Nicola, pittore anche lui, lo aveva tormentato per un'intera serata. «Siete fidanzati? Confessalo, su!» aveva continuato a biascicare, palesemente ubriaco. Nicola aveva scosso la testa, divertito, ma non gli aveva risposto. E ad Angela andava bene così: se mai lui si fosse dichiarato, a lei sarebbe toccato rifiutarlo, e questo avrebbe significato perdere, in un colpo solo, tutto ciò che lui le stava offrendo.

Senza contare che no, non si sentiva pronta per un'altra relazione. Come avrebbe potuto? Continuava a pensare a Lorenzo ogni santo giorno, a dispetto del fallimento del « piano » che lei aveva escogitato. Lorenzo era tornato da lei, sì, ma soltanto per pochi minuti: l'aveva presa e fatta sua in uno squallido ripostiglio, con rabbia; poi non l'aveva più cercata. *È solo un momento, tornerà*, pensava Angela. Del resto, portava ancora al dito l'anello della nonna Marianna e, visto che lui non gliel'aveva chiesto indietro, di certo voleva dire che non era ancora finita.

« Ti presento Franco Capone, il fotografo più bravo che conosco », disse Nicola, entusiasta, quando arrivarono a un bar vicino alla basilica di Santa Croce. L'altro, un uomo ben vestito e belloccio, con la barbetta e i lineamenti marcati, si alzò dalla sedia, si tolse gli occhiali da sole e strinse la mano di Angela, inchiodandola con uno sguardo affascinato. *Be', a quanto pare ho fatto colpo*, pensò lei, compiaciuta. Si sedettero e ordinarono da bere, intanto che Franco la subissava di domande: quanti anni aveva? Dove era cresciuta? Da quanto faceva la modella? Aveva esperienza nella moda? « Nicola ti ha già spiegato? » le domandò poi.

Angela scosse la testa. « Non so nulla. »

« Le ho solo detto che avevi bisogno di una nuova modella », precisò Nicola.

Allora Franco si sporse sul tavolino e le disse che aveva avuto l'incarico di fotografare la collezione primavera dell'atelier in via Matteotti. « Sai qual è? È proprio qui vicino, nel primo vicolo a sinistra », specificò, indicando l'incrocio. Il servizio fotografico li avrebbe impegnati per circa un mese, continuò Franco, imperterrito. « Indosserai abiti di alta sartoria, e ovviamente avrai a disposizione una parrucchiera e una truccatrice... »

Angela lo ascoltava rapita. E pensare che non si era mai potuta permettere un solo vestito costoso, in tutta la vita... Adesso, invece... Si voltò verso Nicola e si scambiarono un sorriso complice.

Poi i due uomini attaccarono a parlare dei rispettivi progetti futuri: a fine mese, la mostra alla Galleria Ingrosso sarebbe stata chiusa e Nicola rivelò che stava già pensando a una nuova serie di dipinti, ma stavolta a tema astratto; Franco, invece, aveva già fissato tutta una serie di lavori a Roma, dove viveva.

« Farò il fotografo di scena per un grande regista... anche se ho giurato di non dire chi è », dichiarò, ridacchiando. « Ma ai primi di maggio mi toccherà venire di nuovo qui. Mi hanno incastrato con un matrimonio », sbuffò.

« Ma come? » esclamò Nicola. « Hai sempre detto: 'Io quella roba non la farò mai!' »

« Eh, lo so. L'ho detto », rispose l'altro. « Ma si tratta di un favore a mia madre. Mi ha quasi supplicato, visto che gliel'ha chiesto la signora Guarini in persona. Per la figlia. »

Angela quasi sobbalzò sulla sedia. « Doriana? »

« Proprio lei. A quanto pare, la duchessina si sposa. »

« I Guarini... Sai che il padre ha comprato ben sei dipinti della mostra? Tutti quelli della serie *Lei* », disse Nicola.

« Ah, però. Bel colpo! »

« Con... chi si sposa? » li interruppe Angela. Aveva la bocca secca, e il cuore batteva frenetico, come impazzito. *Non dirà il suo nome, non può essere...* pensò.

« Con Lorenzo Rizzo, della galleria », rispose invece Franco.

« No! » gridò lei, scattando in piedi.

Mentre Franco la fissava, confuso, Nicola tentò di dirle qualcosa, ma non fece in tempo: Angela era già corsa via.

Arrivò alla galleria col fiato corto e il viso bagnato di lacrime. « Lorenzo! Dove sei? » urlò.

Lui uscì subito dalla sala laterale, con un'espressione allarmata in viso. « Angela... » mormorò, stupito di vederla. « Ma che succede? Mi hai fatto spaventare! »

« È vero? Sposi Doriana? »

Lui si limitò a fissarla per alcuni lunghissimi istanti. « Non piangere, per favore », disse poi.

Lei si avvicinò a un palmo dal viso di lui e lo guardò dritto negli occhi. « È vero o no? »

Lorenzo trasse un respiro, poi fece per prenderle la mano, ma lei lo scacciò bruscamente.

« È vero o no? » tornò a chiedergli, con voce flebile.

Lui abbassò lo sguardo. Annuì.

« Stronzo! » gridò allora lei, e con tutta la forza che aveva gli diede una spinta con entrambe le mani.

Lorenzo barcollò. « Calmati, per favore! » esclamò. « Se no ti senti male... »

« Sto già male! » sbottò lei, rossa in viso, come fuori di sé.

Lorenzo non l'aveva mai vista in quello stato, mai, neanche durante le loro litigate più accese. « Angela, ascolta... » provò a dire, ma la ragazza non lo lasciò finire.

« Ti odio », sibilò lei. Si sfilò l'anello dal dito e glielo scaraventò contro. Poi, asciugandosi il viso col palmo della mano, uscì di corsa dalla galleria.

Ancora intontito, e con un groppo alla gola, Lorenzo si

chinò e raccolse l'anello da terra; tenendolo tra due dita, rimase lì, accovacciato, e lo guardò a lungo. Fino a sentir bruciare gli occhi.

Agnese stava per aprire la porta di casa, quando Giuseppe le sbucò alle spalle.

« Papà! Non ti ho sentito arrivare », sobbalzò. « Vieni dal cantiere? » gli domandò, inserendo la chiave nella toppa.

« Già », rispose lui, con un grande sorriso.

« Che c'è? Sembri così contento... » disse Agnese, sorridendo di rimando. Entrarono in casa.

« Lo sono », rispose lui, richiudendo la porta alle spalle. « La barca è praticamente finita, mancano giusto un paio di aggiustamenti, ma è fatta! Vedessi quanto è bella... In giro non c'è una barca così, te lo assicuro », disse, levandosi il cappotto. « Ci verresti a vederla? Quando hai tempo... » aggiunse, appendendo il cappotto all'attaccapanni.

Agnese lo guardò con tenerezza. « Certo che ci vengo, papà. » *E ci porto pure Giorgio, non appena tornerà*, pensò, sorridendo. Ma, un attimo dopo, il sorriso si spense di colpo: rivederlo significava anche dovergli dare una risposta, e lei non era ancora pronta a scegliere...

D'un tratto, sentirono dei singhiozzi. Padre e figlia si lanciarono un'occhiata e si diressero alla svelta in soggiorno. Giuseppe accese la luce: Salvatora se ne stava rannicchiata sul divano, con un fazzoletto in una mano e lo sguardo perso nel vuoto.

« Cara, ma cosa ci facevi al buio? » chiese lui, andandole accanto.

Pure Agnese si avvicinò. « Mamma, ma perché piangi? Cos'è successo? » E si sedette di fianco a lei, prendendole una mano tra le sue.

A fatica, e senza sollevare la testa, Salvatora spiegò di aver ricevuto una telefonata da Luisa, poco prima. Le aveva annunciato che Lorenzo stava per sposarsi « ... con quella Doriana lì », singultò. Avevano già deciso la data.

Incapace di parlare, Giuseppe si lasciò cadere sulla poltrona verde.

« Ma come sarebbe a dire che si sposa? » sbottò Agnese. « Con una che ha appena conosciuto? Ma è impazzito? »

Salvatora tirò su col naso. « Capito? Si sposa una che non ho mai visto. E nemmeno me lo viene a dire, no. Lo devo sapere da sua zia », mormorò, asciugandosi gli occhi col fazzoletto. « Neanche ci inviterà, figurati. Questa è la ricompensa per averlo cresciuto... »

Il padre continuava a tacere, ma si era fatto pensieroso.

« Mamma, non so cosa dire. Mi sembra così assurdo... Fino a ieri voleva sposare Angela, e adesso... Ma poi perché tutta questa fretta? »

Giuseppe sospirò. « Lo so io, perché », disse, alzandosi. « Ci vado a parlare. »

La moglie lo guardò, smarrita. « Ma dove vai? A quest'ora, poi... »

« Senti, non ce la faccio più a vederti così, non è giusto. È ora che ci parli io, con mio figlio. È con me che ce l'ha », ribatté lui, con piglio deciso. Poi si chinò sulla moglie e le fece una carezza sulla guancia umida. « Stai tranquilla, cara, metterò le cose a posto, una volta per tutte. »

Agnese alzò gli occhi sul padre, ma si sforzò di non dire a voce alta quello che stava pensando: era certa che quell'incontro si sarebbe rivelato un totale disastro. Aveva sperimentato sulla propria pelle l'ostilità del fratello, ogni volta che aveva tentato di avvicinarsi, di chiarire. Era un confronto che faceva male, tanto male. Non voleva che suo padre provasse la durezza di quel rifiuto, non voleva che tornasse a casa col cuore a pezzi, proprio adesso che era così felice... Provò un'oscura sensazione, come un presentimento, e stava per dirgli di non andare, ché tanto non sarebbe servito a nulla, quando lui infilò il cappotto e si richiuse la porta di casa alle spalle.

« Fosse la volta buona che fanno pace... » mormorò Salvatora.

Senza replicare, Agnese si sollevò dal divano e si mosse per andare di sopra, quando la madre le disse: « Ah! È arrivata una lettera per te. Te l'ho messa in camera ».

Una lettera? E di chi può essere? Di Teresa, magari? Entrata nella stanza, vide una busta bianca, sul comò. Non aveva francobolli e, sopra, c'era scritto soltanto *Agnese. Ma è la grafia di Giorgio!* capì, con un tuffo al cuore. Strappò la busta, si sedette sul letto e spiegò il foglio.

Ciao, capelli pazzi.

Sono qui, sul nostro masso, e guardo il sole che tramonta su Araglie. Quando riceverai questa lettera, sarò già ripartito. Non sai lo sforzo che ho dovuto fare per non venire da te. Non vedevo l'ora di guardarti, di stringerti, di sentire la tua voce... Ma poi ho capito che era meglio aspettare. Lo so cosa stai pensando, ti vedo in questo momento, con la fronte aggrottata che ingoia la tua piccola cicatrice. Non riesci a capire perché ho deciso di non vederti, forse ti stai anche arrabbiando... So che ti ho chiesto di fare una scelta, e voglio che tu ti prenda tutto il tempo che ti serve per pensarci bene. Non voglio che tu mi risponda di sì solo per paura di perdermi. Non sarebbe il presupposto giusto per cominciare la nostra vita insieme. Desidero che tu non ti senta sotto pressione, che valuti serenamente cosa ti rende davvero felice, cosa vuoi per te e per la tua vita.

Io di te sono innamorato, e non scappo da nessuna parte. Aspetterò che tu sia pronta per darmi una risposta. La prossima volta che tornerò, a marzo, correrò da te.

IL TUO GIORGIO

P.S. Tu sai che a Savona esiste un'antica tradizione saponiera? Io non lo sapevo! Me l'ha raccontato mia madre. Si dice, pensa un po', che il sapone di Marsiglia sia stato inventato dai saponieri savonesi, mica in Francia! Vai a sapere se è vero... A ogni modo ho pensato che, un giorno, perché no? la tua Casa Rizzo potrebbe essere proprio lì. Accanto a me.

Agnese posò la lettera sul letto e la fissò con occhi lucidi. Mai, nella sua vita, si era sentita invasa da così tanto amore come in quel momento. Mai aveva provato una nostalgia così assoluta. «Il mio Giorgio...» sussurrò. Avrebbe dato qualsiasi cosa, qualsiasi, pur di poterlo abbracciare.

Giuseppe arrivò a Lecce che l'ora di cena era passata da un pezzo. Spense l'automobile davanti all'ingresso della villetta, ma non scese subito. Si prese qualche minuto e inspirò a fondo, per darsi coraggio.

Quando Luisa aprì la porta e se lo ritrovò davanti, quasi le venne un colpo. « Oddio, cosa succede? Salvatora e Agnese stanno bene? » gli chiese subito.

Lui la rassicurò: moglie e figlia stavano benissimo. « Scusatemi, se sono piombato qui a quest'ora, senza avvisarvi... Ma ho davvero bisogno di parlare con mio figlio. »

« Sì, ma certo. Entra, entra pure », rispose Luisa, e lo fece accomodare. « Domenico purtroppo non è in casa, è andato a giocare a carte », disse, rammaricata.

Giuseppe le restituì un cenno, come a dire che non aveva importanza, non era lì per lui.

Lei lo accompagnò di sopra, davanti alla camera di Lorenzo, e bussò.

« Sì, che c'è? » rispose lui, al di là della porta chiusa.

« Hai visite », disse la zia. Poi guardò Giuseppe e bisbigliò: « Vi lascio soli... »

Quando il ragazzo aprì la porta, gli si mozzò il respiro.

« Ciao, Lorenzo », disse Giuseppe, con voce un po' tremante.

L'altro appoggiò una mano sullo stipite, e lo guardò, accigliato.

« Posso entrare? Vorrei parlarti. Per favore. »

Con un sospiro, Lorenzo rientrò in camera, lasciando la porta aperta. Il padre lo seguì.

« Allora, che c'è? » esordì il ragazzo, accendendo una sigaretta.

Giuseppe diede un'occhiata ai vestiti accatastati sulla sedia, alle riviste ammucchiate per terra, al posacenere traboccante di filtri, poi tornò a guardare il figlio. « Sei sempre stato disordinato », disse, con un piccolo sorriso.

Lorenzo non replicò. Lo fissò, come a dire di spicciarsi a parlare, se aveva qualcosa da dirgli.

L'uomo si schiarì la gola e si sedette sul letto. « Abbiamo saputo del matrimonio », disse. « La mamma era molto delusa per averlo appreso dalla zia Luisa. Era a casa, che piangeva... » Si fermò un istante, riprese fiato. « Ci dispiace, per tutto quanto. Avremmo tanto voluto che venissi, a Natale. Tua madre era così contenta. Agnese ti aveva pure preso un regalo... »

Lorenzo deglutì.

« E ora scopriamo che ti sposi. Così, dall'oggi al domani. E Angela? »

« Con Angela è finita. »

« Sì, certo... » mormorò Giuseppe, con un sorriso amaro. « Mi spieghi perché stai sposando una donna che non ami? »

Lorenzo distolse lo sguardo. « E chi te l'ha detto che non la amo? Cosa ne sapete, voi? »

L'uomo alzò le spalle. « Non molto, infatti. Non sappiamo quasi più nulla, di te... Ma io ti conosco. Sei mio figlio. »

Lorenzo scoppiò a ridere. « *Tu* mi conosci? Tu? »

« Più di quanto pensi... E so bene che non ti stai sposando per amore, ma per qualcos'altro. Non avresti mai lasciato Angela, altrimenti. »

« No, guarda, sei fuori strada », rispose l'altro, irritandosi.

Giuseppe lo guardò negli occhi. « Lo fai per i soldi. Per ricomprare la fabbrica di tuo nonno. È così? »

Lorenzo restò di sasso: era chiaro che Giuseppe ci aveva preso in pieno.

« Non farlo, figlio mio. Non fare il mio stesso errore.

Non vivere una vita che non ti appartiene, perché prima o poi ti presenterà il conto. E lo pagherai in infelicità.»

Lorenzo spense la sigaretta. « È colpa tua, se sono stato costretto a prendere... questa decisione», ribatté. «Se tu non avessi venduto il saponificio, niente di tutto questo sarebbe successo.»

Giuseppe annuì fiaccamente. «Mi dispiace, per il dolore che ti ho causato. Mi dispiace sul serio», disse, pronunciando ogni parola con grande fatica. «Ti chiedo scusa, per tutto. Ma io, le mie ragioni, vorrei ancora cercare di spiegartele. Non me l'hai mai permesso...»

«Ancora? Ancora insisti su 'sto punto? Stavo quasi per crederci, che fossi realmente dispiaciuto, addirittura pentito. E invece... Ti presenti qui, convinto più che mai della tua scelta, e pretendendo di dirmi cosa dovrei o non dovrei fare della mia vita. Lo capisci che tutto questo non ha senso? Che *questa conversazione* non ha senso?»

«Ce l'ha se mi lasci parlare, se mi ascolti, se io e te proviamo a capirci, una buona volta. Io non posso tornare indietro nel tempo, non posso magicamente ridarti la fabbrica. Ma posso ancora essere tuo padre, se me lo consenti. Posso starti vicino, aiutarti a non commettere i miei stessi errori... Possiamo superare la cosa e guardare avanti...»

«Tu vuoi fare il padre? Adesso? Dopo ventidue anni?» disse Lorenzo, con una risatina ironica.

«Sono sempre stato tuo padre...» mormorò Giuseppe.

«No, è proprio qui che ti sbagli», disse l'altro, puntandogli un dito contro. «Quante volte mi hai guardato? Quante volte mi sei stato a sentire? Quante volte hai sollevato lo sguardo da quei maledetti cruciverba? Te lo dico io: quasi mai, perché hai sempre avuto la testa da un'altra parte, sempre, per tutta la vita. Sai cosa mi ricordo di te, più di tutto? I tuoi silenzi, i tuoi lunghi, soffocanti silenzi. E ora, guarda un po', vuoi parlare a tutti i costi.» Fece una pausa, scosse la testa. «La verità è che io e te non abbiamo più niente da dirci. Non riuscirò mai a perdonarti. Per quanto mi riguarda, io un padre non ce l'ho più.»

Giuseppe ascoltò, a capo chino. Ogni parola del figlio aveva affondato il coltello nel cuore, sempre più a fondo. Si sollevò dal letto e, a passi lenti, si diresse verso la porta. «Ti chiedo ancora scusa, per tutto.» Furono le ultime parole che gli disse, prima di uscire dalla stanza.

Giuseppe entrò in camera e, sebbene fosse quasi mezzanotte, trovò Salvatora ancora sveglia ad aspettarlo, seduta sul letto a sfogliare *Famiglia Cristiana*.

Non appena lo vide, la donna posò subito la rivista. «Be'? Com'è andata?»

Lui sospirò e prese a sbottonarsi la camicia. Poi alzò lo sguardo sulla moglie e, con aria desolata, scosse la testa.

Sul viso di Salvatora calò un velo di delusione. «Ma perché, cosa ti ha detto?»

L'uomo finì di spogliarsi, si infilò il pigiama e si mise sotto le coperte. «Niente, non ha detto niente...» rispose infine. «Ora dormiamo, vuoi? Sono molto stanco.»

La moglie annuì, avvilita, e spense l'abat-jour sul comodino.

Più tardi, a notte fonda, Giuseppe cominciò a rigirarsi nel letto.

«Che c'hai?» bofonchiò Salvatora, rannicchiata di spalle.

«Non lo so», rispose lui. «Mi fa assai male lo stomaco.»

«Sarà il nervoso. Mo' vedi che ti passa. Chiudi gli occhi.»

«Ce l'abbiamo la Citrosodina, di sotto?» chiese Giuseppe, dopo un po'. «Non mi passa da solo, mi sa.»

«Sì, sta nella credenza, dove c'è il sale», mormorò lei, e si riaddormentò in un lampo.

All'alba, Salvatora si svegliò per via della luce del sole che entrava dalla finestra. Stiracchiandosi, allungò una mano sul letto e lo trovò vuoto. Riaprì gli occhi: Giuseppe non era lì, accanto a lei. Allora si portò giù dal letto, indossò le pantofole e scese le scale.

Fece per entrare in cucina, ma si fermò all'istante, come impietrita.

Giuseppe era disteso sul pavimento, con gli occhi sbarrati. Non respirava più.

16

E non ti perderò, non ti lascerò

marzo 1960

Vestita di nero e col velo sul capo, Salvatora era seduta accanto alla bara e, con occhi gonfi e spenti, fissava il volto cereo del marito. « Il cuore non ce l'ha fatta », mormorava di continuo, senza alzare lo sguardo. Aveva l'aria sfinita: non dormiva e non mangiava da chissà quante ore, non le aveva contate. La veglia funebre era cominciata nel primo pomeriggio del giorno prima e in tanti si erano già presentati per fare le condoglianze; qualcuno aveva portato un vassoio di pasticciotti con l'incarto del Bar Italia e lo aveva posato sul tavolo in cucina, qualcun'altra aveva preparato il caffè o si era messa a sciacquare le tazzine sotto il getto dell'acqua, perché ce ne fossero sempre di pulite, per chi arrivava.

Agnese era accanto alla madre, le teneva una mano e singhiozzava, incapace di scacciare dalla mente l'immagine di suo padre per terra, con quello sguardo terrorizzato. La pena che provava per lui era indicibile: soltanto poche ore prima le aveva raccontato della sua barca ed era talmente felice... *Povero, povero il mio papà,* pensò. Le tornarono alla mente le parole di Giorgio, quando le aveva detto che le cose succedevano e basta, e nessuno aveva il potere di evitarle. Nemmeno lei. Era uno strazio non averlo lì, accanto a sé, in quel momento, ma non aveva modo di fargli sapere cos'era successo. Non conosceva nemmeno l'indirizzo della casa di sua madre, a Savona...

Gli zii si erano messi in viaggio per Araglie non appena avevano ricevuto la telefonata di Agnese e, quando erano arrivati, zio Domenico l'aveva subito accompagnata al negozio di onoranze funebri. Lì, senza riuscire a trattenere le lacrime, Agnese aveva dovuto scegliere la bara, i fiori e l'allestimento per la veglia; poi erano andati a parlare col parroco della chiesa di San Francesco, per organizzare il funerale del giorno dopo. Zia Luisa era rimasta in casa, a tenere compagnia a Salvatora, annichilita da un dolore senza scampo.

In breve tempo, alla veglia erano accorsi Mario e altri operai della fabbrica, e poi i vicini di casa, l'edicolante, Concetta, e persino Colella... Luigi era entrato nel salotto e, quando aveva visto Giuseppe nella bara, si era portato le mani sul viso ed era scoppiato a piangere. *Gli voleva proprio bene, al mio papà,* aveva pensato Agnese, commuovendosi per la solidità di un'amicizia che, a conti fatti, era durata per tutta la vita. L'unica che suo padre avesse mai avuto.

Lorenzo, invece, non era ancora arrivato; gli zii lo avevano svegliato con quella terribile notizia e gli avevano detto di vestirsi in fretta, così sarebbe andato ad Araglie con loro; ma lui aveva risposto che preferiva raggiungerli dopo, con la propria macchina. Questo avevano riferito, quando sia Salvatora sia Agnese avevano domandato perché Lorenzo non fosse con loro. Per tutto il tempo, ogni volta che qualcuno aveva varcato la porta, Agnese aveva alzato subito lo sguardo, aspettandosi di vedere il fratello, ma era rimasta regolarmente delusa. A un certo punto si era avvicinata a zia Luisa, addossata allo stipite della cucina con una tazza di caffè in una mano, e le aveva domandato: «Zia, ma Lorenzo che fine ha fatto? Sei sicura che abbia proprio detto che sarebbe venuto con la sua macchina?»

La donna aveva risposto che ne era assolutamente certa, e infatti non riusciva a capire dove fosse. «Lo zio ha provato più volte a telefonare, a casa, ma non risponde nessuno. Non so cosa dire... Forse ha deciso di venire direttamente in chiesa domani...»

Il giorno del funerale era arrivato, e tuttavia Lorenzo non c'era ancora. *Verrà,* si ripeteva Agnese, per rincuorarsi. *Non può non presentarsi, almeno in chiesa...*

Verso l'una del pomeriggio, giunse Teresa: veniva direttamente dalla stazione, non era neppure passata da casa, spiegò. Con una faccia dispiaciuta, si chinò su Agnese e l'abbracciò. «Era un brav'uomo, io l'ho sempre saputo», disse.

Gli occhi di Agnese si riempirono di nuovo di lacrime.

«Ti va di prendere una boccata d'aria? Ti fa bene», le sussurrò allora Teresa.

L'altra annuì, asciugandosi il naso col palmo della mano. «Mamma, vado un momento fuori, con Teresa, va bene?» disse. Ma Salvatora non le rispose neppure: continuava a fissare il marito, trincerata in un mondo tutto suo.

Le due ragazze si avviarono, attraversando il corridoio di gente che, al passaggio di Agnese, le porgeva le condoglianze, le dava la mano o le sfiorava un braccio. Quando raggiunsero lo spiazzo, si sedettero sul gradino del porticato. Agnese chiuse gli occhi e respirò a pieni polmoni: non si era resa conto di quanto l'aria, dentro casa, si fosse fatta viziata.

« Tuo fratello dov'è? Lo cercavo, per fargli le condoglianze, ma non l'ho visto... » chiese Teresa.

« Non è ancora arrivato. Non so perché... È da ieri che lo sto aspettando », replicò Agnese, con un sospiro.

L'altra si stranì; aprì bocca per dire qualcosa, ma poi ci ripensò.

In quel momento, Angela e la madre varcarono il cancello. Marilena aveva l'aria affranta e si aggrappava al braccio della figlia. Poi si avvicinò ad Agnese, le prese entrambe le mani e dopo aver mormorato: « Eh, so bene quello che stai passando, ragazza mia... » si avviò verso la casa, zoppicando lievemente.

Angela la guardò allontanarsi e sospirò. « Mi dispiace tanto », disse poi, rivolgendosi ad Agnese.

« Grazie », rispose lei.

Teresa si alzò. « Vado a vedere se dentro hanno bisogno di qualcosa... » borbottò. Era palese che voleva lasciarle da sole.

Angela si sedette al suo posto e, nel silenzio che seguì, Agnese la scrutò di sottecchi. *Sembra così diversa,* non poté trattenersi dal pensare. Gli occhi erano marcati da una spessa linea nera sulle palpebre, che terminava con una codina, ma soprattutto avevano una luce nuova. Non di superbia, non più.

« Tu hai notizie di Lorenzo? Ieri gli zii hanno detto che sarebbe venuto, con la sua macchina... Ma sono passate così tante ore... »

Angela scosse la testa. « Lorenzo chi? » replicò, con un sorriso amaro. « Perché, se ti riferisci al Lorenzo che conoscevamo un tempo, ormai non esiste più. »

Agnese abbassò lo sguardo. Non voleva dirlo ad alta voce, mai e poi mai avrebbe parlato male di suo fratello, soprattutto con lei, ma capiva perfettamente cosa Angela aveva voluto dire. Rialzò lo sguardo e, di slancio, la abbracciò.

Stupita, e forse anche imbarazzata, da quel gesto di affetto che solo poco tempo prima sembrava impossibile, Angela ricambiò l'abbraccio, prima timidamente, poi strinse con forza Agnese a sé, e affondò il viso tra i ricci scarmigliati.

Il prete, col suo stuolo di chierichetti, arrivò alle tre del pomeriggio. Salvatora, sorretta da zio Domenico, si tirò in piedi. Tutti i presenti si fecero il segno della croce e rimasero ad ascoltare in silenzio le parole del sacerdote che benediceva la salma. Quando ebbe finito e gli uomini delle onoranze funebri presero a organizzarsi per il trasporto in chiesa, subito Mario e Luigi si offrirono di portare il feretro e sollevarono la bara davanti, aiutati da altri due uomini che la issarono da dietro. A piccoli passi, si mossero verso l'uscita, seguiti da Agnese, Salvatora e gli zii, e via via da tutti gli altri che si accodavano al corteo.

Quando il feretro oltrepassò la porta e Giuseppe lasciò la sua casa per sempre, Salvatora lanciò un urlo che squarciò l'aria. Accasciandosi, si lasciò andare a un pianto disperato.

Mentre, ad Araglie, le campane della chiesa di San Francesco suonavano a lutto, Lorenzo arrivò a Santa Maria di Leuca; aveva guidato senza meta per un giorno intero, correndo come un pazzo, finché non aveva imboccato la litoranea e aveva raggiunto la fine della terra, lì dove lo Ionio e l'Adriatico si scontravano. Scese dalla Gran Luce e, in un paese che pareva disabitato, camminò verso la spiaggia, contro il vento che soffiava impetuoso, come se volesse spingerlo via. Avanzò fino alla riva e si sedette sulla sabbia fresca, avvicinando le ginocchia al petto; in quel momento, un'onda lo colpì, inzuppandogli le scarpe. Così se le sfilò, insieme ai calzini, e restò a piedi nudi. Il cuore batteva veloce, per via dell'adrenalina che gli era rimasta in corpo.

Guardò il mare agitato, in burrasca, e pensò che rifletteva perfettamente il suo stato d'animo. *È morto per colpa mia*, si disse, tenendosi la testa tra le mani. Era il pensiero che l'aveva tormentato da quando aveva aperto gli occhi e zio Domenico, seduto sul letto, gli aveva detto, sottovoce: « Tuo padre... stanotte. Mi dispiace... »

Era montato in macchina, diretto ad Araglie, ma poi, a metà strada, aveva fatto inversione ed era tornato indietro. Non aveva il coraggio di guardare la madre negli occhi, di confessarle: *Sono io, che ho ucciso l'amore della tua vita. Sono state le mie parole, a trafiggergli il cuore. È colpa mia, soltanto mia...* Ne era assolutamente convinto.

Pensò ad Agnese, e si sentì in colpa nel saperla lì, a sopportare da sola il peso della tristezza. Perché, perché non l'aveva lasciato parlare? Come gli era venuto in mente di dirgli: *Io un padre non ce l'ho più*? Perché? Perché l'aveva fatto? continuava a tormentarsi, dandosi piccoli pugni in testa. Quando un'onda più furiosa delle altre sbatté sulla sabbia e lo schiaffeggiò in pieno viso, Lorenzo si morse la mano chiusa a pugno. Serrando la pelle tra i denti, le lacrime cominciarono a solcargli il viso. Ma poi il pianto divenne così feroce e inconsolabile che gli troncò il respiro. Si afflosciò sul bagnasciuga, e lasciò che l'acqua delle onde si mescolasse alle lacrime.

La bella stagione arrivò un sabato mattina di marzo: dopo settimane di vento e pioggia che avevano messo in difficoltà le attività portuali e il lavoro dei pescatori, il sole finalmente tornò a splendere su Araglie. Agnese e Salvatora camminavano sottobraccio lungo la via degli artigiani; la madre, nell'abito nero del lutto, procedeva a testa bassa, anche se di tanto in tanto le toccava rialzarla per rispondere a qualche saluto. Erano dirette al cantiere: Luigi le stava aspettando. Tuttavia, quando passarono da piazza San Francesco, Salvatora volle fermarsi all'edicola. «*Famiglia Cristiana,* per favore», disse all'edicolante. «E pure *La Settimana Enigmistica*», aggiunse. Agnese la guardò con tenerezza. Vedere quella rivista in casa le scaldava il cuore, diceva la madre, le dava l'impressione che il marito non se ne fosse mai andato, anche se i cruciverba non venivano riempiti da nessuno. Mentre Salvatora allungava ottanta lire all'uomo, lo sguardo di Agnese cadde sulla prima pagina dell'*Unità,* il giornale che il suo Giorgio comprava sempre: il titolo parlava della ricerca di un accordo programmatico tra i democristiani, e di una riunione cui avevano partecipato Segni, Moro e altri politici di cui Agnese ignorava l'esistenza.

«Cosa leggi?» esclamò Salvatora, con una smorfia contrariata. «Lascia stare. È roba per comunisti, quella», disse.

«Mamma, ma io ne conosco un sacco. Di comunisti,

voglio dire», ribatté Agnese. «Lo sono tanti operai della fabbrica. E poi Teresa, Mario e...» Si interruppe. Stava per dire: *E lo è pure Giorgio, quel ragazzo bello e romantico che tanto ti era piaciuto,* ma preferì tacere. Non voleva che la madre si facesse un'idea sbagliata di lui, né tantomeno voleva che si preoccupasse perché la figlia era innamorata di un comunista.

Senza commentare, la donna scosse la testa e prese di nuovo la figlia sottobraccio. Imboccarono il vicolo e subito si imbatterono in Concetta che, a braccia conserte sulla porta dello spaccio, osservava il viavai di gente del sabato mattina. «Hai visto che splendida giornata, Salvatora?» disse, non appena le vide passare.

«Eh, sì. Ci voleva proprio...» commentò l'altra, con tono dolente.

Agnese, invece, le lanciò un'occhiataccia: non aveva di certo dimenticato i suoi pareri al veleno... Com'è che aveva detto? *Bassa, piatta, una mezza femmina.* Avrebbe voluto dirle: *Be', sai, quel bel marinaio non la pensa affatto così.* Ma si limitò a un sorriso tirato.

In breve tempo, madre e figlia raggiunsero il cantiere. Attraversando la banchina del porto, Agnese si fermò: la nave mercantile che stava attraccando le sembrò esattamente quella su cui viaggiava Giorgio. Si avvicinò col batticuore, per sincerarsene. Ma rimase delusa. Era molto, molto simile, ma no, non era la stessa.

Prima di entrare nel cantiere, Salvatora si bloccò, e scrutò il portone a lungo.

«Mamma, cosa c'è?»

L'altra piegò le labbra. «L'ultima volta che sono venuta qui è stata con tuo padre. Ma il portone stava chiuso, quel giorno, e non siamo potuti entrare...»

Agnese le accarezzò la schiena. « Vorrà dire che lo faremo adesso. Come se papà fosse qui con noi », le rispose.

In quell'istante, Luigi sbucò fuori e andò loro incontro. Allargò le braccia e le posò su quelle della donna, quindi le diede due baci sulle guance. Poi salutò Agnese con un buffetto sul viso.

« Venite », disse.

Le due lo seguirono all'interno. Agnese prese a guardarsi intorno, pensando che era lì che il suo papà aveva trascorso l'ultimo anno della sua vita. Cercò di immaginarlo, mentre abitava quelle mura, dedicandosi anima e corpo alla sua tanto amata barca. Provò un moto di sollievo e insieme di gratitudine: quel posto, seppur per poco tempo, aveva regalato a suo padre la felicità...

« È questa », annunciò Luigi, indicando una grande imbarcazione coperta da un telo cerato. « Pronte? » disse poi e, con un solo gesto, sfilò via il telo.

Salvatora si portò una mano sul cuore.

Agnese, strabiliata, si avvicinò e sfiorò lo scafo nero e bordeaux tirato a lucido, ammirò i sedili in pelle bianca, l'eleganza delle linee, l'imponenza della struttura, la precisione di ciascun dettaglio... « È così bella... » mormorò, con una stretta allo stomaco. *Se la vedesse Giorgio, piacerebbe moltissimo anche a lui.*

« E non è mica tutta qui », continuò l'uomo. Salì sulla barca, tolse il più lungo dei sedili in pelle e scese tre gradini in legno. Agnese e Salvatora si sporsero per guardare: al di sotto c'erano le cuccette per dormire, e pure una piccola cambusa.

« *Fenice...* » lesse Agnese sulla fiancata. « È il nome che aveva scelto papà? » chiese poi, con un filo di voce.

Luigi si immalinconì. « Già », rispose, risalendo. « La

scritta l'ha fatta lui. Mi ha spiegato che significa 'rinascita'.»

Gli occhi di Salvatora si inumidirono. Si portò vicino alla barca e accarezzò con un dito, una alla volta, le lettere che componevano la parola *Fenice*. «Giuseppe mio...» ripeteva.

Dopo qualche istante, Luigi disse: «Ho iscritto la *Fenice* al Salone della Nautica, alla Fiera Campionaria di Milano che si terrà ad aprile. Era il sogno di Giuseppe. E io», concluse, con un groppo in gola che gli incrinò la voce, «lo realizzerò per lui.»

Agnese lo guardò, con un profondo senso di riconoscenza. «Grazie, Luigi. Grazie per quello che stai facendo per papà.»

L'uomo le rivolse un gesto, come a dire che non c'era bisogno di ringraziarlo, lo faceva col cuore. «La portiamo su tra una decina di giorni», continuò. «Se pure Lorenzo vuole passare a vederla, prima, c'è tempo.»

Salvatora gonfiò il petto. «Lascialo stare, quello», replicò, con voce tremante. «Non si è nemmeno degnato di venire a piangere suo padre. Figurati se gliene può fregare qualcosa della barca.»

Agnese si adombrò, e tornò a fissare la *Fenice*. L'assenza del fratello, al funerale, era stata schiacciante, da levare il respiro. Senza di lui, si era sentita terribilmente sola, nonostante le tante persone che erano venute per dare l'ultimo saluto a Giuseppe. *Non è possibile, ci deve essere una spiegazione. Lorenzo è ancora arrabbiato, è vero, ma non farebbe mai una cosa del genere,* si era detta, mentre il sacerdote celebrava la messa e lei si girava in continuazione, sperando di intravedere il fratello tra la gente. Ma aveva aspettato invano. Non solo Lorenzo non si era presentato al funerale, ma aveva anche fatto pesare il suo silenzio nei giorni e nelle settimane successivi. Era assurdo, rifletteva Agnese. Il fratello si comportava come se lui, una famiglia, non ce l'avesse mai avuta. Con un senso di scoramento, ripensò a quel che aveva detto Angela: il Lorenzo che conoscevano ormai non esisteva più. Era proprio così? Agnese si rifiutava di crederci sino in fondo.

«Zio, questo dove lo mettiamo? Nella sala principale?» chiese Lorenzo, reggendo un dipinto dalla cornice piuttosto pesante.

«Sì, come ti avevo già detto», rispose l'altro, in tono brusco. Seduto alla scrivania, non aveva nemmeno sollevato lo sguardo.

«Signorsì», sospirò Lorenzo, e portò il quadro nella sala col divanetto rosso. Dal giorno del funerale, zio Domenico era diventato scorbutico e distante; quando erano tornati da Araglie e avevano trovato il nipote in casa, lo zio era partito in quarta, rimproverandolo duramente per non essersi presentato al funerale; zia Luisa, accanto a lui, non faceva che annuire. «Non si fanno queste cose, Lorenzo. È imperdonabile», aveva continuato Domenico. «Era tuo padre, nel bene e nel male. E tua madre, povera donna, aveva bisogno di entrambi i figli vicino. È mia sorella, e tu le hai mancato di rispetto. Non te lo scordare, perché io di sicuro non me lo scordo!»

Lorenzo aveva abbassato la testa ed era rimasto in silenzio, sconcertato dalla rabbia dello zio. Alla fine, Domenico gli aveva strappato la promessa di andare ad Araglie il giorno dopo. E lui ci aveva provato più volte, a mettersi in macchina e partire, ma era sempre tornato indietro ben prima di arrivare a casa: era troppa la vergogna che provava, non riusciva neppure a immaginare di presentarsi alla madre così, come se niente fosse. Aveva anche provato a telefonarle, ma gli bastava sollevare la cornetta e comporre il prefisso per essere invaso dall'ansia, quindi riagganciava subito. E così erano passati i giorni e ben presto erano scivolate via intere settimane.

È per questo che lo zio ce l'ha ancora con me, pensò. Come poteva spiegargli le ragioni che lo paralizzavano? Con quale coraggio poteva riferirgli le ultime parole che aveva detto a suo padre, rivelargli che era colpa sua se aveva avuto un infarto? *No, non ce la faccio, non ce la farò mai*, si disse. Si trattava di tenere duro ancora per un po'. *Per fortuna il matrimonio è vicino... E poi leverò il disturbo anche da casa degli zii.*

In quel momento, Doriana e la madre entrarono nella galleria.

« Ehi, che sorpresa! » esclamò Lorenzo. Lo zio si mise in piedi e, improvvisamente sorridente, fece il giro della scrivania e salutò le due donne.

Doriana si avvicinò a Lorenzo e gli stampò un bacio sulla guancia. « Siamo in giro da ore, per cercare le bomboniere, che tra l'altro non abbiamo trovato. Perlomeno, però, abbiamo risolto la questione dei fiori in chiesa. Comunque: eravamo in zona e abbiamo pensato di invitarti a pranzo fuori. Tanto è quasi ora... »

« Avete fatto bene », disse Lorenzo. « Prendo il cappotto. » Poi chiese, un po' titubante: « Zio, vieni anche tu? »

Domenico ringraziò, ma rispose che purtroppo aveva molto da fare, e subito lanciò uno sguardo alle due donne, per accertarsi che quel rifiuto non le avesse offese.

Mentre Lorenzo si infilava il cappotto, la signora Guarini esclamò: « Ah, non immaginereste mai cosa abbiamo visto, passando davanti all'atelier di via Matteotti! Quella modella lì, come si chiamava... » continuò, con un gesto di sufficienza. « Quella che c'era alla mostra del Santoro, la biondina. »

Lorenzo sentì il cuore che accelerava i battiti. « Angela Perrone, sì », mormorò. Con la coda dell'occhio, si accorse che Doriana lo stava scrutando.

« Ecco, sì, lei. Be', c'era una sua foto enorme in vetrina. Non capisco: da musa di un pittore talentuoso come Nicola Santoro si è ridotta a fare la pubblicità per i negozi? »

Ci fu un breve silenzio, carico di tensione. *Quindi è rimasta a Lecce,* pensò Lorenzo. *E si è messa a fare la modella a tempo pieno, a quanto pare,* rifletté, con una scossa fulminea di gelosia.

« *Maman,* ma cosa ti importa? » intervenne Doriana. « È solo una modella. Mi sembra che ne abbiamo già parlato abbastanza. » E rivolse a Lorenzo uno dei suoi sorrisi cauti.

« Se le signore sono pronte, possiamo andare », disse allora lui, aprendo la porta della galleria per farle passare. Ma quelle parole così gonfie di supponenza – *È solo una modella* – lo avevano infastidito più di quanto non fosse disposto ad ammettere.

Quando si avvicinò alla casa di Agnese, la prima cosa che Giorgio vide fu il manifesto funebre. *Ma cosa...* Accelerò il passo, col cuore che batteva all'impazzata. GIUSEPPE RIZZO, lesse. Subito sotto c'era scritto: ALL'ETÀ DI 42 ANNI È MANCATO TRAGICAMENTE AI PROPRI CARI. E la data: ARAGLIE, 29 FEBBRAIO 1960. Belin, *no*... pensò, mortificato, passandosi una mano sul viso.

Varcò il cancello, che come al solito era spalancato, e andò a bussare. Quando Salvatora aprì la porta, lo fissò con un'espressione sorpresa.

« Buongiorno, signora Rizzo. Sono Giorgio, un amico di Agnese », disse.

« Giorgio... Finalmente conosco il tuo nome », rispose lei. « Sei quel giovanotto che è venuto qui col giradischi. Mi ricordo bene. »

« Ho... Ho letto sul manifesto... » farfugliò lui. « Mi dispiace tanto. Le faccio le mie condoglianze. »

« Grazie », mormorò lei. « Vieni, entra. Agnese sta di sopra, in camera sua. »

La donna gli fece strada lungo il corridoio, poi gli disse di accomodarsi in salotto, intanto che andava a chiamare la figlia. Rimasto solo, Giorgio si sedette in punta sul divano ocra, coi gomiti sulle ginocchia e le mani intrecciate. L'aria era impregnata del profumo del ragù che di certo stava sobbollendo in cucina. Lasciò scorrere lo sguardo all'intorno: il tavolino con sopra una copia di *Famiglia Cristiana*, la TV spenta, il caminetto con due poltrone verdi ai lati e *La Settimana Enigmistica* posata su una delle due; sul ripiano del comò, addossato alla parete di fronte, c'era una foto incorniciata con davanti un lumino, una croce e un vaso di fiori. Si sollevò dal divano e si avvicinò al comò; guardando la foto in bianco e nero di Giuseppe, riconobbe nella forma rotonda del suo viso la stessa di Agnese; doveva aver ereditato dal padre anche il colore scuro degli occhi, si disse, dato che quelli della madre erano di un verde brillante, li aveva notati subito. Fece per tornare a sedersi ma, quando passò davanti al caminetto, si accorse che sulla mensola c'erano altre foto, e si fermò di nuovo. Vide i genitori di Agnese, giovanissimi, nel giorno del loro matrimonio, e poi Agnese da bambina, in una foto al mare e in un'altra seduta sotto l'albero di Natale. In una foto più recente, invece, era insieme a Lorenzo, davanti all'ingresso del saponificio; fratello e sorella erano abbracciati stretti e sorridevano felici...

«Giorgio!» esclamò Agnese, scendendo le scale alla svelta.

Si girò: Agnese era a piedi scalzi e indossava il maglione che lui le aveva prestato tanto tempo prima. Gli corse incontro e gli buttò le braccia al collo.

Giorgio la strinse forte. «Mi dispiace così tanto...» le sussurrò, accarezzandole la schiena.

Lei lo abbracciò ancora più stretto.

«Mi dispiace non essere stato qui, quando è successo. Non sai quanto...»

Agnese alzò lo sguardo e fece per dire qualcosa ma, in quel momento, Salvatora tornò in salotto. «Cosa possiamo offrire, a questo giovanotto? Un caffè?»

Giorgio le restituì un sorriso. «Un caffè va benissimo. Grazie mille, signora.»

Salvatora annuì e si diresse in cucina.

I due ragazzi si misero seduti sul divano, mani nelle mani. Non riuscivano a smettere di fissarsi e di sorridersi.

«Mi sei mancato tanto... Non voglio più sentirmi così sola, mai più...» mormorò Agnese.

Lui s'incupì e le posò una mano sulla guancia. «Lo so... Sono qui con te, adesso.»

Salvatora rientrò, reggendo un vassoio in argento su cui c'erano tre tazzine di porcellana con piccoli fiori rosa e una zuccheriera, in argento anch'essa. Lo posò sul tavolino e domandò a Giorgio quanto zucchero volesse, nel caffè.

« Lo bevo amaro, grazie », rispose lui, e si tirò in piedi per prendere la tazzina dalle mani della donna.

« Bravo, pure io », commentò Salvatora. Poi versò i due soliti cucchiaini di zucchero nella tazza di Agnese e attaccò con un vero fuoco di fila di domande: da dove veniva? Come si erano conosciuti, lui e Agnese? E quanto tempo fa? Come campava?

Quando lui le rispose che faceva il marinaio, Salvatora sembrò delusa. « Ah », commentò soltanto.

« Ma ancora per poco », s'affrettò a precisare lui, scambiando una rapida occhiata con Agnese. « A maggio farò la mia ultima traversata. Poi tornerò a casa, a Savona. » E descrisse l'impresa commerciale che avrebbe avviato, compreso il fatto che aveva già affittato un locale nei pressi del porto.

La donna sembrò un po' sollevata, ma subito dopo si irrigidì. « Se vuoi tornare a vivere a Savona », disse in tono gelido, « allora non capisco proprio che intenzioni hai con mia figlia. Come fate a stare insieme, se lei sta qui e tu sei lontano? »

« No, mamma », s'intromise subito Agnese, posando la sua mano su quella del ragazzo. « Non sarà affatto lontano, perché io andrò con lui. Ci sposiamo. »

Giorgio ebbe un tuffo al cuore. Agnese si voltò e gli rivolse un sorriso imbarazzato, coprendosi la bocca con una mano. Lui la fissò, sopraffatto dall'emozione. *Si può amare così tanto una persona da commuoversi?* si chiese. Ma sapeva benissimo la risposta.

17

Fenice

aprile-maggio 1960

La notizia del matrimonio di Agnese sembrò risollevare almeno un po' il morale di Salvatora. « Ti sposerai a vent'anni tondi tondi. Porta bene! » diceva. « È quello che ho sempre voluto: vederti sistemata, con un bravo ragazzo », aggiungeva, sospirando. Per la prima volta dopo la morte di Giuseppe, Agnese l'aveva vista sorridere. Allo stesso tempo, però, la madre faticava ad accettare la faccenda del trasferimento al Nord, anzi non la capiva proprio.

« Perché non la apre qua, la ditta? Voglio dire, col porto che c'è ad Araglie... Cosa cambia, qui o lì? » provò a dire una mattina, a colazione.

« Cambia, mamma », rispose Agnese, posando la tazza del latte. « I suoi fratellini vivono a Savona, e questa attività dovrà dare lavoro anche a loro. »

Salvatora si limitò a un « Mmm... » e bevve un sorso di caffè. Poi andò a posare la tazzina nel lavello. « Ho capito. Insomma rimarrò qui tutta sola... »

Agnese sollevò lo sguardo: la madre era di spalle, con entrambe le mani sul lavello; indossava una leggera sottana di cotone bianco che esaltava il pallore della sua pelle.

« Non per forza, mamma », ribatté lei. « Potresti... venire con noi. »

La donna si voltò. Il dolore delle ultime settimane le aveva scavato le guance. « Io? A Savona? Ma che dici, figlia mia... »

Agnese alzò le spalle. « E perché no? Cosa ci resti a fare qui? »

« Andarmene e abbandonare casa mia? » esclamò la donna, portandosi una mano al petto. « No, no, non se ne parla. »

« Mica la abbandoni! E comunque, se ti fa stare più tranquilla, possiamo lasciare una copia delle chiavi a qualcuno, così viene a dare un'occhiata ogni tanto... Ecco, potremmo darle a Mario, per esempio! Però intanto tu stai con la tua famiglia... Stai con me. »

La madre arricciò le labbra, come se ci stesse pensando. « Anche fosse », riprese dopo qualche attimo, « come si fa? Il povero Giorgio non può mantenere pure me. Sarei solo un peso. »

Agnese aggrottò la fronte. « E perché dovrebbe? »

« Infatti! È quello che ho appena detto. »

« No, non hai capito », sbuffò Agnese. « Intendevo: perché dovrebbe mantenerti lui quando ci sono io? Mica smetterò di lavorare, mamma. Giorgio mi ha detto che a Savona ci sono dei saponifici... Continuerei a fare quello che so fare. E poi un giorno... » E le scappò un sorriso.

« Un giorno... cosa? » chiese la madre, sollevando un sopracciglio.

L'altra si sporse, intrecciò le braccia sul tavolo e guardò la madre dritta negli occhi. « Un giorno fonderò un saponificio tutto mio. Una nuova Casa Rizzo. »

Salvatora la fissò dapprima stupita, poi lentamente socchiuse le palpebre. « Allora è per questo che stai mettendo i soldi da parte? »

Agnese si drizzò. « E tu come lo sai? »

La madre alzò gli occhi al cielo. « L'hai detto tu, che stavi risparmiando. Quando volevi comprarmi la lavatrice, ricordi? »

Allora non è vero che non ascoltavano... pensò Agnese.

Salvatora si rimise seduta. « E comunque una parte di quei soldi ti serve per pagare il matrimonio. Tuo padre non aveva chissà che, in banca. Doveva rifarsi con la barca, diceva. » E le si inumidirono gli occhi.

Agnese allungò una mano e strinse quella della madre. « Vabbè, ma faremo una cosa semplice... Io, lui, tu e la sua famiglia. »

L'altra si addossò allo schienale della sedia. « Fate come volete. Basta che vi sposate... » commentò. Poi spostò lo sguardo sulla torta, quella col ripieno di mele cotogne. « Ma non la prendi, la seconda fetta? »

Agnese fece cenno di no.

« E cos'è 'sta novità? »

Lei alzò le spalle. « Cosa cambia? Una o due... Tanto le cose brutte succedono lo stesso... » mormorò.

La madre la guardò perplessa.

« Non ho capito, però. Ci vieni o no, a Savona? » la sollecitò Agnese, cambiando bruscamente argomento.

Salvatora distolse lo sguardo. « Solo se vi sbrigate a farmi un nipotino di cui occuparmi », disse infine, tirando le labbra in un sorriso.

Agnese avvampò tutta e, in men che non si dica, si alzò dalla sedia. « Corro al lavoro, prima che tu dica altro! » esclamò, imbarazzatissima.

Mentre camminava verso la fabbrica, Agnese rifletteva su quello che, di lì a poco, avrebbe detto a Colella. Come avrebbe reagito? *Di sicuro non bene,* pensò. Non solo perché lei stava per portargli via la *Nouvelle Marianne,* e per lui sarebbe stato un colpo durissimo, ma anche perché Colella aveva ideato il nuovo reparto apposta per lei e gliel'aveva pure affidato. *Diventerà nero di rabbia. Ma, in fondo, cosa me ne importa? Ormai... Che si arrabbiasse pure.* Prima della partenza di Giorgio, i due ragazzi avevano deciso il da farsi: lei avrebbe comunicato le dimissioni ai primi di aprile, dando a Colella due mesi di preavviso; a maggio, Giorgio sarebbe sbarcato ad Araglie e sarebbe rimasto lì con lei, ad aspettare che finisse di lavorare. Poi, agli inizi di giugno, sarebbero saliti sul treno per Savona... Agnese sorrise al pensiero. Da tempo immaginava come poteva essere la vita quotidiana con Giorgio, in una casetta tutta loro... Com'era lui al mattino, appena sveglio? Era un orso, come lei, oppure uno di quelli che parlano prima ancora di prendere il caffè? In che posizione dormiva? *E se russa?* si chiese, e le scappò da ridere. Quante prime volte c'erano da vivere insieme, e tutta una vita per farlo. Certo, c'era anche *quella* prima volta da affrontare... Di colpo, Agnese si fermò e si portò le mani al viso: era in fiamme. *Mi vedrà nuda!* pensò, sgranando gli occhi. *E se poi non gli piaccio? E se quella... quella cosa io non la so fare? E se lo deludo?* Scosse la testa velocemente e accelerò il passo.

Quando arrivò alla fabbrica, si fermò di nuovo e sollevò lo sguardo sull'insegna SAPONIFICIO F. COLELLA. Aveva trascorso gli ultimi mesi ad arrovellarsi su quella scelta per cui temeva di non essere pronta... Fino a qualche settimana addietro, la semplice idea di lasciare quel posto la faceva sentire come scissa in due, dilaniata dai sensi di colpa e dalla paura di non sapere più chi fosse, fuori da quelle mura. Ma nel giro di poche ore era cambiato tutto. Prima la lettera di Giorgio, in cui lui l'aveva rassicurata sul fatto che, nella loro vita insieme, ci sarebbe stato spazio anche per il suo mondo fatto di sapone; poi la morte improvvisa del suo papà, che aveva rimesso in discussione ciò che lei credeva di sapere o di volere e le aveva fatto capire che la vita poteva sfuggirti da un giorno all'altro, senza preavviso. Continuando a fissare l'insegna, per la prima volta Agnese si rese conto, con una morsa di nostalgia, che quella lì non era più casa sua, non era più la fabbrica del nonno. Quante volte, in tutto quel tempo, si era soffermata a guardare l'insegna che aveva sostituito quella di Casa Rizzo? *In effetti, quasi mai,* si rispose. Semplicemente, aveva chiuso gli occhi, si era ostinata a non voler vedere davvero. Suo fratello, invece, aveva visto tutto in modo chiaro, fin da subito.

Salutò un piccolo gruppo di operai, che stavano fumando una sigaretta in attesa di cominciare il turno, ed entrò. La porta dell'ufficio di Colella era aperta. Prima ancora di cambiarsi e indossare il camice verde, che aveva preso il posto della tuta, Agnese bussò con due colpetti.

Colella alzò la testa dalle scartoffie. « Oh, Rizzo! Entra, entra, ti stavo aspettando », disse, con un insolito buonumore. Le fece segno di accomodarsi. Agnese si sedette e notò subito il flacone bianco sulla scrivania: era il campione dello shampoo per capelli ricci agli oli di oliva e di cocco.

« Gran bel lavoro! » esclamò Colella, indicando il flacone. « Le donne andranno matte per quel profumo di cocco. Nel resoconto, ho letto che hai provato lo shampoo sui tuoi capelli, e che sei rimasta molto soddisfatta. »

« Sì », confermò lei. « Ha il potere disciplinante che speravo di ottenere. »

L'uomo annuì, contento. « Bene, bene. Ma non lo lanceremo subito sul mercato », aggiunse.

« Ah », si stupì Agnese. « E come mai? »

Colella si lisciò i baffi, ridacchiando. « Perché faremo una linea intera per capelli! Shampoo per ogni esigenza. Capelli ricci e lisci, grassi, secchi, sottili... Ho già messo al lavoro Cosimo, sta disegnando le nuove confezioni », spiegò tutto esaltato. « Che ne dici? Idea grandiosa, eh, Rizzo? »

Ecco perché è così di buonumore, pensò lei. « Sì. Un'ottima idea... » mormorò. « Ma prima devo dirle una cosa. » Fece un respiro. « Mi licenzio », disse d'un fiato. « Glielo comunico con due mesi di preavviso, così può organizzarsi... »

Colella restò di sasso. Poi corrugò la fronte. « Ma cosa dici, Rizzo? Mi prendi in giro? Tu non ti puoi licenziare. »

Lei raddrizzò la schiena. « Come sarebbe? Certo che posso! »

Lui ridusse gli occhi a due fessure e fece un sorrisetto. « Ho capito. Vuoi più soldi. Bastava dirlo, Rizzo. »

« No, no », ribatté lei. « Non si tratta di questo. Ho deciso di andarmene e basta. »

«Posso sapere perché o è un segreto, come la tua formula?» sbottò Colella.

Agnese si costrinse a ignorare quella provocazione. «Mi trasferisco al Nord», rispose, senza specificare altro. D'altronde la sua vita privata non era mica affare di Colella, pensò.

Lui si sporse in avanti sulla scrivania. «Lo capisci, vero, che non posso ritirare la *Nouvelle Marianne* dal mercato? Che questo mi metterebbe nei pasticci coi fornitori, coi negozi, coi consumatori...» disse, scandendo bene ogni parola, sul punto di perdere la pazienza.

«Lo so, lo capisco. Ma non posso farci niente. Questa è la mia decisione, mi dispiace», ribadì Agnese. «Rimarrò fino alla prima settimana di giugno, due mesi a partire da oggi», puntualizzò. Poi aggiunse: «Lavorerò alla linea di shampoo, le prometto che la porterò a termine prima di andare via». Fece per sollevarsi dalla sedia, ma Colella la trattenne, con un gesto perentorio della mano.

«Quanto vuoi? Per la formula della *Nouvelle Marianne*. Di' il prezzo.»

Agnese si stizzì. «Ma mica è in vendita!» esclamò, tirandosi in piedi.

Si alzò anche Colella, e le puntò un dito contro. «Tu lo sai che potrei farti causa, chiederti i danni per mancato guadagno, in pratica rovinarti? Lo sai o no, ragazzina?»

Lei sbiancò. Diceva sul serio? Poteva chiederle i danni? rimuginò, mentre il cuore pulsava veloce. Ma poi rifletté. *Se mi facesse causa, tutti, pure i suoi fratelli, verrebbero a sapere che, per produrre la* Nouvelle Marianne, *ha accettato il ricatto di una dipendente. Di una donna, per giunta! Perderebbe la faccia davanti a tutti!* Fece un respiro rilassato. *No, non lo permetterebbe mai, vuole solo spaventarmi.* Era un meschino stratagemma per costringerla a vendergli la formula. Rinfrancata da quella intuizione, Agnese si strinse nelle spalle e gli rispose: «Faccia come vuole».

Guardò per un istante l'espressione sbigottita dell'uomo, poi gli voltò le spalle e uscì dall'ufficio.

Il giorno prima delle nozze, in un momento in cui era da solo in casa degli zii, Lorenzo si sedette sulla sedia accanto al telefono, sollevò la cornetta e, girando il disco, compose un numero. Rimase in attesa. Lanciò un'occhiata allo specchio di fronte e quasi non si riconobbe, con quel nuovo taglio di capelli. Con la sua dolce fermezza, Doriana l'aveva praticamente obbligato ad andare dal barbiere di famiglia per darsi una sistemata prima del matrimonio. Seppur controvoglia, Lorenzo aveva obbedito e, quando l'uomo gli aveva chiesto: «Come li facciamo?», lui ci aveva pensato un po', quindi aveva risposto: «Come quelli di Mastroianni nella *Dolce vita*».

«Pronto?» sentì all'altro capo del telefono.

«Ciao, *neh*», disse Lorenzo.

Dall'altra parte ci fu silenzio.

«Lorenzo. Ciao», rispose poi Fernando, senza slancio.

«Amico mio, come stai? Non ci vediamo da... Dall'estate scorsa? Possibile?»

«Possibile, sì. Sono sceso, a Natale. Ma so che non eri ad Araglie...»

«No, infatti.»

Di nuovo silenzio.

«Che si dice, lì al Nord?»

« Tutto bene, grazie. »

« Lavori sempre alla Fiat? »

« Già », rispose l'altro. E, dopo qualche secondo, aggiunse: « Lore, perché mi hai chiamato? »

« Per sentirti, per sapere come stai », rispose l'altro, turbato. « Perché, se no? »

« Mmm... »

« Ma che ti prende? »

« A me? A me proprio niente... » replicò Fernando, con una punta di sarcasmo.

« Be', non mi pare. »

Sentì l'amico prendere un respiro profondo.

« Lore, ascolta, so come hai trattato mia sorella. So pure che ti sposi e tutto quanto... Mia madre piangeva, quando me l'ha raccontato. »

Lui non fiatò. Pensò a Marilena, a quanto era stata gentile a ospitarlo, e si sentì vagamente in colpa, per quelle lacrime.

« Non mi sono mai intromesso nel vostro rapporto, lo sai », continuò Fernando. « Angela avrà pure il carattere che c'ha, lo sappiamo. Ma non si meritava di essere scaricata così, di scoprire che sposi un'altra, mentre aveva ancora il tuo anello al dito. »

« Io... Nando, è più complicato di così. Tra me e Angela le cose si erano fatte difficili. L'hai visto anche tu, l'estate scorsa... Facevamo fatica a capirci, volevamo cose diverse, ormai. »

« No, senti. Non è questo il punto. Le storie possono finire, ci mancherebbe. Nessuno ti obbligava a rimanere con mia sorella, se non volevi. Ma dai, Lore... C'è modo e modo di trattare le persone. Tu con Angela hai sbagliato. E di grosso. Quando hai capito che ti stava ostacolando nei tuoi piani, l'hai buttata via come uno straccio. Senza rispetto.»

Lorenzo restò in silenzio. Non se la sentiva di ribattere, di giustificarsi, di fingere... Fernando non stava dicendo niente che non fosse vero. Tanto valeva togliersi la maschera; glielo doveva, erano amici da troppo tempo, per mentirgli. «Lo so. Hai ragione su tutto», ammise allora. «L'avevi pure detto, quel giorno in spiaggia, ricordi? 'So che farai carte false, pur di riprenderti la fabbrica.' Ebbene, le ho fatte. E ora sono a tanto così dal riuscirci.»

Fernando sospirò. «Sì, mi ricordo bene. Ma ricordo anche di averti detto un'altra cosa. Di stare attento a non perdere le persone che ti vogliono bene, prima che fosse troppo tardi. Ma non mi sei stato a sentire. Hai fatto come hai voluto, testardo come al solito.»

Lorenzo annuì, chiudendo gli occhi. «C'è sempre un prezzo da pagare per ottenere quello che si vuole.»

«E allora ti auguro di riuscirci, così finalmente avrai pace... Cosa ti aspetti che ti dica?»

«Niente...» sussurrò lui. Sapeva che non c'era altro da aggiungere, che era il momento di salutare l'amico e riattaccare, ma qualcosa lo frenava.

«Lorenzo... Mi hai chiamato perché speravi che io ti fermassi?» gli chiese allora Fernando, senza giri di parole.

Lorenzo riaprì gli occhi. «No», rispose, deciso. E mise giù.

Fissò il telefono. Non ci era riuscito, pensò. Aveva finito per mentire anche al suo migliore amico.

Il colletto della camicia non lo faceva respirare. Davanti allo specchio, in camera sua, Lorenzo tentò di allentare il nodo della cravatta, ma non servì a molto: quel maledetto colletto sembrava fatto di pietra. Osservò il proprio riflesso, ingessato nel tight, e di nuovo stentò a riconoscersi. Non aveva mai indossato nulla di simile. Il vestito l'avevano scelto Doriana e sua madre, o meglio gliel'avevano fatto cucire su misura dal sarto dei Guarini: una giacca nera con le code, il gilet grigio perla sulla camicia bianca e pantaloni senza risvolto, a righe grigie e nere. Per fortuna si era risparmiato il cilindro, pensò. Doriana aveva detto che, vista la bella stagione, poteva anche non metterlo: lo prevedeva il galateo! Richiuse l'anta con lo specchio, si sedette sul letto e s'infilò le strette scarpe di vernice nera. Poi si alzò e, di colpo, sentì che gli mancava l'aria. Con una smorfia d'insofferenza, allentò ancora un po' la cravatta.

« Lorenzo, sei pronto? » gridò Domenico.

« Sì, zio. Arrivo », sussurrò. Prese il portafoglio dal ripiano del comò e tirò fuori un foglio tutto spiegazzato. Lo aprì e fissò il disegno dell'insegna di Colella sulla *sua* fabbrica; in un lampo, ritrovò la forza. Ripose il disegno nel portafoglio e raggiunse gli zii in salotto.

Non appena entrò, entrambi si alzarono dal divano. « Che figurino! » esclamò zia Luisa.

« Anche tu non scherzi, zia », rispose Lorenzo. In effetti, non l'aveva mai vista così elegante: indossava un abito in chiffon di seta celeste, con un ricamo di perle, e un cappellino in organza dello stesso colore del vestito. La donna si avvicinò al nipote e, con le labbra strette in un sorriso, gli sistemò il nodo della cravatta. Le pareva non fosse stretto abbastanza, mormorò.

« Non dimenticare questi », disse zio Domenico, consegnandogli un paio di guanti grigi di pelle scamosciata. Dato che lo zio era il testimone, aveva dovuto mettere il tight pure lui, ma il suo era grigio scuro. « Non devi indossarli, devi tenerli in mano », lo ammonì. « E, quando entri in chiesa, li devi posare di fianco all'inginocchiatoio. »

« Sì, zio, lo so. La mamma di Doriana mi ha istruito a dovere... » commentò, con un filo di ironia.

L'altro annuì, poi gli lanciò un'occhiata che a Lorenzo sembrò piena di rammarico. Dal funerale di Giuseppe, il loro rapporto si era incrinato e ancora non era tornato quello di un tempo, sebbene Domenico fosse palesemente combattuto tra l'affetto quasi filiale che provava per il nipote e quello che lo legava alla sorella.

« Manca solo questo », disse zia Luisa, mettendo un garofano all'occhiello della giacca di Lorenzo. « Adesso sei perfetto! » disse.

Lo zio gli posò una mano sulla spalla. « Dai, è ora di andare. »

Arrivarono in piazza Duomo, dove si era già radunata la folla di invitati. Lorenzo scese dall'automobile dello zio e, riparandosi gli occhi dal sole, guardò distrattamente quei volti: alcune persone le aveva già conosciute ai numerosi ricevimenti cui aveva partecipato, altre non le aveva mai viste. Poi alzò lo sguardo sul Duomo: la facciata era un trionfo del barocco, ricca di decorazioni sontuose; in alto, era posta la statua di sant'Oronzo e, nelle edicole laterali, c'erano altre due statue. Si trattava degli altri due santi protettori della città, ma Lorenzo, in quel momento, non riusciva a ricordarne i nomi. Quella chiesa era stata una scelta ovvia, dato che la cerimonia sarebbe stata officiata dal vescovo di Lecce, che non aveva potuto dire di no a Eugenio Guarini. *E ci credo, con tutti i soldi con cui li ha finanziati,* pensava Lorenzo.

«Se mi accendo una sigaretta, pare brutto?» bisbigliò all'orecchio dello zio.

L'uomo, ritto al suo fianco, con le mani dietro la schiena, non si scompose. «Direi proprio di sì», rispose.

Lorenzo sbuffò. Aveva una dannata voglia di fumare.

Dopo un po', si sentì lo strombettio di un clacson e tutti puntarono gli occhi sull'ingresso della piazza. Accompagnata dal padre, Doriana stava arrivando a bordo di una Mercedes decappottata, di un bel bordeaux fiammante, guidata da un autista con tanto di berretto. L'automobile era appartenuta al nonno di Doriana, che l'aveva acquistata prima della guerra e poi lasciata in eredità al figlio; una volta, durante una cena, Eugenio Guarini ci aveva tenuto a precisare che, di quel modello, esistevano soltanto 774 esemplari al mondo.

Con un sorriso raggiante, Doriana scese dalla macchina, aiutata dal padre, in tight anche lui. Alle sue spalle, Lorenzo sentì levarsi un coro di esclamazioni. In effetti, Doriana era veramente incantevole, pensò. Sembrava una principessa, con quel vestito che lei aveva voluto uguale uguale a quello di Jacqueline Kennedy, rigorosamente in seta e tulle, con una gonna a sbuffo, il corpetto aderente a maniche corte e una sottile collana di perle al collo. Tra le mani, reggeva il bouquet. «Anche quello dovrà essere come quello di Jacqueline», l'aveva sentita dire alla madre, durante i preparativi. «Orchidee bianche, rose e gardenie!»

«Dobbiamo entrare», gli disse zio Domenico, posandogli una mano sul braccio.

Lorenzo annuì, ma non si mosse. Restò a fissare Doriana ancora per qualche istante. Sì, avrebbe imparato ad amarla, si disse, risoluto. Ce l'avrebbe messa tutta. Prima di avviarsi, però, la mente gli giocò un brutto scherzo: per un brevissimo momento, quella che stava avanzando verso il Duomo, col vestito fiabesco e al braccio del padre, gli sembrò Angela. Avvertì una stretta allo stomaco. Chinò la testa e, con due dita, si strofinò gli occhi.

« Lorenzo, su. Gli invitati sono quasi tutti in chiesa », lo incalzò lo zio, con dolcezza. E, alla fine, gli toccò prenderlo per un braccio e accompagnarlo dentro.

Dopo più di un'ora, gli sposi uscirono dalla chiesa, accolti da una pioggia di chicchi di riso, da applausi e da grida festose.

Nascosta dietro un muretto, Angela aveva seguito tutta la scena. Adocchiò Franco, che stava scattando una foto ai due, prima che scendessero dal sagrato. Poi guardò Doriana, che sorrideva radiosa, e infine studiò a lungo il volto di Lorenzo, cercando di capire cosa *lui* stesse provando. Si accorse che si mordeva il labbro di continuo, il che voleva dire che era nervoso o perlomeno impensierito; inoltre aveva uno sguardo strano, difficile da definire. Ad Angela sembrò vacuo, come disabitato da qualunque emozione; di certo non sembrava quello di un uomo felice, si disse, senza nascondere un certo sollievo. Aveva fatto bene a venire, pensò. Almeno aveva potuto vedere coi propri occhi ciò che intimamente già sapeva: Lorenzo non sentiva nulla per quella ragazzina, se non, forse, un vago affetto. L'aveva sposata per i soldi, per ricomprare quella maledetta fabbrica. Ripensò a quello che le aveva detto Fernando, il giorno di Natale: « La sua ossessione lo condannerà all'infelicità ». E aveva scrollato le spalle con aria rassegnata.

Quanto a lei, ora sì, si sentiva pronta. Lei, alla felicità, non avrebbe rinunciato. Franco le aveva proposto di seguirlo a Roma, le aveva detto che una come lei poteva farsi strada nel mondo del cinema. Ne era assolutamente convinto. « Con quel visino, puoi arrivare dove vuoi », aveva aggiunto. Si sarebbe fatta notare, sarebbe diventata ricca e famosa, promise a sé stessa, determinata come non mai. E Lorenzo, un giorno, l'avrebbe vista in qualche film, avrebbe letto di lei sui giornali...

Gli rivolse un ultimo sguardo, e osservò il sorriso fasullo con cui il ragazzo stava ringraziando gli invitati, che si accalcavano per porgergli le congratulazioni.

D'improvviso, lungo la guancia di Angela scivolò una lacrima.

« Stupido », sussurrò.

Si asciugò il viso col dorso della mano. E andò via.

Agnese era seduta per terra a gambe incrociate, intenta a scrivere su un foglio poggiato sul tavolino del salotto.

« Cosa fai? » chiese Giorgio, mettendosi sul divano.

Lei rialzò la testa. « Scrivo una lettera a Teresa », rispose, posando la penna con un sorriso. « Per salutarla. Non avrò modo di vederla, prima di partire. Ha gli esami, e so che non scenderà prima di agosto. »

« Mandale i miei saluti », gridò Salvatora dalla cucina, dove stava stirando un lenzuolo.

« Ma non avevate litigato? » domandò Giorgio. « Mi ricordavo qualcosa del genere... »

« No, no. Non abbiamo mai litigato, in verità », spiegò lei. « È che... ci eravamo allontanate. Ma siamo ancora amiche. »

« Che ti avevo detto, io? Le amicizie mica finiscono così. Ci si allontana, ma poi ci si ritrova. Se ascoltaste i genitori, ogni tanto... » intervenne ancora Salvatora.

Agnese e Giorgio si guardarono e scoppiarono a ridere.

« Ma che ha? L'orecchio di un elefante? » commentò lui.

« Guarda che ti ho sentito, giovanotto! »

I due ragazzi risero di nuovo. Giorgio si alzò dal divano, poi si chinò su Agnese e le diede un bacio sulla fronte. « Ti lascio scrivere, allora. Io vado giù al porto, a comprare un po' di pesce. »

Lei annuì. Mentre riprendeva la penna, sentì Giorgio che si affacciava alla porta della cucina e diceva: « Signora Salvatora, a lei va il pesce? Ve lo cucino io, per pranzo ».

« Ma cosa devo sentire! Un uomo ai fornelli, quando si è visto mai... »

Giorgio rise. « Oggi lo vedrà! E si leccherà pure i baffi! »

« Seee », ribatté la madre, divertita.

Quando Giorgio aprì la porta per uscire, all'ultimo momento Salvatora gli urlò dietro: « Prendi pure i gamberi viola, se li trovi! »

« Sissignora! » rispose lui.

Agnese ridacchiò. Com'era contenta che Giorgio e la sua mamma andassero così d'accordo; da quando c'era lui, in casa, Salvatora era tornata persino a ridere...

Guardò il foglio. Finora aveva scritto soltanto:

Cara Teresa,
come stai? Ti scrivo una lettera, per salutarti.

Fece un respiro, e continuò:

Domattina la darò a tuo padre, ci penserà lui a spedirtela. Alla fine ho preso la mia decisione: andrò a Savona con Giorgio. Pensa che verrà anche la mamma, con noi! Partiremo agli inizi di giugno, abbiamo già cominciato a riempire le valigie. Mia madre si è fissata che deve infilarci pure il mio corredo, dice che ci sta lavorando da quando ero piccola. Ma come faremo a mettere tutto sul treno? Si vuole portare dietro pure una scorta della sua acqua di rose. Come se a Savona non la vendessero...

Vabbè, comunque non è di questo che ti volevo parlare. Ti volevo dire che ho pensato molto a quello che mi hai detto tempo fa, e cioè che devono essere sempre le donne a scegliere, a rinunciare a qualcosa di sé. Da quel giorno ho cominciato a guardare le donne intorno a me con occhi diversi, e per ciascuna di loro mi sono chiesta: «Lei a cosa ha rinunciato? E lei? E quell'altra?»

Ho avuto paura che potesse capitare anche a me... Ma poi ho capito che non sarebbe successo. E sai quando? Quando Giorgio mi ha detto che potevo cercare lavoro in uno dei saponifici di Savona, e mi ha incoraggiato ad aprirne uno tutto mio, lì, quando potrò. Il punto è che ho capito che, accanto a lui, sarei rimasta comunque io, quella che sono.

Ecco, allora ho pensato che scegliere non è per forza una cosa brutta. E non lo è neanche il rinunciare a qualcosa per qualcuno. L'importante, secondo me, è che dob-

biamo essere libere di farlo, di decidere noi e solo noi cosa vogliamo scegliere e a cosa possiamo rinunciare.

E niente. Questo ti volevo dire.

Ti mando un grande abbraccio

AGNESE

Piegò il foglio in quattro parti e poi lo chiuse in una busta bianca.

In quel momento, qualcuno bussò alla porta. *Sarà Giorgio che ha dimenticato le chiavi,* pensò.

« Agnese! Vai tu? »

« Sì, mamma! » rispose lei, mettendosi in piedi.

Quando aprì la porta, si ritrovò davanti Luigi. In mano, teneva una piccola scatola blu.

« Posso entrare? La mamma è in casa? » chiese lui, con un bel sorriso.

« Certo che sì! Entra. Che bello che sei venuto! » esclamò Agnese, richiudendo la porta. Lo accompagnò fino alla cucina. « Mamma, guarda chi c'è! »

« Permesso... » mormorò Luigi.

Non appena lo vide, il viso di Salvatora si illuminò. Posò il ferro da stiro, gli andò vicino e gli strinse entrambe le mani. « Siediti, ti faccio il caffè. »

L'uomo si accomodò e mise la scatola davanti a sé. La spinse verso Salvatora solo dopo che tutti ebbero bevuto il caffè.

« Cos'è? » domandò lei, sorpresa.

Con un cenno del capo, l'altro la invitò ad aprirla.

La madre sollevò il coperchio, infilò le mani dentro ed estrasse una targa di vetro, posata su una base dorata. Agnese si sporse per leggere.

CATEGORIA IMBARCAZIONI A MOTORE

VINCITORE DEL PRIMO PREMIO

FENICE

Le due donne alzarono di scatto lo sguardo su Luigi. L'uomo sorrise, ma aveva gli occhi lucidi.

« Ha vinto? Ha vinto la barca di papà? Ma davvero? » disse Agnese, con voce rotta.

Salvatora si coprì la bocca con una mano e, tornando a fissare il premio, lasciò che le lacrime, lente e silenziose, le bagnassero il viso.

18

Casa Rizzo

giugno-luglio 1960

Mancavano due giorni alla partenza. I bagagli erano ormai pronti, la casa era stata pulita da cima a fondo e i mobili coperti da lenzuoli bianchi. Agnese avrebbe tanto voluto mettere in valigia anche il diploma di laurea del nonno, le locandine e gli attestati della *Marianne*, ma non c'era più spazio e comunque le cornici erano davvero troppo pesanti. Perciò, alla fine, aveva preso soltanto la foto dei nonni. *Il resto me lo farò spedire da Mario*, pensava.

In fabbrica, la notizia della sua partenza era sulla bocca di tutti da settimane: in un primo momento, alcuni vecchi operai di Casa Rizzo avevano reagito con stupore, altri con sincero dispiacere, altri ancora con l'aria di chi stava assistendo alla fine di un'era. Ma quando Agnese, lievemente imbarazzata, aveva spiegato che se ne andava per seguire il suo amore, per sposarsi, l'amarezza di quegli uomini si era subito tramutata in allegria. « Eh, be', allora è giusto. Devi pensare alla vita tua », era stato il commento di Vito, e Dario gli era andato dietro: « E certo! È normale che una ragazza della tua età si vuole sposare ». Mario l'aveva abbracciata. « Mi fa tanto piacere per te. Però mi mancherai lo stesso. Questo lo sai, no? » Agnese aveva annuito, un po' commossa. « Anche tu mi mancherai », gli aveva risposto. Di tutt'altro tono era stata l'opinione di quel chiacchierone di Gaetano che, col suo piglio meschino, aveva dichiarato: « Così va il mondo: le femmine, quando si sposano, devono stare a casa. Ma pure prima, se proprio la dobbiamo dire tutta ». Tuttavia nessuno gli aveva dato corda, a eccezione di un operaio più anziano che aveva emesso una specie di grugnito di approvazione.

Persino Matteo e Roberto, gli operai con cui condivideva il laboratorio, le erano sembrati rammaricati. « Che peccato... Stavamo facendo un bel lavoro, insieme », avevano detto. Era vero, aveva riconosciuto Agnese, soprattutto per quanto riguardava la linea di shampoo, cui avevano dedicato ogni giorno degli ultimi due mesi. Anche Colella era rimasto soddisfatto di quei prodotti, sebbene non glielo avesse mai detto. Da quando aveva dato le dimissioni, infatti, lui l'aveva ignorata di sana pianta e, se aveva qualcosa da comunicarle o da chiederle, lo faceva tramite Mario, Matteo oppure Roberto. Quando, per esempio, le era toccato preparare un quantitativo enorme del bouquet della *Nouvelle Marianne*, era stato Mario a riferirle l'ordine. « Colella vuole fare scorta e riempire il magazzino », aveva detto. Agnese non si era stupita neanche un po': era ovvio che Colella non potesse ritirare la saponetta dal mercato di punto in bianco e quel quantitativo gli sarebbe bastato per evadere una bella serie di ordini.

Quanto a lei, si sentiva incredibilmente serena. Certo, le dispiaceva lasciare Mario e gli altri operai, ed era sicura che, almeno finché non avesse trovato un nuovo impiego, il suo lavoro le sarebbe mancato tantissimo; tuttavia, si sentiva già altrove, fiduciosa, pronta ad accogliere a braccia aperte la nuova vita che la stava aspettando. *Chi l'avrebbe mai detto, che sarei arrivata a sentirmi così... tranquilla, all'idea di andarmene da qui,* pensò, mentre trafficava in laboratorio.

In quel momento, al di là del vetro, vide passare Lorenzo.

Ma cosa... sussultò. Si precipitò alla porta e l'aprì col cuore in gola. Il fratello stava bussando all'ufficio di Colella, e lei si mosse per raggiungerlo, ma non fece in tempo. Vide Lorenzo aprire la porta ed entrare.

Ma cosa accipicchia sta succedendo? pensò, frastornata.

Colella si addossò alla poltrona e fissò Lorenzo, socchiudendo le palpebre. Pareva non avesse idea di chi fosse.

« Non mi stai riconoscendo? » esordì l'altro, infilando le mani nelle tasche dei pantaloni.

L'uomo impiegò qualche istante, poi spalancò gli occhi. « Lorenzo Rizzo... » mormorò. « Per una Rizzo che va, c'è un Rizzo che torna », ironizzò. « Ci hai ripensato? Vuoi lavorare per me? Mi sa che è tardi, però. »

Lorenzo scosse la testa, storcendo le labbra in un sorrisetto. « Pallone gonfiato eri e pallone gonfiato sei rimasto. »

Colella cambiò espressione di colpo. Si sporse sulla scrivania. « E tu stronzo eri e stronzo sei rimasto. »

« A ciascuno il suo », commentò Lorenzo, sollevando le spalle.

« Si può sapere che vuoi? » gli chiese l'uomo, con la faccia ingrugnita.

Lorenzo si schiarì la gola e avanzò di un passo. « Ricordi cosa ti avevo detto? Che sarei tornato qui soltanto da padrone... »

« E mi sa che te lo sei sognato oppure hai sbattuto la testa », lo interruppe l'altro. « A oggi, mi risulta che questa fabbrica sia mia. »

« Non per molto. »

Colella si fece una risata. « Ho capito, sei proprio uscito fuori di capa », disse. Ma poi tornò serio. « Avevi ragione su una cosa, però. Tu e tua sorella siete fatti della stessa pasta. Arroganti, presuntuosi e senza rispetto! »

Lorenzo finse di non aver sentito. « Parliamo d'affari? O vogliamo continuare con questa scenetta? » E lanciò un'occhiata in giro: notò che non c'era più traccia delle cose di Casa Rizzo. Le locandine, i premi, il diploma di laurea, la foto dei nonni... Sparito tutto.

« D'affari? Tu, ragazzino, vuoi parlare di affari? »

« Già », rispose lui, imperturbabile. « Voglio ricomprare il saponificio. »

Colella rise di nuovo.

« Ti diverti? » disse Lorenzo.

« Non sai quanto », rispose l'uomo e, ancora ridacchiando, accese un sigaro. « E dimmi: hai vinto alla lotteria? Perché solo in quel caso potresti comprare questa fabbrica. »

« Sì, diciamo che ho vinto a una specie di lotteria », ribatté Lorenzo.

L'altro soffiò via il fumo e prese un'espressione vagamente incuriosita.

« Ah, non l'hai saputo? » continuò Lorenzo, tagliente. « Ho sposato la duchessina Guarini. Giusto il mese scorso. »

Colella, d'un tratto, non fiatò.

« Ah! Non dici più niente, adesso? Bene, allora parlo io.

Qualunque cifra valga ora il saponificio, io ti offro il doppio. »

L'uomo lo fissò. « Il doppio? » ripeté.

« Hai capito bene. Tornerò fra una settimana. E mi darai la tua risposta », concluse Lorenzo, e se ne andò senza dare a Colella il tempo di replicare.

Una volta uscito, si addossò allo stipite. Cercò di controllare il respiro e chiuse gli occhi. *È fatta,* si disse. Poi li riaprì: era stranissimo trovarsi di nuovo lì... Strano ma naturale nel contempo. Era di nuovo a casa, pensò, con una sensazione di famigliarità che gli scaldò il cuore.

« Lorenzo! »

Si voltò. « Agnese... »

Lei gli corse incontro e si fermò a un passo da lui. « Che ci fai qui? Cosa sta succedendo? »

« Vieni, andiamo fuori », sussurrò lui, posandole una mano sulla schiena.

Sbucarono nello spiazzo e si allontanarono fino all'imbocco della strada sterrata.

Quando lui si fermò, Agnese lo fissò con insistenza, in attesa di una spiegazione. *Quanto è cambiato...* pensò. Aveva un taglio di capelli diverso, che lo faceva sembrare tutta un'altra persona. *Come se fosse diventato adulto da un giorno all'altro.* E poi quel vestito elegante, da gran signore... chissà quanto gli era costato.

Lorenzo alzò gli occhi sull'insegna. « La vedi quella? » disse.

Agnese sospirò, e sollevò lo sguardo di rimando. « Sì... E allora? »

« Allora tra poco verrà cambiata, e lì tornerà a esserci scritto *Casa Rizzo.* »

Lei lo guardò, confusa. « Ma che stai dicendo? »

« Te l'avevo promesso, che ci sarei riuscito. »

« Lorenzo, senti. Non ti sto capendo. »

Lui calciò via un sassolino. « Ho fatto a Colella una proposta di acquisto. »

« Ma Colella non ha mica intenzione di vendere... È impossibile. »

« Non ce l'aveva sino a oggi... »

« Ma perché dici così? Insomma, mi vuoi spiegare bene? »

« Gli ho offerto il doppio del valore della fabbrica. »

« Il doppio del valore », ripeté lei, incredula. « Lorenzo, ma dove li prenderesti tutti questi soldi? »

« Dal patrimonio dei Guarini... Da dove, se no? »

« Ah, ecco, adesso capisco... » disse Agnese, con un filo di voce. « E tua moglie lo sa, cosa vuoi fare? Sei sicuro di averceli davvero, questi soldi? »

Lorenzo si ficcò le mani in tasca. « Mia moglie farebbe qualsiasi cosa, per me. E mio suocero ha fiducia in quello che sono. »

Agnese guardò un punto all'orizzonte, riflettendo. D'un tratto, l'intera faccenda non le sembrava più così assurda... Conosceva Colella, la sua avidità, e sapeva che lui parlava una sola lingua: quella dei soldi. « E... Colella ha accettato? »

« Non ancora. Ma lo farà », rispose Lorenzo.

Agnese abbassò lo sguardo. *Non ci credo che stia accadendo davvero... E proprio adesso che sto per andarmene...*

All'improvviso, Lorenzo le prese le mani. Lei rialzò la testa e lo guardò col batticuore.

« Le cose possono essere come prima », disse lui. « Se noi torniamo a essere uniti, a lavorare fianco a fianco, come una squadra... Io, te e la nostra fabbrica. Com'è sempre stato. »

Agnese rimase spiazzata. Si emozionò, e tanto, nel sentirgli dire quelle parole. Però, nello stesso tempo, sentiva che c'era qualcosa di profondamente sbagliato, in tutto quel discorso. Sfilò via le mani. « Non sei venuto al funerale di papà », disse.

Lorenzo fece un sospiro. « Lo so... »

« 'Lo so'? Non hai nient'altro da dire? » sbottò lei, alzando la voce.

« Qualunque cosa io possa dire, servirebbe? Se ti dicessi che mi dispiace, che ci ho sofferto, per papà, mi crederesti? »

« Ci hai sofferto? Davvero? E allora perché non sei venuto, nemmeno una volta? Hai idea di come si è sentita la mamma? Di come mi sono sentita *io*? Col cuore a pezzi, ecco come, e tu non c'eri! Non c'eri mai! » Lorenzo provò a dire qualcosa, ma Agnese non riusciva più a fermarsi. « Ti presenti qui, all'improvviso, e mi dici che tutto può tornare come prima. Ma ti senti? Sparisci per tutto questo tempo, mi respingi ogni volta che provo ad avvicinarti, non vieni al funerale di papà, ti sposi e nemmeno ci inviti, e ti aspetti di ritrovarmi nello stesso punto in cui mi hai lasciato? No, Lorenzo, non funziona così. »

Lui si prese qualche momento, prima di replicare. « Lo capisco... E hai tutte le ragioni per essere arrabbiata. D'altronde lo sono stato anch'io, per troppo tempo... » mormorò, e si morse le labbra.

Agnese sentì l'impulso di abbracciarlo, e insieme di spingerlo via. « È troppo tardi, Lorenzo... » disse, con un groppo in gola. Spostò lo sguardo sugli ulivi. « E comunque dopodomani me ne vado. »

Lorenzo aggrottò la fronte. « Che vuol dire? Dove vai? »

« A Savona. Col ragazzo che amo. Si chiama Giorgio.

Ah, già, ma tu cosa ne sai? Ti sei perso anche questo, della mia vita... » disse, con la voce che tremava.

Il fratello la guardò con occhi lucidi.

« E la mamma verrà con noi », continuò Agnese. « Almeno non rimarrà qui, da sola. Senza papà », sottolineò, sul punto di mettersi a piangere. Poi scosse la testa, incrociò le braccia e tornò dentro.

Un attimo prima di rientrare in laboratorio, sentì il rombo di un'automobile che schizzava via.

Alla stazione di Lecce c'era un gran viavai. Giorgio, con la sua sacca da marinaio sulla spalla, si fermò e alzò lo sguardo sul tabellone delle partenze. « Ecco, quello è il nostro », disse, indicando.

Agnese strinse gli occhi sul tabellone. « Quale? »

« Quello per Genova Brignole delle 11.10. Poi da lì prenderemo un altro treno per Savona. »

« Ma non c'è una panchina? » borbottò Salvatora, guardandosi intorno. « Fa caldo, mo' svengo », aggiunse, facendosi vento col cappellino.

« Mamma, tra poco saliamo direttamente sul treno », la rassicurò Agnese. La madre le sembrava piuttosto agitata, se non proprio di cattivo umore; prima di uscire da casa, aveva ripetuto il giro delle varie stanze non si sa quante volte, per assicurarsi che tutto fosse in ordine e che non si fosse scordata qualcosa. Quando poi aveva chiuso la porta a chiave, la mano aveva vacillato un po' e le era scappata una lacrimuccia. Agnese sentì una fitta di pena per lei: non doveva essere per nulla facile lasciare il luogo in cui aveva vissuto col marito, quello in cui erano nati e cresciuti i suoi figli... Era un cambiamento importante, radicale, e non era del tutto sicura che la donna fosse realmente pronta a vivere la nuova vita al Nord. Sperava che legasse fin da subito con la madre di Giorgio; se non altro, così avrebbe avuto un'amica.

« Andiamo al bar, così beve un poco d'acqua e si rinfresca », disse Giorgio, premuroso, posando una mano sul braccio di Salvatora. Lei annuì, visibilmente provata, e con un dito si asciugò le goccioline di sudore sopra la bocca. Quindi si avviarono verso il ristoro della stazione, trascinando ben cinque valigie. Tre le avevano dovute comprare apposta, visto che in casa c'erano soltanto la valigia di Salvatora e quella di Giuseppe, le stesse che i due avevano usato per il viaggio di nozze a Napoli.

Entrarono nel bar e lasciarono le valigie in un angolo; si diressero alla cassa e Giorgio tirò fuori il portafoglio. In quel momento, dalla radiolina sul bancone, giunse l'inconfondibile voce di Mina.

« *Quando sei qui con me... questa stanza non ha più pareti ma alberi, alberi infiniti... Quando tu sei vicino a me... questo soffitto viola no, non esiste più...* »

« Non la conosco questa canzone, deve essere nuova », mormorò Agnese.

Giorgio si voltò. « Sì, infatti. Non mi sembra di averla mai sentita. »

« *Io vedo il cielo sopra noi... che restiamo qui, abbandonati come se non ci fosse più... niente più niente al mondo...* »

I due ragazzi si guardarono e si scambiarono un sorriso, come se quella canzone stesse parlando proprio di loro.

Poco prima delle undici, raggiunsero il binario numero due. Salvatora scrutò il locomotore, e si corrucciò.

«Quando ho preso il treno io, tanti anni fa – tuo fratello non era ancora nato –, non era mica come questo...»

«Ah! Ai tempi dei treni a vapore», scherzò Giorgio, cominciando a portare su le valigie.

«Perché, questo qui non va a vapore?» domandò lei.

Giorgio scoppiò a ridere. Dall'altoparlante, una voce maschile annunciò che il treno per Genova Brignole sarebbe partito entro pochi minuti dal binario due. I tre si affrettarono a caricare l'ultima valigia e, una volta che furono a bordo, si misero a cercare uno scompartimento libero. Ne trovarono uno a quattro posti, tutti vuoti tranne uno, occupato da una giovane donna con un neonato in braccio.

«Possiamo?» chiese Giorgio, indicando le tre poltrone libere. La donna fece un cenno di assenso. Lui ringraziò con un sorriso, e prese a sistemare le valigie sulle grate in alto.

Agnese andò a sedersi sulla poltrona accanto al finestrino, di fronte alla giovane donna. *Mi sa che ha la mia età, a occhio e croce,* pensò. Le indirizzò un sorriso, ma l'altra non ricambiò, anzi distolse lo sguardo.

Dopo qualche istante, il treno iniziò lentamente a muoversi. «Ci siamo!» esclamò Giorgio, seduto accanto ad Agnese. Le tese la mano col palmo rivolto verso l'alto, e lei gliela strinse. Di fronte a loro, col capo addossato al poggiatesta, Salvatora scoccò a entrambi un'occhiata che esprimeva una dolcezza infinita, e nel contempo una nostalgia quasi dolorosa.

Continuando a tenere stretta la mano di Giorgio, Agnese si voltò verso il finestrino e osservò le distese di ulivi e le campagne che si allungavano a perdita d'occhio. Le tornò alla mente quello che aveva risposto a Fernando, in spiaggia, in una mattina d'estate in cui tutto era ancora intero. *Non esiste una persona che possa rendermi più felice di quando sto al saponificio. Impossibile,* aveva esclamato, sicura di quel che diceva. Provò un moto di tenerezza per la sé stessa di allora, per la ragazza che non sapeva ancora nulla dell'amore... Si girò di nuovo verso Giorgio e vide che si era già addormentato. Lo guardò intensamente, e pensò che era bellissimo anche di profilo. Poi lanciò un'occhiata alla madre, che si era messa a leggere *Famiglia Cristiana.* Così, tornò a fissare al di là del finestrino. Su una stradina che costeggiava la campagna, scorse una donna sorridente che camminava tenendo per mano due bambini, un maschio e una femmina. Di certo erano fratello e sorella, si disse. Con un sospiro, appoggiò la guancia sull'altra mano e ripensò alle parole di Lorenzo: *Se noi torniamo a essere uniti, a lavorare fianco a fianco, come una squadra... Io, te e la nostra fabbrica. Com'è sempre stato.* Lorenzo aveva mantenuto la promessa, era riuscito in un'impresa che a tutti, e a lei soprattutto, era sembrata impensabile. Suo fratello era a un passo dal riprendersi la fabbrica. Grazie a Lorenzo, la loro casa, Casa Rizzo, avrebbe continuato a esistere. *E io non sarò lì con lui...* pensò, con una fitta di tristezza improvvisa. Continuando a guardare fuori dal finestrino, sentì gli occhi inumidirsi. Poi una lacrima le rigò il viso. Non se ne accorse nessuno, eccetto la giovane donna che la stava osservando.

Porca vacca, non ho mai sentito così caldo in vita mia, pensò Lorenzo, richiudendo lo sportello della Gran Luce. Il sole di fine luglio era già impietoso, sebbene fossero soltanto le otto e mezzo del mattino. Si levò la giacca, rimanendo in camicia e cravatta, e si avviò verso lo spiazzo. Mentre camminava, sollevò lo sguardo sulla scritta SAPONIFICIO F. COLELLA e sorrise: entro settembre, la nuova insegna CASA RIZZO. ANTICO SAPONIFICIO DAL 1920 sarebbe stata pronta. Gliel'avevano assicurato.

Un attimo prima di entrare, si fermò e fece un respiro. Non appena varcò il portone della fabbrica, un nutrito gruppo di operai, riunitosi all'ingresso, lo accolse con un applauso e grandi sorrisi. Lorenzo fu preso alla sprovvista: erano tutti lì, i vecchi dipendenti di Casa Rizzo, quelli che erano stati assunti quando c'era ancora nonno Renato, quelli che non se n'erano mai andati, quelli che lo avevano aspettato e neanche lo sapevano. Mario si avvicinò e gli mise una mano sulla spalla. « Bentornato a casa », gli disse.

Lorenzo si commosse. Sì, era proprio così, era tornato a casa, pensò.

Aprì la porta dell'ufficio e, per qualche secondo, rimase sulla porta e lasciò vagare lo sguardo. La poltrona del nonno era ancora lì, e così la sua scrivania. Le pareti erano vuote, e subito pensò che non vedeva l'ora di riempirle di nuovo, col futuro che cominciava da quel giorno. Si avvicinò alla poltrona e lentamente la scostò. Poi si sedette e posò le mani sui braccioli. Di colpo, faticò a respirare. Portò una mano al nodo della cravatta e lo allentò, fino a scioglierlo del tutto. Ma non fu abbastanza. Così slacciò anche il primo bottone della camicia, e cercò di fare un respiro profondo. Si addossò completamente alla poltrona e, reclinando la testa, chiuse gli occhi. Dal nulla, si ricompose un'immagine: si rivide da bambino, col grembiule della scuola, mentre, dal buco della serratura, spiava l'aula della terza elementare, sperando di scorgere Angela, la bambina cui pensava giorno e notte. Sbarrò gli occhi e raddrizzò la schiena.

Richiuse il bottone della camicia e, turbato da quel ricordo, alzò la cornetta del telefono sulla scrivania.

« Pronto? » rispose Rosa, la cameriera.

Lorenzo le chiese di passargli subito sua moglie.

« Eccomi! » esclamò Doriana dopo qualche attimo, con voce pimpante.

« Ciao, piccola. Cosa fai? »

« Stavo per uscire con *maman*, dobbiamo sbrigare delle commissioni », spiegò lei. « Ma dimmi tu, piuttosto... Come ti senti? Com'è stato tornare lì? »

Lorenzo esitò. « Tante emozioni tutte insieme... »

« Lo immagino », commentò lei, in tono dolce. « Stasera a cena mi racconterai tutto! »

« Certo... A stasera. » E mise giù.

Pochi istanti dopo, sentì bussare. « Sì, avanti », disse.

Mario aprì la porta e si avvicinò. In una mano, teneva una busta bianca. « Questa è per te », disse, consegnandogliela.

Lorenzo prese la busta, sigillata sul retro, e la girò. *Per Lorenzo*, c'era scritto. La riconobbe subito: era la grafia di Agnese, appuntita e sbilenca.

Rialzò lo sguardo su Mario.

« Me l'ha data Agnese, prima di partire », spiegò l'uomo. « Mi ha detto di conservarla al sicuro e di dartela solo quando arrivava questo giorno. » Gli rivolse un sorriso e uscì dall'ufficio, richiudendosi la porta alle spalle.

Rimasto solo, Lorenzo fissò la busta per un po', col cuore che batteva forte. Poi, finalmente, si decise ad aprirla.

Tirò fuori un bigliettino, e lesse: *Questa appartiene a Casa Rizzo.*

Aggrottò la fronte. *Cosa vuol dire?* Tornò a guardare dentro la busta. C'era un altro foglio, piegato in due. Lo sfilò e lo aprì lentamente.

Era la formula della *Nouvelle Marianne.*

EPILOGO

Quello che non ho

agosto 1982

Il suono del campanello lo svegliò di soprassalto. Ancora intontito, Mario si sollevò dalla poltrona su cui si era appisolato e, aiutandosi con un bastone, si trascinò fino alla porta. Quando la aprì, si ritrovò davanti un giovane che non aveva mai visto: era alto e magrolino, con folti capelli ricci e grandi occhi azzurri. Sulle spalle portava uno zaino col sacco a pelo e, intorno al collo, un paio di cuffie. « Desidera? » disse, socchiudendo le palpebre.

« È lei il signor Mario? »

« In persona. E tu chi sei? »

Il ragazzo gli tese una mano. « Marco. Marco Canepa. Sono il nipote di Salvatora... Salvatora Rizzo. »

Mario strabuzzò gli occhi e gli strinse debolmente la mano. « Ma pensa... Il figlio dell'Agnese sei? » domandò con un sorriso.

« Già », rispose l'altro, e sorrise di rimando.

« La piccola Agnese... E come sta? E la nonna? »

« La mamma sta bene. E pure la nonna, anche se ha sempre qualche acciacco... »

« Eh, la capisco... Ma entra, entra! » esclamò Mario, spalancando la porta.

« No, no, la ringrazio. Non voglio disturbare. Sono qui per prendere le chiavi della casa della nonna. Mi ha detto di venire da lei... »

Mario lo scrutò, cercando di scorgere nel volto di quel ragazzo i tratti di Agnese, ed ebbe un piccolo sussulto di commozione quando notò che, oltre ai capelli, il ragazzo aveva preso dalla madre anche lo sguardo felino e il sorriso tenero. Gli occhi del colore del mare, invece, erano di certo quelli del padre, pensò, di quel giovanotto, il marinaio, che veniva a prendere Agnese all'uscita dalla fabbrica...

« Aspetta qui », disse infine. Rientrò e, dopo pochi istanti, riapparve reggendo un mazzo di chiavi. Con un « Andiamo, ti accompagno », si richiuse la porta dietro.

« Ne è sicuro? Posso andarci da solo, se mi spiega dov'è... » provò a dire Marco, ma l'uomo emise un grugnito, lo prese sottobraccio e si avviò, reggendosi sul bastone.

« E dimmi un po': sei venuto apposta dalla Liguria per vedere la casa di Salvatora? » gli domandò, dopo qualche passo.

« Non proprio, in verità. Sono qui solo di passaggio, e ne ho approfittato. Più tardi devo prendere il traghetto da Otranto. Raggiungo degli amici in Grecia, festeggiamo la maturità. »

« Ah, ti sei diplomato. Bravo. E con quanto? »

« Quarantadue », rispose Marco.

Mario gli scoccò un'occhiata. « Mmm... Non ti piace studiare a te, eh? »

Il ragazzo scoppiò a ridere. « Non molto, in effetti. Preferisco giocare a rugby! »

L'uomo si fermò e lo guardò stranito. « E che è? »

Marco rise di nuovo. « Uno sport. Sa, quello dove tutti i giocatori si ammucchiano... » spiegò, mimando.

L'altro alzò le spalle e piegò le labbra, come a dire che proprio non ne aveva idea.

Oltrepassarono l'arco e percorsero la strada costeggiata dagli ulivi. Quando arrivarono in fondo, Mario si fermò davanti all'ultima casa a sinistra, dove il cancello era aperto. « È questa », disse. Mentre raggiungeva la porta d'ingresso, attraversando il porticato, spiegò che, all'inizio, lui ci veniva spesso per dare una pulita o togliere le erbacce, ma poi, col tempo, si era limitato ad aprire la casa soltanto un paio di volte all'anno. « Tanto non ci è più tornato nessuno... » aggiunse, quasi volesse giustificarsi. Inserì la chiave nella toppa e aprì.

Un forte puzzo di chiuso e polvere investì i due. Intanto che Mario spalancava le finestre e toglieva i lenzuoli bianchi dai mobili, il giovane prese a dare uno sguardo in giro, muovendosi con cautela: un divano ocra, un minuscolo televisore, due poltrone verdi ai lati del caminetto, su una delle quali era posata... *Ma dai, non ci credo!* pensò. Era un numero tutto polveroso e ingiallito della *Settimana Enigmistica,* la rivista che la nonna gli faceva comprare ogni sabato. Si avvicinò alla mensola e guardò le foto in bianco e nero. *Ecco la mamma da piccola,* pensò, con un sorriso. *Aveva già i « capelli pazzi », come le dice sempre papà.* In una foto, era al mare, in un'altra stava seduta sotto l'albero di Natale, in un'altra ancora invece... Abbracciato alla madre, c'era un ragazzo più alto di lei, con la camicia bianca e i capelli disordinati. Sorridevano, felici. Marco prese quest'ultima foto, soffiò via la polvere e la mostrò a Mario. « Questo è mio zio? » chiese.

« Sì, è Lorenzo », rispose l'uomo, a bassa voce. « Qua aveva l'età tua, più o meno; 'sta foto l'hanno scattata alla fabbrica. Me lo ricordo bene, quel giorno. »

« La fabbrica, cioè Casa Rizzo? La nonna mi ha raccontato qualcosa... »

Mario distolse lo sguardo. « Vuoi vedere la stanza della tua mamma? » chiese poi in fretta, come se volesse cambiare discorso.

Marco s'illuminò. « Sì, per favore. » E rimise a posto la foto.

Salirono di sopra e, non appena entrarono in camera di Agnese, il ragazzo provò una strana sensazione, come se fosse già stato lì... Sulle pareti erano appese varie locandine pubblicitarie, un mucchio di premi per una saponetta che si chiamava *Marianne*, un certificato di laurea in Scienze Agrarie su cui c'era scritto, in grande, RENATO RIZZO. *Il mio bisnonno*, si disse. In un angolo, per terra, notò un piccolo giradischi portatile, e si accovacciò; accanto, c'era anche un vecchio disco dalla copertina arancione, con la foto di un giovanissimo Gino Paoli: *La tua mano*, s'intitolava. Poco distante, poi, c'era una specie di cilindro sottile, impacchettato in una carta rossa; sembrava un regalo che non era mai stato scartato...

« Quelle le ha fatte tuo zio! » esclamò Mario, indicando col bastone le locandine pubblicitarie. « Hai visto che belle? » continuò.

Marco si rimise in piedi e osservò i disegni. Erano di certo ben fatti, ma nel contempo erano così... antichi, datati. « Sì, belle », mormorò il ragazzo, con un sorriso tirato.

« Di fianco c'è la camera di tuo zio. Vuoi vedere pure quella? »

Marco sollevò le spalle. « Perché no? Ormai sono qui... »

La stanza di Lorenzo era piuttosto spoglia; le uniche tracce dello zio erano rimaste nei tanti manifesti cinematografici alle pareti, tutti di film che Marco non aveva mai visto, e poi in un cavalletto da pittura, in vecchi tubetti di tempera e in pennelli dalle setole secche e indurite. Da una cartella sulla scrivania spuntavano alcuni fogli da disegno; Marco si avvicinò, ne sfogliò qualcuno e si accorse che il soggetto ritratto era sempre lo stesso: una bellissima ragazza dai lunghi capelli biondi. *Somiglia a qualcuna che conosco*, pensò. *L'ho già vista da qualche parte, ma dove?*

«Giovanotto, io mo' devo andare», annunciò Mario, d'un tratto. «Si è fatta l'ora delle medicine. Però, se tu vuoi restare, resta. Ti lascio le chiavi, me le riporti dopo...»

«No, va bene. Vengo via anch'io», replicò l'altro. «Ma prima la aiuto a rimettere le lenzuola sui mobili...»

«Non ti preoccupare», lo interruppe Mario, avviandosi alla porta. «Ci torno domani con mia figlia, mi dà una mano lei. Arriva da Bologna per le ferie. Fa l'avvocato lì, sai?» aggiunse, tutto fiero.

Il ragazzo si limitò ad abbozzare un sorriso.

Mentre percorrevano la strada del ritorno, Marco chiese se la fabbrica di saponi fosse tanto lontana da lì.

«Macché, è proprio qui vicino. Si arriva da quella strada sterrata, vedi?» spiegò Mario, indicandola.

«Vorrei dare un'occhiata. Mi accompagna?»

L'uomo cambiò espressione, come se fosse stato scosso da una violenta fitta di dolore. «No, io lì non vengo», disse soltanto.

Un po' stupito da quella reazione, Marco non insistette. Si limitò a salutare l'uomo e a ringraziarlo, dicendogli che era stato davvero tanto gentile.

«Porta i miei saluti alla nonna e alla piccola Agnese», fu l'ultima cosa che disse Mario prima di allontanarsi, arrancando.

Rimasto solo, Marco si rimise le cuffie sulle orecchie e premette PLAY sul Walkman. Camminando sulla strada sterrata, canticchiò insieme a Fabrizio De André: « *Quello che non ho è di farla franca... Quello che non ho è quel che non mi manca... Quello che non ho sono le tue parole... Per guadagnarmi il cielo, per conquistarmi il sole...* »

Poi, di colpo, scorse l'insegna: CASA RIZZO. ANTICO SAPONIFICIO DAL 1920 e in breve arrivò nello spiazzo. E mentre De André intonava: « *Quello che non ho è un treno arrugginito... Che mi riporti indietro da dove son partito...* » Marco si fermò e alzò gli occhi sulla fabbrica abbandonata. Osservò la facciata annerita e l'edera che ne aveva preso possesso, i vetri opachi delle finestre, il legno consunto del portone... Ripensò a quello che aveva visto nella stanza di sua madre, alle tante cose che parlavano di quel posto... Doveva aver significato molto, per lei. *E allora perché non mi ha mai raccontato nulla?* pensò. *Pure di zio Lorenzo so così poco... Eppure in quella foto, da ragazzi, sembravano così... uniti.* Cosa era successo nella sua famiglia, prima di lui? Come e perché le cose erano cambiate? Quali scelte li avevano allontanati? E cosa, a causa di quelle scelte, avevano lasciato andare per sempre?

Sentì, all'improvviso, un profondo senso di disagio, quasi un timore... Forse non era arrivato per caso, lì ad Araglie. Forse, nella storia della sua famiglia, c'era qualcosa che lui aveva dovuto vedere. Che la nonna aveva voluto che lui vedesse. Per capire...

In un attimo, tornò indietro.

Arrivò nella piazza del paese, entrò nel Bar Italia e comprò una manciata di gettoni. Poi raggiunse la cabina telefonica vicino a una panchina e compose un numero.

« Pronto? » rispose una ragazza, dopo qualche squillo.

« Sandra, sono io », disse Marco.

Silenzio.

« E che vuoi? »

« Sono in Puglia. Precisamente ad Araglie, il paese di mia madre », disse lui, lanciando uno sguardo sulla piazza.

« E chi se ne frega? Cosa vuoi? Che ti auguri buon viaggio? Be', buon viaggio. »

« *Belin*, se sei incazzata... In verità volevo dirti che ho cambiato idea. Non raggiungo più i ragazzi, in Grecia. »

La ragazza non replicò.

« Ho deciso che vengo con te », continuò lui. « Passeremo l'estate insieme, come volevi tu. »

« Ah... » si stupì lei. Poi, addolcendo il tono, gli chiese: « E... quando arrivi? »

Marco sollevò lo sguardo al cielo e sorrise. « Domani. »

RINGRAZIAMENTI

Il mio primo grazie, anche stavolta, va a Lila e Babù, i miei cagnolini amatissimi. Di solito sono due pesti, vivaci e rumorose, però, chissà perché, non appena vedono che mi siedo a scrivere diventano di colpo due angioletti ronfanti. Regalandomi il silenzio che mi serve.

Grazie a mamma e papà, perché sono ogni volta dalla mia parte.

Grazie a Elisabetta, mia sorella, anima gemella e migliore amica per sempre.

Grazie a mio cognato, Giacomo, per essere diventato il fratello che mi mancava.

Grazie a mio zio Luca, consulente musicale insostituibile, colui che già a cinque anni mi faceva ascoltare ininterrottamente *Be-Bop-A-Lula* e *Jailhouse Rock*.

Grazie al mio editore, Marco Tarò, per aver creduto fin da subito in questa storia e per i suoi consigli preziosissimi.

Grazie alla mia editor, Cristina Prasso, la donna che chiunque si meriterebbe di avere nella propria vita. Le voglio un gran bene, anche se ha una vera e propria idiosincrasia per *Pulp Fiction*, ma conto di lavorarci.

Grazie al duo instancabile dell'ufficio stampa Nord: Barbara Trianni, che ha la pazienza di un monaco tibetano e la dolcezza delle persone in pace con loro stesse, ed Egle Santonocito, « marescialla » in erba dall'entusiasmo esplosivo.

Grazie a Emanuele Bertoni, il responsabile del commerciale, per tutte le risate che ci siamo fatti insieme e che ci hanno reso amici.

Grazie a Viviana Vuscovich, dell'ufficio diritti, una delle persone più appassionate e sorridenti che conosca, capace di illuminare una stanza soltanto con la sua presenza.

E poi ancora un grazie enorme al resto della ciurma Nord: Grazia Rusticali, Giorgia di Tolle, Chiara Negri, Valentina Abaterusso; e alle formidabili donne del marketing: Elena Pavanetto, Lara Spagnol, Giulia Fossati e Marta Lacchini.

L'ultimo grazie, il più importante, è di nuovo per Anna Allavena. Senza di lei, non ci sarebbe stato neanche *Domani, domani.*

CREDITI MUSICALI

Io che amo solo te
Testo e musica di Sergio Endrigo

Inverno
Testo di Fabrizio De André
Musica di Fabrizio De André e Gian Piero Reverberi

Tintarella di luna
Testo di Franco Migliacci
Musica di Bruno De Filippi

La tua mano
Testo e musica di Gino Paoli

Preghiera in gennaio
Testo di Fabrizio De André
Musica di Fabrizio De André e Gian Piero Reverberi

Il cielo in una stanza
Testo e musica di Gino Paoli

Quello che non ho
Testo e musica di Fabrizio De André e Massimo Bubola

Francesca Giannone
La portalettere

Salento, giugno 1934. A Lizzanello, un paesino di poche migliaia di anime, una corriera si ferma nella piazza principale. Ne scende una coppia: lui, Carlo, è un figlio del Sud, ed è felice di essere tornato a casa; lei, Anna, sua moglie, è bella come una statua greca, ma triste e preoccupata: quale vita la attende in quella terra sconosciuta? Persino a trent'anni da quel giorno, Anna rimarrà per tutti « la forestiera », quella venuta dal Nord, quella diversa, che non va in chiesa, che dice sempre quello che pensa. E Anna, fiera e spigolosa, non si piegherà mai alle leggi non scritte che imprigionano le donne del Sud. Ci riuscirà anche grazie all'amore che la lega al marito, un amore la cui forza sarà dolorosamente chiara al fratello maggiore di Carlo, Antonio, che si è innamorato di Anna nell'istante in cui l'ha vista. Poi, nel 1935, Anna fa qualcosa di davvero rivoluzionario: si presenta a un concorso delle Poste, lo vince e diventa la prima portalettere di Lizzanello. La notizia fa storcere il naso alle donne e suscita risatine di scherno negli uomini. « Non durerà », maligna qualcuno. E invece, per oltre vent'anni, Anna diventerà il filo invisibile che unisce gli abitanti del paese. Prima a piedi e poi in bicicletta, consegnerà le lettere dei ragazzi al fronte, le cartoline degli emigranti, le missive degli amanti segreti. Senza volerlo – ma soprattutto senza che il paese lo voglia – la portalettere cambierà molte cose, a Lizzanello.

NORD

Fotocomposizione Editype S.r.l.
Agrate Brianza (MB)

GRAFICA VENETA
GV CARBON NEUTRAL

Fabbricato da Grafica Veneta S.p.A.
con un processo di stampa e rilegatura certificato 100% carbon neutral
in accordo con PAS 2060 BSI

Finito di stampare nel mese di giugno 2025
per conto della TEA S.r.l.
da Grafica Veneta S.p.A. di Trebaseleghe (PD)
Printed in Italy

PEFC
PEFC/18-31-226
Certificato PEFC
Questo prodotto è realizzato con materia prima da foreste gestite in maniera sostenibile e da fonti controllate
www.pefc.it